本书系国家社会科学基金青年项目"文化批评视野下当代法国小说中的反讽叙事研究"（14CWW018）之结题成果

青年学者文丛

文化批评视野下
法国当代小说中的反讽叙事研究

赵 佳 著

ZHEJIANG UNIVERSITY PRESS

浙江大学出版社

缩略语对照

（本书引用以下小说作品内容时，直接用缩写和英文原著页码注明，具体版本信息见参考文献）

A：*L'Air*《空气》

AE：*Autoportrait（à l'étranger）*《（在国外的）自画像》

AM：*L'Auteur et moi*《作者和我》

AN：*Un an*《一年》

AP：*Au Plafond*《在天花板上》

APP：*L'Appareil-photo*《照相机》

BB：*Be-bop*《咆勃爵士乐》

CHE：*Cherokee*《切罗基》

CHO：*Choir*《坠落》

COU：*Courir*《跑》

DA：*Dernier amour*《最后的爱》

DE：*Dino Egger*《迪诺·艾格》

DI：*Dit-il*《他说》

DN：*Démolir Nisard*《杀死尼扎尔》

E：*Les Évadés*《逃亡者》

ECL：*Des éclairs*《闪电》

F：*Fuir*《逃跑》

FA：*Faire l'amour*《做爱》

FL：*Les Fleurs*《花朵》

GB：*Les Grandes Blondes*《高大的金发女郎》

I：*L'Incident*《事故》

JMV：*Je m'en vais*《我走了》

K：*K. 622*《K. 622》

LB：*Lily et Braine*《莉莉和布雷恩》

M：*Monsieur*《先生》

ME：*Mourir m'enrhume*《死亡使我感冒》

MG：*Le Méridien de Greenwich*《子午线》

N：*Nue*《裸露》

NC：*La Nébuleuse du crabe*《螃蟹星云》

NR：*Nuage rouge*《红云》

O：*Les Oubliés*《被遗忘的人》

OPTP：*L'Œuvre posthume de Thomas Pilaster*《托马·彼拉斯特的遗作》

P：*Palafox*《巴拉福克斯》

PMFB：*La Passion de Martin Fissel-Brandt*《马丁·费赛尔-布朗特的激情》

R：*La Réticence*《迟疑》

RAV：*Ravel*《拉威尔》

SB：*La Salle de bain*《浴室》

SC：*Un soir au club*《俱乐部的一晚》

SO：*Sans l'orang-outan*《没有猩猩》

T：*La Télévision*《电视机》

UP：*L'Urgence et la Patience*《迫切和耐心》

VM：*La Vérité sur Marie*《玛丽的真相》

VPT：*Le Vaillant Petit Tailleur*《英勇小裁缝》

序

　　中国的法国文学研究，素有优良的传统，更有杰出的学者。远的不论，老师辈的有柳鸣九先生、郭宏安先生，他们两位都是中国社会科学院的荣誉学部委员，他们对于法国文学的研究在中国学界具有广泛的影响；学生辈的则有袁筱一教授，其研究独具品格，思想深邃，诗意盎然。最近几年，浙江大学优秀的青年学者赵佳博士对法国文学的研究引起了我的特别关注，她勤于思考，勇于探索，在国内外学术期刊上发表了近三十篇与法国当代文学相关的论文。从她的论文看，她对当代法国文学的发展脉络有着精准的了解，对法国文学中所传递的当代社会文化思潮和症候有较为深入的把握。五年前，她获得了国家社科基金青年项目，这次奉献给学界同仁的，就是她所承担的项目的结题成果。可以说，这也是她十余年来从事法国当代文学研究的阶段性总结。

　　综观全书，赵佳博士紧紧聚焦反讽这一主题。这一聚焦，构成了作者把握与切入法国当代文学总体美学特征和走向的有效路径。她在开篇指出，20世纪70年代末80年代初以来，法国文学经历了对叙事和主题的回归，这两个回归重塑了当代文学的图谱。六七十年代的"新小说"派所处的是"怀疑的时代"，推翻了情节、人物等经典小说中的基本概念。80年代以降的法国文学在怀疑中回归，在继承中革新。当代作家既有实验的热情，又试图在和经典的对话中寻找自我，丰富自身。一方面是自传、传记等自我书写题材引发的热潮，另一方面是文学类型界限的模糊，对文本游戏和语言实验的热衷，体现了法国当代文学的两面性。反讽便是回归系列的屏障，避免作家重新堕入到一种天真、透明的再现模式中，它是文本不断反观自身，与自身拉开距离的过程，是不断自我破坏和自我重建的精神。同时，反讽又在传达一种世界观，当代人感知到自身和环境之间的隔膜，现代主义者理想失落、求而不得的幻灭感在后现代主义文学中变成了对意义问题的悬搁。"我

1

们看到意义又回来了,但以一种局部的、个人的方式出现。同时,它在反讽作家的笔下以不确定的、浮于表面、稍纵即逝,甚至可供消费的面目出现。"本书作者在结语中如是说。这便是反讽在文化上的意义。作者从反讽出发,对法国当代文学的特点和精神主旨进行了准确的总结,充分体现了作者把握文学整体视野的能力。

在我看来,本书还体现了赵佳博士对法国文学研究的另一特点:深刻的文本细读能力。当代法国文学不好读,更不容易读懂,因为当代作品富于形式层面的变革,追求叙事的复杂性与深刻性。反讽作品尤其难读,因为反讽者表面在说一件事情,其实意指另一件事情,读懂反讽就要学会穿透表层的文本,直抵问题的核心。赵佳博士在本书的写作中体现了细腻的感受能力,这是她多年坚持大量研读法国当代文学养成的审美能力和对文字的直觉的把握能力。她能够深入文本细微处,从文本最微小的结构点出发,突破文本的表面意义,进入文本的深处,琢磨字里行间的丰富内涵。如在论及法国作家什维亚的语言时,赵佳敏锐地指出:"[他]在时间中流动奔跑,企图用语词来填充时间,造成存在的绵延感,并在空间中并置所有琐碎的物象,构筑一个微小而全面的世界,什维亚的语言同时用时间和空间搭建一个存在的舞台,一个微型的在生成中的宇宙。如此的语言所书写的虚构已不再是对任何一种真实的、理想的还是虚妄的现实的再现。它本身成为存在的一部分,以语词的多维应对存在的多维,以语词的无所指来应对存在的无所依[……]"在赵佳博士奉献给我们的这部著作中,类似的洞见迭出。我发现,赵佳特别善于从作家语言最物质性的层面出发,从不为词语的表层所遮蔽,一步步深入作家铺展语言对存在的探寻之路:语言于是不再只是工具,它具有独特的生命,以可感知的温度化为存在的一部分。

我一向认为,文学批评应该导向鲜活的生命,在哲思的光芒下,在诗意的历险中,让语言从语词中升华,把读者引向文本,在文本的解读与阐释中,赋予原作以新的生命。

是为序。

许 钧

2019 年夏于浙江大学紫金港校区

目　录

绪　论

　　20 世纪 70 年代末 80 年代初,法国文坛出现了一种"重新叙事化"(renarrativisation)的倾向,评论界惊喜地宣称"主体"和"叙事"重新回归文学视野并逐渐占据前沿。两者的回归是对此前以"新小说"派为主的文学实验走向极端的反冲。50 年代至 70 年代,结构主义是法国人文科学的主要思潮,质疑主体和现实等概念,认为它们只是语言塑造的虚构产物,试图将此驱逐出文本研究的框架,取而代之的是对文本、语言和结构自身的关注。人文科学对主体和现实的排斥导致了某种极端的现代主义,"新小说"派对巴尔扎克式的现实主义文本的背弃,对人物、情节等概念的摈弃,对语言实验的热衷是去主体化思潮发展到顶点的产物。法国当代文学评论家维亚尔将这一时期的作品称为"被阻碍的叙事"①。

　　作为对"新小说"派的反冲,评论界将新近出现的作家群统称为"新新小说"②(nouveaux nouveaux romans)派,维亚尔将他们出现的时间确定在"1979 至 1984 年间"③,因为在这个时段大量涌现了当时还不为人知的作家,且他们在创作手法上呈现出某些共同的特征,比如对"个体存在、家庭历史、社会境遇"的关注,"对小说的兴趣,叙事的乐趣","进入现实生活",等等④。与"新小说"派相比,"新新小说"是"及物"文学,因为它试图重新赋予文学曾经远离的客体——人与现实。实际上

---

　　① Viart. D. Mémoires du récit, question à la modernité. In Viart. D. (ed.). *Ecritures contemporaines I*. Paris & Caen: Lettres modernes minard, 1998: 4.

　　② Viart. D. Mémoires du récit, question à la modernité. In Viart. D. (ed.). *Ecritures contemporaines I*. Paris & Caen: Lettres modernes minard, 1998: 4.

　　③ Viart. D., Vercier B. *La Littérature française au présent*. Paris: Bordas, 2008: 7.

　　④ Viart. D., Vercier B. *La Littérature française au présent*. Paris: Bordas, 2008: 7-8.

这一现象并不单纯存在于文学创作中，其他艺术种类同样经历了人与物的回归，比如建筑领域从讲求纯粹的形式和功能性转向地方特色和细节装饰；绘画领域从极简主义和抽象画转向讲究色彩和叙事的具象画等。维亚尔将此放到后现代美学中进行观照，认为当形式实验走到尽头，"一切都被写尽了"，创作者们需要重新检验被抛弃的概念，寻找创作灵感[①]。

"主体"的回归体现在文学创作中主要是各种自我书写和传记书写的涌现。维亚尔将此分为三种类型，分别冠名以"自我虚构"（autofiction），"代际叙事"（récit de filiation）和"传记写作"（écritures biographiques）。"自我虚构"得名于作家杜布罗维茨基，指在自我书写中加入想象、虚构、神话等成分，使自我书写和虚构失去界限，代表作家为杜布罗维茨基和米歇尔·雷里斯。"代际叙事"指作家对其家庭成员过往的追寻和书写，比较常见的是对缺席的父母的回忆，代表作家为米雄和埃尔诺。"传记写作"指作家对著名历史人物生平的虚构，比如米雄对著名诗人兰波的描写，勒克莱齐奥对墨西哥画家弗里达·卡罗的描写等。

现实的回归意味着重新关注历史和社会这些被视为现实主义叙事传统的核心。经历了 30 年在文学表现中的空白期后，"历史"又破土而出，出现了一大批历史性的叙事，如杜比对布维尼描写进行了叙述，拉杜里对蒙太犹村历史的回顾兼具史料和文学性描写。此外，还有一批针对大众的历史小说出现，来讲述历史事件。文学家在回顾历史的同时也关注他们身处的当代社会，他们尤其关注穷人、移民、工人等弱势群体的生活，如弗朗索瓦·邦在好几部小说中描写了工厂和工人的境况，对工业文明下人的境遇做出思考。

主体和现实在文学中的回归必然和叙事的回归联系在一起，正如苏菲·贝尔托所言："文学只有重新叙事化才能创造主体再次出现的必要条件。主体从叙事中来，主体在叙事之后出生。"[②]因而，主体和现实的回归均可以归结为叙事的回归。重新叙事化有两种倾向：一种是重返经典小说性（romanesque），如跌宕起伏的情节，有血有肉、有稳定价值体系的人物，连贯的时空，相对恒定的叙事主体等。这些小说往往充满了充沛的想象力，钟情

① Viart. D., Vercier B. *La Littérature française au présent*. Paris: Bordas, 2008: 18-19.

② Bertho, S. L'attente postmoderne, à propos de la littérature contemporaine en France. *Revue d'histoire littéraire de la France*, 1991(4-5): 738.

于对神话的改写，注重人物描写等，它们被称为"新虚构"（nouvelle fiction）[1]。另一种倾向以热诺·加缪和艾什诺兹为代表，他们的小说乍一看也有很多经典小说性元素，但仔细辨别会发现是变形了的经典小说性，他们"重新找到了经典小说性，但又不赞同"，他们"具有叙事的冲动，但又不天真地沉沦其中"[2]。重归叙事的倾向在对经典小说性的应用和变形中达到高潮。

　　然而，在经历过"新小说"派的叙事实验后，作家们已经很难完全回归到被现代主义文学所质疑的概念中去了，"怀疑的时代"为后继者们留下了质疑、批判、破坏和追求自由的精神遗产，主体和叙事的回归只能是有限的再触及。维亚尔一再强调对文学遗产的追问和质疑在理解当代文学各种"回归"中的重要性："［主体和叙事］的回归应该改为回归到［主体和叙事］，或者应当进一步明确为'回归到［主体和叙事］的问题上'。实际上，主体、现实、叙事并没有'重新回来'：它们以新的方式出现，努力考量接收到的批评，挣脱由于拘泥文辞和过于苛刻的批评所带来的各种'不可能'。"[3]如果说"新新小说"的出现是法国文学对世界范围内普遍出现的后现代美学的回应，这份回应不尽然只有游戏，还表达了某种忧患。对文学遗产小心翼翼的带有试探性的触碰，以及通过"回归"来观照当下问题的意识构成了法国后现代文学的特征，我们可以将此称为反讽精神。

　　反讽在当代文学的转向中是一股支撑性力量，它使文学避免退回到传统的壁垒中，它保持了现代主义文学的革新精神和创造活力，又使文学在走向穷尽的过程中保持灵活的姿态。法国当代文学评论家布朗克曼在《奇特的虚构》一书中指出，当代文学在回归的途中有可能面临"四种诱惑"："过度投入的意识形态""僵化的形式主义""退隐的本体论""迫切的心理描写"[4]。意识形态、本体论和心理描写长期占据文学传统的前沿，是搭建虚构、制造意义必不可少的因素，也是"新小说"派致力于摒弃的；形式主义则恰恰是激

---

① Viart. D., Vercier B. *La Littérature française au présent*. Paris：Bordas，2008：379.

② Viart. D., Vercier B. *La Littérature française au présent*. Paris：Bordas，2008：410.

③ Viart. D. Les inflexions de la fiction contemporaine. *Lendemains*，2002(107-108)：13.

④ Blanckeman，B. *Les Fictions singulières*，*étude sur le roman français contemporain*. Paris：Prétexte éditeur，2002：59-60.

进文学实验投下的陷阱，"四种诱惑"几乎构成了整部文学史。当代文学若想突出重围，便要解决与这"四种诱惑"的关系，形成某种既是又不是的关系，而这又恰恰要依靠反讽。"这四种诱惑，反讽既考虑到它们，又使他们缺席，既应用了它们（使之更灵活），又避免了它们（使之成为遗迹）"；反讽成为当代文学的总体原则，一种"差别原则"，它提出了"一种确实的替换的可能性，而不是简单的抛弃"①。换言之，反讽预设了有距离感的写作，它兼容并蓄，并不排斥任何写作手法，但又不忠实地照单全收。当代文学中的反讽不尽然是嘲讽的语调或简单的批判意识，它成为一种具有全局性的创作原则，是作家调整自己和文学遗产的关系，设置差别，在差别中自我定位的方式。反讽作用于叙事，构成了间接、混杂、断裂、不确定的总体叙事风格。

本书尤其关注的是法国当代反讽小说中颇具代表性的一群作家，他们共同成长于法国子夜出版社，于 20 世纪 70 年代末 80 年代初开始发表作品，写作风格各异，但呈现出一些相同特征。他们的作品被评论界冠以各种名称，比如"不动声色的小说"（romans impassibles），"极简主义小说"（romans minimalistes），"游戏小说"（romans ludiques）。这些标签共同指向他们的叙事语调、叙事手法和叙事态度，表明他们对文本机理的关注，这使得他们成为"新小说"派文学实验的继承者。同时，他们又是"回归"系列的推进者，尤其热衷于叙事的乐趣，推动了"对小说性的真正的革新"，既"给予虚构以地位"，又"从内部予以破坏"②。他们既有"同一种发明世界的意志"，但同时又发现参与这一创作计划的最好手段是"全身心地沉醉于笑的虚构中"③。这种既沉醉其中又抽身其外的创作姿态是对他们反讽的最好定义。

本书选取了子夜出版社最具有代表性的四位作家，他们中部分作家经常被作为一个整体出现在评论家的视野中，他们是让·艾什诺兹（J. Echenoz），艾瑞克·什维亚（E. Chevillard），让-菲利普·图森（J-P.

① Blanckeman, B. *Les Fictions singulières*, *étude sur le roman français contemporain*. Paris: Prétexte éditeur, 2002: 61.

② Bessard-Banquy, O. *Le Roman ludique*, *Jean Echenoz*, *Jean-Phillipe Toussaint*, *Eric Chevillard*. Villeneuve d'ascq: Presses universitaires de Septentrion, 2003: 13.

③ Bessard-Banquy, O. *Le Roman ludique*, *Jean Echenoz*, *Jean-Phillipe Toussaint*, *Eric Chevillard*. Villeneuve d'ascq: Presses universitaires de Septentrion, 2003: 15.

Toussaint)和克里斯汀·加宜(C. Gailly)。他们四位各有风格,反讽在他们的作品中体现在不同方面,而他们也均在不同场合表达了对反讽写作的偏爱。

艾什诺兹说:"在我的作品中有反讽的维度,我不可能不用它。有时,奇怪的是,叙事如果通过一个气层的话,它的有效性在我看来更让人满意,不但设置了距离,也表现了微笑的态度。这同时也是希望摆脱过度的情感流露的自然倾向。"[①]反讽对艾什诺兹而言是作家和作品拉开距离的方式,它是一层滤镜、一个中介,在作品中滤净作家的思想和情感,使叙事显得更有效。因而,艾什诺兹的反讽首先和客观、中立、冷峻的叙事基调相关,他的叙事者只观察,不介入。叙事者的外在立场帮助作家进行各种叙事实验,尤其是文学类型的模仿和拆解。艾什诺兹的作品充满了各种历险情节,他在每部作品中都会戏仿一种边缘文学类型(侦探小说、历险小说、谍战小说等),戏仿是为了更好地拆解经典小说性,反讽是戏仿赖以支撑的基础。

图森也表达了对反讽的看法,他说:"我试图以幽默的方式来表达一种世界观。这时,幽默就具有优先权,它甚至成为判断写作是否成功的美学标准。"[②]在图森这里,反讽既是一种世界观,也是一种美学标准。作为世界观的反讽是图森和图森式人物对抗世界的方式,他的主人公们无一不陷入过于膨胀的内在性中,拒绝进入外部世界是他们抵抗现实的方式。图森的反讽是双面的,既嘲笑了这些无力行动的人们,也体现了同一批人对主流价值观的嘲笑。反讽也是图森的美学主旨,它用有意为之的断裂的文本呈现了一个分崩离析的社会,图森用扁平的语言、琐碎的生活、破碎的结构为现代世界竖起了一面镜子。

反讽是什维亚的标志性特征,他自己也表示:"反讽和我的作品同构。"[③]有时,他也用幽默一词来替换反讽:"幽默是我的文学作品的一个条

---

① Echenoz, J. La réalité en fait trop, il faut la calmer. Entretien avec Echenoz, propos recueillis par Jean-Baptiste Harang. *Libération*, 1999-09-16.
② Toussaint, J.-P. Ecrire, c'est fuir. Conversation à Canton entre Cheng Dong et Jean-Philippe Toussaint, 2009-03-30, 31. In *Fuir* (coll. «double»). Paris: Les Editions de Minuit, 2009: 183.
③ Chevillard, E. Des leurres ou des hommes de paille. Entretien avec Chevillard, propos recueillis par Pascal Riendeau. *Roman 20-50*, 2008(46).

件。但是矛盾的是,幽默使我和文学本身保持距离[……]"①不管是反讽还是幽默,它们在什维亚的文本中具备一种紧张的自我分裂的气质,反讽不仅是作者投向世界的利器,借以批判文明、批判语言,同时也是作者自我质疑的工具,什维亚的创作意识摇摆于自我建设和自我破坏的双重轨迹中。反讽不仅仅是批判、暴力、颠覆,它也可以表达理想的境界和诗意的存在,这是什维亚反讽的另一个维度。他的作品中充满了奇幻的存在,完全超越了现实生活,他用庞杂、跳跃、隐晦、新奇的语言革新了正在老化的语言,探索存在的种种可能性。暴力、幻灭、同情、理想、诗意共同构成什维亚反讽的厚度。

　　加宜的反讽始终被作为情绪的对立面存在。当被问及更喜欢反讽还是幽默时,加宜说他更偏爱反讽,因为"幽默属于大人物",而"反讽属于失败者和迷失的人"②。加宜所说的大人物和失败者应当从情绪的角度理解。他的小说塑造了一组深陷于激情中不可自拔的人,他们是作家或艺术家,在生命中的某个时间偶遇一个致命的女人,展开一段或喜或悲的感情。这些人物是激情的奴隶,是"失败者和迷失的人"。反讽保护他们不堕入过度的情绪中而走向毁灭:"在情绪有点过于汹涌的时候,反讽能让人逃脱。"③在加宜的作品中反讽和激情构成两种交织的基调:反讽是理性的代言,是生的原则;激情表达了挣脱束缚、走向死亡的渴望。

　　四位作家的作品问世以来,获得了评论界的广泛关注,出现了不少将他们作为群体进行研究的专著或论文。比如布朗克曼的专著《不确定的叙事:艾什诺兹、吉贝尔、吉纳尔》将艾什诺兹放到"不确定"美学中进行研究。"核心叙事姿态"的缺失导致了叙事中突然出现"不可预见""不可能"的因素,以及"奇特、混乱、茫然"的效果④。贝萨-旁吉的《游戏的小说》将艾什诺兹、图

　　① Chevillard, E. Douze questions à Eric Chevillard. Entretien avec Chevillard, propos recueillis par Florine Lepâtre. *Inventaire-Invention*, 2006-11-21. http://www. eric-chevillard. net/e _ inventaireinvention. php.

　　② Gailly, C. Qu'est-ce écrire ? Comment écrire ?. Entretien avec Christian Gailly, propos recueillis par Christiane Jérusalem et Elisa Bricco. In Bricco, E., Jérusalem, C. *Christian Gailly*, « *l'écriture qui sauve* ». Sainte-Etienne: PU Sainte-Etienne, 2007: 172.

　　③ Gailly, C. Qu'est-ce écrire ? Comment écrire ?. Entretien avec Christian Gailly, propos recueillis par Christiane Jérusalem et Elisa Bricco. In Bricco, E., Jérusalem, C. *Christian Gailly*, « *l'écriture qui sauve* ». Sainte-Etienne: PU Sainte-Etienne, 2007: 172.

　　④ Blanckeman, B. *Les récits indécidables: Jean Echenoz, Hervé Guibert, Pascal Guignard*. Villeneuve d'ascq: Presses universitaires de Septentrion, 2000: 32.

森和什维亚作为整体,从游戏的角度对他们的叙事进行研究,他将这些作家的作品称为"幻灭时代中游戏的呼喊"①。斯库兹和图比亚森分别从极简主义风格和读者接受美学出发对四位作家中的部分作家进行论述②。阿穆什-克雷穆尔编著的《子夜出版社的年轻作家》一书集合了早期对子夜出版社作家的零散研究③。除将子夜作家们作为群体进行研究外,对单个作家的研究专著也日渐增多,尤其集中在艾什诺兹身上,比如早期的勒伯伦的介绍性随笔《让·艾什诺兹》④,或后期更为精细的耶路撒冷的专著《让·艾什诺兹:虚空的地理》⑤。与论述艾什诺兹的专著相比,对另三位作家进行单独介绍的专著并不多,主要以论文集和杂志专刊为主。如《小说20—50》杂志分别对艾什诺兹和什维亚进行过专题介绍;《文本风格》杂志对图森进行过专题介绍,2016年另有一本关于图森的研讨会论文集出版⑥;布里科和耶路撒冷也曾于2007年就加宜的作品编著过一本论文集⑦。

　　国内的研究者对法国当代小说家有过简单介绍。吴岳添先生的《法国小说发展史》对80年代以来的"新新小说"有过简短介绍,他将艾什诺兹放在"通俗小说"一类中介绍,指出其作品中的游戏特质⑧。董强先生在《插图本法国文学史》中则将艾什诺兹放到"新虚幻"分类下,也着重强调了他的游戏精神和间离感⑨。张泽乾先生等人在《20世纪法国文学史》中对艾什诺兹和图森有过简短介绍,他指出了艾氏作品的戏仿特征:"每部作品都是对一

　　① Bessard-Banquy, O. *Le Roman ludique*, *Jean Echenoz*, *Jean-Phillippe Toussaint*, *Eric Chevillard*. Villeneuve d'ascq: Presses universitaires de Septentrion, 2003: 14.

　　② Schoots, F. *"Passez en douce à la douane"*, *l'écriture minimaliste de Minuit*, *Deville*, *Echenoz*, *Redonnet et Toussaint*. Amsterdam: Rodopi, 1997; Tobiassen, E. -B. *La relation écriture-lecture*, *cheminements contemporains*, *Eric Chevillard*, *Pierre Michon*, *Christian Gailly*, *Hélène Lenoir*. Paris: L'Harmattan, 2009.

　　③ Amouche-Kremers, M., Hillenaar, H. *Jeunes auteurs de Minuit*. Amsterdam: Rodopi, 1994.

　　④ Lebrun, J. -C. *Jean Echenoz*. Paris: Edition du Rocher, 1992.

　　⑤ Jérusalem, C. *Jean Echenoz*, *géographies du vide*. Saint-Etienne: PU Saint-Etienne, 2000.

　　⑥ Chaudier, S. (ed.). *Les Vérités de Jean-Philippe Toussaint*. Saint-Etienne: PU Saint-Etienne, 2016.

　　⑦ Bricco, E., Jérusalem, C. *Christian Gailly*, *«d'écriture qui sauve»*. Sainte-Etienne: PU Sainte-Etienne, 2007.

　　⑧ 吴岳添. 法国小说发展史. 杭州:浙江大学出版社,2004.

　　⑨ 董强. 插图本法国文学史. 北京:北京大学出版社,2009.

个特殊文类的质疑"①，而"图森则追求一种极其简洁的文体"②。沈大力和车琳教授主编的《当代外国文学纪事（1980—2000）·法国卷》从编年史的角度对法国当代文学的出版情况进行了广泛的介绍。该书在提到艾什诺兹时，指出了他的文笔"时而冷静、机械、不带表情，时而又充满嘲讽之意"③。在提到图森时，同样强调了他的幽默或反讽："语言平淡，略带幽默"④。什维亚的语言风格亦被概括为"独创的幽默感"⑤。

尽管反讽是四位作家作品显著的特征，但在对他们并不算少的研究中，反讽没有得到系统性的论述，批评家们从各自的研究主题出发，间或提及反讽，但往往将反讽作为对其研究主题的佐证。比如布朗克曼这样表述："［反讽］使对小说类型的戏仿和对语言无尽的幻想成为必要。如此，它间离了书写和虚构、想象和叙事之间的明显关系。"⑥布朗克曼将反讽视为对文学类型进行戏仿和对语言进行实验所必不可少的姿态，是和叙事拉开距离的方式，这和他在《奇特的叙事》中讲到的反讽对"四种诱惑"的抵抗一脉相承，"充满了讥讽的反讽击碎了以假乱真的叙事形象、心理话语和思想的调子"⑦。克里斯汀·耶路撒冷也是从叙事手段出发理解反讽，她说："反讽归于间隔和模糊的符号，而怪诞则归于情感和差别。"⑧反讽被视为在叙事者和叙事之间设置距离、打断连贯清晰的叙事效果的方式。

也有批评家将反讽视为一种生存态度，从而和个体、世界、存在等问题联系起来思考。比如阿穆什-克雷穆尔在《子夜出版社的年轻作家》一书中认为作家们的反讽是意识形态领域的相对主义在文学中的体现。反讽体现了当代人的生存困境，提出了"如何在一个与自己的期待不符的世界中存

---

① 张泽乾，周家树，车槿山. 20 世纪法国文学史. 青岛：青岛出版社，1998：311.
② 张泽乾，周家树，车槿山. 20 世纪法国文学史. 青岛：青岛出版社，1998：312.
③ 沈大力，车琳. 当代外国文学纪事（1980—2000）·法国卷. 北京：商务印书馆，2015：222.
④ 沈大力，车琳. 当代外国文学纪事（1980—2000）·法国卷. 北京：商务印书馆，2015：190.
⑤ 沈大力，车琳. 当代外国文学纪事（1980—2000）·法国卷. 北京：商务印书馆，2015：468.
⑥ Blanckeman, B. *Les Récits indécidables : Jean Echenoz, Hervé Guibert, Pascal Guignard*. Villeneuve d'ascq: Presses universitaires de Septentrion, 2000：43.
⑦ Blanckeman, B. *Les Récits indécidables : Jean Echenoz, Hervé Guibert, Pascal Guignard*. Villeneuve d'ascq: Presses universitaires de Septentrion, 2000：62.
⑧ Jérusalem, C. *Jean Echenoz, géographies du vide*, Saint-Etienne：PU Saint-Etienne, 2000：37.

在?"①的问题。贝萨-旁吉的专著虽然以游戏为主题,从结构、文体和叙事者形象三个角度出发分析了游戏的态度如何组织和消解文本,但他在很多地方对存在提出问题,将文本的游戏纳入到存在的游戏这个更大的框架中。不确定的语言对应的是不确定的存在,"微不足道的叙事"对应的是"对失去人性的世界的愤怒"②。如此,游戏不是单纯的形式操练,而是关乎"事物的意义,人与世界的关系"③等问题。在专著的结尾,他总结道:"我们游戏的内容是什么呢? 难道不是存在本身吗?"④

　　显然,反讽既是修辞、文体、叙事的方式,也是看待世界的视角,生存的方式乃至策略。评论家勒帕普早在 1997 年就对子夜出版社这群年轻作家的群体特征进行过归纳,认为他们都对语言问题抱有热情,文本中都具有或轻盈或尖锐的笑声。"子夜作家们不再梦想打破语言,他们只想详尽细致地知晓法语的规则,为了更好地游戏和嘲弄。"⑤同时他们继承了狄德罗的遗产,每个人以自己的方式描写"笑":"在经过很多年严肃的专政后,笑重新成为主干。在笑的周围凝结了对人间喜剧、乞丐的木偶戏和世界巨大变化的观望。"⑥勒帕普所谈及的两个层面均属于反讽,一个从形式的角度,一个从世界观的角度,两者共同构成了反讽美学。

　　在众多研究文学中反讽的成果中,研究者们更倾向于将反讽当作文本机制、话语方式、结构原则,对作为思潮和观念的反讽涉及并不多。在本书中,我将把重心放在反讽的文化属性上,借由文化,我还探讨反讽的文本外因素如何作用于文本,产生了何种特定的表现内容,呈现出怎样的文本效果。我将更多地分析作品的内容(人物、事件、情境等),作者的观念(看待问题的视角、对事物的评判、作者的情感和形象等),我也将不可避免地涉及文

---

①　Amouche-Kremers, M., Hillenaar, H. *Jeunes auteurs de Minuit*. Amsterdam: Rodopi, 1994: 124.

②　Bessard-Banquy, O. *Le Roman ludique, Jean Echenoz, Jean-Phillippe Toussaint, Eric Chevillard*. Villeneuve d'ascq: Presses universitaires de Septentrion, 2003:173.

③　Bessard-Banquy, O. *Le Roman ludique, Jean Echenoz, Jean-Phillippe Toussaint, Eric Chevillard*. Villeneuve d'ascq: Presses universitaires de Septentrion, 2003: 257.

④　Bessard-Banquy, O. *Le Roman ludique, Jean Echenoz, Jean-Phillippe Toussaint, Eric Chevillard*. Villeneuve d'ascq: Presses universitaires de Septentrion, 2003: 267.

⑤　Lepape, P. *L'Ecole de Minuit. Le Monde*. 1997-01-17.

⑥　Lepape, P. *L'Ecole de Minuit. Le Monde*. 1997-01-17.

体、风格等形式层面的东西,但对这些"技术"的思考仍然围绕着"为什么"和"怎么样"的问题展开。借由文化,我还想探讨反讽对某些文化现象的思考,以及在文化批评的思维中应当对反讽做何理解和评价。

反讽的生成问题也是本书所关注的问题之一。反讽在当代社会中的回归已形成了颇具规模的潮流,它成为一种主导话语的方式,不仅出现在大众文化领域,也影响了所谓的精英文化,对于这一文化现象成因的探索似乎并不属于文学的领域,而属于社会学和哲学的范畴。探讨反讽的生成,便要尝试分析文学文本外的因素,并将文学作为社会文化的标本之一加以研究。但我并不会离开文本谈成因,我将根据文本所呈现的"现实"样貌分析反讽生成的土壤。什么样的社会产生了什么样的个体?这些个体既是反讽针对的靶子,也是酝酿作为生存策略的反讽的温床。社会和个体之间的紧张关系是本文研究反讽生成问题的主线。反讽从特定土壤中生成之后将反作用于社会。反讽的反冲有两种方向,一种是消极的反冲,即反讽作为思潮如何影响人们的思维,形成社会的定势话语;另一种是积极的反冲,即反讽的观念如何塑造了反讽者形象,反讽者反过来对形成反讽的社会造成何种冲击。反讽积极的反冲力是本书所关注的,本书将分析文本中所呈现的反讽者形象,他们与经典反讽者形象的差别,他们与社会的关系以及他们的限度。

另外,我想借文化探讨反讽在社会各个领域内的呈现,这部分将以主题的形式出现,如政治、经济、宗教、科学、媒体等,我将探讨反讽如何影响这些领域的表现,它们在反讽的反射下将呈现怎样的形貌。反讽的主题原则上是无穷的,一本专著不可能穷尽,我将选取四位作家中大多数人普遍关注的话题,分析他们在处理同一主题时的异同,尤其是具有共性的一面,来探讨反讽的意识对某个领域表现的影响。我所选取的两个主题分别是自我书写和爱情。不光是因为这两个主题的普遍性,还因为这是两个"传统"的表现领域,它们在当代文学中的"新貌"因其新旧反差而更具有反讽研究的意义。某些文化领域内的新主题,如媒体、电影、摄影、科技、机器、游戏,也具有时代指示器的意义,但因为它们并未在四位作家笔下获得普遍关注,未能形成一个具有延展性的主题群,本书将不单独辟章论述,但本书各个章节将零星涉及。

最后,我还将探讨反讽语言的问题。一部研究文学中反讽的专著不可能完全绕开叙事、话语这些技术性的话题,我也将在专著中对此进行细致描绘,试着给出一个清晰的面貌。这似乎又把我们带回形式层面上的反讽,但作为表现系统的文学本身就是语词的构造,任何再现的内容、表达的情感、思想都和语言的物质性密不可分。正如法国反讽理论家菲利普·阿蒙所说:"一个反讽文本不是一组连续的双关语或俏皮语,文学研究者研究的作为总体的反讽不能缩减为一系列反讽句子组成的样品,或者某些反讽的局域性修辞的总和。其所研究的发话现象是一个被构造成话语(énoncé)的发话姿态(posture d'énonciation)。"①对反讽语言的研究将最终归结为对创作主体的发话姿态的研究。文本对反讽语言的分析将围绕几个问题展开:反讽反对何种语言标准?什么是反讽的理想语言?反讽语言体现了怎样的情感和何种发话姿态?这使得对反讽语言的研究超越了形式论,延伸到语言和社会、语言和主体的关系上。

在正式进入文本分析之前,我认为有必要对反讽的定义及反讽理论进行一番简单的梳理。反讽是一个庞杂的概念,我将从哲学中的反讽、修辞学和语言学中的反讽、文学理论研究中的反讽三个角度出发进行回顾。

哲学中的反讽

反讽的词源意义是"问话",而反讽者的最初意义是"问话者"②。这一词源意义将反讽和古希腊哲学家苏格拉底联系起来,因为苏格拉底将辩证对话法作为其主要的哲学工具。然而,反讽不尽然是对话,苏格拉底反讽直接的表现方式是假装无知。虽然苏格拉底满腹学识,但在和学生对话的过程中习惯装出一副对主题一无所知的样子。苏格拉底反讽的力量和有效性在于表象和内在之间的冲突。苏格拉底表面上插科打诨,一无所知,但是在戏谑的语言背后却暗藏了需要挖掘和发现的真理。他自称是雅典城最无知的人,实际上却是最有智慧的人。这种外在和内里之间的强烈反差所产生的惊愕和反省的效果使得反讽摆脱了肤浅的喜剧效果,成为具备深意的话语工具和行为方式。苏格拉底反讽与其说是话语方式,不如说是具备伦理意义的存在方式。

---

① Hamon, P. *L'Ironie littéraire*, *essai sur les formes de l'écriture oblique*. Paris: Hachette supérieur, 1996: 5.

② Bloch, O., Von Wartburg, W. *Dictionnaire étymologique de la langue française* (article « ironie»). Paris: Presses universitaires de France, 1960: 341.

施莱格尔是 18 世纪德国浪漫主义反讽的主要理论家。他认为反讽的第一个特点是混乱:"反讽是对混乱的永恒躁动和无尽完满的清醒认识"①。和混乱相对的是反讽庞杂的包容性。作为对世界混乱本质的见证,反讽本身必须具备表面上的混乱。异质性是反讽的基本结构,它吸收一切可以进入存在中的事物,允许它们进行自由接触。和混乱相对的话语方式是断片。因为在混乱中,所有物质共同存在、互相接触、相互作用,但还未形成一个有序的整体。作为见证混乱的反讽的最佳方式便是断片。断片本身具有统一性和独立性,它不需要和其他断片建立起必要的联系来获得自身的意义,但它和总体性之间有着精神上的联系。断片的另一个特征是它的未完成性。它总是处于生成的过程中,没有终结的一刻,就如同混乱是世界运转的方式,静止是一切生机消失的时刻。断片和混乱一样,在不断的变动中指向不变的圆满。浪漫主义反讽的异质性同时产生了它的悖反性。当反讽话语可以包含一切存在的形式,两个相对立的事物就可以同时存在于同一种话语中。比如,施莱格尔把反讽描述成理性和情感的双重产物。理性和情感、有限和无限、自我约束和自我摧毁,这些语汇在施莱格尔笔下成为相辅相成的悖论,所有具有灵性,甚至具备神性的作品无一不是矛盾的综合体。在此精神指导下,浪漫主义所推崇的艺术风格充满了怪诞、甚至奇幻的色彩。施莱格尔说:"我们需要反讽,我们要求所有事件、所有人物,简言之,整个人生游戏真正被当作游戏一般表现出来。"②

　　20 世纪再次见证了反讽的回潮。20 世纪初涌现了像卡夫卡、托马斯·曼、穆齐尔等大量运用反讽的作家。理论界出现了伯格森的《论笑》和弗洛伊德的《论俏皮语》等关注类反讽现象的著作。20 世纪后半叶,尤其是 70 年代后的西方世界,两次世界大战的直接创痛淡出人们的记忆,又一拨以消费文化为主导的反讽浪潮席卷了文化界,这股潮流超越了精英文化的范畴,反讽成为整个社会文化中一种重要的话语方式,我们把这股反讽潮流称为后现代反讽。如果说以卡夫卡为代表的现代主义反讽秉承了浪漫主义反讽对现代

　　① Lacoue-Labarthe, P., Nancy, J.-L. *L'Absolu littéraire, théorie de la littérature du romantisme allemand* (coll. «Poétique»). Paris: Seuil, 1978: 213.
　　② Lacoue-Labarthe, P., Nancy, J.-L. *L'Absolu littéraire, théorie de la littérature du romantisme allemand* (coll. «Poétique»). Paris: Seuil, 1978: 318.

性的预见,在一个越来越不可被个体理解的世界中追求光明和统一,那么后现代反讽则倾向于在对意义问题的探讨中把总体性当作一种意识形态搁置到一边。后现代者的立场是,如果整体性不可被恢复,那就改变对世界的认识。后现代反讽从这个意义上来说是对传统观念的尝试性颠覆,为此,它的触角一直延伸到了反讽的源头——苏格拉底反讽。在《反讽和幽默》一书中,C. D. 朗援引了克尔凯郭尔的《论反讽概念——以苏格拉底为主线》一书的观点,将苏格拉底反讽分成两类:一类被称为辩证的反讽,另一类为非辩证的反讽。这两种反讽代表了两种不同的对话方式:"思辨[辩证法]的方式在于问一个问题以便获得一个包含有期望获得的内容的回答。而非辩证法在于用一个问题消除表面的内容只留下一片虚无。"①朗在反讽的基础上又引入了"幽默"这一概念:"幽默指的是排除辩证过程的反讽,反讽保留了传统的现象—本质对立,表达一意义对立的意思。"②反讽和幽默的分野体现了罗蒂所谓的哲学语言的转向。辩证性的苏格拉底反讽代表了形上学家的语汇,"形上学家[……]相信许许多多暂时的表象背后,可以发现一个永恒不变的实有。所以,他不做描述,而只利用旧的描述来分析其他旧的描述"③。形上学家一直在用一套固有的语言来重复二元逻辑,而反讽主义者是一名唯名论者(nominaliste),也是一位历史主义者(historiciste)。反讽主义者认为任何东西都没有内在的本性或真实的本质。④ 所以,在罗蒂眼里,反讽者与其说在质疑一种现实,毋宁说是在否定以柏拉图为代表的哲学语言。德勒兹所说的"平面语言"⑤就旨在以一种取消二元对立的语言去替代旧的形而上学语言。

修辞学和语言学中的反讽

西方古典修辞学强调反讽的语义构成。修辞学家们以苏格拉底的行为为范本定义反讽,试图弱化反讽的哲学意义,将之看作一种话语模式。西塞罗⑥将反讽放在"笑话"(plaisanterie)的种类里。他把笑话分为"事物中的笑

---

① Lang, C. D. *Irony/Humor: Critical paradigms*. Baltimore-Londres: Johns Hopkins University Press, 1988: 20-21.

② Lang, C. D. *Irony/Humor: Critical paradigms*. Baltimore-Londres: Johns Hopkins University Press, 1988: 35.

③ 罗蒂. 偶然,反讽与团结. 徐文瑞,译. 北京:商务印书馆,2003: 107.

④ 罗蒂. 偶然,反讽与团结. 徐文瑞,译. 北京:商务印书馆,2003: 107.

⑤ Deleuze, G. *Logique du sens*. Paris: Les Editions de Minuit, 1969: 159-166.

⑥ Cicéron. *De l'orateur*: II. Courbaud, E. (trans.). Paris: Les Belles Lettres, 1959.

话"(plaisanterie de choses)和"词语中的笑话"(plaisanterie de mots)。反讽更像是一个广阔的类别,囊括了众多不同的修辞手法,成为"喜剧性"的同义词。我们感到,西塞罗并非要对修辞手法进行严格的定义和区分,他用相对随意和灵活的分类方法,目的是服务于说话者的整体修辞效果。他提出"事物中的笑话"和"词语中的笑话",可见并没有将笑话或反讽作为单纯的文字效果,而是扩展到包括肢体和声音的整体表达上。昆提利安①向西塞罗借用了反讽的两种分类,提出"作为比喻辞格(trope)的反讽"和"作为结构辞格(figure)的反讽"。在昆提利安看来,反讽是个特殊的修辞手法,它既属于比喻辞格又属于结构辞格。当反讽属于比喻辞格时,它属于讽喻(allégorie)的一种,作为结构辞格的反讽在昆提利安的定义中和"掩饰"(dissimulation)相关,即说话人自始至终掩盖自己的真实想法,这再一次将反讽和它的词源意义联系起来。我们可以看到,西方古典修辞学家根据话语的长短和微妙程度将反讽分为两类:一类是作为语调或行为方式的反讽,一类是作为单独的修辞手法的反讽。在第一类反讽中,我们能听到反讽的语调,却无法确定反讽的具体位置。苏格拉底反讽被用来解释一些较长的话语(比如文学语篇),在这些话语中,反讽与其说存在于词句中,不如说存在于说话者的意图或思想中。除了被修辞化了的苏格拉底反讽,还存在另一种局部化的反讽,也是西塞罗所说的"词语中的反讽"或昆提利安所说的"作为比喻辞格的反讽"。局部化了的反讽以"反语"为主要意思,即说话者的话和意图相反。"相反"便作为反讽的核心意义被确定下来,杜马塞和丰达尼埃继承了这一传统,把反讽的定义建立在"相反"的基础上。此外,古典修辞学强调反讽者的道德维度,对反讽的表现内容、对听众的影响、说话人的文化和道德标准都提出了要求,这使得反讽具有一定的文化乃至政治功用。

当代语言学试图更新古典修辞学对反讽的定义,语言学家们发现古典修辞学的定义并不能完全解释所有的反讽话语。一方面,对"相反"(contraire)的追求把反讽限制在"反语"的定义上,在现实中,很多反讽话语

---

① Quintilien. *Institution oratoire*;Tome V. Cousin, J. (trans.). Paris:Les Belles Lettres, 1978.

并不能用"相反"来解释,而说话者说的话和意图之间确实存在明显的矛盾。如何才能避开"相反"的定义来解释这种矛盾?这是语言学家们提的第一个问题。另一方面,作为比喻辞格的反讽势必需要借助于本义和转义的区分。然而,如果说一个句子的本义由其字面意思决定,它的转义却可以根据听者的阐释产生无穷的变化。为了解决这个问题,最好只限定在句子的表面意思上,而不寻求转义。如何不通过作为比喻辞格的反讽便能够解释不同类型的反讽现象?这是语言学家需要解决的第二个问题。"发话理论"和语用学从多个角度对反讽进行了阐释。奥斯瓦尔德·杜克继承了巴赫金的复调传统。他在《言与所言》中提出了反讽的复调理论。反讽即"发话者 L 站在陈述者 E 的立场讲话,另外,我们知道发话者 L 不但不对此立场负责,而且认为它是荒唐的"[①]。杜克对话语反讽的研究借鉴了美国语言学家斯坡博和威尔逊提出的"回声理论"。斯坡博和威尔逊认为,反讽可以定义为:"发话者引用某个说法,他的说话方式表现了他对这个说法并不赞同。"[②]此外,D. C. 缪克[③]、盖尔布拉-奥雷基奥尼[④]分析了反讽的编码、解码、语境、迹象等因素,里奇[⑤]则对会话中的非话语因素感兴趣,将反讽置于更广阔的场域中进行考察。我们可以看到,当代语言学不再单纯从语义学的角度来解释反讽,而是从发话理论和语用学的角度重新定义反讽,这对古典修辞学来说是一种转变。一方面,反语的定义被扩大为所有矛盾的话语,反讽可以存在于所有和现实断裂的话语中。反讽、幽默、讥讽、喜剧以及其他所有和笑有关联的修辞的界限变得不那么明显。另一方面,当代语言学家们更倾向于将重心从句子的意义转移到发话行为或发话主体上。

文学理论研究中的反讽

文学中的反讽最早、也是最经典的例子是命运反讽。命运反讽在日常用语中指的是个人命运从顺境向逆境的突变。作为文学批评术语,它是后

---

①　Ducrot, O. *Le Dire et le Dit*. Paris: Les Editions de Minuit, 1984: 211.

②　Sperber, D., Wilson, D. Les ironies comme mentions. *L'ironie*. 1978(36): 407.

③　Muecke, D. C. Analyse de l'ironie. *Poétique*, 1978(36): 479-494; Muecke, D. C. The communication of verbal irony. *Journal of literary semantics*, 1973(2): 33-42.

④　Kerbrat-Orecchioni, C. Problèmes de l'ironie. *Linguistique et sémiologie*, numéro spécial de l'ironie, 1976(2): 9-47.

⑤　Leech, G. N. *Principles of Pragmatics*. London & New York: Longman, 1983.

世批评家对古希腊悲剧作家索福克勒斯的名剧《俄狄浦斯王》的基本剧情的概括。命运反讽在《俄狄浦斯王》一剧中主要体现在三个方面：一是故事结构，二是双关语，三是命运激起的崇高感①。我在这里不做过多展开，第一章中将提及当代作家笔下的命运反讽，届时将做进一步研究。

20世纪以来文学理论研究中时常用到反讽这个概念，相较于哲学、修辞学和语言学中的反讽，文学理论家们致力于寻找反讽在文学文本中的特殊性。英美"新批评"派理论家布鲁克斯、美国文论家布斯、加拿大文论家弗莱和法国叙事学家阿蒙从各自的角度解释了反讽如何作为结构文本的核心因素成为一种统领全文的文学原则。布鲁克斯是"新批评"中较为系统论述反讽的理论家，他从"结构"的角度提出反讽在诗歌语言中的作用。布鲁克斯借用反讽的解读机制来定义诗歌语言，使得诗歌中的反讽具有更宽泛的意义，它取消了讥讽的意图，保留了意义的转变及语境的重要性。一个完全不受语境影响的陈述语是客观的陈述语，如科学的断言。这些是抽象的陈述语，他们的词语是纯粹表意的。诗歌不包含纯粹抽象的陈述语，"诗篇的任何陈述语都得承受语境的压力，它的意义都得受语境的修饰"②。布鲁克斯提出了"综合诗"的说法："这种诗不排除那些明显与主调相左的因素。正是因为这种诗包容了不相干和相异的因素，它可以通过自身得到协调并经得住反讽的关照。"③如果说反讽是语境对意义的歪曲，那么在综合诗中，任何与主基调相异的元素都可以进入诗篇，并通过语境的协调成为整体中并行不悖的一部分。与反讽相关的是"悖论"和"张力"这两个概念。悖论和反讽具有相同的功能，它们都旨在使语言内部的元素互相对立，又互相联通，彼此破坏，又彼此从对方身上获得意义的更新。"张力是反讽的动态品质，是对抗的相对面的现实化，是不同组成成分的生气在两级变化之间充满活

①　舍恩杰斯对命运反讽的定义主要集中在故事结构上，详见：Schoentjes P. *Poétique de l'ironie*. Paris：Seuil，2001. 塞杰维克对命运反讽的定义主要集中在双关语的论述上，详见：Sedgewick，G. G. *Of Irony*，*Especially in Drama*. Toronto：University of Toronto Press，1967. 斯忒对命运反讽的定义主要集中在崇高感的论述上，详见：States，B. O. *Irony and Drama：A Poetics*. Ithaca & London：Cornell University Press，1971.

②　布鲁克斯. 反讽——一种结构原则//赵毅衡. "新批评"文集. 北京：中国社会科学出版社，1988：337.

③　布鲁克斯. 反讽——一种结构原则//赵毅衡. "新批评"文集. 北京：中国社会科学出版社，1988：337.

力的涌流。"①所以张力是运行中的反讽,是对对立面的觉察。可见,"新批评"派的反讽观深受德国浪漫主义的影响。

美国文论家布斯的贡献在于提出了"不稳定的反讽"这一说法,即"被明言或隐藏的真相从废墟中获得不稳定的重构"②。首先,作者不愿意明确表达自己;其次,在不稳定反讽的视野中,"宇宙本质上是荒诞的,所有的论断都要接受反讽的破坏"③。于是在面对不稳定反讽的时候,尤其当作者的意图被隐藏的时候,所有阐释的任务都归结到读者身上。由读者自己根据经验判定应该站在界限的哪一端,一端需要他"从混乱中杀出重围最终找到清晰的点"④,另一端需要他"越过混乱看到无穷混乱的序列"⑤。不管在哪端,不稳定的反讽制造了更为混沌的语义和阅读选择,而一个作品的价值也或多或少决定于它"是否能够制造大量可供选择的阐释"⑥。不稳定反讽的提法为我们研究现代及后现代文学作品提供了借鉴。

加拿大文论家弗莱从历史的角度对反讽文学进行了归纳。他认为,整个西方文学史是从"高模仿"到"低模仿"的演变。主人公在某种程度上超过其他人和自身所处的环境,他便是传奇人物。如果主人公在某种程度上虽比其他人优越,但并不超越他所处的自然环境,这类人物便是史诗和悲剧中的"高模仿"类型的人物。如果既不优越于别人,又不超越自己所处的环境,甚至在体力和智力上比观众低劣,这样便产生了"低模仿"类型的主人公。弗莱认为,"一千五百年以来,欧洲的虚构文学的重心不断地按上面的顺序往下移动"⑦;"一百年来,大多数严肃的虚构文学作品都不断地趋向于采用讽刺或反讽的模式"⑧。弗莱对讽刺文学历史性的回顾把文学反讽研究带

---

① 付飞亮. 克林思·布鲁克斯的反讽诗学. 西南民族大学学报(人文社会科学版),2016(7):184.
② Booth, W. C. *A Rhetoric of Irony*. Chicago & London:The University of Chicago Press,1975:240.
③ Booth, W. C. *A Rhetoric of Irony*. Chicago & London:The University of Chicago Press,1975:241.
④ Booth, W. C. *A Rhetoric of Irony*. Chicago & London:The University of Chicago Press,1975:241.
⑤ Booth, W. C. *A Rhetoric of Irony*. Chicago & London:The University of Chicago Press,1975:241.
⑥ Booth, W. C. *A Rhetoric of Irony*. Chicago & London:The University of Chicago Press,1975:243.
⑦ 弗莱. 批评的剖析. 陈慧,袁宪军,吴伟仁,译. 天津:百花文艺出版社,2006:47.
⑧ 弗莱. 批评的剖析. 陈慧,袁宪军,吴伟仁,译. 天津:百花文艺出版社,2006:48.

向了另一个高度。他将目光从单纯的文本研究角度转向文学史的角度,从反讽的修辞、迹象等研究转向社会、文化、文学类型间的关系的研究。反讽不再只是文本内因素互相作用的结果,也是对人和世界关系的探讨。

法国叙事学家菲利普·阿蒙在《文学反讽:论间接书写的形式》一书中开宗明义提到文学中的反讽很难定义,因为反讽并不是"一组独立的双关语或俏皮语的并列",文学所呈现的反讽"不能缩减为反讽句子的组合或局部修辞的总和"[①]。对文学作品中的反讽进行诗学研究往往过于专注局部的反讽修辞和话语呈现,缺乏将反讽作为整体现象进行研究的方法。反讽在菲利普·阿蒙看来是"一种嵌入在话语中的发话姿态,甚至是一种独立的文学类型"[②]。阿蒙在此书中对文学反讽研究的独到之处有三:第一,他将反讽视为一个"评价"(évaluation)过程,因此将反讽从单纯的修辞上升为意义生成和价值评判的过程;第二,他提出了反讽和空间的关系;第三,他论及了反讽和其他文学类型的关系。

从以上对反讽概念的简单梳理中可以看出,反讽者的意图不尽然是讥讽,反讽的结构也不局限于表面意义和隐含意义的两分法。反讽表现出极大的延展性、包容性和模糊性,使得我们很难将它框定在一个精确的定义中。在本书中,我倾向于用"差异"(écart)来代替"矛盾"。所谓"差异",是指反讽的物质性意义(即通过文本字词表现出来的意义,它并不预设一定隐含深度意义)和某种标准之间存在差异,这种标准可以是某个世界观,某个语言标准,某个经典作品等,需要读者通过语境判断。在发现差异后,需要判定作者的意图。琳达·哈琴在谈到当代反讽的意图时这样说:"当代反讽[突出的]是区别这个动作。"[③]也就是说,反讽者对反讽的目标物并不一定带有讽刺的意图,但他也不可能没有意图,我们可以把反讽者所有意图的范围总结为寻找差异性,使自己和反讽目标物区别开来。但我认为,取消"讽刺"的维度将会使反讽泛化为任何一种比喻辞格从而丧失意义。菲利普·

① Hamon, P. *L'Ironie littéraire, essai sur les formes de l'écriture oblique*. Paris: Hachette supérieur, 1996: 5.

② Hamon, P. *L'Ironie littéraire, essai sur les formes de l'écriture oblique*. Paris: Hachette supérieur, 1996: 4.

③ Huntcheon, L. Ironie et parodie: Stratégie et structure. *Poétique*, 1978(36): 467.

阿蒙说,"评价"是反讽的核心因素,"它既是素材,也是反讽意图的迹象,同时也是反讽的形式本身"①。评价像一架天平,承担起两头的重量,一头是被评价的标准,另一头是希望取代旧标准的新标准。反讽的"讽"字意味着被评价的标准被判定为低于新标准,我更倾向于用"不适合"来代替"低于",因为评判的内容不一定是价值高低,也可以是和语境相符的程度。如此或许可以回应琳达·哈琴所说的"区别"意图,反讽物需要和反讽目标区别开来,并非一定认为目标物低于自身,也不是单纯表现不同,也有可能目标物的价值被判定高于自身,但并不认为最适合当前语境(大到一个时代,小到具体的说话语境),反讽是为了强调"不适合"。面对某些看似缺乏明确目标、成为纯粹游戏的文本现象时,我们可以试着推断反讽的目标物,作者想要用游戏来强调何种"不适合"的规则。"差异"和"不适合"两条标准能够帮助我们扩大文学中反讽的定义,将当代反讽中的某些新现象也纳入到研究范围内,又不至于丧失对反讽的判定标准。

---

① Hamon, P. *L'Ironie littéraire, essai sur les formes de l'écriture oblique*. Paris: Hachette supérieur, 1996: 30.

第一章

被反讽的人物形象

本章旨在分析作者的反讽所针对的人群,即作为被反讽者的当代个体。本章将围绕艾什诺兹和图森两位作家的小说展开,因为他们从两个不同的角度呈现了当代人的两个显著特征。在作者塑造人物的过程中,反讽既出现在内容层面,也渗透在表现手法中。一方面,他们用反讽的意识精准地把握住了当代人存在境遇中无意识的可笑的一面,并将其转换成轻盈而戏谑的文学叙事。此时,反讽者是作者,被反讽者是当代个体。另一方面,当代小说的任务从"再现"转向"表现",叙事的回归和具有实验性质的写作结合在一起,形成了超越现实主义写作和经典小说性之上的"新罗曼司"。在人物塑造上,作者摒弃了传统的以身份和心理描写为主的手法,采用平面的、断裂的方式进行人物"速写"。此时,与其说反讽着眼于被呈现的对象,不如说反讽存在于表现手段本身中。所以,作家对当代个体的反讽既在于对人物特征的把握又蕴含于反常规的手法中。

托克维尔在《论美国的民主》一文中对西方现代民主制度提出了质疑。他在文中说:"如果说民主国家中有专制产生,它将呈现不同的特点:它更加广阔、更加温和,它不需要折磨人便能使人降格。"①托克维尔尖锐地指出现代民主制度中蕴含的针对个体的危险因素,他将此称为专制的一种形式。现代民主不以暴力的显性的方式规范个体,相反,"它以比以往更强的势头全面侵入私人事务中;它以它的方式规范更多更小的行为,它越来越多地进入日常生活,以旁敲侧击的方式围绕着每个个体,协助他、建议他、限制

---

① De Tocqueville, A. *De la démocratie en Amérique* (coll. «Le jardin du luxembourg»). Paris: Librairie de Médicis, 1947: 37.

他"①。国家权力不再像以前那样集中,它泛化到社会生活的角角落落、细枝末节中;它对个体的规范不以训诫和惩罚的方式出现,但并不意味着规范就此消失。相反,被泛化的权力披着温和的外衣出现在社会生活和私人领域中最不显眼的缝隙里,使个体在不知不觉中臣服于社会规则。权力不再以"威严的父亲"形象示人,它采取了民主家庭中温和的、开放的、鼓励型的父亲形象,试图让个体产生自由的幻觉:"国家从母亲手中接过孩子,将之托付给国家的执行者。国家承担起了为每代人灌输情感和思想的责任。不论是学习还是其他方面,同一性到处占据了主导地位,多样性和自由日渐消失。"②由此产生的现代主体是缺乏个人性的同一的个体,他们如同群体中的一粒沙子,既互相隔绝,又呈现出同样的面貌。尼采早在 19 世纪末期就对现代社会中个体的同质现象做出了预见。他说:"和我们同代人保持一致的情感越加深,人们就变得越趋向于一致,他们也越深切地感受到和他人最细微的差别都是不道德的。"③现代民主社会中的趋同倾向导致了大众社会的产生,但这里的大众已经失去了精英阶层和劳动人民的分野,大众成为现代社会中趋同的所有个体的统称,正如尼采所言:"'现代'世界由匀质的大众构成,不管是有文化的或没文化的,这并不重要。"④

托克维尔和尼采对现代性的深刻认识到今日已成为一种共识。进入到以服务业为主导的消费社会后,西方社会越来越呈现出矛盾的一面:一方面权力越来越分散,越来越泛化,赋予个人越来越多的自由(包括信仰自由、道德自由、两性自由、政治自由等);另一方面个体越来越缺乏个性,行动的领域越来越小,越来越缺乏主导自己命运的意志力。马克思主义社会学家马居斯在《单向度的人》一书中指出,后工业时代的西方社会虽然是一个福利社会,但"福利国家"是一个"杂交的怪兽",它介于"社会主义和有组织的资本主义之间,奴隶制和自由之间,极权和幸福之间"⑤。如前所述,国家以温

① De Tocqueville, A. *De la démocratie en Amérique* (coll. «Le jardin du luxembourg»). Paris: Librairie de Médicis, 1947: 23.

② De Tocqueville, A. *De la démocratie en Amérique* (coll. «Le jardin du luxembourg»). Paris: Librairie de Médicis, 1947: 21.

③ Nietsche, F. *La Volonté de puissance*. Bianquis, G. (trans.). Paris: Gallimard, 1935: 67.

④ Nietsche, F. *La Volonté de puissance*. Bianquis, G. (trans.). Paris: Gallimard, 1935: 81.

⑤ Marcuse, H. *L'Homme unidimensionnel, essai sur l'idéologie de la société industrielle avancée*. Wittig, M., Marcuse, H. (trans.). Paris: Les Editions de Minuit, 1968: 77.

和的家长的面目出现,将规训和惩罚融进教育和娱乐中,让个体在无意识中接受权力所希望成为的样子。福利社会表面上似乎将公民的福祉作为目标,但它最终希望通过将个体纳入到国家的保护体系中,使个体越来越难以走出全面的行政框架之外。"生活水准在提高,表面上看做出和制度相悖的行为并无社会效用,但是一旦违背将会带来经济和政治上明显的不便之处,并威胁到整体的有效运行。"①

由此出现了法国当代社会学家阿兰·埃伦贝格所指出的悖论:今时今日,西方社会经过战后各种解放运动的洗礼,个体享受到前所未有的诸多社会禁忌消失的自由,个体表面上似乎拥有更多决定自己命运的自由,但实际情况是他们陷入了更深的焦虑中,因为"行为管理的规训模式、规范社会阶层和两性关系的权威指令以及对禁忌的遵从让位于另一种规范,它命令个体要有个人能动性,命令他们成为他们自己"②。个体被命令承担自己的命运,做出自己的选择,或者说叫"消费自己的自由"。竞争意识和对个人能力的量化标准使个体感到此前没有的压力。"这样一种新规范的结果是我们的生活的所有责任落到每个人身上,而且也落到了个体和个体之间。这种存在方式表现为'责任病',个体感到自己没有用。"③社会似乎表面上鼓励每个人追求个性、成为自己,并给予人们充足的自由选择自己的生活方式,但实际上它所给予的自由的限度很小。更重要的是,它将"能力"作为考量一个"自由"现代人的评判标准,没有能力承担自己命运的人被视为无能者,"这个病态的社会的规则不再建立在负罪感和遵守纪律上,而是建立在责任和能动性上"④。

在这样的社会语境下,一批"有问题"的人出现了,他们无法在必要性和自由意志之间、在主体性和外部环境之间、在个人意志和行动能力之间找到平衡。于此产生的两种截然不同的行为模式可被看作当代主体的两面性,即自闭和焦躁。阿兰·埃伦贝格认为,这两种倾向成为压抑和冲动两种心

① Marcuse, H. *L'Homme unidimensionnel, essai sur l'idéologie de la société industrielle avancée.* Wittig, M., Marcuse, H. (trans.). Paris: Les Editions de Minuit, 1968: 28.
② Ehrenberg, A. *La Fatigue d'être soi, dépression et société.* Paris: Odile Jacod, 1998: 10.
③ Ehrenberg, A. *La Fatigue d'être soi, dépression et société.* Paris: Odile Jacod, 1998: 11.
④ Ehrenberg, A. *La Fatigue d'être soi, dépression et société.* Paris: Odile Jacod, 1998: 16.

理学上的基本机制:"它们是病态行为的两个方面,在压抑的情况下,行为是缺失的,在冲动中,行为不受控制。"①换言之,日常生活中的焦躁倾向表现在有行动的冲动但没有明确的目的,自闭则表现为过分关注内在性,从而忽视和外部世界的互动。两者虽然表现形式相异,但是在很多方面呈现出相同的特征。首先,两者都揭示了当代主体性的缺陷,比如意志缺乏、思想薄弱等。其次,两者都产生了某种分离现象:焦躁的人外在行为和内在性之间存在一定程度的分离,他们是行为的执行者,而不是创导者;自闭的人则完全从外部世界抽离出来,内在性和外部世界几乎分离。这两个心理学上定义的病态行为似乎恰如其分地揭示了当代法国社会中个体可能存在的普遍问题。②

　　这两种普遍存在的问题分别在艾什诺兹和图森笔下得到体现。艾什诺兹小说中的人物总是处于运动中,他们围绕着某个行动计划运转,在不知情的情况下一下子被推到运动的洪流中。他们往往不知道自己为何卷入进来,也并不想弄清楚,人物唯一的动机便是行动。反之,在图森的小说中,人物在大多数情况下是静止的,他们局限在狭小的封闭空间内,缺乏走向外部的勇气和动力。即便他们在行动,运动也依然被包裹在更大的静止中。文学评论家贝萨-旁吉认为,艾什诺兹和图森用各自的方式描写了同一个处于空虚状态中的当代个体形象:"如果说空洞的地理在艾什诺兹那里基本上是社会性的,那么在图森那里就是内在的。前者优先描绘当代社会中死去的空间,揭示了那些活在表面的人所受的明显的断裂之苦,后者试图越来越精确地圈定处于'空虚的恐惧'中的当代人模糊的人格。"③加宜和什维亚笔下的人物同样体现了迷失的当代人形象,加宜的人物听凭自己一时的情绪行动,缺乏坚实的内在性;什维亚以抽象的表现形式塑造了困于永恒的厌倦中的人物形象。他们的反讽首先在于作者本人的批判意识,他们怀着怜悯的善意和恶作剧般的乐趣塑造可怜又可笑的当代人形象。作者的反讽不仅出现于明确的评论话语中,更存在于描绘方式中。他们的作品以浓缩和夸张

① Ehrenberg, A. *La Fatigue d'être soi*, *dépression et société*. Paris: Odile Jacod, 1998: 213.
② 参见:赵佳. 从艾什诺兹和图森小说看当代主体的两面性. 外国文学研究,2014(1):96-104.
③ Bessard-Banquy, O. *Le Roman ludique*, *Jean Echenoz*, *Jean-Phillippe Toussaint*, *Eric Chevillard*. Villeneuve d'ascq: Presses universitaires de Septentrion, 2003: 71.

的方式将主体在日常生活中的行为倾向扩大成病态形象,从而将个体问题放到整个社会背景下来观照,通过嘲笑个体达到批判当代社会的目的。

1.1 漂浮的个体

詹姆逊在《后现代或资本主义晚期的文化逻辑》中指出,后现代主体相对于一个失去了中心的社会而言是一个没有中心的主体:"有中心的主体过去存在于资本主义前期'核心家庭'的时期,在今天制度森严的行政体系中完全消失了。"①失去了中心的主体是一个没有核心价值、被抽空的主体,他"漂浮、无所依、缺乏个人性"②。法国当代社会学家利波维茨基在《空虚的时代》中提出了相同的论断,他从空间和货币的变化出发,指出个体的漂浮源自于货币的不稳定以及空间地理的"去中心化":"自我失去了坐标和统一性[……]:自我变成了一个'模糊的整体'。具有重量的现实消失了,这是去本质化的过程,是空间去中心化的最后表征,主导了后现代社会。"③

艾什诺兹最初的小说通常表现了在广阔复杂的时空中不断移动的人物形象。乍一看,他的小说披着传统历险小说的外衣,但是人物的地位和经典小说相比有了很大改变。主人公的行为既不以群体理想为目标,也不以个体意志为动力。他既不像史诗英雄那样将外部世界看作表达群体理想的舞台,历险过程中遇到的任何境遇都不过是英雄情怀得以展现的背景。他也不像堂吉诃德这样在西方历史上第一波现代性浪潮中出现的主体形象,将目光从群体理想投向个体自身的紫念,并将行动看作是实现个体理想的方式。艾什诺兹笔下的主人公与其说在创造行动,还不如说在经受历险。他

---

① Jameson, F. *Le Postmodernisme ou la logique culturelle du capitalisme tardif* (coll. «D'art en question»). Neveltry, F. (trans.). Paris: Editions Beaux-arts de Paris, 2007: 54.

② Jameson, F. *Le Postmodernisme ou la logique culturelle du capitalisme tardif* (coll. «D'art en question»). Neveltry, F. (trans.). Paris: Editions Beaux-arts de Paris, 2007: 55.

③ Lipovestsky, G. *L'Ère du vide, essai sur l'individualisme contemporain* (coll. «folio essai»). Paris: Gallimard, 1983: 80.

经常无缘无故地掉进一个与他并不相关的故事里，对故事中人物的利害关系也不甚了解。他在行动，但又不知道为何行动，他甚至没有任何弄清现实的欲望①。他并不试图去理解发生了什么，他只听凭周遭世界把自己卷入到行动的洪流中。艾什诺兹笔下的人物是"天才的疯子，情绪紧张抑郁的人，多变的变态"②，他们展现了"一个毫无确信的世界的惊悸"③。这部分将以艾什诺兹的小说为例，分析在后现代社会中无根的个体，解读他们的欲望和挫败，他们的冲动和淡漠。我们将看到艾什诺兹如何通过反讽描写具有普遍特性的空虚的个体。

1.1.1　空虚的幽灵

艾什诺兹的第一部小说《子午线》正是描绘了这样一群不断移动、毫无根基的人物形象。文中有一段这样描写主人公拜伦："说实话，拜伦的存在毫无明显的依恋，毫无特别的根基。他既不执着于任何物体，也不停留于任何背景中，他真诚而毫不留意地在空间移动。他从来都没有家的概念，永远不会根据社会的指令执着于一个私人的、亲密的、令人眷恋的地方。[……]他不停地固执地磨平一切住处的特点，拼命地和个性化抗争。"（MG，217）拜伦抗拒个性化、有意义的空间的原因是"不管在哪里，我们在家中都感到不适。"（MG，217）正是这样一种普遍存在的不适感驱使人物不停地从一个空间转移到另一空间，不停地寻找能够立足的地点，却无法依恋任何一个地方。他害怕赋予自身以意义，因为意义意味着扎根，意味着承受重量，意味着肩负责任。抗拒意义、逃离稳定：内在的空虚驱使主人公不断地移动，以甩掉无意义的不适感。《高大的金发女郎》中同样充满了毫无个性、随波逐流的人物形象。比如侦探柏加拉在镜子中观察自己："总是同一个年轻的家

---

① 参见：赵佳. 从艾什诺兹和图森小说看当代主体的两面性. 外国文学研究，2014（1）：96-104.

② Bessard-Banquy，O. *Le Roman ludique*，*Jean Echenoz*，*Jean-Phillippe Toussaint*，*Eric Chevillard*. Villeneuve d'ascq：Presses universitaire de Septentrion，2003：233.

③ Bessard-Banquy，O. *Le Roman ludique*，*Jean Echenoz*，*Jean-Phillippe Toussaint*，*Eric Chevillard*. Villeneuve d'ascq：Presses universitaire de Septentrion，2003：233.

伙,虽然长着年轻姑娘般俊俏的眼睛,但还是有些肥胖、精明的样子,要说矮不够矮,要说胖不够胖,要说秃头头皮还不够光溜,但总会到来的。这些都会到来并使他忧虑。因为他未来 20 年的日子无疑已经确定了:香水、后跟垫片、厌食症、跑步[……]"(GB,75-76)"柏加拉总是穿得很精致,精心地选择衣服,他从衣服里担心地往外看这个世界的普遍状况,尤其是别人的穿着。"(GB,76)不同于拜伦的移动和追逐,柏加拉所代表的一群人是"套中人",他们小心翼翼地观察别人,避免任何和他人不同的地方,忧虑自己偏离轨道、和他人不同、和社会隔绝。他们也在不断追逐中,但他们追逐并非为了摆脱,而是为了定型,用社会的规范和定见为自己打造一件盔甲,避免因个人性带来的被惩罚的危险。两者都代表了处于漂浮状态中无个性的当代人:拜伦害怕意义的重负,拒绝为自己赋予意义,拒绝为自己打上鲜明的烙印;柏加拉寻求一种现成的意义,一种受社会肯定和他人共享的意义,害怕因追求个性而偏离常规。正如尼采在《欧洲的虚无主义》中所预言的那样,现代社会炮制出来的个体显示出"外部的移动和某种深层次的重负和疲倦之间的反差"[1]。

　　艾什诺兹的反讽在于他故事中的人物,不管是主角还是配角,均缺乏个人性。他抹平了一切人物的特点,将所有人置于同一个棋盘内,赋予他们外在的身份表征,抽空内在性,使人物成为只具备移动和转换功能的棋子。艾什诺兹描绘了"倾斜的、心理上迷失、外表具有变动性的人物肖像",他们体现了"迷失的主体的精华,受到退隐和丧失的威胁"[2]。"空"这个词像幽灵一样不时出现在他的小说中,人物在行动中某一时间突然感受到失真感。比如《高大的金发女郎》中的主人公萨尔瓦多有恐高症,他无法忍受从高处往下看时体验到的"空";同一本小说中的侦探卡斯特那在死前也经常梦到自己从高处坠落到一片"空"中;《子午线》中的薇拉参加完一个宗教仪式后出来感受到一种"空","一种既不会坠落、也不悲惨的'空',既不混乱也没有危险,一种像鸦片一样的'空',因此是真实的'空'"(MG,146)。艾什诺兹

---

① Nietzsche, F. *Le Nihilisme européen* (coll. «10/18»). Kremer-Marietti, A. (trans.). Paris: Union générale d'éditions, 1976: 238.

② Jérusalem, C. *Jean Echenoz, géographies du vide*. Saint-Etienne: PU Saint-Etienne, 2000: 168.

精准地把握到当代社会中的"空"的状态,当代人坦然地接受"空",并不质疑,更无力气反对,"空"已不再对主体产生震惊和撕裂的效果,成为当代人从出生起就浸淫其中的常态,因而我们不再感觉到从"有"坠落到"无"中的落差及其带来的恐惧和思想上的混乱。艾什诺兹的反讽在于呈现了一群习惯与"空"为伍的当代人,他们缺乏个性、边界模糊,逃离"空"又追逐"空",害怕"空"又需要"空",既渴望甩掉一切意义,又害怕偏离约定俗成的意义。

内在的"空"造成外在行为的无目的,当代个体的行为不以意志力为依托,不以寻求意义为目标,行动成为纯粹的行为,艾什诺兹惯常的"行为主义"的描写方法只从外部观察行为者,不进入人物的内心探讨行为动机,他摒弃一切与深度和动机有关的叙事手段,从侧面嘲讽了一群没有坚实主体性、如墙头草一般依形势而动的当代人。当艾什诺兹偶尔进行心理描写的时候,他或者将人物放到和空间的关系中,表现在"空洞的空间"中漂浮的"空洞的心理",或者只展示人物生物性的冲动的一面,完全受本能驱使,缺乏自我控制的动力和能力。比如《子午线》中的杀手赛尔莫在联合国做同传,在一次翻译过程中他毫无理由地离席,之后又毫无理由地杀死了三个美国人。又如《高大的金发女郎》中的格洛瓦,她无理由地将遇到的男性推下悬崖,她并不反思为何自己会这样,作者也无意对此进行解释。艾什诺兹的反讽在于取消了一切心理阐释,塑造了只负责受本能驱动的人物形象。《切诺基》中的主人公弗雷德,作者描写当他还是青少年的时候,他和他的女友在河边的场景:"弗雷德笑着转向西塞尔,从口袋里掏出一把刀,一把漂亮的拉吉奥勒刀,刀柄是骨头做的。他拔出刀,碰了碰刀尖和刀锋。西塞尔不确定是否应该害怕。当然弗雷德疯了的话会杀了她、强奸她,不管次序怎样,但他也可能只想向她展示他漂亮的刀。"(CHE,23)艾什诺兹无意于深究弗雷德的心理动机,他甚至不屑于做任何解释,他借西塞尔对弗雷德做出猜测,有意放弃了作者进行阐释的权力,将自己和读者一样置于不可知的境地,但他也狡黠地放弃了一个作者对故事逻辑理应进行的解释。他只展现人物不可预见的行为,不负责提供解释,这不仅是叙事上的策略,更是有意贴合当代人行为中冲动、非理性的一面。一句"不管次序怎样"将一个反讽的作者形象推到文本的前沿。作者喜欢在充满张力的叙事中加入反讽的声音,反讽消解了沉重的叙事氛围。比如同样是描写弗雷德,作者写道:"妈的,弗雷德喊了三次,然后又喊了几句威胁的话,要置对方于死地,这些威胁既不连贯又缺乏新意。"(CHE,97)"既不连贯又缺乏新意"显然是作者的评价,这些具有反讽性质的评价将重心从探索人物动机转移到了行为本身上。

除了漂浮状态中的空虚的个体外,艾什诺兹还描绘了当代个体中的一个重要特征,即无所谓的态度。利波维茨基在《空虚的时代》中如此描述:"上帝死了,宏大的目标熄灭了,但大家都无所谓,这就是令人愉快的消息,处于尼采所诊断的欧洲沉沦的临界点。意义的虚无、理想的坍塌并没有导致我们以为会有的更多的焦虑、荒诞和悲观情绪。那种出于宗教的悲剧性的观点被正在上升中的广泛的无所谓态度取代。"[1]意义的丧失确乎造成了某种迷茫和失落感,但当代个体并不因此感到内心的分裂和撕扯,因为分裂意味着仍然希冀追求统一的意义,求而不得形成理想和现实的鸿沟。后现代社会中的个体一开始就被置于意义空缺的处境中,他们把目光从环境之外的意义转向自我和环境的关系上,在和环境的周旋中耗费精力。当代人所感受到的疲惫和无力远远盖过了意义缺失的痛苦。意义是一件可供轻松选择和背弃的玩物,当代人像选取商品一样选取适合自己的意义。

艾什诺兹用他一以贯之的反讽刻画了淡漠的人群。《子午线》中聚集在岛上的杀手们似乎对自己的任务漫不经心,特里斯塔诺和约瑟夫"重新回到大楼里,脚步轻慢,带着礼貌和顺从,与情势所要求的相反。他们以洒脱的态度谈论着修理武器和建造最好的防御体系。他们看起来温柔而无所谓"(MG,205)。同样,杀手阿尔博加斯特和赛尔莫"像看任何一场比赛一样地观看打斗,阿尔博加斯特还把它拍下来了"(MG,229)。《高大的金发女郎》中的电视制片人萨尔瓦多雇佣私人侦探追查过气明星格洛瓦的行踪,但他对追踪结果并不在意,他把"不在乎"挂在嘴边,"我什么都做不成,我陷入僵局中,但我一样不在乎"(GB,173)。艾什诺兹的反讽揭示了对意义的不在乎是如何延展到个体社会生活的方方面面的:对成功的不在乎,对情感的不在乎,对政治的不在乎……没有什么价值值得现代人穷尽所能地追求和维护,资本主义前期所肯定的核心价值(成功的欲望、核心家庭的建立、政治权

① Lipovestsky, G. *L'Ère du vide*, *essai sur l'individualisme contemporain* (coll. «folio essai»). Paris: Gallimard, 1983: 52.

力的扩张)等都无法刺激处于"瘫痪"状态的当代人,他们经历着利波维茨基所说的"纯粹的淡漠"①。

1.1.2 "失败者"形象

利奥塔在《后现代的境况》一书中指出:"体系的真正目标,也就是它像一台聪明的机器一样设计自身的目的,使投入和产出的总体关系最优化。"②最优化不仅是资本主义生产制度对自身生产方式的一种设计,也是体制投射到个体身上,个体依照同样的原则规范自身的要求。是否能够产出以及产量的高低成为衡量个人价值的唯一标准。处于无意识状态的个体将体制的要求内化成自己对自己的要求,因而总是处于一种不能产出的忧虑中,这种忧虑导致了当下"抑郁症"的普遍化。埃伦贝格说:"抑郁的特殊性在于显示了生活的无力感,它表现为悲伤、疲倦、压抑和自发行动的困难。心理学家将此称为'心理动机的迟缓':抑郁的人困于没有未来的时间中,有气无力,深陷于'什么都不可能'的情绪中。疲倦空虚,躁动暴力,简言之,情绪紧张。我们在我们的身体中感受到至高无上的个体性带来的压力。"③

艾什诺兹的反讽在于塑造了与"生产者"和"高效能的人"相对的"失败者"的形象。他小说中的人物虽然无时无刻不处于行动中,但行动收效甚微和他们盲目执着的行动形成鲜明的反讽。作者以嘲弄的口气描写这些在疲倦和困乏中的无能的失败者,借此质疑社会的运转原则以及被规则控制疲于奔命的个体。艾什诺兹的小说惯常借用侦探小说和历险小说的外衣,因此会出现大量的警察和追捕者角色,作者喜欢将这些人描绘成"不合格的职业人":他们总是在追赶,抱着成功的渴望却漫不经心,每次疲惫的追逐都以扑空为结果。比如《子午线》讲述了发明公司大老板阿斯试图灭掉无用的发

① Lipovestsky, G. *L'Ère du vide*, *essai sur l'individualisme contemporain* (coll. «folio essai»). Paris：Gallimard, 1983：49.

② Lyotard, J.-F. *La Condition postmoderne*, *rapport sur le savoir*. Paris：Les Editions de Minuit, 1979：25.

③ Ehrenberg, A. *La Fatigue d'être soi*, *dépression et société*. Paris：Odile Jacod, 1998：17.

明家拜伦的故事。阿斯为了制造假象,谎称拜伦携重要文件潜逃,招致无数闻风赶来的追捕者。前赴后继的追捕者一次次上演围剿大戏,却均以失败告终。《切罗基》讲述了骗子弗雷德接手邪教,制造骗局谋取利益的故事。同样的,小说中围绕着邪教事件聚集了一大帮追捕者和侦探,不管是私人侦探还是警察都是"不合格的职业人",他们或者胆小笨拙,或者不知随机应变,抑或是根本不懂如何开枪射击或绑架别人。《高大的金发女郎》再现了同样的场景,女主人公格洛瓦是一个过气的明星,电视台希望挖掘她的近况来制作电视节目,于是雇人到处追踪她的行踪。然而,失败的追捕者总是扑空,他们每到一地,格洛瓦早已动身离开,重复出现的偏差强化了无能的职业人形象。反复上演的追逐和扑空的游戏隐射了不断追求效能和产出却始终无法达到标准的当代人。

读者经常能从侦探和追捕者口中读到类似于"我感到事情失败了"(GB,170),"一切都完了,毫无希望"(CHE,34),"真难,一切都很难"(CHE,66),"这是个失败,这次行动是一次失败"(CHE,170)这样的句子。这些句子被分散在小说的各个角落里,无时无刻不在提醒读者人物无法胜任工作的挫败感和不能掌控局面的慌乱。艾什诺兹小说中几乎所有的侦探和追捕者都将此作为口头禅,无能者的形象甚至超越了执行者的角色,感染了计划制订者。比如《切罗基》中的大老板吉布斯向主人公乔治承认:"我遇到钱的问题,最近我的境况不妙。"(CHE,162),或者当另一个主人公弗雷德试图说服吉布斯自己完成任务时,他说:"我怎么会知道该怎么做。"(CHE,74)自觉无能、不知所措的情绪像传染病一样感染了艾什诺兹小说中的所有人物,作者漫不经心地描写他们的挫败感,似乎这已经成为每个个体的常态。比如在《子午线》中,大老板阿斯和盲人杀手胡塞尔之间的对话:"胡塞尔,我有些犹豫,阿斯说。他们都在犹豫,阿斯边坐下来边说。实际上非常正常。"(MG,16)同样是阿斯和胡塞尔的对话:"没成,阿斯说。哦,经常不成,胡塞尔说。"(MG,32)人物对失败的处境习以为常,以至于失败已经成为正常的事情,艾什诺兹的反讽在于他用简短的,甚至是中性的话语描写悲伤的处境。不带情感的叙述和严肃的处境形成了反差,抽离了失败的苦涩,将道德评判泛化成不带情感色彩的描述,就好像人物对自身的失败毫无感觉,无所谓的态度像疟疾一样感染了整部叙事。

作者有时会用戏剧化的手法描写不合格的侦探的行动,他的描写如同喜剧默片一样以快速移动的行为和急转直下的情节来制造慌乱、可笑的情境,将失败的苦涩转换成滑稽的喜剧,将挫败感溶解在捧腹大笑中。《切罗基》中充斥着各种笨拙的打斗场面。比如李佩和波克是一对搭档,受雇于一家私人侦探所。他们奉命寻找失踪的鹦鹉或女人,却总是以失败告终,这是一对不合格的侦探的典型形象。两者像孪生兄弟一样一齐出现,一齐受困于无法控制的场面中,一齐陷入手忙脚乱的慌张情绪中,两者像对方的哈哈镜,互相照出扭曲笨拙的丑态。比如以下这段描写:"李佩后走进来,躲在瘦小的波克之后,又害怕又紧张的样子。他走路的时候推了一把高脚椅,在它倒地的时候及时扶住了,但又把椅子上放着的烟灰缸打翻在地上,烟灰缸砸在地上碎成两半。所有人都静止了,大力士站起来,认出了李佩恐惧的表情。"(CHE,52)李佩一连串的动作给人应接不暇之感,作者用高速运转的情节制造喜剧效果,描写了无法控制自己的身体和情绪、更无法控制场面的失败者形象。不管行动交替多么迅速,蹩脚的侦探仍然无法挽救失去控制的局面。迅速连续的行动和收效甚微的效果之间形成反差,构成了艾什诺兹叙事中的一种反讽手段。

迅速的连带效应不光出现在单个人物的相继动作中,并造成了机械感,它同时存在于不同人物相似情境的累积中。比如《切罗基》中私人侦探所老板贝纳德第询问其员工的工作进展,"乔治承认研究费罗的遗嘱没有任何进展。毫不令人惊讶,贝纳德第困倦地说,继续。接着是李佩,他指着自己额头上棕色的圆弧,还在说工伤和休息的事。贝纳德第叹了口气,在李佩递给他的纸上签了名。谢谢,李佩说。不要滥用权力,贝纳德第说。至于摩根的鹦鹉,波克解释说他在外省找到一条线索,他有可能周二不在。好的,贝纳德第说"(CHE,66)。调查毫无进展,每个侦探都陷入相同的僵局中,失败如多米诺骨牌般产生连锁效应,不断累积,造成了普遍的僵局。

追捕者也不尽然是完全的失败者,艾什诺兹的小说中也会出现技艺高超的职业杀手形象,他们一开始在小说中出现的时候给人冷静、高效的感觉,作者善于将这类"职业人"的形象拔高,造成读者对其效能的期待,随后制造一个出其不意的结局,把拔高的"职业人"形象重重地摔到地上。如此有意为之的草草收尾制造了"雷声大,雨点小"和"虎头蛇尾"的效果,打破了读者对人物的期待,通过"高效的职业人"和失败的结局之间的反差来制造情境反讽的效果。比如《子午线》中的盲人杀手胡塞尔一开始出现的时候,大家都怀疑他的职业能力,然而他用一系列举动证明了自己的专业性。就在读者以为他将大展身手,展现黑帮英雄的智慧时,作者却用寥寥几笔结束了他的生命:"约瑟夫水平地射出一颗子弹,与头齐高,盲人杀手纵身一跃,动作毫不连贯,好像他同时向不同方向跳跃一样。第一颗子弹偶然启动了他的视觉神经,胡塞尔在倒地之前感到眼前一闪,这是唯一和最后的一闪,然后他彻底死了,头颅碎成两半,迸出的脑浆四散在花菜上,泛白的弯曲的菜心就像植物的脑子一样,出于亲和力、相似性和团结吸附了人脑的脑浆。"(MG,204)灵巧和善于应变的盲人杀手激发了读者的高期待值,然而他却在行动刚开始时就迅速死于别人的枪下,且动作笨拙,死相难看。作者带有讥诮的比喻将一个"高效生产者"的光辉形象瞬间贬低为失败者的形象,以此反差抹平了高效者和无能者之间的差别,将他们置于同一水平线上,这种普遍的失效揭示了每个人心中对于无法达到最优效能的隐忧。

1.1.3　反讽和怪异:颠倒的世界

艾什诺兹在描写人物的过程中并不遵守现实主义的原则,他既不赋予人物社会身份上的稳定性,也不挖掘他们的深度心理。这些"扁平"人物只依照他们在故事中的功能运动,外部行动成为定义他们的唯一特征。洛朗·迪穆兰在《没有宣言的小说》一文中已经指出新一代小说家的写作特点:"在这些年轻作家笔下,人物只是工具:他们的行为既没有被解释也没有被评论,他们的性格没有被评价。没有任何内在性和描写心理的话语来定义他们的思想。"[①]行为主义的描写方式并不单纯将人物看作是叙事的工具,它更是对应了作者看待当代个体的整体视角。为了突出当代人滑稽可笑的处境,艾什诺兹采用了连环画的笔调,用扭曲的线条、夸张的色彩勾勒出一个个形态怪异的图谱式人物形象,他的小说世界如同哈哈镜一样照出

① Dumoulin, L. Pour un roman sans manifeste. *Écritures*, 1991(1): 17.

一个失真的世界。艾什诺兹的反讽并不是尖锐的、细腻的、精英主义的，相反，他的反讽始终和怪异、变形、疯狂联系在一起，"小说的所有元素重现了不知满足的原型，缺失、断裂、疯狂运动的修辞"①。

　　艾什诺兹既呈现了一个充满运动和情节的似真的世界，又运用各种手段使搭建起来的世界失真，他的小说在似真和失真之间成为真实世界的一个变形的镜像。在描写人物方面，他有很多手段使人物失真，从而造成反讽的效果。首先是人物的名字。艾什诺兹喜欢用一些稀奇古怪的名字来命名人物。这些名字主要分成两类，一类是外国名字，一类是捏造的名字。因为艾什诺兹的人物运动在广阔的空间中，人物往往走出法国甚至欧洲的疆域到其他国家旅行。他笔下所呈现的异国是异国情调和现代性的双重堆积，但他的反讽在于抽掉异国情调中的实质内容，使异国情调沦为单纯的符号堆积，他的小说展现了一个由各种显意符号堆积起来的"中空"的世界。同样，人物的外国名字参与了整部小说"中空"的异国情调，比如英文名字"波克""布鲁克梅耶""拜伦""斯特拉"，意大利语名字"沙皮罗""克里斯丹诺""萨尔瓦多"，印度名字"穆巴纳尔"。还有一些名字完全是作者捏造的，比如"克洛克南""克雷米奥""佩尔索纳塔兹"。作者在捏造这些名字的时候一是考虑到音韵上的响亮，二是考虑到字形上的冗长、复杂，从而造成滑稽怪异的效果。更多时候人物的名字纯粹出自作者游戏语言的乐趣，作者无意于塑造有身份有故事的似真的人物形象，他从奇特的名字开始就将他的人物定义为图谱和符号。

　　其次，艾什诺兹在人物外形的塑造上同样使用了变形的效果。主要手法有三。一是运用夸张的亮色组合，呈现了一种不协调的斑斓的效果。比如克洛克南出现的时候穿了一件"三文鱼色的衬衫"外加一件"闪着蓝色亮片的深蓝色外衣"(CHE,156)；或者吉布斯的妻子"眼皮上涂满了绿杏仁色的眼影，嘴唇上涂着胭脂红的唇膏"(CHE,161)。对比度很高的色彩搭配造成了夸张的效果。二是对身体某个特征的夸大。比如乔治第一次看到吉布斯的时候，"乍一看他的脸和整个身体似乎在不停地抽动，之后发现不是：那是四肢不对称产生的效果。不过他确实也有抽动，只是没那么多"

　　①　Dumoulin, L. Pour un roman sans manifeste. *Écritures*, 1991(1)：242.

(CHE,106)。再比如讲到格洛瓦在穆巴纳尔的诊所看到的一个病人有"一种特殊的斜眼:左眼像杀手一样一动不动,右眼像保镖一样随时在动"(GB,175)。作者惯于描写变形的、不协调的肢体,以肢体的扭曲影射人物的不定型,如照哈哈镜般折射出一个奇形怪状的世界。第三种方法是反讽的比喻,作者运用别出心裁的比喻,出其不意地将人物比作某种特殊的人或物,在两个并不关联的事物之间强行制造出关联,具有反讽的意义。比如作者写波克的衣着,他"隐约像拉皮条的人或早餐"(CHE,32);再比如说到巴特提斯特的脸很苍白,作者说"好像在漂白水里漂白过一样,像一个喜欢举重、过早断奶的天使"(CHE,84);又比如说到布拉东,作者说他是"装配错误的偶然结果,好像因为粗心把一个牧师的头安在一个搏击者的身体上"(MG,109)。在第一个例子中,作者将拉皮条和早餐两个完全不同的喻体放在同一个人身上,有惊愕的效果。在第二个例子中,喻体本身的两个特性毫无关联,缺乏逻辑,它们的叠加造成了一种"偶然、随意、失衡"的感觉。

最后是人物行动描写。艾什诺兹的人物的身体在行动中呈现出几个倾向。一是快速。如前所述,艾什诺兹把人物放到高速运动的轨道上,让他们承受接二连三,应接不暇的行动。情节像多米诺骨牌一般具有连带效应,似乎人物被放到过山车一般上上下下的轨道上自动运行,失去控制。二是笨拙。艾什诺兹的人物往往不知道如何应对突如其来的情境,他们手忙脚乱、手足无措,以此造成滑稽剧的效果。比如《子午线》中的这段:"他又吸了一口粉,动作失误了,刀锋偏离轨道,深深地刺入鼻梁骨中,鲜血四溅。他尖叫一声,疯了一般地按下对讲机,比利吉特跑过来。"(MG,76)这一段很短,但集中了快速和笨拙两个动作特点。尤其值得注意的是,它将人和物置于同一个动作网络中,人和物同时是动作的发起者和承受者,它们如同一个扁平世界中被拉平了的不同元素互相作用,人和物之间的主客关系不复存在,是作者巧妙的反讽之处。

艾什诺兹在塑造人物的过程中将人物置于大的网络下,和其他种类进行比照。为了制造怪异的效果,艾什诺兹运用了一个独特的技巧:对换,指两个相邻种类之间的特点的互换。比如 A 和 B 是两个不同种类,A 的特点进入到 B 里,B 的本质不变,但特点发生变化,看起来像一个杂交品。喜剧效果来自于一个事物应然的状态和实际状态之间的差距。从这个意义上说,艾什诺兹的对换体现了喜剧的本质:"所有的理论家认为喜剧的本质是某种类似于错位、不正常、有距离的东西。"①在对换中被扰乱的是不同种类之间的明确界限,被扰乱的秩序扭曲了对世界的正常感知,从而引发笑声。

艾什诺兹最常见的对换可以总结为:神被动物化;动物被人格化;人被机器化或动物化;机器失灵。神、人、动物、机器是四个界限分明的种类,一般来说这四个类型是互相独立的。每个种类都有自己专属的特点,在我们的脑海中都会对每个特定的种类有相对清晰的定义。而且,这四个种类等级明确:神体现了升华,动物体现了本能,人处于中间,而机器是非生物体。这些领域的互换不但在每个领域中引入了异己的元素,而且有可能会破坏种类间的等级。在互换的喜剧效果中有两个因素:对现实进行陌生化和去等级化。这两者都会带来身份的混乱。如果说一个种类的特性能够轻松地进入另一个种类的构成中,我们又如何定义自身的身份呢? 如果上下可以互换位置,那么每一个种类在世界中是否有明确的位置呢? 笑是对身份危机的反应:"当错位动摇了我们惯常的逻辑,即便是短暂的,也会让人发笑。喜剧,或所有被看作具有喜剧色彩的东西的中心是意义的丧失。"②

神被动物化的一个典型例子是《高大的金发女郎》中的贝利亚。贝利亚是个奇幻的生物,他伴随并保护主人公格洛瓦。叙事者如此定义他的性质:"在最好的情况下,贝利亚是幻觉的产物,是一个精神不正常的女人想象出来的。最坏的情况下,他是某种大天使,至少他跟这个团体还有些相像。让我们看看最坏的情况。"(GB,36)这个生物的身份难以定义,叙事者倾向于把他看作大天使,也就是神。虽然他是神,但他"很丑,很小,以至于守护天使团体将其拒之门外"(GB,36)。于是,他被迫从事自由职业,在格洛瓦身边担任守护天使。因为他的形体和职业,守护天使被降格为人,而且是失去任何崇高光环的人。他很平常,喜欢钱,"神色匆匆像生意人在赶火车,穿了件新西装,每隔五分钟看一下手表和小记事本"(GB,246)。

然而,他徒有人的皮相。他不但没有抑制格洛瓦作恶的倾向,反而敦促她把别人推下悬崖,有时是情势所逼,有时则是为了找乐子。贝利亚的粗俗

① Sternbert-Greiner, V. *Le Comique*. Paris, Flammarion, 2003: 17.
② Sternbert-Greiner, V. *Le Comique*. Paris, Flammarion, 2003: 18.

让他完全没有神的样子。当格洛瓦被一个小混混纠缠,"贝利亚不知道从哪里钻出来,突然站在年轻女人的肩上,开始喊,脸上充满了恨意。把这个混蛋杀掉,贝利亚狂暴地喊道。把他阉了。把这王八蛋的眼睛弄瞎"(GB,115)。这个段落让人忍俊不禁,大天使的形象被彻底破坏,丧失了所有的严肃性。他完全被动物性所控制,象征了潜藏在格洛瓦内心深处的动物本能。小说最后女主人公的神经官能症神奇般地痊愈了,贝利亚也消失了。所以大天使就是那股毁灭性的冲动,神性和动物性被放在了一起。

动物化了的神的反面是被人格化了的动物。《切罗基》中的鹦鹉摩根就是个典型的例子:"这是世上最饶舌的鹦鹉,和我们平常见的完全不能相提并论。当然它没法说完整的句子,所以有很多短句、骂人的话、重复的话、诅咒、口号,会好几种语言。它还会模仿机器的轰鸣、门的吱嘎作响、枪声、各种不同的动物叫声以及叫床声。"(CHE,81)由于它有很强的模仿能力,当它在修女那儿时,"摩根学会了一系列神秘主义的用语和呵斥的话,用的是标准的拉丁语。六个星期后,祷告前的早自习,鹦鹉就能够代替上级点学生的名了。当鹦鹉开始扰乱嬷嬷呵斥寄宿生时,她才决定摆脱它。嬷嬷正襟危坐,摩根几句话就把所有的严肃劲儿给打消了"(CHE,141)。鹦鹉很适合用于制造喜剧色彩,因为它能够模仿人,正是这个能力让它很容易被人格化。但是鹦鹉和人之间的距离是不可逾越的,一只会讲话的鹦鹉怎么都不可能成为人,它被限制在它的动物本性中。动物越是像人,就越能产生喜剧效果。因为特点越是相像,两者间不可逾越的距离就越是被强化。

第三种对换是被机械化或动物化的人。当人被机械化时,我们从生物跨越到非生物。有生命的物体被物化在伯格森看来是喜剧的核心,所谓"机械附着在有生命的物体上"[1]:"不管在哪种情况下,当一个人本应该在某些方面柔软、专注、灵活、有生气,却显示出机械和僵硬,就会惹人发笑。"[2]这个特点在艾什诺兹的小说中显露无遗。人物的喜剧效果正是来自于僵硬、不协调、不知变通、如机器一般的身体。人物僵硬的行为来自于不理解社会的运行规则,所以表现得像一尊没有意志的木偶。众多快速运动、笨拙且机

---

① Bergson, H. *Le Rire*. Paris: PUF, 2004: 29.
② Bergson, H. *Le Rire*. Paris: PUF, 2004: 8.

械的身体共同营造出一个失去控制、急转直下的世界。小说家的反讽在于用夸张的手法描写一个失去规则的社会。人被动物化则将人这个灵肉半掺的存在中的精神部分完全剔除,人被圈定在他的生物属性中。作者体现人的动物性的方式主要是运用一些表现动物的词汇,尤其是动词。比如在描写李佩的时候,作者用了"咆哮""狮吼"(CHE,49);在描写乔治的时候,作者用了"马嘶"(CHE,220)这个词。作者特意选择了表现动物的动词来描述人的行为,从语言层面巧妙地将人降格为动物。

坏掉的机器和人的失败相辅相成。《切罗基》一开始,读者就被告知乔治的手表坏了。同样,乔治的汽车"经常坏"(CHE,15)。次要人物的装备和主要人物一样可笑。两个私人侦探的车也经常坏掉,有时快有时慢,很难找到合适的速度。光是《切罗基》一书中便出现将近十次机器失灵的事故。经常坏掉的汽车影射了同样无能的人物,或者是停停动动的故事情节。机械化的人和坏掉的机器共同构造了一个运行失调的世界,个体无法确立自我,物也变得不可控制。一切都在瓦解、流散、丧失。神被动物化或动物被人格化制造了同样的效果,万事万物不在其位,身份的界限变得模糊,有秩序的理想社会和一个失调的现实社会之间形成了反差。

1.2 自恋的个体

汉娜·阿伦特在《现代人的处境》中将人类的活动领域分为三种,一是公共领域,对应于政治活动,她认为公共领域体现了自由和公平的原则,因为在政治活动中人们需要走出自身,和他人接触,简言之,人们需要行动。而行动意味着迎接未知,创造不可能的事。走出自身,创造属于自己的故事体现了勇气,"能够走出私人的避难所,让别人看到我们是谁,勇于表现自己,表露自己,已经体现了勇气"①。第二个领域是私人领域,历史上它对应于家庭,"生活必需品和需求促使人们生活在一起,他们因此臣服于一种力量,就是生活本身"。第三个领域随着现代社会的产生而产生,它介于公共领域和私人领域之间,它就是社会领域。社会领域与经济活动关联,也就是说过去属于私人领域的谋生活动成了"群体的关注点"②。社会领域的不断扩张和公共领域的萎缩鼓励人们愈发进入私人领域,现代意义上的私人领域已经不具备维持生活必需的生产功能,它演变为"亲密关系的避属"③,它不再对应于公共领域,而成为社会领域的对立面。当社会领域不断扩张成为人类活动的主导,私人领域作为其反冲鼓励了某种狭隘的个人主义,现代人"被抛弃并封闭于内省和内在性中,他经历最多的是空虚的精神活动、算计和精神孤独的游戏"④。

托克维尔在《论美国的民主》中同样预见了西方现代民主制度下个人主义的盛行:"人们不再从属于某个种姓、阶层、行会、家庭,因而不再觉得互相被联系在一起。他们过于关注自己的利益,只考虑自己,陷入一种狭窄的个人主义中,所有的公共美德都被抑制了。[……]公民失去了共同的兴趣,共同的需求,所有互相理解的需求,所有共同行动的机会;[……]人们封闭在私人生活中。"⑤托克维尔从国家治理术的意图和现代社会中团体观念的解体两个方面解释了个人主义生发的原因。不管是因为社会生产领域的扩张助长了私人性,还是现代国家治理的需求将个体打入封闭、精细的自我管理体系中,托克维尔和阿伦特都揭示了现代人越来越偏离群体生活走向个人化、私密性的趋势。

发展到今日,当代社会确乎全面进入了某种自恋型的个人主义时期。

① Arendt, H. *Condition de l'homme moderne*. Fradier, G. (trans.). Paris: Calmann-Lévy, 1983: 244-245.

② Arendt, H. *Condition de l'homme moderne*. Fradier, G. (trans.). Paris: Calmann-Lévy, 1983: 71.

③ Arendt, H. *Condition de l'homme moderne*. Fradier, G. (trans.). Paris: Calmann-Lévy, 1983: 77.

④ Arendt, H. *Condition de l'homme moderne*. Fradier, G. (trans.). Paris: Calmann-Lévy, 1983: 398-399.

⑤ De Tocqueville, A. *De la démocratie en Amérique* (coll. «Le jardin du luxembourg»). Paris: Librairie de Médicis, 1947: 57.

私人性和亲密感成为人们判断自己和环境、自己和他人关系的优先价值标准,私人原则甚至浸染了公共领域的活动,成为判断公共事务的标准之一。美国社会学家塞内特在《内在性的暴政》一书中说:"西方社会正在从一种几乎被他人领导的社会类型过渡到一个被内在性领导的社会,虽然很难说内在性由什么构成。因此产生了公共生活和私人生活的混淆。"①从此,人们进入"内在性的暴政"中,内在性成为感知外部活动的主要方式:"社会关系只有在考虑到每个人的内在心理时才是真实可信的。这种意识形态将政治范畴转换成了心理范畴。"②当代社会心理学、心理医生、心理阐释的盛行;各种自我修行和灵性探索的书籍和活动的走红;对饮食、养生、瘦身、锻炼等自我管理方式的关注表明普遍的自恋型人格的产生。但正如利波维茨基所说,当代纳喀琉斯具有脆弱的一面,"当代人独自穿越沙漠,肩上毫无任何可以仰仗的超验根基[……]抑郁的广泛存在并非因为每个人的心理问题和今日生活的难处,而是由于对公共领域的放弃。纳喀琉斯在清洗了地盘后,产生了纯粹的个体。他在自我寻找,脑子里都是关于自我的谵念,于是当他独自面对一个困难的处境而没有任何外力相助时,随时都有可能失败或崩溃"③。对内在性的弘扬并没有使个体对自我有清醒的认识,个体沉溺在某种空泛的内在中,找不到真正可以立足的根基。

图森的小说以反讽的笔调描绘了困于内在性中的当代自恋型个体。他笔下的人物似乎很难找到融入他所在的社会,或者人物因为本身没有坚实的性格,难以确定对世界的感知,或者人物和外界之间不存在真正的共鸣,以至于完全沉浸到了内心世界中。主体和世界的关系可以概括成"微小但本质的不适应"(F,64)。主体并不试图去融入环境,因为和世界的不协调并没有造成主体强烈的内心冲突,他安然接受现状,既不改变自己,也不改变世界,在微小但本质的不适应中获得妥协。如果说艾什诺兹表现了一群随波逐流,在行动中逃遁的失败者,那么图森要表现的则是一群放弃抗争,

① Sennett, R. *Les Tyrannies de l'intimité*. Bernan, A., Folkman, R. (trans.). Paris: Editions du Seuil, 1995: 14.

② Sennett, R. *Les Tyrannies de l'intimité*. Bernan, A., Folkman, R. (trans.). Paris: Editions du Seuil, 1995: 197.

③ Lipovestsky, G. *L'Ère du vide*, *essai sur l'individualisme contemporain* (coll. «folio essai»). Paris: Gallimard, 1983: 67.

在逃遁中行动的局外人。艾什诺兹的反讽针对当代世界隐晦的一面,图森的反讽则描写了当代社会的分裂和琐碎。而且,图森的反讽总是伴随着某种焦虑,作者将严肃的内容包含在轻盈的语调中①。

1.2.1 自我封闭的个体

图森的第一部小说《浴室》为其此后的小说奠定了基调。这部小说描写了陷入细微、琐碎、庸常生活的人。小说开始,主人公将生活完全局限在浴缸里,他的所有活动仅限于观察、思考、与女朋友简单的交谈,以及一些非常琐碎、没有意义的动作。小说是这样开始的:"当我开始在浴缸里度过所有下午的时候,我并没有想要驻扎下来,不,我在那里愉快地度过了好几个小时,在浴缸里沉思,有时穿着衣服,有时不穿衣服。"(SB,11)此后,主人公大多数时间都在浴缸中度过,他的女友埃德蒙逊认为,"在[他]拒绝走出浴缸的行为中有某种干涸的味道"(SB,11)。小说进行到一半,主人公走出浴缸,去意大利度假。旅行途中也没有任何激动人心的事情发生,一切以日常生活的惯有步调缓慢前进。小说最后,主人公回到浴缸,继续他的生活。"我整个下午都躺在浴缸里,闭着眼静静地沉思,因为不需要表达思想,感觉神奇而中肯。"(SB,130)他最后对女友说:"在二十七岁,即将二十九岁的年纪蜷曲在浴缸里,这样生活可能有些不健康。"(SB,131)他摸着浴缸的边缘,眼睑下垂,说:"我应该去冒险,勇敢地打破我抽象而宁静的生活⋯⋯"(SB,131)我们可以看到,整部小说形成了一个首尾呼应的循环,时间在这个循环中日复一日地逝去,中间的旅行并没有打破这个循环,它只不过是浴缸逻辑的再现。曾经有的疑问和走出去的冲动并没有在行动中得到解决,小说最后再次重复了对现有生活的质疑。但这样的质疑并没有触动主人公内心深处,矛盾和困惑在图森人物惯有的反讽语调中被遗忘,就像是对生活的不屑态度避免主人公进一步探讨问题的本质所在②。

---

① 参见:赵佳. 从艾什诺兹和图森小说看当代主体的两面性. 外国文学研究,2014(1):96-104.
② 参见:赵佳. 从艾什诺兹和图森小说看当代主体的两面性. 外国文学研究,2014(1):96-104.

浴缸是一个隐喻，对封闭空间的极端化隐喻。这个空间既是受到保护的私人领域，也象征了当代人珍视且极力维护的内在性。图森的主人公呈现了一个压倒性的内在空间，他拒绝所有走向外部空间的可能性，这是个体对外部世界的淡漠和不信任导致的结果。图森的反讽在于用一个近乎荒诞的象征揭示了人和外部环境之间的隔阂，以至于人只能为自己建立起一个方寸之间的外壳，作为唯一具备意义的空间。浴缸中的人并不完全在思考和感受，他并非真的堕入到可以提供精神支持的可被信赖的内在性中。更多时候，主人公在浴缸中做一些无聊而琐碎的动作，这些瞬间极具反讽意味：主人公以为可以逃遁到自己的内心世界中，其实他的内在只是复制断裂而庸常的外部世界。比如作者花了整整一大段来描写油漆工杀乌贼的动作："卡布罗温斯基侧站着，穿着白色的衬衣，灰色的背带，他试图把刀尖刺向摊在砧板上黏糊糊的乌贼的一只触角里。让-玛丽·卡瓦尔斯卡金斯基（在埃德蒙逊离开后不久他就穿得整整齐齐地来了）用他纤细的手扶住乌贼，不让它乱动。他摘掉手表，心不甘情不愿地上阵。他在裤子上围了一圈抹布。他站得直直的，抿着嘴。他有时会不动声色地建议从离刀刃最近的地方下手。卡布罗温斯基并不听他的，他卷起袖子，头发挡住了眼睛，面部扭曲，双手紧握，用尽力气把刀刺向乌贼的内脏。"（SB,28）这些具有反讽性质的段落昭示了迷失在琐碎行动中的当代个体，他们将全部注意力放在并无意义的微小动作中，试图从中获得生活的乐趣。他们没有兴趣自问生活中是否有更广阔的舞台，更有意义的行动，那个萎缩的内部空间成为他们赖以生存，获得意义的全部领地。主人公中途去意大利旅行，旅行中依然充满了各种琐事，历险的概念不复存在："我找到一家银行换了点钱。我买了一只便宜的收音机。我喝了一杯浓缩咖啡，问人要了香烟。在一家大商场，我买了一件睡衣、两双鞋、一条短裤。我手中捧满了袋子，最后在一家药店停留了一会儿。"（SB,56）和艾什诺兹不同的是，图森小说中人物的旅行不重复某种空洞的异域符号，他在异国寻找日常生活的影子，然而，反讽的是，这再现了毫无意义、并不被作者肯定的日常生活的逻辑。我们很难说是内部世界的逻辑影响了对外部的感知，还是外部和内部世界实现了惊人的统一：失去统一性后的断裂。

　　沉浸于内在性中的人表现出对自我的过度兴趣。但图森的反讽在于，

41

他并不呈现人物过于膨胀的意识、情感和思想,从某种程度上说,他和艾什诺兹一样小心翼翼地回避深度心理的陷阱。他避开激烈的内心冲突和道德考量,通过细微的动作描写内在性。图森人物的内心像一面反光镜,任何试图走近深度心理的努力都会被反射回来。比如他这样描写人物对自我的关注:"我站在镜子前,专注地看着我的脸。我摘下手表,放在我面前的洗脸池搁板上。指针在表面转动。我一动不动。每转一圈,一分钟流逝了。又慢又惬意。我在刮胡子的刀片上涂上肥皂水,脸上和头颈上抹上面霜。我慢慢地移动刀片,擦掉泡沫,皮肤又出现在镜子中,显得有些紧绷,有些发红。结束后,我重新把表戴在手腕上。"(SB,26)镜子是自我的象征,在镜子前观察自己体现了某种自恋倾向。图森的反讽在于人物的自恋并不以丰满的内在性作为依托,他嘲笑了现代人被强行激发起来的表象的自恋,他们其实并不了解自我,缺乏反思和自问。当代人的自恋是对作为表象的自我的肤浅依恋,这个作为表象的自我轮廓模糊、变幻不定。人物可笑的虚荣心还体现在以下这段。主人公收到奥地利大使馆的邀请信,应邀出席一个晚宴。他前去赴宴,只有场面上的套话和无聊的应酬。然而,他回来后绘声绘色地向女友描述:"外交官们纷纷走向我,听我讲裁军,女人们推推搡搡想要接近我们这一小群人,我手持酒杯,滔滔不绝地讲着,奥地利大使爱艮沙福特是个严谨、中正、博学的人,他承认被我严密而细腻的论证所折服,最后,他很真诚地赞美了我英俊的外表。"(SB,30-31)这段描述具有喜剧效果。主人公对自我滔滔不绝的赞美中透露着一种有意为之的自恋,既体现了人物对自己的嘲讽(他其实并不在意自己在说什么),又传达了作者对人物的嘲讽。人物夸大的自我在平庸的环境中显得格格不入,他试图在静止的生活中引入一点公共领域的出彩行为,却在现实和话语间构造出一个荒诞的反差。对自我的强烈关注"有损于对现实世界的确信"[1],与其说自恋体现了对自我的赞美,不如说它"被对自我的仇恨滋养"[2]。

① Arendt, H. *Condition de l'homme moderne*. Fradier, G. (trans.). Paris: Calmann-Lévy, 1983:90.

② Lipovestsky, G. *L'Ère du vide*, *essai sur l'individualisme contemporain* (coll. «folio essai»). Paris: Gallimard, 1983:105.

1.2.2 假装的社交性

如果说第一部小说《浴室》的主人公完全将自己封闭在狭小空间中,甚至断绝了和外部的联系,那么在第二部小说《先生》中,事情似乎有了进一步的发展。主人公不是毫无作为,相反,他名校毕业,在一家大型汽车公司就职,收入丰厚,生活没有明显的问题。然而,图森想要通过这个人物说明的并不是个体缺乏承担社会责任的能力,而是个体无力发现和承担现状之外的更加广阔的人生。尽管《先生》中的主人公拥有良好的生活条件,承担了一定的社会责任,但本质上他和《浴室》的主人公并无二异:在日复一日的庸常的生活中消耗生命,缺乏走出去的动力和勇气,时不时感到愤怒,但是愤怒很快成为生活之流的一个小波浪随风而逝。通过"先生"这个匿名的人物,图森似乎把一个个体的状态扩展到整个社会的普遍现象。"先生是当代人的一个可能形象,迷失在幻灭的世界中。虽然对任何事物都不确信,但他却被今日享乐主义的'成为你自己'的命令敦促,被迫确立自己的观点和兴趣。"[1]先生既不像艾什诺兹笔下几乎没有知觉、随波逐流的人物,也不是完全意识到外界和内在之间的不协调、逃遁到内心世界中的人,他处于两者之间。他既不对生活说是,也不说不。他对现状有一定意识,知道并不是理想的状态,但他对不适的体验并没有强烈到放弃生活的地步,他甚至还能从现有生活中获得些许满足。他所做的唯一努力是不争不抢,运用最小的必要的努力维持生活,悠悠然度过一生。"先生并不向生活索要更多,一把椅子而已。那儿,在两个犹豫之间,他试图逃遁到简单安详的动作中去。"(M,89)[2]

和《浴室》主人公不同的是,"先生"并不从生活中退隐,而是在似真似假间洒脱地嘲笑生活。"生活对于先生来说是个儿戏"(M,111),叙事者这样说道。他在大公司中担任中层管理职务,但他在工作中保持低调,不多使一

---

① Bessard-Banquy, O. Monsieur Toussaint. *La Nouvelle Revue française*, 1998(543): 112.

② 参见:赵佳. 从艾什诺兹和图森小说看当代主体的两面性. 外国文学研究, 2014(1):96-104.

分力去获得优异成绩,"先生"并不关心社会成功。他天天准时到办公室,整理文件,看看报纸,每天上午到咖啡馆去一次,"买一包薯片,[……]若有所思的样子,看看海报,时不时吃一块薯片"(M,9)。开会的时候,"先生坐在左手边第十七张椅子上,经验告诉他,这个位子最不引人注意,因为在杜布瓦·拉古尔夫人旁边[……]先生小心翼翼地和她保持一致,当她侧身的时候他也侧身,当她后退的时候他也后退,这样就永远不用直接暴露自己。当总经理高声叫他名字的时候,他伸出头来,好像很吃惊的样子,他弓下身子,向经理问好,马上以干脆、精确、职业化的方式回答。嘿哈。之后,他手指微微颤抖,重新蜷缩在邻座的影子里"(M,12)。他总是"穿着灰色的西服,白色的衬衫,打着一条让大家都很羡慕的深色领带,他边听收音机边摸自己的两颊和生殖器,不经意地摸摸自己的身体,这是个好计划,但说老实话,他并不觉得老是摸自己有什么舒服的地方"(M,32)。这些非常具有喜剧色彩的段落呈现了一个既有专业性(或试图显示出专业性),又在工作中显得懒散、漫不经心的职业人形象。这个形象的反讽之处也是他的矛盾之处,他很好地融入了社会,不是艾什诺兹意义上的失败者,也非图森小说中惯有的"零余人",他是有效的生产者和社会制度的遵循者,但他同时也是一个不思进取、漫不经心的劳动者。他和他所遵循的制度之间有隔阂,导致他对社会成功并不认同,但同时他又没有自己核心的价值观,他甚至对有没有价值观无所谓。这是一个利波维茨基所说的"漠然的人",对什么都无所谓,对什么都提不起兴趣,怎样生活都可以。反讽的是,他的秘书杜布瓦·拉古尔夫人赞扬他说:"你总是看起来什么都没干,[……]但我们能从中辨认出一个优秀的劳动者。"(M,13)作者的反讽体现在人物外在行动和内在世界、外部评价和实际情况之间的反差上。

在他和其他人的关系中,图森的人物尽量退让,以至于唯唯诺诺、优柔寡断,从来都不知道拒绝。与其说他们想取悦别人,还不如说他们想避免争端,安然地继续那波澜不惊的生活。"先生"就是这样的人物。生活中的他"和所有人都保持了良好的关系"(M,31);他前女友的家人甚至将他视为"理想女婿的典范"(M,30)。工作中,"公司内部的人都挺接受他的。虽然他有些不善言辞,但他还是不失时机地加入到和同事们的谈话中。比如在走廊里低着眼睛,听他们争论某个问题。之后,他抱歉说失陪,他转过身去,漫不经心地回到办公室,一只手沿着墙滑动"(M,8-9)。"先生"是个表面上善于和人打交道的职业人,但明显他所有的社交性都建立在职业的基础上,为了工作的需要不得不和同事保持一定交往。他对深层的人际交往并无兴趣,对他人在生活中的出现和消失并不在意,当他的前女友和他分手后,他"都无法说出他们为什么会分手。他有点不大知情,实际上他只记得对方数落了他不少缺点"(M,30)。无所谓的态度蔓延在图森的这部小说中,人物在外部世界中的相对融入以情感上的淡漠为代价。图森借此嘲笑了当代社会中的个体,他们虽然要应对社交和沟通的要求,实际上对他人却并无兴趣。这些淡漠的社会人"在情绪上是疏离的","没有深深的眷恋,不想感到脆弱,想要获得情感上的独立,独自生活,这就是纳喀琉斯的形象"①。

　　"先生"这个老好人同时又是软弱的。他不知道如何拒绝别人。他的邻居让他担任速记员,"先生"不知如何回绝,只好答应帮他做事。他一度祈求秘书给他解决问题,他"仅仅限于不断重复说,在他看来事情毫无解决的可能性",而她"生气地总结道,他就不能自己独自解决问题?"(M,38-39)叙事者不无反讽地说:"不。情况陷入了僵局。"(M,39)"先生"这个形象的典型之处在于他揭示了当代个体自我膨胀背后是自我意志的缺乏,不知道自己需要什么,即便清楚但没有肯定自我意志的勇气,在他们的自恋中有太多自我的泡沫,在他们的合群中有太多对他人的妥协。因而,在表面的交流、沟通、合群、适应中有自我压制、自我管理的成分。圆融的社交性以磨平棱角为代价,背后是需要不时被释放和补偿的欲望,正如"先生"所意识到的那样:"他感到自己太平静了。他知道他应该在生活中时不时地生气,当然要慢慢地,一步步地,以免让聚积起来的压力一下子爆发"(M,84)。与其说我们面对的是一个膨胀的自我,不如说是一个萎缩的自我,"一个被截肢的、杂交的、退化成一种生活方式"②的自我。

　　① Lipovestsky, G. *L'Ère du vide*, *essai sur l'individualisme contemporain* (coll. «folio essai»). Paris：Gallimard, 1983：109.
　　② Lebrun, J.-C., Prévost, C. *Nouveaux territoires romanesques*. Paris：Messidor/Editions sociales, 1990：17.

1.2.3　幼稚的成年人

在说到苏珊·雅各布和图森的小说时,米歇尔·拜伦说:"愿不愿意成为成年人[在今天]成为一件私事,唯一遵循的逻辑是个体的情感和利益。"①在图森的小说中,主人公对封闭空间和内在性的执着,对自我的过度关注,对公共领域和对他人的疏离似乎都在昭示一个拒绝长大的成年人的社会。他们不愿意走出家门去体验社会,更不愿意去经历未知来证明自我。"所有在一个并不熟悉的空间中受到震动的欲望消失了,然而这些欲望对人类来说是必需的:它可以使他们质疑自己的信仰,从而成为公民。"②成为公民首先意味着走出家门,走进公共领域去展现自己,与他人碰撞,所以成为公民的前提是成人。图森小说中的人物不但没有成为公民,他们甚至拒绝成人。米歇尔·拜伦认为,图森小说的人物属于这样一类人物:"他们似乎根本没有试图去抗争,就已经提前同意消失。自此消失的是社会性存在,即争取在社会中获得一席之地,并竭尽全力保全他们的位置。甚至在游戏未开始之前,当代人就这样放弃了拼搏,直接喊停。"③图森运用惯有的轻盈语调,在漫不经心间描绘出陷于永恒童年中、拒绝成年的当代人形象。这里,我们看到了主体内心的矛盾和改造世界能力的衰退。事情没有任何变化,甚至连变化的愿望都不曾出现。

图森的小说中有多个人物自比为孩子,比如在《照相机》中,叙事者把自己的皮肤比作婴儿般的肌肤,说:"我那婴儿般的肌肤是如此娇嫩"(APP,17)。同一本小说中,主人公和女友一同去灌煤气,中途他"吸吮着罐装牛奶"(APP,53)。小说的开头,主人公到驾校报名,需要一张证件照,主人公犹豫再三,拿出一沓童年时期的照片:"你看,这张我站在我父亲身边,我妹妹在我母亲怀里。那张我和我妹妹在游泳池里,救生圈后面的就是我妹妹。

①　Biron, M. Evitons les conflits. *L'Atelier du roman*. 2003(36): 28.

②　Sennett, R. *Les Tyrannies de l'intimité*. Bernan, A., Folkman, R. (trans.). Paris: Editions du Seuil, 1995: 233.

③　Biron, M. Evitons les conflits. *L'Atelier du roman*. 2003(36): 28.

这张还是我和我妹妹在游泳池里。"（APP,10-11）主人公兴致勃勃地向驾校老板娘介绍自己的照片,似乎在他的头脑中,证件照可以被童年照代替,儿童似乎仍然是他作为成年人的身份。图森用他惯有的反讽嘲笑了仍然活在童年中的个体,他们不但不遮掩自己的幼稚,甚至故意张扬某种孩子气。图森早期的小说中几乎每部都有儿童或少年的形象出现。比如《浴室》中医生的女儿、《先生》中"先生"的小侄女以及大使家的儿子、《照相机》中帕斯卡尔的儿子、《缄默》中主人公的儿子。每本书中的主人公都和儿童有接触,他往往和儿童相处融洽,他懂得如何跟他们沟通,并一本正经地教导他们。和成人世界中的疏离相对的是在儿童世界中的游刃有余。图森的人物不但自比为儿童,叙事者也不无反讽地将两者进行比较。比如在《先生》中,叙事者如此描写:"先生不失时机地教导她们,想让她们明白一些生活的大道理。先生觉得这些大道理很神秘,在她们眼里就更神秘了。"（M,72）两者之间的类比折射了图森的人物仍然活在儿童的思维和视角中。

除儿童外,图森的小说中也充满了父母的形象,他们总是以温柔的保护者和照顾者的形象出现。比如《浴室》的主人公在浴缸里的时候,他母亲来看望他,"妈妈给我带了蛋糕。她坐在马桶盖上,双腿上摆着打开的纸盒,她把蛋糕摆在一只碟子上"（SB,13）。《照相机》中主人公和女友帕斯卡尔在灌煤气的时候遇到点问题,他们几经周折仍然无法解决问题,之后,帕斯卡尔的父亲出现了,和他们一道去煤气公司。"帕斯卡尔从食品袋里拿出一包薯片,吃了几片,收音机放在两腿上,若有所思地看着售票厅里的童子军们。走,上路了,孩子们。他的父亲把食品袋收起来,走在我们前面到了地下室。"（APP,69）不仅父母以照顾者和保护者的面目出现,小说中其他人物也带上了父母的影子。比如《浴室》中的主人公在意大利旅行时偶遇一个医生,医生请他到家里吃饭,主人公见到了医生的妻子。他说:"女主人并不比我大多少,但她把我当儿子看。"（SB,111）再如主人公和女友埃德蒙逊之间也像母亲和儿子,或像两个孩子一般。"当埃德蒙逊看到我时,她用球拍向我示意,摇摇摆摆向我跑过来,鼓起两颊,对我笑着。她跑过来迎接我。我等着她。她碰了碰我的脸,表扬我头发很干净。"（SB,74）或者当半夜醒来时,主人公感到忧伤:"我闭着眼睛,把手放在埃德蒙逊的手臂上。我请求她安慰我。她用温柔的声音问我为什么需要安慰。我说,安慰我。她说,但为了什么。安慰我,我说。"(SB,92-93)图森的人物不仅有意无意地将自己比作儿童,他们更将整个世界幼稚化了,常常把自己和他人的关系视为孩子和父母的关系。图森用反讽和幽默的笔调描写了一群拒绝长大的人,他们安然自得地封闭在儿童的心态里,用潇洒的态度大方地承认自己的幼稚,并不觉得有问题,甚至有意彰显自己儿童的一面。我们在这里看到托克维尔所预言的"以温柔的父亲形象示人的国家"和一群需要照管的儿童公民,幼稚成为一种可被容忍、无伤大雅的状态。图森貌似随意的反讽中有尖锐的批评意识。

1.2.4 互相隔绝的个体

正如前文所说,尼采在《权力意志》中预言了现代社会中的个体如沙子一般,虽然表面上集合在一起,但每颗沙子之间是孤立的。孤独是现代人的处境之一,但当代社会生产组织形式需要人员流动,互相协同,人和人之间因为生产需要联结在一起,要求加强个体和个体之间的交流,个体和整体之间的黏合程度。这便造成了某种矛盾的现象,个体和个体之间因为功能性原则建立起一定的社交性,但互相之间并没有真诚的交流。在社交和流动的表象下是互相隔绝、互不关心的当代人。"这个社会取消了地理意义上的距离,却在内部接受了距离。"[1]汉娜·阿伦特指出,孤独是大众社会的特征之一,"和他人的客观关系被剥夺,出现了大规模的孤独现象,并给了孤独最为反人类的极端的形式"[2]。图森的小说以其受限的空间性体现了被孤立的个体,他同时呈现了个体和个体之间建立交流的企图。具有反讽意味的是,这种企图被自我对他人漫不经心的态度和人际间的摩擦挫败了。图森小说中的人物或者龟缩在自己的角落里,对他人不感兴趣,或者对他人怀有莫名的敌意。他的笔下充满了失败的交流,揭示了当代社会中虚伪的社交性。

---

① Debord, G. *La Société du spectacle*. Paris: Gallimard, NRF, 1992: 130.
② Arendt, H. *Condition de l'homme moderne*. Fradier, G. (trans.). Paris: Calmann-Lévy, 1983: 99.

在《浴室》中,作者用诙谐的笔调描写了各种交流失败的场景。比如两对来主人公公寓做客的夫妇,其中一对和主人公聊起了他的研究主题:"当这对老房客听说我是研究人员时,对我的研究轮番提问,做出了评论,表达了他们的看法。他们兴致勃勃地讲着,努力说服我,最后给了我建议。[……]我把橄榄核吐在手上,点头表示同意,但并不真的在听。当他们向我解释我的博士论文结论的大纲应当如何时,他们站起身,坚信已经说服了我[……]"(SB,42)不管是主人公,还是老房客夫妇,他们都并不真正关心对方在想什么,老房客夫妇滔滔不绝地表达自己,主人公则一言不发,拒绝表达自己。图森通过这场假装的交流嘲讽了当代人交流企图中的两个极端,一种人过度交流,另一种人拒绝交流,两者都表现了真正的交流的缺失。另一对表现出同样的冷漠:"在向我礼貌地笑了笑后,他们不再对我感兴趣,开始低声交谈。他们不再关心我的存在,谈论着最近的聚会、度假的回忆、最近一次的冬季运动。之后,埃德蒙逊仍没回来,他们拿起身边的杂志,翻阅着,互相给对方看照片。我站起来,放了一张碟片,重新坐下。"(SB,44)这一段描写了人和人之间如何在社交空间(客厅)和社交需求(朋友的朋友)的双重暗示下,因为缺乏交流的动力而最终交流失败。每个人都沉浸在自己的世界中,不愿对别人产生兴趣,不愿进入别人的世界。这个场景辛辣地讽刺了居伊·德波在《景观社会》中所说的"被孤立的个体的集合"①。

人际摩擦也是图森乐于展现的场面,他不仅描写亲密关系中的冲突,更乐于展现陌生人之间无来由的敌意。比如,小说《浴室》表现了众多冲突的场景。首先是主人公和女友之间的冲突,主人公独自到意大利旅行,女友希望他回巴黎,两人僵持不下,后来女友到意大利找他,途中两人频繁发生摩擦,最后主人公一气之下将飞镖射向女友的额头。这个具有犯罪意味的场景凝缩了紧张的亲密关系,图森以他一以贯之的反讽描写了作为现代人最后堡垒的私密性不但没有成为个体的保障,甚至变成互不理解的来源。同样,《浴室》中还有姐弟之间的冲突、个体和行政机构的冲突、主人公和路人的冲突。主人公这样描写路人:"他们互相观察,互相监视。有时我和他们的目光相遇,我只看到一种泛泛的敌意,甚至都不是针对我的。"(SB,124)

---

① Debord, G. *La Société du spectacle*. Paris: Gallimard, NRF, 1992: 130.

作者敏锐地把握住了人和人之间的防备心理,因为不理解和拒绝走近别人而与他人产生隔膜。图森的人物或者不与他人产生关系,或者与他人产生矛盾的关系,人物似乎总是找不到和他人相处的最佳状态,以至于产生了一种泛化的失效的交流。

颇具有讽刺意味的场景是主人公在公共空间中和陌生人之间的碰撞。这些场景展现了人和人之间既希望互相交流,又互相排斥、互相警惕的矛盾。图森用某种木偶剧的形式呈现个体机械的、喜剧的动作,以此使读者意识到人际冲突中可笑的部分。比如《先生》中描写的一段公交车站中的冲突:"先生不喜欢所有和他或多或少相似的人。不。比如一天晚上他扭伤了手腕,他边等公共汽车边读报纸,运动背包放在脚边。身边一个先生试图问他一些事情。先生不回答。那个先生看到他读完了一篇文章,谨慎地笑笑,觉得应该再重复一遍他的问题。先生放下报纸,若有所思地从头到脚打量他。那个先生靠近他,突然推了他一把。先生失去平衡,撞在公交车站的铁栏杆上。"(M,15)这个段落虽然表现了现实生活中可能发生的摩擦,但描写的方式充满了怪异的色彩,失真感来自于人物动机的不明确,我们不清楚为什么"先生"不回答问题,也不清楚为什么对方要攻击他。"先生"和那个先生代表了城市中两个匿名的个体,他们带着天然的警觉抗拒真正的交流。图森的反讽善于将现实生活中的寻常场景陌生化,抽去组成现实感的细节,现实怪异的真相一下子暴露在了读者眼前。

艾什诺兹和图森的小说描绘了当代个体典型的两个方面,一个是焦躁,一个是自闭,两者产生自一个讲求高效和能力,同时将个体互相隔绝在各自的内在性中的社会。两者虽然描写的人物和风格有所不同,但呈现出一定的共性。他们都塑造了一群"失败者"的形象,艾什诺兹的人物或者没有工作,游手好闲,或者是不称职的职业人,他们疲于奔命,却总是达不到预期目标。图森的人物虽然有职业,但他们无所事事,将时间花在一些琐碎、无意义的事情上。两位作家作品中的人物都表现出对社会生活一定的介入,比如艾什诺兹的人物总是在参与行动;图森的人物,如"先生"拥有寻常意义上体面的工作和生活,但这些人物都呈现出某种虚假的社交性。他们似乎在介入生活,但心不在焉,对行动的结果并不在意,对他人也漠不关心。他们像游魂一样体现了当代个体中"空"的特点。两位作家的人物也都体现出逃避的倾向，艾什诺兹的人物在行动中逃遁，图森的人物将自己封闭在内在世界中，他们体现了个体和环境之间的隔膜。

　　艾什诺兹和图森对人物的反讽体现在作者的意识和描写手法上。艾什诺兹喜欢将人物描写成无意识的人，他们受制于环境，被环境所塑造，但他们自己浑然不觉，他们像"活死人"般在环境中移动。然而，作者意识到了（或有意制造了）环境和人物之间的错位，他以作者的意识来应对人物的无意识，在作者和人物之间形成意识上的距离，反讽便产生于这种距离之间。图森的人物虽然并非无意识，但他们却深陷在自己的问题中，缺乏解决问题的能力，他们就像一群瘫痪的人，被囚禁于内在性中。图森时常出现在文本的间隙，公开嘲讽他的人物，彰显他和人物之间的距离。另外，两位作家用各自的艺术手法达到反讽的效果。艾什诺兹只从外部描写人物行动，他们的行动呈现出机械、快速的特点，他们的身体总是失去控制，如同在小丑剧中一样奔跑扭打。作者去掉一切深度心理、一切回忆和情感，只呈现现象中的人。图森虽然会描写人物的内心，但他或者在内心世界和外部世界之间划一道鸿沟，以断裂琐碎的行动来衬托过于膨胀的内在，或者专注于描写一个失去结构的内在性，思想和情感被描写成飘忽的、混乱的、茫然的，甚至是表象的。两位作家都创造了一种扭曲的、失真的叙事和一群怪异的、反常的人。借由个体，他们表达了对当代社会尖锐的嘲讽。

第二章

当代反讽者形象

　　本章将分析当代小说中的反讽者形象。和被反讽对象不同的是，作为反讽者的人物自身具备反讽意识，他们不再是对自己的境况漠然不知的人。相反，他们有着对荒唐的现状尖锐的意识，或者通过直觉，或者通过思辨把握到了现实中不合理的一面，进而形成和现实对立的意识，我们将这种和境遇对立的意识称为反讽的意识。但这种反讽的意识又必须通过反讽的行为得以体现，这时反讽成为自由选择后的行为方式和生存策略，用以对抗不合理的现实和在现实中沉沦的无意识的个体。对反讽者的探讨实则是对反讽在当代社会中的伦理向度的探索。值得注意的是，反讽者也有可能成为作者嘲笑的对象，此时他既是反讽者又是被反讽者，他既是作者的代言人又成为被批判的对象。反讽者角色的多元化表现了当代文学中作者反讽意识矛盾的一面，他既否定现实，又否定自我的否定意识。对反讽意识的弘扬同时伴随着对反讽行为的合理性和有效性的怀疑，体现了当代反讽自我否定和自我批判的一面。

　　透过艾什诺兹和图森小说中的个体形象，我们可以看到当代个体正承受着现代社会所带来的种种困扰，作家们在善意的嘲讽中有对现实的清醒认识。他们在作品中描述了另外一群人，他们或者对现状有同样清醒的认识并主动和现实拉开距离，或者虽然并没有意识到自身境况中荒谬的地方，但他们以某种下意识的行为与现行的社会标准产生偏差，从而和环境拉开距离。这些人物可以被称为反讽者。反讽产生自个体和环境、自我和他人，甚至是自我和自我之间的不统一。当现实和理想的状态有距离时，反讽的意识或行为成了填补距离的一种方式。但这种方式并不一定能改变现实，它是人物意识上的弥补，通过有距离感的、疏离的方式对反讽对象中背离理想状态的地方进行批判。正如波扬在《反讽的道德》一书中指出的那样，反讽"源自不完美,源自平衡的丧失,它成为迹象"①。此种不完美可以是任何维度上的,可以是社会的,可以是道德的,可以是形而上的,甚至可以针对任何一种和期待有差距的现实或虚构。反讽是面对不完美时个体的种种反应:防卫、攻击、试图进行改变,抑或只是单纯的嘲讽。总之,它是"面对世界、社会、个体的谎言和矛盾时,我们所产生的一种综合反应。[……]它让我们能够灵活地组织思想和情感,并使之保持弹性。它是人们的自然反应,面对世界、生活和精神上的矛盾所产生的既矛盾又统一的回应,它让人既能够最大限度地适应环境,又能够使现实在可能的情况下适应人"②。

在《反讽的机制》一文中,夏热总结了反讽者一般具备的几种特征:"佯装[……]超脱[……]缺乏自发性,双重性[……]优越感[……]"③。反讽的词源意义来自苏格拉底,他佯装无知,和他人对话,以此反衬对方的无知。表里不一成为反讽者最早也是最大的特点。表里不一可以指行为和意图间的不统一,也可以指表面话语和实际意义之间的差异,前者是行为上的反讽,后者是话语上的反讽。我们将会看到,当涉及当代作家作品中的反讽时,人物的反讽更多的是行为上的反讽,而作家的反讽则是话语上的反讽。我们在第一章中已经指出,反讽者的表里不一有虚伪的嫌疑,但并不以获取利益为指向。反讽"存在只是为了被揭露,甚至它只在被揭露的瞬间才存在"④。反讽的功用超越了对具体对象的嘲讽和批判,它表里不一的存在方式揭露了现实自相矛盾的面目,反讽者和现实之间形成了同构现象:"一种自我揭露的欺骗在逻辑上成立吗?是的,如果我们承认在现实中存在二元性。反讽的领地是存在和不存在之间、真假之间、善恶之间、人神之间、理念和现象之间、你我之间、明义和显义之间的对立。"⑤

反讽的第二个特点是超脱。反讽和喜剧之间有一定的相似之处,喜剧的形成机制和悲剧不同,悲剧若想达到净化功能就要实现观众和人物之间

①　Paulhan, F. *La Morale de l'ironie*. Paris: Librairie Felix Alcan, 1925:173.

②　Paulhan, F. *La Morale de l'ironie*. Paris: Librairie Felix Alcan, 1925:147.

③　Schaerer, R. Le mécanisme de l'ironie dans ses rapports avec la dialectique. *Revue de métaphysique et de morale*, 1941(48): 194.

④　Schaerer, R. Le mécanisme de l'ironie dans ses rapports avec la dialectique. *Revue de métaphysique et de morale*, 1941(48): 185.

⑤　Schaerer, R. Le mécanisme de l'ironie dans ses rapports avec la dialectique. *Revue de métaphysique et de morale*, 1941(48): 185.

的共感,但在喜剧中,共感让位于距离感,只有当人们能够将自己和人物的处境区分开来,才有可能对处于无知和不幸中的人物进行道德判断。反讽同样需要反讽者和被反讽的对象拉开距离,甚至对后者具有道德和智力上的优越感才能对他进行评价和攻击。超脱既是和被反讽对象产生距离(被反讽对象有时是反讽者自己,这时需要更大的自我超脱的能力),也是和情境产生距离,即知道环境中虽然存在矛盾、偏离、紧张,甚至是危险,但仍然能够以不急不缓的态度面对,留给自己调侃的时间,也留给对方琢磨的时间。在一来一回的"表演"和"猜测"之间是一种可被称为游戏的空间。"精神脱离于生活,驱遣了迫在眉睫的危险,不再执着于物,将物推向精神视域之外。"①反讽需要目标,但同时又不能过于执着目标,如果过于执着某个目标,那么想要达成什么目的,直接地传递信息甚于反讽者的"猜谜游戏"。因此反讽具有某种"贵族式的优雅",它是"迫切的义务和事务的敌人"②。

在本书所涉及的反讽者身上,传统反讽者的特征仍然存在,但改变了倾向。我们可以把当代反讽者归结为"反社会、喜破坏、享乐主义者"三个特征。如前所述,当代反讽者深陷于个体和环境之间的巨大差异中,他们所面对的最大的二元性不再是苏格拉底时期人的肉身存在和精神实体之间的间隔,不是错误的自我认知和获取真理之间的差距,而是个体和作为现实环境的社会之间的矛盾。形上和形下的命题在当代反讽者这里退化为真实可感的社会和个体之间的紧张关系。反讽不再是获得真知的手段,而是对抗社会的方式。帕朗特在《反讽的心理学研究》中指出,"反讽从源头上说是一种比较个人主义的情感"③;是"社交本能和自我本能之间的斗争"④,即"自我的要求、理想和社会的要求、理想之间的对立"⑤,社会层面上的对立"主导

① Jankélévitch, V. *L'Ironie*. Paris: Flammarion, 1964: 21.

② Schaerer, R. Le mécanisme de l'ironie dans ses rapports avec la dialectique. *Revue de métaphysique et de morale*, 1941(48): 185.

③ Palante, G. L'ironie: Étude psychologique. *Revue philosophique de la France et de l'étranger*, 1906(61): 147.

④ Palante, G. L'ironie: Étude psychologique. *Revue philosophique de la France et de l'étranger*, 1906(61): 153.

⑤ Palante, G. L'ironie: Étude psychologique. *Revue philosophique de la France et de l'étranger*, 1906(61): 155.

并概括了其他层面上的对立"①。因此,当代反讽的首要目标是社会制度和社会规则,"反社会"指对现有社会规则的质疑和不认同。

当代反讽者会采取两种方式来表达对社会的不满,一是"佯装",二是公然挑衅,而后者成为优先选择对象。"佯装"是因为个体和环境之间产生冲突,个体为了在批评环境的同时还能保全自己,采取"佯装"的策略。此时"佯装"意味着采取和环境同一的评价标准,假装认同外界的价值,但内心持排斥和批判的态度。因此"佯装"具有某种保守性,虽以批判为目的,但又因为不敢直面批评而呈现出道德上的懦弱。当代作家笔下的反讽者往往直接摈弃和环境的任何妥协形式,人物禀性和主导对立的价值,比如图森笔下的"闲人",加宜笔下反理性的爵士乐手,什维亚笔下的犬儒主义者等。个体不再以间接的、曲折的、隐晦的方式抵抗社会,他们直接而张扬地追求个人自由。当一个社会没有公然声称的主导价值或过于集中的权力时,人们不再需要隐藏自己,保全自己,某种具有荒唐意味和挑衅性质的行为成为反讽者的优先选择。但"佯装"并没有淡出视野,我们将看到,艾什诺兹笔下仍然有想要隐蔽自身的人物,但他们隐蔽自己是为了破坏体制,他们"佯装"不是为了保全自己,而是为直接攻击反讽对象做准备。从这个意义上说,当代反讽者具有破坏性。破坏精神在四位作家身上都存在:艾什诺兹的人物暗中破坏整个体系;在图森这里,破坏甚至达到了暴力的程度;什维亚则通过奇思妙想来破坏语言和文明的逻辑;加宜的破坏精神尤其体现在对理性的背离上。四位作家都用自己独特的方法在严苛的体系中打开了一条口子,但是他们改革的冲动只能通过破坏来实现。

传统反讽者的另一个特点"超脱"在当代反讽者身上仍然存在,但变成了另一种更符合时代特征的倾向:享乐主义。利波维茨基在《空虚的时代》中批判了当代社会中普遍存在的享乐主义思潮,他认为这是对什么都无所谓的、淡漠的人背弃了意义问题,转而追求感官享受。享乐主义是大众潮流,是无意识的行为,但它同样可以逆转成为反对主流价值的行为方式,关键在于人物是否将之作为一种相反的生存方式进行实践,并确实造成个人

---

① Palante, G. L'ironie: Étude psychologique. *Revue philosophique de la France et de l'étranger*, 1906(61): 155.

价值和社会价值之间的对立。人物和作者的态度成为我们判断一种行为是否是反讽的标准。当然,也有可能一个人物既是反讽者又是被反讽的对象,此种评判模糊的反讽在当代小说中比比皆是,确乎体现了当代小说在价值判断上的游离。四位作家笔下享乐主义的反讽者颠覆了不同行为之间的价值大小。惯常意义上严肃的行为(比如冒险、工作等)让位于边缘的行为(比如散步、玩音乐之于艾什诺兹;爵士乐之于加宜;游戏和静观之于图森)。从某种程度上说,享乐主义和游戏给了行为以意义,因为它们挑战了当代社会的功能性,试图恢复悠闲的智慧。反讽存在于这样一种闲散所隐含的批判意识中。

2.1 命运反讽:当代社会的隐喻

命运反讽从字面意义上理解就是个体受到命运的嘲弄,事情的走向完全朝着个体预料的相反方向演变,最终导致命运从顺境到逆境的突变。《俄狄浦斯王》的情节是命运反讽的经典例子。亚里士多德将人物从顺境向逆境的突变称为"突转":"突转颠倒了行动的效果,或者处于必然,或者似真的一样。"①"突转"是指情节突然向相反的方向逆转,可以是从顺境到逆境,也可以是从逆境到顺境,在悲剧中,往往是从顺境到逆境。然而,命运反讽并不止于"突转","发现"构成其不可分割的一部分。亚里士多德如此定义:"发现,顾名思义,是从无知向知情的转变,是对应该获得幸福的人产生爱,或者对应该经受不幸的人产生恨。"②在这个定义中,"发现"不单单是发觉真相,它还有明确的伦理导向,也就是恢复人物的伦理向度,获得其应该有的评价。亚里士多德认为"突转"和"发现"应该共同使用,才能最大限度地实现悲剧的震惊效果:"最精彩的发现往往伴随着突转"③。悲剧中命运反

---

① Aristote, *Poétique*. Magnien, M. (trans.). Paris: Livre de poche, classique, 1990: 54.

② Aristote, *Poétique*. Magnien, M. (trans.). Paris: Livre de poche, classique, 1990:101.

③ Aristote, *Poétique*. Magnien, M. (trans.). Paris: Livre de poche, classique, 1990:101.

讽的另一个组成部分是双义话语,即"某种双重情境的两个不同方面之间产生碰撞,观众知晓整个情境,而场上的人物只是部分知晓"①。塞杰维克甚至将双义话语等同于整个命运反讽,他又称之为"索福克勒斯反讽、悲剧反讽或戏剧反讽"②。双义话语的根源是错误的自我认知。人物不了解自我在整个事件中的地位,但熟知剧本的观众却清楚地知道人物的真实身份,以至于人物所说的一些话在他自己眼中和在观众眼中呈现出截然相反的意义。

命运反讽所激发的崇高感首先来自人和命运的冲突。在索福克勒斯的时代,命运的观念深入人心,是必然性和偶然性的双重表现。之所以是必然的,是因为物理世界具有自发性,甚至连诸神都不能改变其走向。说其偶然,是因为"每一因素(气、土、水、火)均表现为盲目而自行其是的力量"③。在古希腊语中,moria 一词代表了"不以人的意志所定夺或改变的走向'结点'的必然趋势"④,也就是我们所说的"命"。moria 一词隐含了悲苦的意思,人要承受命运就必须受苦。同时,它也和死亡 thanatos 联系在一起,因为死亡是人的必然走向。命的显著特点是它的不可违逆性:"它不受情欲的纷扰,从不产生爱恋,代表着主导宇宙和人生的原始的神性元素。"⑤然而崇高感并不仅仅来自于对命运力量的认识,而更多体现于人在困境中透露的高贵品格。人性中高贵的一面并不是无知的人和强大的命运之间盲目的斗争,而是人在斗争的过程中达成的和命运的和解,即通过"突转"和"发现"实现命运的逆转。正如斯忒特在《反讽和戏剧》一书中说的那样:"被掌握的瞬间或占据优势的目标(我们所能想到的反讽可能的最纯粹的形式)是一种在失去的时候获得什么的方式。"⑥黑格尔如是说:"真正的同情应该努力和受

① Sedgewick, G. G. *Of Irony*, *Especially in Drama*. Toronto：University of Toronto Press, 1967：25.

② Sedgewick, G. G. *Of Irony*, *Especially in Drama*. Toronto：University of Toronto Press, 1967：25.

③ 陈中梅. 荷马的启示——从命运论到认识论. 北京：北京大学出版社,2009：12.

④ 陈中梅. 荷马的启示——从命运论到认识论. 北京：北京大学出版社,2009：11-12.

⑤ 肖厚国. 自然与人为：人类自由的古典意义——古希腊神话、悲剧及哲学. 上海：华东师范大学出版社,2006：10.

⑥ States, B. O. *Irony and Drama*：*A Poetics*. Ithaca & London：Cornell University Press, 1971：50.

难者身上高贵的、正面的、本质的东西发生共鸣。"①

反讽在当代世界中的回潮让我们又一次将目光集中在当代主体的命运反讽上。作为一种文学手法,命运反讽在当代文学中并无成系统的理论归纳,它更多的是作为当代人的普遍境遇被呈现在文学作品中。命运反讽探讨的是命运中不可违抗,甚至矛盾的一面,以及人和命运之间的关系,人对命运的感知和理解。命运反讽一要描述支配世界运转的力量,二要探讨人和环境的关系。

在当代文学作品中,命运的观念在逐渐消退,失去了形而上的指向。一方面,它被具象成某种可以被理性理解的,看得见、摸得着、能够被分析的因素,比如资本主义、社会体制、政权等政治因素,或者遗传、基因等生物决定论。另一方面,它被描述成一种泛泛的、抽象的、不可被定性的力量,人们无法圈定这种力量,却无时无刻不感到受规制。因此,命运在当代文学中或者呈现出实证主义的倾向,或者成为模糊、悖谬的处境。在 20 世纪文学中,第二种情况成为主导。德勒兹将此称为"法",他如此描述:"20 世纪初期出现了一种强烈的意识,认为法逐渐变得不可辨认。法,作为纯粹的形式,没有物质、没有客体、没有特定性,我们不知道它是什么,我们也不可能知道。它作用于我们,我们却并不知道。"②作为自足的存在的"法"在昆德拉笔下变成了一股"单纯作为力量而存在的力量"③;"这股力量的攻击性完全没有目的,没有动力,它只想要自己的意志,它是纯粹的非理性"④。作家们并不试图去探讨这种力量是什么,成因是什么,他们用寓言的方式将此包裹在诗性的形象内,抽象成一个具有普遍性的人的"处境"。在卡夫卡的作品中,它成为"法";在贝克特的笔下,它成为"戈多"。作家们通过不断的言说试图摆脱这一不可知力量带来的焦虑。

面对不可被定义的"命运",人所感受到的是和环境的疏离。正如加缪所说,世界变得如此"厚",如此"陌生",以至于"人和生活、演员和背景之间

① Hegel, G. W. F. *Esthétique*: quatrième volume. Jankélévitch, S. (trans.). Paris: Champions Flammarion, 1979: 266.

② Deleuze, G. *Présentation de Sacher-Masoch, le froid et le cruel*. Willm, A. (trans.). Paris: Les Editions de Minuit, 1967: 73.

③ Kundera, M. *L'Art du roman*. Paris: Gallimard, 1995: 21.

④ Kundera, M. *L'Art du roman*. Paris: Gallimard, 1995: 21.

出现了背离"①。人们的行动失去了动机和坐标。或者像卡夫卡的作品中所表现的那样,行动被不可知的力量规定,突然降临到人物身上,人物被迫承担起一种自己无法理解的行为,并将摆脱荒谬的行为、证明自身作为终生目标。或者像贝克特的作品中所描绘的那样,"命运"剥夺了人物任何行动的可能,"没有什么东西会真正到来"②。人物渴望"命运"带来有意义的事件,为自己给出定义,然而"命运"无视人对意义的渴望,它并不回应,一再悬搁,人在得不到定义的空无的焦灼中失去了行动的可能性。当代文学中的命运反讽可以归结为:面对不可知的悖谬的"命运",人失去了行动的坐标,人们或者被迫承受自己无法理解的行为,或者将行为降格为无意义的重复。

　　20 世纪所产生的主体是一个没有依靠、没有坐标、将世界看作是异己的人。世界不再是一个连贯的整体,相反,它成为一股非人的、非理性的、不可辨认的力量。20 世纪的命运反讽没有了任何形而上指向,它既非目标也非手段。因此,"现代反讽成为对世界的一种看法,所有反讽的超验目标,继承自浪漫主义的理想主义现在都消失了"③。在这个语境下,命运反讽的情感色彩变成了荒诞。"悲剧的严肃让位于喜剧的无聊。"④命运反讽的基调变了,不再是崇高或怪诞,更多是好笑。但这并非肤浅的卖弄才智与见识的反讽,而是一种被推向极端的可笑,如尤内斯库所言,一种"粗粝的、不精巧的、过分的喜剧[……]不可忍受。将一切推向极致。[……]残酷的戏剧:极端好笑,极端悲戚"⑤。不管是在卡夫卡还是在贝克特笔下,荒谬的处境都以喜剧的形式表现,命运反讽必须化成个体的尖锐的自我反讽才能够被意识消化。在此过程中,不但世界是疏离的,人和自我也是隔离的,自我的不可触及和分裂引发了歇斯底里的笑声,以应对绝望的来袭。荒诞不但存在于无意义的语言和行为中,还存在于重复的行为中。卡夫卡笔下的"K"一次次试图证明自己无罪,一次次走近城堡想要一窥真容;贝克特笔下的两

　　① Camus, A. Le Mythes de Sisyphe. In Quilliot, R., Faucon, L. (eds.). *Essais*. Paris: Gallimard, 1965: 101.

　　② Esslin, M. *Théâtre de l'absurde*. Buchet, M., Del Pierre, F., Frank, F. (trans.). Paris: Editions Buchet/Chastel,1994: 382.

　　③ Schoentjes, P. *Poétique de l'ironie*. Paris: Seuil, 2001: 284.

　　④ Schoentjes, P. *Poétique de l'ironie*. Paris: Seuil, 2001: 69.

　　⑤ Ionesco, E. *Notes et Conte-notes* (coll. «Folio essai»). Paris: Gaillimard, 1966: 59-60.

位流浪汉日复一日地等待戈多到来,反复做着同一无意义的动作。作家通过描述重复的行为和情境,一再强化人的行为的可笑和徒劳,将命运反讽的喜剧性建立在某种失控的谵念上。荒诞,就是"穷尽一切,并穷尽自身"①,"将体验的质量换成体验的数量"②。意识到人类处境的好笑并一再重复强化可笑之处,用数量取消质量,将喜剧性推到令人目眩的程度,这时悲剧性便从中诞生了。当代文学中的命运反讽借助极端的喜剧性撕开披在世界表面的面纱,露出内里不可忍受的空洞,逼迫人们直视荒谬的境地。极端的喜剧和极端的悲剧无法被调和在同一个作品中,它们互相对立,成为人类境况的两面性同时呈现于同一情境中。

艾什诺兹的《子午线》重复了卡夫卡小说中的一些母题,隐喻了个人和命运、个人和体制之间的关系。操控、命定感、隐晦的权力、人物的无知构成了命运反讽的情节。他的小说往往借用侦探小说的套路,戏仿不单单是单纯的形式练习,也是对世界本身的戏仿。人物朝着某个未知的目标疯狂地奔去,世界所构成的谜也是个人命运的谜。奥利佛·贝萨-旁吉强调了艾什诺兹作品中"复杂的虚构和隐晦的命运之间的联系"③。下文将以《子午线》为例,解析当代命运反讽在艾什诺兹作品中的展现。

2.1.1 命运:一个行政化的世界

《子午线》讲述了发明家拜伦如何被各种社会力量追踪的故事。大老板阿斯所建立的发明公司是整个故事的操纵者、组织者,整部小说中所有关于命运的概念和思考都围绕着阿斯的公司展开。发明公司是现代社会的隐喻,它机构庞大、枝节横生、组织有序、层级分明,影射了一个组织严密、构架精确的行政化了的世界。它呈现出几个显著的特色。第一,它覆盖了整个

① Camus, A. *Le Mythes de Sisyphe*. In Quilliot, R., Faucon, L. (eds.). *Essais*. Paris: Gallimard, 1965: 139.

② Camus, A. *Le Mythes de Sisyphe*. In Quilliot, R., Faucon, L. (eds.). *Essais*. Paris: Gallimard, 1965: 145.

③ Bessard-Banquy, O. *Le Roman ludique, Jean Echenoz, Jean-Phillippe Toussaint, Eric Chevillard*. Villeneuve d'ascq: Presses universitaire de Septentrion, 2003: 14.

社会的角角落落,没有哪个地方能够逃脱它的控制,但它又没有表现得很明显,它常常给人并不存在的感觉。"子午线岛"和阿斯的公司形成镜像:小岛看上去是荒芜的未开垦地,但"充满了地道","有时地道会互相连接"(MG,195)。整个社会机构像一张紧密的大网覆盖了生活的方方面面,机构和机构间盘根错节、环环相扣。第二,社会机构和日常生活混同在一起,作为一种组织和统领人们的力量,它既凌驾于个体之上,又混同于生活之中,我们可以将此称为权力的泛化,或者生活的行政化。比如发明公司的高管卡列尔为获取机密接近阿贝尔的时候,阿贝尔并不知道卡列尔的真实身份,卡列尔作为偶然碰到的路人和阿贝尔套近乎。他们谈家常,讨论天气,完全像生活中偶然碰到而结识的朋友。权力善于套上寻常生活的面具,以规训、劝诫、建议、安慰、听取等友好的形式麻痹个体。这样一种泛化的、带着友善面目出现的行政化了的社会成为规范现代人的力量,它代替传统的命运观念,呈现出一种面目不清的形象。个体无法摆脱它,凭借直觉对其有所把握,然而又不知其所以然。命运这个词在《子午线》中多次出现,人物将所有自己不可解释、理性之外的东西都归结为命运,虽然他们并不知道命运这个词背后代表了什么。比如杀手赛莫有一天碰到发明公司的雇员拉封,他们初次见面,互相打招呼,拉封称他是"因为无聊进来的"(MG,51),而赛莫也称自己是"偶然进来的"(MG,51)。之后,他们再次相遇,赛莫将此归结为命运:"因为某种力量使然,有一天他随意漫步到了赛尔努其博物馆门口,这种力量我们可称为命运、宿命、事物的秩序或不知所以然的东西"(MG,82)。虽然赛莫和拉封每次见面都是拉封刻意安排的,但在不知情的赛莫看来是天意,是偶然,是命运。因此,行政化了的社会像一股隐形的力量,带着命运的面具出场,它不易被识别,但它确实存在并发挥作用。这是现代人隐晦的命运感的来源。

作为命运的社会机构呈现出两个自相矛盾的地方。第一,它既是被限定的,又具有模糊性。发明公司有众多办事人员,他们之间有等级之分,根据等级他们的任务也不一样,他们在体制中的位置是固定的,角色是分明的,不能互相代替,即便他们可以互相代替,也根据某种功能原则不能僭越自己的位置。阿斯的公司就是个有着复杂机构的机器,底下的阶层并不知道上面的阶层是如何运作的。它的整个结构布局让所有人都互不知晓,只有那个拥有绝对权力的人知道全局。以下是对公司运转的描述：

> 加里解释道:翁拉迪那的领导层根据他们的重要性被冠以大拇指
> 或手指的头衔。在第一次秘密会议时,最高一级的成员选举产生第一
> 个大拇指,大拇指任命四个手指,由这四个手指选举产生一个大拇指,
> 这个大拇指再任命四个手指,再由四个手指选举产生第三个大拇指,依
> 此类推。对于大拇指而言,只有第一个大拇指知道其他所有大拇指,其
> 他大拇指互不认识。至于手指,只有隶属于同一个大拇指的四个手指
> 互相认识。翁拉迪那的所有活动只有第一个大拇指全部知道,也就是
> 首领。由他来告诉其他大拇指将要进行的活动。这些大拇指则将命令
> 各自传达给手指们,手指们再传达给指派给他们的团队成员。(MG,
> 178)

这样一种复杂的官僚行政体系让个体丧失了全局的视野,使个体觉得
自己是一个孤立的元件。他感到自己被嵌入到一个巨大的网络中,却不知
道自己身处哪个位置。他不知道自己行为的目的是什么,也不知道整个组
织的目的是什么。他感到自己只不过是个棋子,他的作用是为了维持体系
的运转。个体本身是没有价值的,所有个人性的东西必须被清除出体系。
如果说有什么目的存在的话,那便是维持体系的运转。

赛莫和卡列尔之间的谈话同样体现了社会机器中个人的限定性。赛莫
向卡列尔询问公司的信息,卡列尔告诉他拉封会转告他,赛莫不解,问为何
卡列尔自己不能说,卡列尔解释道:"我和拉封之间的区别是对于我们俩共
同做的工作我比他更知情,这项工作正好需要你。拉封成为你和我之间的
中介,一种过滤器。我告知他今天要告知你的信息。如果是我亲自告诉你,
装置中就缺了过滤器,会影响整个体系的运转。你会比预想的知道得多或
少"(MG,69)。这里同样体现了某种荒谬的限定原则,每个人都成为体系
中不可或缺的一环,即便是作用很小的环节,但这一环节的缺失有可能造成
整个体系的失调,因此要小心翼翼地保证每个环节各就其位。贝尔将此称

为"功能理性"[①],是现代社会管理经济的主要原则,即保证每个人在体系中的有效性和有用性,社会尽力保证作为机件的个体不失调。

同时,这个表面上看似严密的机器又呈现出惊人的模糊,每个人似乎被明确放在一个位置上,但他的角色又显得模棱两可,而体系本身作为一架高能的机器似乎又缺乏运转的明确目标。赛莫问卡列尔,他"是命令者还是执行者"(MG,68),卡列尔说:"两者兼而有之。"(MG,68)赛莫又问:"这个机构是做什么的?"卡列尔语焉不详地回答:"什么都做一点,没有明确的名称。"(MG,68)角色定位的模糊、体系目标的模糊和其制度上的精密形成悖论。体系成为一个无目标的存在,或者它的目标被极端泛化,以至于我们无法用集中的话语来描述它。它的过度僵化的机件和外壳似乎是用来掩饰模糊的目标,甚至是目标的缺失。用马居斯的话来说,这是"包裹在理性的外表下的非理性"[②]。

社会机器所呈现的命运的另一对矛盾是偶然性和必然性之间的矛盾。在说到古希腊时期的命运观时,我们发现 moria 一词同时含有偶然和必然的意义,命运是必然的,因为它有着不可违逆的走向,命定的事情无法改变;命运又是偶然的,因为情势是偶然的组合,它有混乱、无秩序的一面。命运本身便具有偶然和必然的双重印记。在社会机器中,必然性是其内在规则,偶然性是其外在表现,对于被镶嵌在机器中的个体而言,他看不到体系的全貌,一切必然发生在他身上的事情均被归因于偶然。这些带有必然性的不可见的法律规范了个体的行为,个体却无法依靠直觉感知到它们。即便人们开始怀疑有法律存在,整个体系却擅长灵巧地将此掩盖,从而保证自身的隐晦。当加里接近阿贝尔想要获得他手中的情报时,他尽力让阿贝尔相信一切都是偶然。但是阿贝尔还是足够聪明,他感到加里或许别有所图。加里察觉到阿贝尔在怀疑他,就使出所有的伎俩让自己看上去自然一些。阿贝尔觉得加里的行为难以捉摸,他在怀疑和相信之间摇摆不定。体系和个体之间展开了一场明暗虚实的捉迷藏游戏。

① Bell, D. *Les Contraductions culturelles du capitalisme*. Matignon, M. (trans.). Paris: Presses universitaires de France, 1979: 21.

② Marcuse, H. *L'Homme unidimensionnel*, *essai sur l'idéologie de la société industrielle avancée*. Wittig, M., Marcuse, H. (trans.). Paris: Les Editions de Minuit, 1968: 34.

2.1.2　命运反讽中的个体

小说《子午线》围绕着"威望"计划展开。大老板阿斯所雇佣的发明家拜伦携发明逃跑了,阿斯派了很多人去追捕他,其中包括杀手特奥、保罗、胡塞尔,还有其他想从中渔利的人。拜伦和他的助手逃到子午线岛,最后所有的人物都因为同一个目标聚集在岛上。在经历了一番打斗后,大多数人都死去了,包括拜伦。整个故事借用了"突转"的结构,也就是情势的突然转变。大量的人物为了同一个目的卷入了同一场争斗中。利益的纷争被有效地编排,大多数人都汇集在同一个地方。最后悲剧性的结尾可以看作是矛盾的终结,所有人都死于非命,被觊觎的东西也毁于一旦。戏剧性的突转在于:一切都是发明公司的老板阿斯谋划的,目的是摆脱已经毫无利用价值的发明家拜伦。阿斯一手策划了拜伦的失踪,是他发布消息说拜伦携发明逃跑了。很快,他就看到一大批人蜂拥而上追捕拜伦。他把这些人聚集在同一个目标周围,为的是让他们互相厮杀。整出戏策划得天衣无缝,所有人都掉入了阿斯的陷阱。命运反讽就在于所有人都以为自己是根据自己的意志在行动,殊不知他们的行为使自己走向灭亡,一切都导向最终的灾难。命运反讽的两个主要元素(情节的突转和人物的无知)均在这部小说中得到体现。

值得我们注意的是个体在社会机器中对自身命运的感受和把控感的消失。小说中有一段描写人物对"自由意志"的思考:"阿尔班任由自己陷入一种苦涩、模糊、腐朽的形而上思考中,思考围绕着自由意志展开。他永远都不会知道几个月内别人是如何在他不知情的情况下代替他,编排他的存在的。即便他努力承认事物的原则,但总是会碰到抽签这个细节,事先能决定结果这件事让他觉得匪夷所思。他需要好几个月来消化这个谜团[……]"(MG,83)阿尔班手中握有卡列尔所需要的情报,他自己并不知情。卡列尔为了获取情报千方百计接近阿贝尔,他与阿贝尔的每次偶然相遇都是刻意安排的结果,他们的每一次貌似随意的谈话都是卡列尔精心设计的陷阱。好几次阿贝尔都心生怀疑,但他始终不能确定卡列尔举动的真伪,他也无法参透自己的存在被何种力量所规定。他只能隐隐地把一切都归结为不可知的命运,并怀疑个体在"命运"中是否有自由意志存在。在庞大的社会机器中,个体的存在被全方位规范,他像螺丝钉一样被镶嵌在机器中,他存在的所有目的都是为了机器的顺利运转,机器的命运便是他的命运。

在这样的必然性中,个体感受到的是"好笑"(MG,142),是"绝望"(MG,142),是"致命的疲倦"(MG,160),"隐隐地有一种想要死去的欲望,或者说就地消失、分解"(MG,160)。拜伦刮胡子的时候感到镜子中的自己并非自己,这是"一个匿名的场景,一只匿名的手在刮一张匿名的脸[……]他远远地看着自己的动作,像一个完全外在于自己的事件"(MG,160-161)。失去自由的个体在紧迫的必然性中感到自己的身体不属于自己,自己的存在不属于自己,有一种无法参与到自己的生活中,却不得不介入的感觉。个人能动性,对自我的把控、喜悦、满足感和成就感这些内在于个体的正面情绪消失了,只剩下怀疑、疏离、隔绝、自我的陌生化,被迫接受的任务之重和内在性退隐之轻互相作用,造就了个体在体系中的命运感。同样面对高于自身力量的法则,悲剧主人公在违背神义行动时表现出了坚定的个人意志,即便个人情感让位于道德理想,主人公的主体性却并没有因此而丧失。但在艾什诺兹的小说中,主体被镶嵌在体系中,他一开始就知道两者之间是不平等的。所以他不但没有和体系起冲突,还和体系合作。而且,他并没有试图去深究体系的奥秘,他只满足于服从,以维持自己的生存。所以故事在命运反讽处就停止了,以主体性的完全溃败为结局。

在古希腊悲剧中,主人公因为命运反讽导致人生的溃败,但他的主体性却因此得到加强或得以嬗变。俄狄浦斯王自我放逐后在流亡途中洞见真理,在颠沛流离的命运中实现了自我的转向,旧的主体性在外力作用下解体后走向了新生,个体因此获得之前并没有的全局视野。但在以卡夫卡为代表的现代小说中,主体性被制度性的命运消解后并没有重生,人物并没有获得更为清晰的视野,他往往生活在无知中,最好的情况下,他隐约觉察出"命运"的内涵及自己在"命运"中的位置。如果说卡夫卡笔下的K们仍试图将真相的极限推得更远,那么在艾什诺兹的笔下,人物仅满足于某种半明半暗的意识。比如在《子午线》中,阿贝尔是唯一一个敢于怀疑体系的人,当他知道了自己无意中在为阿斯的公司服务时,他突然意识到他的生活或许根本不是自己想象的那样:"奇怪的是他充满秩序的生活中会隐藏着另一种生活,自己却没有发觉。他组织自己的生活方式,他所建立的秩序开始获得了新的面貌、全新的意义和新的连贯性,和他所想、所愿、所能的完全不一样。"(MG,239)这份刚刚萌芽的怀疑在阿贝尔见到阿斯的时候豁然明朗,阿斯落在他身上的目光"一下子永久地圈定了分配给他的理解范围,甚至是他的存在领域,占有了他,支配了他存活的条件,并且不容置疑地限定了他,一直限定了他整个人和他整个身体"(MG,241)。阿贝尔一下子明白了,他之前自以为是偶然的境遇全部是事先规定和布置的结果,自己虚幻的自由意志不过是无意识中对体系的遵从。个体的生活因为视野的变化从一种格局突转,转向另一种格局,然而这份意识除了让个体震惊害怕外,并不能激励其走出体系的编排,也不能提高人物的自我肯定。因为一方面体系并不具备超验的崇高感,它是非人的,以压制个体的独特性为目标;另一方面,主体在内心深处对体系缺乏共鸣,因为体系和所有内在性相对立,它拒绝真正的接触,完全外在于个体。在古希腊悲剧中,对主体性的放弃同时包含了对超验力量的认同,在主体和至高力量之间存在共鸣。在当代命运反讽中,个体因为害怕体系,放弃了个人意志,服从并与体系合作。

在卡夫卡的命运反讽中,命运是官僚行政机器。"官僚不再作为社会现象出现,而是成为世界的本质。"①卡夫卡擅长描写无处不在的隐晦的官僚机器以及个人在不可见的归制力量面前的卑微命运。主人公 K 代表了当代主体,在《城堡》中他和神秘的城堡展开了漫长而艰辛的斗争;在《审判》中他和一个无处不在又难以琢磨的法庭做斗争。卡夫卡通过他那幽默的、带有寓言性质的写作重拾了"关于个体和超越其之上的无限力量之间的争论"②。卡夫卡巧妙地展示了艰难而又徒劳的精神之旅、无法被穿透的超验力量、复杂官僚体制所控制下的隐晦的社会现实三者之间错综复杂的关系。

从这个意义上来说,艾什诺兹传承了卡夫卡的命运反讽传统,揭示了个体和世界之间的力量对比关系的改变,强调当代个体所面临的困境。由于缺乏明辨的能力,个体没有超越个人命运的意愿。他陷入了一个他并不懂,也不想懂的世界中。他深陷于权力所产生的非理性的害怕情绪以及被动的

---

① Kundera, M. *L'Art du roman*. Paris;. Gallimard, 1995; 64.

② Lortholary, B. Préface. In Kafka. *Château*. Lortholary, B. (trans.). Paris; Flammarion, 1995; 10.

懒散的倦意中。在面对强大而隐晦的权力时,个体显得弱小而张皇。因此,在外部力量和主体意志之间产生了完全失衡的力量对比,古典悲剧中崇高的命运反讽在当代小说中变成了荒诞。通过对命运反讽的呈现,作家对人和社会之间的关系进行了嘲讽。

在卡夫卡笔下,精神追求的维度和政治的维度同样重要,而在艾什诺兹的作品中,精神维度几乎消失了。艾什诺兹借用侦探小说的壳,更多地强调了此种文学类型的社会批评功能。于里·艾森维格认为新侦探小说是社会小说的新版本:"秘密渗透进社会生活的方方面面。不管在硬汉系列还是在梅格瑞破案系列中,罪行远没有在一个透明而持续的世界中制造隐晦,相反,它在叙事空间中揭示了一个充满矛盾和张力的黑暗的社会现实。"①艾什诺兹选择了侦探小说的套路,他希望通过犯罪所形成的谜团,用类比的方式表现同样是谜一般的社会。

2.1.3　反讽者:制度的破坏者

与被裹挟在制度中不得动弹,甚至失去改变愿望的个体相比,艾什诺兹的反讽者们则是极端的破坏者,他们运用新奇而隐秘的手法试图从内部破坏整个体系。他们拥有改变社会现状的雄心,但是,较之于想要彻底改变社会体系并建立一个新体系的英雄来说,破坏者仅仅满足于破坏现状,而没有想过建立新的原则。此外,他们也不想从正面袭击整个体系。他们选择了一种隐秘的方式,或者改变一部分社会现实,或者暗地里摧毁整个体系。一方面,他们所处的社会呈现出压倒性的力量,以至于任何革命途径都变得不再可能。另一方面,他们并不相信有一个更好的社会可以实现他们的理想。从这个意义上来说,破坏者都是怀疑主义者,在他们的破坏性行为中经常有一丝游戏的成分。实际上,他们对待自己的破坏行为并不严肃,他们一边嘲笑致力于破坏的东西,一边又对自己的破坏行为嗤之以鼻。正因为这样,他们的想法往往是奇思妙想,他们的行为带有游戏色彩。他们的口号是反讽,

---

①　Eisenzweig, U. *Le Récit impossible*. Paris: Christian Bourgois Editeur, 1986: 294.

而非英雄主义。

《子午线》中的拜伦是这类反讽者的典型代表,他对反讽、游戏和破坏的热爱使他成为典型的破坏性反讽者。拜伦被阿斯雇佣,在他的发明公司工作,阿斯嘱咐拜伦安心发明创造,并将发明计划命名为"威望"计划。同时,阿斯的下属卡列尔背叛了老板,向拜伦提议购买他的发明,暗中使拜伦改弦易张为自己服务。为躲避阿斯的追捕,他将拜伦安置在子午线岛上。在拜伦动身去子午线岛之前,卡列尔请求他制作一份假发明书,目的是以假乱真,将阿斯引上错误的道路。拜伦的反讽在于"伪装":他并不服从于任何一个人,但表面上装作服从所有人。"发明家被双面游戏所吸引,而且坚信他没有理由服从卡列尔或阿斯中的任何一个。出于安全考虑,在没有任何人知道的情况下,他利用手头的两份"威望"计划,将其中一份给了卡列尔,心中暗自高兴自己运用的稀罕手段,也就是把真的当作假的。一般人所做的正好相反。"(MG,229)和"以真换假"相反的是,拜伦在岛上"以假乱真",他打造了一台假机器,对外宣称这就是他潜心研制的发明:"其他人无法控制他的工作,一点都不明白里面的玄机,所以都对他很信任。这份信任比其他任何东西都让他愤怒,对他来说就像是对一头家禽或对一个迟钝的奴才的信任,拜伦完全由着性子滥用这份信任。他破坏。他无视可能性,在不动声色的表情下掩藏了他的怨恨。他暗中把"威望"计划换成了一份虚假的计划,这回是真的,看上去比原型还要神秘。"(MG,221)我们在拜伦的"双重游戏"中看到某种纯粹的游戏的乐趣,一种可被称为表象游戏的乐趣。拜伦的目的并非欺骗并从中渔利,他用障眼法为自己制造了数个虚幻的身份,并自由地从一种身份切换到另一种身份。他用自我的空壳回应体系的空壳,用刻意抽空本质的方法模拟了真实世界中自我本质的匮乏。他像最早的反讽者那样,用虚虚实实的表象游戏回应现实世界中的"假朋友、假爱情、假意义和假行动"(MG,221)。以虚假回应虚假,是真相失落的世界中幻灭者的选择。他怀着恶作剧般的心态冷眼旁观被骗的人群:"他看到他们迷失,为了一点点东西聚集在一起,觉得很好笑。"(MG,222)

在拜伦的表象游戏中还有更加深层的社会意图:"在给卡列尔这份赝品时,他在他并不了解运行逻辑的体系中引入了体系的制造者并不知晓的一个参数,这是一个秘密的、不可控制的变量,没有人能够预见结局,但正因为如此,能够通过系统法则,改变整个体系。因此能够让体系的制造者丧失体系。从某种程度上来说,拜伦就成了体系的制造者,一个盲目的制造者,但仍然是制造者。"(MG,219-220)拜伦知道阿斯的企业组织严密,在这个巨大的网络中,通常意义上的革命是不可能的。具有反讽性质的游戏可能是唯一能够表达个人自由的行动。破坏者在系统中引入了一个未知的参数,从而破坏整个体系本身。他的行为体现了破坏型反讽者的三个特点:第一是暗中破坏。反讽者深知体系的力量远远超出了个人,甚至有组织的群体抵抗都无法形成有效的合力,因此只有在体系操控者目光注视下披着与环境相容的外衣,完成体系觉察不到的质变才有可能达到改变的目的。第二是从细节出发,在森严的体系中打开一个缺口,从而撼动整个大厦的稳固根基。当个体完全被圈定在体系中时,个体很难从上而下改变整个体系,反讽者清醒地认识到了自己的局限性,他不是全局设计者,更多的是细节的破坏者。他深知对于一个组织严密的体系来说,一个细节的成败极有可能影响到整体的运行,体系的软肋成为反讽者的武器。第三,在一个日益失去行动意义的世界里,个体发现很难从正面的行动中获得个人自由和人生意义。只有破坏性的行为还能让个体感到自己的主体性,感到自己还能作用于外物,施力于这个世界。反讽者即便不是新事物的创造者,也是破坏性举动的"作者"。破坏型反讽者在有限的自由内以否定性的举动获得了一丝个体的自由。正如卢卡奇所说:"反讽是一个没有上帝的世界里有可能获得的最高自由。"①

　　这还不是拜伦的撒手锏,他想摧毁一切,包括自己。小说最后,当所有人都聚集到放有机器的房子里时,藏在地下室的拜伦点燃了引爆装置,将所有人炸成灰烬。最后这个举动表现了终极的反讽精神。拜伦既是游戏的创造者,也是游戏的破坏者。在随心所欲操控自己的造物时,他肯定了自己作为创造者的自由。同时,在毁灭自身的过程中他否定了至高无上的创造者。

　　然而,反讽者低估了体系的力量,他并不了解体系的规则,因为没有整体视野,他没办法预估行为的后果。游戏必定隐含了偶然性和不可预见性,热衷于游戏也从侧面反映出破坏者对体系规则并不完全了解。最后读者发

---

①　Lukacs, G. *La Théorie du roman*. Paris:Editions Gontier, 1963:89.

现一切都在大老板阿斯的算计之内,包括拜伦的双重游戏和他的毁灭性举动。破坏者的反讽掉入了命运反讽的陷阱中,形成了"螳螂捕蝉,黄雀在后"的效果。这个企图盗火的普罗米修斯最终还是螳臂当车,被体系这个坚不可摧的宙斯钉在了十字架上,而赛莫作为这场灾难中偶然的幸存者开启了人生的幸福之旅,和拜伦的情人拉歇尔奔向极地之旅。人和制度间环环相扣的欺骗和追捕以人的失败告终。弗莱指出了讽刺文学在其历史演变过程中的六个相位。第六相位的讽刺的例子是小说《一九八四》,反讽用"无法缓解的奴役束缚来展现人生,其背景主要为监狱、疯人院、施私刑的暴徒、行刑的法场等"[1],简言之,便是"社会暴政造成的恐怖感"[2]。与前一相位有所不同的是,第六相位的反讽将社会产生的群体性中可能产生的罪恶放到最大,剔除人和环境的矛盾中人性的部分,只保留恐怖的社会机制带来的荒诞感。如此,文学又回到了"魔怪显现的一刻,象征无穷尽痛苦的黑暗塔楼和监狱,恐怖之夜上的城市,或者嘲讽含义更加深奥的箭楼"[3]。反讽者和制度的博弈使得当代命运反讽被打上了反乌托邦的烙印。

2.2 无所事事的反讽者

图森小说中的人物通常无所事事,他们将大量时间花在"闲事"上,他们几乎不产出什么,即便是产出,也是带着漫不经心的态度游戏其间。作者对这些人物的态度是复杂的:他既嘲笑人物行动空间的萎缩,又借着同样的人物对现行世界的价值进行批判。他笔下的主人公们既是被作者反讽的对象,又是对当代社会持反讽态度的人。他们像是当代社会中的牛虻,或是搅局者,在一团和气的环境中用不合时宜的态度抵抗不合情理的社会规则。汉娜·阿伦特在《现代人的处境》中说:"我们成功地将所有人类活动缩减为

① 弗莱. 批评的剖析. 陈慧,袁宪军,吴伟仁,译. 天津:百花文艺出版社,2006:348.
② 弗莱. 批评的剖析. 陈慧,袁宪军,吴伟仁,译. 天津:百花文艺出版社,2006:348.
③ 弗莱. 批评的剖析. 陈慧,袁宪军,吴伟仁,译. 天津:百花文艺出版社,2006:349.

同一个分母,也就是制造生活必需品和制造富足的物质。不管我们做什么,我们都被认为是为了'谋生',这就是社会的判决[……]"①工作因为能够制造富余被上升为社会的最高价值,甚至被伦理化,马克斯·韦伯在《新教伦理与资本主义精神》中说道:"在古老职业的内部完成任务被绝对看作是个人道德活动最崇高的内容。"②努力工作、努力生产、努力消费,这是资本主义制度内在的要求。什么都不做或做不出什么的人被认为是"蛀虫":"被视为是一种背反,好像除了让世界更加富足外其他的活动都配不上工作的名头。"③

2.2.1 作为工作对立面的闲适

图森的人物无一例外是闲散的人,他们把时间花在一些很琐碎的事情上。他们处于社会的边缘,无所事事,对工作不抱积极的态度,又很专注于自己的内心。但是这些人物对自己的所作所为有相对清醒的认识,反讽是一种深思熟虑的生存选择,图森的反讽者旨在挑战以工作为主导的社会价值。

《浴室》的主人公是历史研究员,他大多数时间都在浴缸里度过。甚至出门旅行时,他也很少走出宾馆的房间。大部分时候,他都在玩飞镖或者和吧台服务员闲聊。《照相机》中的主人公同样如此。我们不知道他做什么工作,但他似乎大多数时间都在驾校度过,倒不是为了学驾驶,而是为了追求驾校老板娘。同样,《浴室》的主人公在意大利旅行时也是百无聊赖,他一天到晚待在公园里读报纸,或者在美甲室做指甲。《照相机》的主人公在小说一开始就表现出对行政世界的抵触。他到驾校去只是为了追求驾校老板娘帕斯卡尔。每次帕斯卡尔都淹没在由纸张、电话、电脑组成的行政办公环境

---

① Arendt, H. *Condition de l'homme moderne*. Fradier, G. (trans.). Paris: Calmann-Lévy, 1983: 177.

② Weber, M. *L'Éthique protestante et l'esprit du capitalisme*. Grossein, J.-P. (trans.). Paris: Gallimard, 2003: 71.

③ Arendt, H. *Condition de l'homme moderne*. Fradier, G. (trans.). Paris: Calmann-Lévy, 1983: 131.

中,主人公在她旁边什么都不做,他看报纸,喝咖啡,时不时跟帕斯卡尔说几句话。一边是琐碎的行政事务,一边是百无聊赖、无所事事;一边是沉重,一边是轻松;一边是严肃,一边是无所谓的态度,搭配在一起形成了反讽的效果。帕斯卡尔向主人公索要照片进行行政归档,主人公一而再再而三地拖延,他甚至拿来一张儿时的旧照,他坚决地说:"我没有照片,不,没必要跟我讲。"(APP,11)拒绝给出照片的举动是对整个行政世界说不,主人公用一个细节表达了自己拒绝融入工作体系的态度。

之后,在所有制度化的、需要付出努力、进行考核的场合主人公都表现出同样的懒散。比如为了应付交规考试,主人公说:"我有时会懒散地翻翻交规手册[……]我随手翻看交规,每天都看一会儿,最后我把这看作几乎是可以接受的娱乐活动。"(APP,36)在交规课上,"我看着屏幕上翻滚的幻灯片,用笔写下测试答案,像在梦游"(APP,37)。和主人公的漫不经心相衬的是次要人物的心不在焉。陪同主人公进行驾驶训练的教练"在[他]身边打瞌睡,假装什么都不知道,朝[他]投来宿命的一笑,立刻继续打瞌睡,缩在他的座椅中"(APP,34-35)。主人公和教练惺惺相惜,他向教练提议每次停一刻钟喝一杯咖啡,"很快就成为一种习惯,我们充分利用这一刻钟,我和他好像都能从中得利"(APP,42)。更加让人忍俊不禁的是,当主人公在等着灌煤气的时候,他问办事人员是否可以借他的洗手间刮胡子。所有行政的严肃被这个细小的、漫不经心的行为给消解了。作者用轻松幽默的笔调描写这些不求上进、不合规则的"寄生者"。他们既在以竞争和效能为主导的社会重压下表现出疲倦,又故意用荒唐的行为挑衅现行规则。

阿伦特说,当工作成为社会主导活动时,"工作被视为游戏的对立面"①。工作是为了生存,为了产出,是严肃的活动,是需要付出辛勤汗水的营生。游戏是闲散,是无目的的活动,是精力的耗散。工作和游戏分别象征了有用和无用、严肃和轻佻、社会和私人等人类活动的两极。在当代社会中,游戏的重要性又被提出来,游戏不再被视为无谓的精力消耗,它是一种必要的娱乐,是工作的补充,是社交性的建立。它不再是工作的对立面,而

---

① Arendt, H. *Condition de l'homme moderne*. Fradier, G. (trans.). Paris: Calmann-Lévy, 1983: 177.

成为有效工作的手段之一，工作和娱乐的交替组织了当代人的生活节奏。图森的反讽者们热爱游戏，比如《浴室》中的飞镖和网球、《先生》中的拼字游戏和乒乓球、《照相机》中的象棋和彩色游戏棒。图森的反讽者们拒绝将游戏视为工作的补充，相反，"游戏是工作的对立面"，是以无用对抗有用，以轻盈对抗严肃，是在缺乏诗意的工作中打开诗意之窗的一种方式。图森小说中的游戏经常公然出现在办公室内，人物堂而皇之地在工作时间游戏，消解工作的严肃性。《照相机》中，主人公和帕斯卡尔及其父亲一起去灌煤气，办公室里一名工作人员"并不招呼[我们]。他从抽屉里拿出彩色棒，小心地夹着棒，慢慢地把它们放到桌面上，再一根一根地拿起来。我们不时和他说几句话，关于失败的原因提出几个假设，他若有所思地表示默认，用怀疑的神情检查乱成一团的彩棒，承认有可能是点火器的问题，对。或者也有可能是蜡烛的问题，他犹豫了一会儿，似乎很努力地在想问题，随手又快又准地夹住一根棒（我总算把你抓住了，哼，混蛋，他边说边小心翼翼地把棒放在一边）"（APP,60-61）。这段描写的反讽之处在于人物怀着极大的注意力和热情来赢得一个游戏，和他在工作中的漫不经心形成反差。作者讥诮的语言既是针对人物的，也针对日益变得琐碎无意义的行政工作本身。更有意思的是，游戏者吸引了其他的游戏者，游戏就像一种传染病可以感染周围的人。"帕斯卡尔从窗外望进来，她父亲坐在躺椅上，直起身凑近来对刚才的彩棒游戏做出评论，挥舞着手指愤怒地强调，让那个办事人员挑其中一根。"（APP,63）在这个充满喜剧色彩的场景中，人物和人物之间形成了一个团结的网络，他们暂时忘掉了工作环境、来访的目的和自身的职责，他们共同组成了一个微环境，像在大海中建立了一个小岛，以游戏抵抗外部世界徒劳的严肃，并怀着所有的热情参与其中，以颠倒主次的方式嘲笑主流价值。

　　游戏是坚持无意义的生活方式，正如"生活对先生来说是一个儿戏"（M,111），游戏说到底是"生存的游戏"[①]。图森的人物将无所事事看作是生存策略，用来"使现实疲乏"。《照相机》中的主人公如是说："我的方法表面上看很隐晦，某种程度上是为了使有抵触的现实疲乏。比如我们可以在用

　　① Bessard-Banquy, O. *Le Roman ludique*, *Jean Echenoz*, *Jean-Phillippe Toussaint*, *Eric Chevillard*. Villeneuve d'ascq: Presses universitaires de Septentrion, 2003: 264.

叉子成功刺一个橄榄之前先使它疲乏。我倾向于不紧不慢,不但没有带来不好的后果,实际上为我做了铺垫,当时机看来成熟的时候,我就可以进攻。"(APP,14)这一段的反讽不仅体现在语调上,更体现在人物的意图上。闲适不再是面对现实的退避,而是对现实的抵抗。社会要求个体越来越有动力、越来越有能力、越来越能胜任自己的职责,什么都不做成为一场静悄悄的、耐心的、执着的斗争。有那么一瞬间,主人公会感受到现实在无所作为的态度面前失去效用:"我模糊地感到我所对抗的现实慢慢呈现出疲态,它开始疲倦,开始变软,对,我毫不怀疑我那安静的、执着的、反复的进攻终会慢慢地让现实疲倦,就好像我们可以用一只叉子使一个橄榄疲倦。只要时不时轻轻地挤压,当现实精疲力竭的时候就会不再抵抗[……]"(APP,50)反讽者并不直接地、猛烈地正面进攻。如果说艾什诺兹的反讽者偏好从暗地里摧毁体系,那么图森的反讽者则擅长用貌似消极的态度和体系做长期周旋,他以自身的疲乏来对应体系的疲乏,以自身的不作为来使体系失去活力,这是图森的反讽者们的生存智慧。

2.2.2　作为工作方式的闲适

图森在《电视机》中又发展了他的闲适理论。小说主人公是艺术史研究员,他在柏林准备关于提香的论文。工作一直处于开始阶段,主人公在泳池和花园里度过很多时间。"我什么都没做,他说,什么都没做指的是没有做任何不加思考或强制性的事情。没有做任何由习惯或惰性驱使的事情。什么都没做指的是只做本质性的事情,思考、阅读、听音乐、做爱、散步、游泳、摘蘑菇。跟我们匆匆想象的不一样,什么都不做需要方法和纪律,思维的开阔和注意力的集中。"(T,10-11)这里,行为的价值完全被逆转,闲适成为生活的本质,而所有产生自习惯和惰性的事情,也就是强制性的和不加思考的事情被降格到次要地位。这不是简单的价值颠覆,而是重新考察闲适的性质。闲适不是懒惰和不加思考,它需要深思熟虑和有章可循,这是门生活的艺术,悠闲的智慧给了个体"内在巨大的平衡"(T,12)。图森的反讽者出现了内在的转变:他们不再是消极的抵抗者,他们试图将自身的弱点转化成智慧,在抵抗中发现美感,在对立中发现互补。

闲适不总是工作的对立面,在《电视机》中,它成为工作的一部分。叙事者说:

> 在我看来,在文学创作中总是有两种不同的过程,两个分开的极端,某种意义上来说是互补的,虽然它们需要截然相反的品质。一个是隐秘的、在酝酿中的,需要洒脱和灵活、有所准备、思维开阔,这样可以持续滋养创造思想和新材料的工作。另一个更加传统,在最后成形的时候需要方法和自律、严格和严谨。必须说从夏天一开始,在冉森教和闲散两个极端中,我选择了闲散。(T,138)

两种互补的工作方式,一种需要辛勤劳作,另一种需要想象、感性和自发。两者都是必要的,但叙事者更喜欢创造性的劳动方式。“思维缓慢地、循序渐进地开阔起来,感官完全处于随时可以调动的状态,难道工作不正是这样的吗? 主人公自言自语道。”(T,74)寻常的工作概念让位于一种更加灵活、更加宽广的概念,工作和艺术创作被连接起来。从这个意义上来说,闲适属于工作的一部分,因为闲适让人心绪平静,是完成工作必不可少的状态。正如《浴室》的主人公所言:“游戏使我平静、放松、安详。”(SB,89)平静的状态能够使人接触到平时不可能到达的精神领域,积极而轻柔的闲适状态开启了人脑的创造力。《电视机》的主人公也感受到无所事事的放松状态是通向创造性工作的途径:

> 我的脑力劳动总是进展得非常顺利,真的,我仅仅顺着自己的思路,就让自己慢慢沉浸到计划要写的书中去。我一动不动,以便不影响结果,慢慢地就在我脑子里汇集了很多印象、幻梦、结构和思想。往往还没有成形的、分散的、未完成的、酝酿中的或已经结束的直觉片断、痛苦和激动,我只需要给它们以最终的形式。(T,75)

这里所描写的是某种潜意识的活动和思想,白日梦和形象交叠在一起,它们使精神在各种未完成的交叠的想法中抽绎出一个清晰的想法。通过某种善意的反讽,工作的传统形象被颠覆了,工作、娱乐、创作和心理活动之间的界限不甚明了。游戏不再是工作的对立面,游戏是工作的一部分,游戏即工作。如是,在现代社会中日益失去意义而成为营生手段的工作在图森的反讽者艺术化的演变下再次获得了意义。工作不再(或不只)意味着辛劳和获利,它能够恢复人在现代社会中的尊严,真正成为自我实现的途径之一。

在图森的反讽者这里,工作和生活融为一体,我们常常能够在工作中感到存在的美感,比如他这么描述游泳和工作:

> 我仰躺在水中,我在思考我的研究,双手放松,不费力,自由地浮在躯干旁边,我怀着善意和好奇看着它们,手腕放松,每个手指、每个关节都浸泡在神奇的水中,两条腿伸直,身体悬浮在水中,鼻孔稍稍伸出水面,像编排简单的静物画,两只杏子和一根香蕉,有时会被微小的浪头覆盖。这就是工作。(T,62)

这个既充满了轻松愉悦之情又不乏幽默诙谐之意的段落描写了工作和娱乐不分的理想状态,它甚至描写了一种静止的、不劳损精力的理想状态,这是图森的人物孜孜不倦追求的运动和静止的统一。

当工作和生活不分,闲适成为存在的普遍状态时,人们对工作成果的衡量标准也将发生变化。反讽者质疑了工作的意义:难道工作仅仅只是为了创造出物质上的、可以被看到的成果吗(对研究者来说是完成的书)?在放松的状态下达到的思维和感官的发展难道不也同样重要吗?正如《照相机》的主人公所提出的那样:

> 能够衡量一个工作日成功与否,在我看来是如何看待在工作中逝去的时间的方式。时间既充满了我们业已完成的工作的重量,并给予工作以意义和经验的重要性,但同时又是那么轻盈,轻得我们都感觉不到它的流逝。我感到这就是天恩、充盈和轻盈的混合,只有在生活中某些特定的时刻才能感受到,在写作的时候或在爱的时候。(T,127)

当工作是生活的对立面时,工作成功的衡量标准是产出和效率,是看得见摸得着的成果；当工作和生活融为一体时，判断工作的标准即是我们判断一个完满的存在的标准：我们是否在存在（工作）中找到了形体的发展和精神的满足？我们是否获得了自我的完整和平衡？此时，图森的反讽者已经超越了反讽的框架，他们不再单纯以消极的抵抗为目的，而是积极地寻找并实践理想的存在方式。图森式的闲适要求个体具有内在的能力、思想的集中、彻底的释放和心灵的宁静。这种以反讽为依托的"享乐主义"为一个在功利主义和消费享乐主义之间摇摆的社会提供了新的存在方式。

2.3　犬儒主义者的启示

什维亚在法国当代作家中拥有独树一帜的风格，他的小说往往只有一个极简的情节（如果可以将此称为情节），以至于读者到最后会情不自禁地问：这还是小说吗？同样，我们会问：这部作品究竟在说什么？在什维亚怪诞的叙事中，读者很难辨认人类生活的痕迹。诚然，什维亚的小说中还有小说性存在，但它的小说性完全超越了现实框架，被既没有客体也没有主体，在梦幻和谵语间纠缠的独特话语所扭曲。同样，什维亚的小说中没有传统意义上的人物：人物没有确定的身份、性格、特点、生平，他们甚至不具备清晰的人形。我们很难判断这些究竟是人，是动物，抑或是其他存在形式。什维亚的人物更像是介于人和动物、生物体和非生物体之间的存在，它们是各种形象拼贴的结果，是语词和语词组合的效果。这使得什维亚的人物因为形式本身就具备了反讽的意味，它们像是对现实世界，甚至是对我们习以为常的虚构世界的挑衅，在这些奇特而模糊的存在物面前，这个世界惯常的判断标准失去了效力。

什维亚的人物同时又是自觉的反讽者，他们承载了作者的人文理想。和当代文学中的大多数反讽者一样，它们同时具备破坏和游戏的双重品格。他们的笑中既有玩世不恭的一面，又有扫除障碍的动力。在他们身上，反讽和破坏、笑和暴力紧密联系在一起。正如作者所言:"幽默和极端的暴力关联。"①相较于制度而言,什维亚的反讽者更关注语言和文化中的异常。什维亚在他的创作中一以贯之地批判了文化赖以建立的两个根基:语言和理性。他在访谈中说:

> 语言承载了太多老旧的意义,华丽的辞藻扭曲了意义。我们不能再信任语言,为了达到目的必须学会狡猾和伪装,以更好地破坏语言中所固有的严肃,语言创造出来是为了维护社会秩序,服务于理性,为了一劳永逸地命名并固定事物。②

什维亚敏锐地捕捉到文明的根基语言中腐朽、固化、奴役人的一面。文明的大厦建立在语言的基础上,如果说我们无法从正面攻击文明的大厦,或许可以采用釜底抽薪的方式,从语言入手,破坏语言的逻辑,颠覆语言的常规,让语言自我溃败,暴露文明中人们业已习惯、视而不见的荒谬。什维亚在一个访谈中承认,自己喜欢通过把逻辑推向极致从而破坏理性本身:

> 我不会放弃逻辑方法,相反,我穷尽它,我攫取它所有的后果和效果。我几乎都没怎么夸张,突兀感就出来了。证明突兀早已蕴涵在这个方法所导致的最初的解决方法里,我们的理性勇敢地使之持续。所有事物的荒诞感就来自于这样的清醒。所有的事物本身就是荒诞的,因为只要稍稍施力,它就成了别的事物。③

把逻辑推向极致,逻辑就朝着相反的方向运动,成了荒诞。荒诞或突兀成为什维亚反讽的精华。荒诞就是抵御意义的诱惑,从而达到无意义的过程。"荒诞既不是堕落的珍奇的小玩意儿"(AP,14),也不是"晦涩的、自负

---

① Chevillard, E. Ecrire pour contre attaquer. Entretien avec Chevillard, propos recueillis par Olivier Bessard-Banquy. *Europe*, 2001(868-869):326.

② Chevillard, E. Eric Chevillard, J'admire l'angélisme des pessimistes. Comme si la situation pouvait empirer encore. *article 11*, 2008-09-47. www. article 11. info/? Eric-Chevillard-J-admire-l.

③ Chevillard, E. Ecrire pour contre attaquer. Entretien avec Chevillard, propos recueillis par Olivier Bessard-Banquy. *Europe*, 2001(868-869):326.

的寓言"(AP,14),荒诞指出了生活矛盾的一面,扫除了所有故弄玄虚的意义。

除了颠覆语言和逻辑外,什维亚的反讽者们也会直接向既有的文明宣战,他们往往采取一种背离常情、离经叛道的生活方式,以怪异的行为嘲笑现实世界中自相矛盾的规则,以荒诞的存在抵抗真实生活的悖谬,以无意义回应僵化的意义。他们离经叛道的生活方式,社会理想的幻灭和强烈的批判精神赋予他们犬儒主义者的色彩。

在什维亚的作品中,反讽和犬儒主义紧密联系在一起。如果我们追溯犬儒主义的源头,会发现犬儒主义和苏格拉底主义之间有一定的传承关系。犬儒主义的鼻祖安提斯泰尼是苏格拉底的弟子,因而在早期的犬儒主义中存在唯智主义倾向,即通过思辨获得知识,经由知识获得美德的途径。后期以第欧根尼为代表的犬儒主义更倾向于以行动代替理论,以过激的伦理代替中正的思辨,因而走向与苏格拉底和柏拉图相悖的途径。即便如此,"苏格拉底的力量"仍然是犬儒主义者的精神力量之一:"'苏格拉底的力量'是首要条件,不管是指苏格拉底或安提斯泰尼辨认和定义道德价值,还是指对这些价值的日常践行。"[1]苏格拉底—犬儒主义—斯多葛学派之间的传承关系[2]印证了反讽和犬儒主义之间的密切关系。犬儒主义者必然是反讽者,因为反讽是愤世嫉俗的犬儒主义者投向世俗规则的利器,安提斯泰尼和第欧根尼均是熟练运用反讽的高手[3]。和苏格拉底的反讽相比,犬儒主义的反讽少了表面和内在的对立,多了咄咄逼人的讥讽。

什维亚小说中的反讽者和本文研究的其他反讽者一样,很少游迹于表象世界的迷宫里,很少和世俗世界进行妥协以保持内在的高傲和清醒。当代世界的反讽者们或多或少抛弃了双面特性,是"单向度"的反讽者。他们或者像艾什诺兹的反讽者一样不能清晰判断出外部世界的"恶",但凭借某种隐约的直觉和本能对外部世界进行破坏,他们是不自觉的反讽者;或者像

---

① Gugliermina, I. *Diogène Laërce et le cynisme*. Villeneuve d'ascq: Presses universitaires de Septentrion, 2006: 45.

② "[……]苏格拉底处于上游,斯多葛学派处于下游,三者形成了一个整体[……]" Gugliermina, I. *Diogène Laërce et le Cynisme*. Villeneuve d'ascq: Presses universitaires de Septentrion, 2006: 45.

③ Michel Onfray 在《犬儒主义》一书中记录了很多安提斯泰尼和第欧根尼运用反讽的例子。Onfray, M. *Cynismes*. Paris: Editions Grasset et Fasquelle, 1990.

图森的主人公一样有相对清醒的认识,并有意识地和外部规则进行对抗,他们是清醒且消极的对抗者。不管怎样,他们都抛弃了表象和本质之间的对立,而倾向于自我和世界间的直接冲撞。这一点在什维亚的作品中尤为明显。什维亚的人物具有极端的破坏冲动,藐视世俗的精神气质,追求荒诞和离奇的游戏品性,这一切都使得他的反讽者更接近于犬儒主义者的张扬和锐利。

小说《在天花板上》是一部典型的犬儒主义小说。小说塑造了一个荒诞不经的主人公形象。主人公背上总是背着一把椅子。一开始是因为背部有问题,需要矫正,随后椅子成了抗议的标志。椅子是他不可或缺的同伴,无论他走到哪里,都带着椅子,这使他成为整个社区的焦点。他的行为引起众人的不解,甚至仇恨,以至于他需要寻找一个属于自己的空间。他的行为得到一部分人的支持,他们组成了一个小群体,最后在一户人家的天花板上落脚。他们在天花板上自成一个小世界,和"下面的"世界形成对立。这个具有寓言性质的故事因其极端的特质、反文明的精神倾向、理想主义的气质而深深打上了犬儒主义的印记。它也向我们提出了反讽如何在破坏之后进行重建的问题。

2.3.1　对文明的质疑

古代犬儒主义者对既有文明进行质疑,可以说犬儒主义者的所有行为和理论都建立在反文明的基础上。第欧根尼坚信"人类的所有不幸很大程度上来自于他身处的文明"[1]。正如泽农所说,"文化并无用处"[2];相反,过于精致的文化因其背离自然,会消磨人的意志[3]。"当文明引起的不适溢出

---

①　Goulet-Gazé, M. -O. *L'Ascèse cynique, un commentaire de Diogène Laërce VI 70-71*. Paris: Librairie Philosophique J. Vrin, 1986: 42.

②　Gugliermina, I. *Diogène Laërce et le Cynisme*. Villeneuve d'ascq: Presses universitaires de Septentrion, 2006: 53.

③　Goulet-Gazé, M. -O. *L'Ascèse cynique, un commentaire de Diogène Laërce VI 70-71*. Paris: Librairie Philosophique J. Vrin, 1986: 52.

来，充溢当下社会时，第欧根尼立志成为医治文明的人。"[①]第欧根尼将矛头直指普罗米修斯，他认为这个神话人物之所以遭到宙斯的惩罚，是因为他偷盗了文明的火种，从而腐化了人类社会，"这份礼物对人类来说是软弱和奢侈的开始"[②]。所以第欧根尼宁愿吃生肉，也不愿使用火，因为这显示了"现实对普罗米修斯之令的屈从"[③]。第欧根尼不仅反对文明，更致力于破坏文明，尤其是文明所赖以支撑的话语体系：知识。犬儒主义常提到的两个概念与知识有关：*tuphos* 这一概念指的是"所有使人们背离自然的、自我的幻觉"[④]，*atuphia* 则指"拒绝所有人类有可能屈从的幻觉"[⑤]。这里所说的幻觉既指以形而上学、逻辑学、物理学为代表的知识，也指一时一地的社会所建立的价值体系。

反讽者同样对社会性保持警惕，在乔治·帕朗特看来，反讽的基础正是在于个人和社会之间的对立，反讽来自于"个人的追求和希望与社会的追求和希望之间的对立"[⑥]。在个体与社会的冲突中，个体发现社会所宣扬的价值只是"社会拟像"，并不值得我们严肃对待。在这些"社会拟像"中，冠冕堂皇的观念和学说经不起推敲，它们你方唱罢我登场，串联起一场闹哄哄的观念喜剧。反讽者像一个"纯粹的静观者"[⑦]一样，怀着"蔑视之情看待被冠以原则之名的偏见"[⑧]。

2.3.1.1 摧毁知识的体系

反文明、反知识、反价值体系的思想在什维亚的小说中得到充分体现。

① Onfray，M. *Cynismes*. Paris：Editions Grasset et Fasquelle，1990：26.

② Goulet-Gazé，M.-O. *L'Ascèse cynique*，*un commentaire de Diogène Laërce VI 70-71*. Paris：Librairie Philosophique J. Vrin，1986：60.

③ Onfray，M. *Cynismes*. Paris：Editions Grasset et Fasquelle，1990：95.

④ Goulet-Gazé，M.-O. *L'Ascèse cynique*，*un commentaire de Diogène Laërce VI 70-71*. Paris：Librairie Philosophique J. Vrin，1986：34.

⑤ Goulet-Gazé，M.-O. *L'Ascèse cynique*，*un commentaire de Diogène Laërce VI 70-71*. Paris：Librairie Philosophique J. Vrin，1986：34.

⑥ Palante，G. L'ironie：Étude psychologique. *Revue philosophique de la France et de l'étranger*，1906(61)：155.

⑦ Palante，G. L'ironie：Étude psychologique. *Revue philosophique de la France et de l'étranger*，1906(61)：158.

⑧ Palante，G. L'ironie：Étude psychologique. *Revue philosophique de la France et de l'étranger*，1906(61)：158.

作者借小说中的人物流浪艺术家科尔斯基之口表达了对所有知识体系的嘲弄：

> 科尔斯基对我解释说，所有其他领域，政治、经济、宗教都是形而上学，被我们沉重的大脑构想出来，我们的大脑被一小撮头发提着伸向天空。我们又聋又瞎，已不能见证任何东西。人们陷于一个抑郁、强硬、暴力的梦中，他们以为这就是现实本身，他们认为所谓的大自然就是从瓶子里升起的一股烟雾，一切都是人编造的。艺术家蔑视想象出来的虚幻的荣耀，想象是制造这出闹剧的始作俑者。艺术家最先要做的是强迫自己回到现实中来。（AP,45-46）

这段话和犬儒主义的思想不谋而合。如果说一开始人类文明的生发是为了使人类从蛮荒的状态中解放出来，那么当文明发展到一定程度，尤其是书写文明所塑造的种种话语体系圈定人的存在，并企图以虚构代替真实可感的生活，使虚构凌驾于生活之上时，人被自身的精神性所异化，从可感的现实中脱离出来，进入了话语所编制的网络中，将话语作为第一性的存在，压制了肉身的存在。什维亚比犬儒主义者走得更远，他不仅指出人在文明中失去了自然质朴的状态，成为矫饰的人，而且揭示了话语有可能建立起关于人的形象，这一形象将代替经验中人的感受成为人自我感知的主要方式。什维亚的犬儒主义者首先要将人"拉回到现实中来"。

对人类文明的质疑还体现在被遗弃的图书馆建筑中。主人公所寄居的地方有一个巨大的工地，相传之前打算用来建图书馆，但这一工程很快被遗弃了。主人公不无嘲讽地说："两层楼 80 米高，395 千米长的书架，而一个读者穷其一生最多能读的页数加起来才 150 米长[……]谁会那么疯狂，开始一段确信不会结束的旅行，甚至刚一启程就将死去？"（AP,26）几千年来积累的书写文明如雪球般越滚越大，构成了文化上的重负，一个人穷尽一生也难以窥探文明的一角。而人们又是否真的能够通过书本知晓存在的经脉？阅读和书写又何尝不是文明的自言自语？

和犬儒主义者一样，什维亚的反讽者嘲笑自圆其说的逻辑。第欧根尼对逻辑学和物理学做了清算，他说："辩证法的论据像蜘蛛网，虽然显示出了某种艺术,但并无用处。"①《在天花板上》的主人公则认为似是而非的逻辑企图通过表面上的严密解释非理性的存在,逻辑是意义的幽灵,用来框定逃逸出知识框架的无意义。在说到后世对自己身上背的椅子的种种阐释时,主人公满怀讥讽地说:

> 当后世的历史学家研究我们这个时代时,一切在他们看来都不言自明,不管是总体构架、主要枝干、转折、断裂、动机目的,还是流浪的原因、进步的意义,那些看起来荒诞、不合理的,他们将找出不容置疑的逻辑,没有什么是偶然的,那些令我们惊讶的巧合在他们眼里如此明确,这是一切都互相印证,一切都站得住脚的证明。今天,我是个谜,这个谜很快就会被解开[……]他们或者会说,在这个背景下,不出现一个背着椅子的人会令人惊讶,或者会说,那个时候有个背着椅子的人出现,说这话徒劳无益[……](AP,21-22)

作者尖锐地指出,知识一旦成为文明中的一个体系,它如何通过自圆其说维护其体系的严密。知识的有效性在于是否连贯,是否能够将关联或不关联的现实嫁接在一起,这种对接的能力便是阐释的能力,它作用于现实的方式便是在现实中建立人为的联系。什维亚的反讽者以反逻辑的方式制造了逻辑的对立面,但非逻辑仍然披着逻辑的外衣试图解释不可解释之物,什维亚以小丑的方式扮演了智者,揭露智者的幻象。

椅子是全书最不可捉摸的形象,主人公并不希望任何人对椅子做出阐释,作者也试图将椅子当作无意义的象征,保留其模糊的含义。然而,文中多次对椅子做出不成体系的解释,从这些断章中我们可以归纳出椅子的一个主要作用:主人公自小身体有残疾,只能伛偻着腰,医生为了矫正他的背,让他背着椅子。椅子的主要功能是矫正体态。小说发展到后来,椅子便成为矫正自然的象征,最好的情况下是对自然中不符合规则的部分进行改良,最坏的情况下是对人的自然天性的扭曲。我们会读到这样的句子:"它首先

---

① Gugliermina, I. *Diogène Laërce et le Cynisme*. Villeneuve d'ascq: Presses universitaires de Septentrion, 2006: 58.

是一个笼子,被巧妙地改装,然而仍然是笼子,制造出来就是为了迫使我们听布道。"(AP,52)椅子显然是文明的象征,是对蒙昧的自然状态的开化。天性并不一定是完美的,文明旨在匡正天性中不完美的部分,使之合乎社会规则,然而,文明的演化最终背离了改良的初衷,成为自然的对立面。什维亚通过椅子的象征揭示了文明的双面性。

2.3.1.2　质疑社会性

与文明相对的是社会性,文明的兴起从某种程度上来说是群居生活的结果。如何更好地组织群居生活?对此问题的思考促进了人类制度规划和意识形态的形成。犬儒主义反文明的倾向导致了犬儒主义者对社会性的摒弃。犬儒哲人们秉持独善其身的原则,远离人群,践行自己的哲学。第欧根尼反对一切社会规则,认为它们是痛苦和烦恼的根源。他自称是"伪币制造者":"证明了我们所惯常认同的社会价值实际上是错误的价值,人们若追随它们,便会受害。"[①]第欧根尼穷其一生致力于揭穿社会价值的虚伪,他巧妙运用反讽,尖锐地揭开幻象的面纱,"怀疑一切,怀疑陈词滥调:宣扬解放的逻辑"[②]。相对于身处社会规则中的芸芸众生,第欧根尼实现了自由:"他自由地穿梭在世界上,像一只具有理性的鸟儿。他不怕暴君,也不畏惧法律,他不介入公共生活,没有被孩子的教育干扰,没有囿于婚姻,没有被世上的工作掣肘,没有被战争干扰,没有因为生意迷失方向。相反,他嘲笑芸芸众生互相争夺,就像我们嘲笑争抢玩具的小孩子。第欧尼根,像一个无所畏惧的自由的国王一样生活。"[③]所有群居生活被认为重要的价值在第欧根尼看来毫无意义,名利、金钱、权力、家庭,这些世俗的幸福在他看来是败坏人心的手段,一个自由的人应当抛弃社会公认的价值,建立自己的幸福标准,最大限度地实现个体的自由。对个人性的张扬使第欧根尼成为"社会意义上的虚无论者"[④]。

　①　Onfray, M. *Cynismes*. Paris: Editions Grasset et Fasquelle, 1990: 109.
　②　Onfray, M. *Cynismes*. Paris: Editions Grasset et Fasquelle, 1990: 93.
　③　Goulet-Gazé, M.-O. *L'Ascèse cynique, un commentaire de Diogène Laërce VI 70-71*. Paris: Librairie Philosophique J. Vrin, 1986: 57.
　④　Onfray, M. *Cynismes*. Paris: Editions Grasset et Fasquelle, 1990: 58.

什维亚在小说中花了大量篇幅来描写芸芸众生。正如第欧根尼所说，世上之人可以分为智者和"昏庸的人"两种①，什维亚用了戏谑的手法描绘了昏庸的大众。首先，他们囿于群体既定的规则，不敢跨到规则之外去寻求自由。他们不仅将自己固定在模子中，而且捍卫群体的规则不被异端份子破坏。他们对所有不同于自己的人嗤之以鼻，采取排斥的态度，甚至不惜用暴力捍卫被禁锢的存在。小说一开始，主人公就描写了自己因为背着椅子招致众人的非议，"像大苍蝇一样跟着我，不知道被什么气味所吸引，就好像跟着我们只是为了满足自己伤害别人的奇怪需求"（AP，9）。当主人公背着椅子，路遇一位老年女士，他并无让座的意愿，他说："我需要找到借口，不让别人用石头砸我。"（AP，12）作者毫不留情地揭露了隐匿在众人中宣泄自己怨恨的个体。他们随时准备用暴力驱逐与自己不同的人，捍卫群体的纯正。他们不仅抱团，有攻击性，而且懦弱、善变、模糊、没有个性。他们似乎需要借助群体的力量证明个体的存在，就像主人公的弟子艾格，他有无数张脸，有时"老迈干瘦"，有时"充满生气"，有时"满怀怨恨"，有时"像一个小孩"（AP，79）。正是这样一个多面的人，没有存在的根基，"模糊不定，需要为自己强加规则以防迷失。为了使自己不消失于那些稍纵即逝的变体中，他甚至不惜借用他人的个性，他自己却并无坚实、和谐、结构分明的个性。［……］他希望将自己生活的方向完全交付给另一个人，此人的优越在他眼里毋庸置疑，让他足够信服到五体投地"（AP，89）。艾格是无数人的写照，他们像软体动物一样没有形状，无所依附，根据风向随时变换想法，需要依附在一个强有力的权威身上才能定格自己的存在。这些没有个性的人是组成社会的基石，什维亚通过质疑匿名的大众来质疑社会的合理性。

正是这些"像鸭子附着于水中一样［……］扎根在大地上，深陷于此"（AP，117）的人才会一味沉浸在"日常的营生中，分秒必争，他们的消遣就是他们最为执着的习惯"；他们最关心的是"当天关心的结局，比如地方选举的胜出者是谁，整个下午都在比赛的汽车大赛的冠军是谁［……］外科医生们是否决定切掉这个正在破产的年轻国家的老领导剩下的脑半球"（AP，156-

---

① Goulet-Gazé, M.-O. *L'Ascèse cynique*, *un commentaire de Diogène Laërce VI 70-71*. Paris：Librairie Philosophique J. Vrin, 1986：143.

157）。这些对思考漠不关心的众人除了维持定见，已经丧失了对世界其他
的感知能力。"成见是如此之深，以至于真的使人们变得盲目。"（AP，7）群
体的定见的力量可以消减甚至破坏个人性，个体的身份融化在匿名的群体
中。《在天花板上》的主人公说："当众人看着我时，我感觉我不再属于自己，
抽空了本质，我属于这些如同光束一般的眼光，它们汇聚在一起，是唯一见
证我存在的证明；这些置于我身上的目光是我身上唯一鲜活的肉体，我的意
识甚至融化在他人的印象和判断中。"（AP，10）可以说，社会性成为定义个
人的唯一标准，他人的目光和评价是个人身份建立的唯一尺度，群体性遮蔽
了个人对自身真实的追求，堕入到不真诚的存在中。什维亚和犬儒智者一
样，敏锐地捕捉到群体生活及其规则对个体可能的戕害，得出自由必定要在
离群索居中才能获得的结论。

2.3.1.3　对现代文明的反讽

和古代犬儒主义的反文明略有不同，当代的犬儒主义者要面对现代文
明中的种种问题。《在天花板上》抨击了现代文明的弊端，比如官僚行政体
系、工业技术、商业逻辑和城市文化。什维亚试图清算现代文明的基石，指
出它们有悖于人性的地方。

椅子这一形象再次被用来象征官僚行政体系。主人公在提到办公室的
椅子时说："所有解放的希望都消失了：被控制、制服、驯服、驯化，被牢牢钉
在办公室里，就像马被拴在马车上一样。"（AP，50）主人公寄希望于其中有
一把椅子因为不能忍受境遇，奋起反抗，他说："我愿意付出代价来参加这场
办公室椅子们的集体反抗。"（AP，50）如果说古代犬儒哲人担心过于精致的
文明会消磨人的意志，那么当代的犬儒主义者的担忧则更加深重：行政体制
将个体卷入巨大的机器中，抹平人的个性，人失去独立性，成为驯服和管理
的对象。"人们把一群分心、流动且古怪的人变成了一群势必专注的公众：
椅子是群居的家具，它和它的邻居保持一致，比如它和高脚凳不一样，它强
迫身体接受它的姿势，进而它强迫人们保持视线一致，除非扭断脖子，不然
我们只能看到它让我们看到的世界。当我们夹在一行中，夹在其他人中间，
很难移动椅子，也很难抛弃椅子，必须自始至终看完演出或听完课。"（AP，
49）椅子如同行政体制一样起到规范行为和思想的作用，它给予人们统一的

框架,使其行动整齐划一,有效地控制庞大而集中的人群。主人公深切地认识到走出体系的难度:"不可能走出这个路线,除非从窗口跳出去,笔直掉下去必死无疑,这难道不是反抗者必得的下场? 在整体被构想出来的时候,就已经预见到了反抗者的下场,为了在他们还没有那么危险之前彻底将他们清除出去。"(AP,101)官僚行政体系下人的趋同性达到了顶点,产生了所谓的大众社会,趋同便于管理,异端滋生危险。体系自有其维护自身运转的方式,一旦体系探测到异端的存在,就会将其吸纳或预先驱逐,以保持整个体系的完整和纯洁。

除官僚行政体系外,工业技术也是当代犬儒主义者抨击的对象。《在天花板上》不乏与工业技术相关的形象。比如主人公寄居的荒地曾经被规划用来建图书馆,后来计划破产,荒地留了下来,"工人和技术人员无缘无故被召去做其他事,需要他们挖高速公路,修体育馆,所有明显更加符合公共利益的建设"(AP,27)。图书馆让位于公路和体育馆,被主人公质疑的文化在技术面前被嗤之以鼻。功用性和有效性是技术文明下评判事物的标准。小说中充满了推土机的意象,说明工业技术的触角伸向人类社会的角角落落,没有留下任何蛮荒的角落。推土机象征了进攻、征服、蛮力、不顾一切向前的决心。小说中有个人物叫托普利亚,他原先的职业是推土机司机,"整个世界都臣服于托普利亚的脚下。[……]他又让别人服从自己的手段"(AP,28)。即便之后他被迫离开岗位,"他今天还保留了这台已离开他的全能的机器的感觉和反应,他会有幻觉:有些明显看起来比他重的物体,他觉得自己能举起来,他尝试把墙推倒,但令他惊讶的是,墙岿然不动,这让他看起来很可笑"(AP,29)。工业技术一方面让人类走出自身的局限,增强了人的力量,另一方面它让人自身变成了机器的一部分。作者还描述了人的思维如何被技术的逻辑圈定,只能以技术的目光思考和看待周围的事物。比如主人公和他的同门们生活在天花板上,拉凡一家看到他们时第一反应并不是提出为什么他们生活在天花板上,为什么他们和我们不同,为什么我们不能也生活在天花板上这样的问题。相反,他们关心的是:"你们是怎么做到不掉下来的?"(AP,117),同一问题不断重复多次,最后拉凡一家对生活在天花板上的人失去了兴趣,他们"非常机械地想到这个问题,但并不执着于答案,甚至对答案漠不关心"(AP,156)。人们并不关心自己存在的合理性,也

并不思考另一种存在的可能性。技术使人们沉迷于当下,对技术的关心剥
夺了任何超越的可能。

对知识和理性的抨击、对人的社会性和群体生活的质疑、对现代文明弊
端的揭露使作者得出"肉身的沉重"这一结论:"如果我们承认一方面所有的
机体都要承受重力,被引向地球的中心,另一方面因为地球的运转必须承受
离心力,这两股力量的合力便是滞重的力量,人们无能为力。"(AP,157)从
对文明的批判转向对人的存在本身的思考将什维亚的反讽从单纯批判人的
文明属性升华为对整个存在的哲学思考。这也应和了古代犬儒主义的伦理
取向应当有的形而上学基础:"第欧根尼的犬儒主义致力于回答人们的形而
上学意识引起的最为深层的焦虑。在他假装的傲慢和自吹自擂的神情下,
是哲学家对人性的脆弱和宇宙缺乏理性的尖锐意识。"[1]

2.3.2 犬儒主义者的背叛

犬儒主义者的力量在于行动。他们对文明的批判不局限于话语层面,
清醒的意识对他们来说并不够,行动才是抵抗正在逐渐沦丧的文明的唯一
出路。在这一点上,什维亚的犬儒主义者们承袭了古代犬儒智者的传统,以
离经叛道的行为表达了对现存文明的背弃。古代犬儒主义者将自己的学派
称为"通向美德的捷径",他们"反对传统哲学流派借用的漫长的途径,即学
习和获取知识的途径"[2]。相反,"美德属于行动"[3]。这也是为什么犬儒主
义并不被认为是一个思想流派,而是一种单纯的生活方式,因为它并无具体
的理论体系也无制度性的框架。对行动的重视贯彻了犬儒主义者对知识和
理性的怀疑,第欧根尼"远离了苏格拉底的唯智主义,因为理性丧失了主导

---

① Goulet-Gazé, M. -O. *L'Ascèse cynique*, *un commentaire de Diogène Laërce VI 70-71*. Paris:
Librairie Philosophique J. Vrin, 1986: 51.

② Goulet-Gazé, M. -O. *L'Ascèse cynique*, *un commentaire de Diogène Laërce VI 70-71*. Paris:
Librairie Philosophique J. Vrin, 1986: 23-24.

③ Goulet-Gazé, M. -O. *L'Ascèse cynique*, *un commentaire de Diogène Laërce VI 70-71*. Paris:
Librairie Philosophique J. Vrin, 1986: 25.

地位和其自足的特性,而意志力成为道德行动的唯一因素"①。智者的意志力体现在他既不遵从社会习俗,也不相信理论学说,"他必须通过行动自由地创造当下只属于他自己的价值"②。

2.3.2.1 傲慢和挑衅:行动中的美德

如果说犬儒主义者是彻底的反讽者,那不仅是因为他们藐视一切规则,更在于他们将这种藐视转换成极端的行为,行为越是荒唐,越反衬出正统文化的故步自封。第欧根尼吃生肉、在街上小便、手淫;克拉特斯和他的妻子当众在街上交媾,他们甚至为乱伦、偷盗、食人、渎神等行为正名。这些离经叛道的行为似乎与他们所宣扬的"美德"相悖,那是因为他们所说的美德并非世俗意义上的道德,他们所要重建的美德建立在彻底破坏的基础上,只有扫清一切虚伪的道德,才能获得个人意义上的美德。对于犬儒主义的美德,我们将在下文中探讨,这里只需注意到他们背德的行为和"坚定的美德"之间表面上的矛盾"是古代犬儒主义的核心"③,这一矛盾也为犬儒智者打上了反讽的烙印。"相对于词和话语,[他们]偏向于姿势、事实和迹象,作为对这一新的方法论的延伸,我们会发现[他们]对语言游戏、幽默、反讽和挑衅的擅长。"④这与什维亚本人认为当今文明软弱无力以及将反讽作为抗击软弱的武器的有效性不谋而合:"今日一切都在变软弱。攻击总是落空。我们的拳头打在柔软的肚子上。这么软以至于什么都能接受。我们整个拳头都陷在肚子里。这也就是为什么我喜欢反讽,在反讽的微笑里有咬人的利齿。"⑤

犬儒者的离经叛道终归带有道德指向,纯粹荒唐的行为并无意义,第欧根尼的傲慢隐含了教育意义;通过过激的行为教育人们放弃舒适的生活方

---

① Goulet-Gazé, M.-O. *L'Ascèse cynique*, *un commentaire de Diogène Laërce VI 70-71*. Paris: Librairie Philosophique J. Vrin, 1986:152.

② Comte-Sponville, A. *Valeur et vérité*, *études cyniques* (coll. «perspectives critiques»). Paris: Presses universitaires de France, 1998(1994):37.

③ Comte-Sponville, A. *Valeur et vérité*, *études cyniques* (coll. «perspectives critiques»). Paris: Presses universitaires de France, 1998(1994):37.

④ Onfray, M. *Cynismes*. Paris: Editions Grasset et Fasquelle, 1990:83.

⑤ Chevillard, E. Eric Chevillard, J'admire l'angélisme des pessimistes. Comme si la situation pouvait empirer encore. *article 11*, 2008-09-47. www. article 11. info/? Eric-Chevillard-J-admire-l.

式。犬儒主义产生于这样一个时代,单靠话语已经不能起到教育作用,"僵化的理想主义使谎言成为生活方式,在这样的文明中,真理的形成取决于足够有进攻性,足够自由(厚颜)的人能够说出真理"①。我们可以说犬儒主义是反讽的一种极端变体,不管是第欧根尼还是我们的主人公,都通过他们貌似荒诞的行为向越来越僵化的社会发出了挑战。因而在犬儒主义者身上,我们看到某种理想失落后的愤世嫉俗,"犬儒主义常常是失望的道德主义,一种极端的反讽"②。犬儒主义者是仍未幻灭的反讽者,他们内心深处寄托着改变的愿望,内心的愿景越高,现实的差距越大,他们越容易在未被满足的现实中以出格的行为表达不满,他们"遍尝所有的罪只为了驱逐恶"③。

《在天花板上》的主人公背着椅子,招致众人不解甚至是敌意的目光,但他不顾众人的目光,泰然自若地行走在各种场合。他的行为同样以犬儒主义智者的教化为旨归,"我产生了效果,这是种宽慰。我喜欢想到他们那时在质疑,他们通过对比看到自己的模样,他们无情地评判自己。他们在黑暗中。希望他们勇敢地质疑自己的存在,毫不犹豫地决定改变"(AP,19)。主人公希望以自身的荒唐行为震醒沉睡中的人们,使他们通过他人的荒唐思考自己行为的合理性。艾格是主人公的追随者,他对主人公的行为进行了解释:

> 你在别人之前明白了头上不顶张椅子就没法继续生活下去。怎么其他人都未曾想到过呢?追随你的人怎么那么少呢?而这场激进的革命根本不需要花费任何钱,所需要的工具如此简单。只消在头上顶张椅子,确实,如果人人都能做到,很快一切都会不可逆转地改变,为全民造福,既不需要付出流血的代价,也不需要花费改革者大量心血的浩大工程。你已经明白,很难从根本上撼动文明。(AP,78)

主人公通过荒诞的行为正在准备一场静悄悄的革命,以颠覆病态的文

---

① Sloterdijk, P. *Critique de la raison cynique*. Hildenbrand, H. (trans.). Paris: Christian Bourgois éditeur, 1987: 141.

② Jankélévitch, V. *L'Ironie*. Paris: Flammarion, 1964: 15.

③ Jankélévitch, V. *L'Ironie*. Paris: Flammarion, 1964: 109.

明。但这个行为也表明从正面攻击腐朽的文明已经不可能了。这样一种丧失生机的文明阻止人类向上提升,因为没有人对此提出疑义而一再被巩固。所有违背公共意识的行为和想法都被驱逐和压迫。主人公的行为激起了各种各样的反应:除了好奇和不屑,更多的是嘲笑和蔑视。主人公渐渐明白应该避免过于张扬的行为,他决定低调行事,不管众人如何报以敌意,都要保持镇定。但是他的镇定仍然激怒了众人:"不管如何,我的镇定被认为是不可接受的,不能容忍的,我不知道触动了别人的什么东西,必须尽快结束。人们对此集中火力,甚至是最微小的力量。"(AP,84)主人公的镇定是对古老文明的惯性力量的挑衅。一个不可被理解的行为挑战了逻辑惯性,狂人的镇定更加否定了惯性思维的合理性,因为它肯定了不合常理的逻辑。

作者在同一小说中将背离常规的挑衅行为比喻成臭气:

> 高尔斯基散发着臭气,我和他散发着相同的臭气。当他在睡梦中移动,围绕着我们的不可见的臭气层形成了气流,海带和死鱼组成的气浪慢慢升腾起来,扑向我们的牺牲品,他们的脸拉长了,变得更黄了,夹着鼻子,眼睛半睁,就好像气味混合着阳光无孔不入,必须堵住身体所有的洞。有人感到不适,有人昏倒,人群最后只好后退。这股可能救过我的命的具有防卫性质的臭气同时也是厉害的反攻的武器,操作方便,甚至无须挥舞,有了它什么帝国不能征服,我们有多么广阔的土地用来寻欢作乐,亵渎神明,游戏人生。(AP,43)

臭气如同主人公背着的椅子,一开始是矫正错误,保护自己的工具,因其相悖于常情,又可以成为攻击世俗的尖锐武器。惊世骇俗的行为像臭气引起众人的厌恶,这是对异于自身的人的排斥。主人公通过将自身变成众人的对立面,和循规蹈矩的世俗生活划开界限,界限的这边是放浪自由。

2.3.2.2 荒诞:理性的边界

如果说第欧根尼"通过古怪的木偶般的行为将现实的表现推向极

致"①,那么《在天花板上》的主人公则希望在理性中引入不可理喻,在常识中引入荒诞。椅子在成为离经叛道的象征之前首先是对理性的颠覆。椅子的存在之所以引起恐惧,首先在于它的无用,当它被背在身上时,它就不再具有常规的功能,成为不可被归类的物件。什维亚超越古代犬儒主义者的地方在于他通过打乱词与物、表征与内涵的秩序,用理性的反面消解理性。

秉持理性的对立面首先是拒绝所有阐释行为。"凭什么我需要为我的行为寻找合理的解释?"(AP,13)无意义应当维持其独立性,任何解释的企图都将无意义圈定在意义的边界之内。甚至将无意义解释成象征物都是对无意义的背叛,因为象征预设了意义,意义是理性的产物,是话语的编织。"我的行为将会被认为是秘术,最好的情况下,人们会将之看成珍奇而衰败的小玩意儿,最坏的情况下看作晦涩自负的寓言。"(AP,14)任何不可被解释之物都会成为理性围猎的对象,人们终究会用似是而非的逻辑填上理性的缺口,寓言、象征则被提出来作为对不可解释之物的想象,以为离奇的表象必定指向某个意义。不管象征有多么荒诞,只要还有意义的影子,一切都还在稳定的范围内。所以什维亚的荒诞的世界是一个只执着于表象的世界,正如高尔斯基的艺术:"在高尔斯基的诗学体系中,只有当人们真的信任表象时,才能改变事物"(AP,67-68)。信任表象、放弃意义,是建立起一个纯粹的符号的王国,人们进入游戏、渎神的疆域,这是反讽的世界。

对意义的拒绝就像高尔斯基制造黑暗的机器,一下子从中诞生出一个虚无的世界:

> 高尔斯基一下子解放了他在一个月黑风高的夜晚密封在木质大箱子里的黑暗,这些库存是为了野心勃勃的实验,制造一个和灯泡一样简单的制造黑暗的机器,能够制造完全的黑暗,既无须关灯,也不用关百叶窗,负面的行动,甚至是虚无主义的,从此恶和黑暗将混为一体,并持续进行下去,而我们启动黑暗机器的举动充满意志力、欢快、富有成效,将古老神话中的魔鬼和巫婆四处播散。黑夜又将使我们对明日充满希望和信心。(AP,86)

---

① Jankélévitch, V. *L'ironie*. Paris: Flammarion, 1964: 109.

这个充满了奇幻色彩的机器体现了主人公和他的同伴们的社会理想：扫除所有既有的观念和价值，将文明赖以生存的基础连根拔起。恶、黑暗、魔鬼、巫婆这些处于价值负面的词在价值真空的状态里成为无意义的代名词。人们在价值漫溢的社会中如此害怕释放，并努力压制不能承受的意义之空。什维亚的反讽者们也并非是完全的虚无主义者，正如主人公所说："不大可能我现在接受虚无的召唤"（AP,146）。他们从毁灭意义中感受到了意志力、快乐、希望和信心。这种意志力也是犬儒主义者共有的，是可以自由决定意义去留的快意，是自己创造道德价值的生命力，"没有法律，没有规则，唯一的规则是意志"①。

　　从中迸射的是一个虚无的世界，但又是一个孕育着生成的希望的世界。在主人公所期待的新世界中，"灰色等同于红色，尽管外表看不是红色，但它比红色还要微妙，它更能让人联想到红色，一种比红色更红的灰色。比如犀牛的灰色，比蓝色更蓝的灰色，大象的灰色，比绿色更绿的灰色，河马的灰色，比黄色更黄的灰色，石头的灰色"（AP,8）。这是一个超越寻常感官的世界，是一个并无定见的世界，一个感官和思想自由驰骋组合的世界。什维亚的反讽者们绝非虚无主义者，他们从虚无中寻找自由、美、新奇，正如孔德-斯彭维尔在《犬儒主义的意志》中所说的那样："对犬儒主义者来说，客观真理不但存在，而且能触碰到，它不在话语中［……］而在存在本身中，在沉默的、独特的、无可置疑的现实存在中"②。现实如此容易被话语所遮蔽，人们习惯于跨过现实，寻求现实背后的意义，什维亚所做的是重回现实，给予表象以唯一的意义，并在现实中寻找新的知觉。对现实的超越并不来自于话语和意义，它来自于对现实的持续浸入和发掘。

　　天花板上的生活的意义在于形成一个价值悬搁、充分自由的世界，"一片中立、空白的空间，可以自由发挥［……］才能"（AP,122）；地面上的空间习惯性地充满了"分隔"，"每间房都有特殊的用途"（AP,147），而"天花板如同沙漠和海洋一样，是一片无须分隔的空间"，"它无论如何超越偶然性之

　　①　Comte-Sponville, A. *Valeur et vérité*, *études cyniques* (coll. «perspectives critiques»). Paris: Presses universitaires de France, 1998(1994): 37.

　　②　Comte-Sponville, A. *Valeur et vérité*, *études cyniques* (coll. «perspectives critiques»). Paris: Presses universitaires de France, 1998(1994): 40.

上"(AP,147)。天花板上的时间同样未被分割成分秒,时间"充满活力,流动[……]无拘无束"(AP,148)。如果地面上的生活是从蛮荒到文明的过程,天花板上的生活则是从文明再次回归到质朴,被人为割裂的生活得到弥合,又重新获得贯穿纵横一切的原始的活力。什维亚的反讽者们对无意义的追求契合了犬儒主义者回归自然的质朴理想。

2.3.2.3　回归自然

犬儒智者厌恶过于精细的文明对人的自然本性的败坏,于是他们要求从人类群居生活中解脱出来,离群索居,远离文明之地。独居是犬儒智者远离文明、回归自然的选择。"犬儒主义选择墓地和城市的边缘,因为它们是城市化的象征。"①犬儒智者并不离开城市,"他只是需要与之拉开距离"②。于是他选择城市的边缘地带,表达自己对群居生活的排斥。这一具有象征意义的空间选择在犬儒智者和社会主流之间有意识地进行精神上的隔离。什维亚的犬儒主义者们同样选择了边缘空间,他们一开始生活在城市废弃的工地里,后来因为警察介入,他们转战到拉凡一家的天花板上。这是由流浪汉、艺术家组成的边缘人群,他们的居住地点也是被工业化和主流价值抛弃的边缘地点。他们希望通过隔绝,"骄傲地承担在宇宙中的孤独"③。犬儒主义者在离群索居的生活中"重新弥合了自己的身份"(AP,10),"他是他自己幸福的源泉"④。

回归自然也是对身体的回归。形而上学使人们过于纠缠于头脑所制造的迷雾,忘记了身体的具象存在,什维亚的犬儒主义者们希望以艺术抗衡形而上学,因为艺术使人回归肉身:"艺术家蔑视想象力那迷惑人的威望,是想象力成功塑造了[形而上学的]笑剧。"(AP,46)所以艺术家的首要任务是"掐自己以使自己回到世界上。幸亏身体永不离弃他。[……]高尔斯基决

①　Onfray, M. *Cynismes*. Paris: Editions Grasset et Fasquelle, 1990: 29.

②　Gugliermina, I. *Diogène Laërce et le Cynisme*. Villeneuve d'ascq: Presses universitaires de Septentrion, 2006: 49.

③　Goulet-Gazé, M.-O. *L'Ascèse cynique, un commentaire de Diogène Laërce VI 70-71*. Paris: Librairie Philosophique J. Vrin, 1986: 70.

④　Goulet-Gazé, M.-O. *L'Ascèse cynique, un commentaire de Diogène Laërce VI 70-71*. Paris: Librairie Philosophique J. Vrin, 1986: 70.

定只信任它"(AP,46)。对身体的遵从是对人的自然本性的尊重。什维亚的犬儒主义者采用极端的策略,维护身体的完整性,高尔斯基从不洗澡,浑身散发着臭气,他的哲学是"我们死的时候要和我们出生的时候一模一样"(AP,46)。在犬儒主义者看似荒唐的行为背后,是对被遗忘的身体的执着。在古代犬儒智者的极端身体策略中还有一项是对动物的模拟。他们模仿马、狮子、公鸡、老鼠、鱼,最为著名的是模仿狗,犬儒主义以此得名。对动物的模仿是因为"动物比人类知道如何将自己的需求局限于自然需求";"动物因为一无所有,没有使人类如此不幸的各种忧虑"[1]。因此,学习动物就是学习"使生活变得野蛮"[2]。犬儒智者甚至如动物般在公共场合交媾,那既是对公序良俗的蔑视,也是将性视为无须掩饰的身体的自然欲望。《在天花板上》的主人公亦不避讳对性的自然流露:"梅丽娜认定我的椅子不但没有阻碍我的举动,甚至增加了我们所倾心的游戏的复杂程度,激发了我们互相交缠的身体的想象力,我们创造了一千种从未有过的姿势:我们革新了一个领域,这个领域中最近的大胆创新可追溯到4世纪的印度。"(AP,71)动物世界运行的主要规则是自然需求,学习动物就是学习如何去掉文明的印记。动物性引导人们走向"实在、物质和天真"[3]。什维亚在书中反复将人和动物做类比,比如在提到树懒这种动物时,他说:"这是自然界最无忧虑的生物。它毫不费力,只用无为。"(AP,128)难道这不是犬儒智者的终极目标吗?

古代犬儒智者认为,文明会削弱身体对大自然的适应,使身体无法应对命运和自然界的磨砺,因此需要磨炼身体,使其减少物质依赖,将其需求缩减为最为必需的欲望。犬儒智者吃穿住用都讲求简朴,第欧根尼认为,"只有最大限度地降低需求,才能最快达到幸福"[4]。他甚至说:"贫穷是一种本

① Goulet-Gazé, M. -O. *L'Ascèse cynique*, *un commentaire de Diogène Laërce VI 70-71*. Paris: Librairie Philosophique J. Vrin, 1986: 64.

② Goulet-Gazé, M. -O. *L'Ascèse cynique*, *un commentaire de Diogène Laërce VI 70-71*. Paris: Librairie Philosophique J. Vrin, 1986: 63.

③ Onfray, M. *Cynismes*. Paris: Editions Grasset et Fasquelle, 1990: 99.

④ Goulet-Gazé, M. -O. *L'Ascèse cynique*, *un commentaire de Diogène Laërce VI 70-71*. Paris: Librairie Philosophique J. Vrin, 1986: 38.

能的美德。"①因此他散尽千金,流浪街头。《在天花板上》的主人公还在地面上时便有意识地让自己摆脱物质的舒适,他长期背着椅子,养成了不坐的习惯,因为舒适会消磨意志:"如果我喜欢芦苇编成的舒适的椅子,我会感到像一个半身埋在沼泽里的人那样。难以从椅子上站起来肯定了我的判断,我的判断常常是对真理的嗅觉。"(AP,107)他到了天花板上,也和同伴们过着最为简朴的生活,上面"既没有家具[……]也没有床、桌子、电视机、洗衣机或浴缸"(AP,149)。在天花板上的生活也让主人公重新思考在地面上的生活,许多在地面上看起来必不可少的东西在天花板上都变成了累赘:"所有在地上看起来离不开的东西在天上显得无足轻重。我们便不再关注这些东西,它们跟我们无关。怎么在天花板上洗澡呢? 确实,怎么洗澡呢? 但又怎么会弄脏呢?"(AP,112)

主人公因为长期磨炼意志,从而返璞归真,获得了某种自足、宠辱不惊的犬儒主义智慧。古代犬儒主义所有反对文明、重返自然的举动都是以获得幸福为伦理归依的,而幸福就是"思想和灵魂持续处于宁静和快乐中"②;实现"宠辱不惊,也就是说成为神"③。《在天花板上》的主人公发现:"一旦人们上升一点,在我们看来重要的事情的重要性就会减弱。"(AP,120)这个句子很具有启示意义:智慧并不来自于严格的禁欲,而是获得高度、洞察事物的过程。身体的上升意味着精神的提升,它能够让人们获得对地上生活的整体视野:

> 在天上,我是一个稳当当的人。我和传说中的神仙共同生活在云霄之上,闪电之间,我轻轻地捏一个橘子,就会产生雷雨,我吹口气,就会产生冷和热。总的来说,我控制了局势。我从高处观察事物。我需要俯下身子看小鸟,它们比人还大。人们生活在地上,在底部,因为透视的关系看不清楚,他们的头和脚绕在一起,像趴在一个球上,头往前

---

① Goulet-Gazé, M. -O. *L'Ascèse cynique, un commentaire de Diogène Laërce VI 70-71*. Paris: Librairie Philosophique J. Vrin, 1986: 66.

② Goulet-Gazé, M. -O. *L'Ascèse cynique, un commentaire de Diogène Laërce VI 70-71*. Paris: Librairie Philosophique J. Vrin, 1986: 73.

③ Goulet-Gazé, M. -O. *L'Ascèse cynique, un commentaire de Diogène Laërce VI 70-71*. Paris: Librairie Philosophique J. Vrin, 1986: 35.

伸,像一连串又快又短又灵活的传球。人们避开了只想着闪让的对手,人人为自己,人人都有自己的目的,我观看这场无尽的比赛,不偏不倚,不动声色,然而我的眼睛不曾离开,因为我占据了一个舒适的好位置和一个独特的视角。(AP,11)

在这一段中,主人公突然获得了半神的地位。他控制了局势,因为他能从高处观察人类社会。从高处看,人类社会充满了自私和无穷的利益追逐,一旦人们获得一点高度,人世间所谓的重要的东西就会失去它的重要性。超脱正是来自于对人类境遇的清晰判断,反讽使人们获得对于自我处境的整体意识:"它既不是个人的思想,也不是社会的思想,既不是自私的我,也不是他人,它在一切之外,并不是这些元素不可分辨地混杂在一起,而是在它们之外和之上组织成新的精神,这个新的精神能对这些元素进行评判、评价,联结它们,引导它们。"①

犬儒主义者和反讽者有诸多相似之处。首先,他们都有去伪存真的道德冲动。犬儒主义者憎恶文明带来的种种弊端,理性、逻辑、诡辩术用过多的修饰累赘人的大脑,他们希望用行动简单直接地通达真理。此外,过于精致的文明使人们沉溺于感官享乐,丧失了淳朴的自然本性,更消磨了人的意志,使人不能坚强地面对大自然和命运的打击。总之,犬儒主义者不遗余力地揭露文明的弊端,宣扬通过返璞归真获得美德。早期的反讽主义者同样如此。苏格拉底佯装无知,反衬对方的无知,以使对方明白自己的错误,并用辩证对话法帮助对方获得真知。苏格拉底虽然并不反对理性,相反,他认为知识是获得智慧的途径,但他和犬儒主义者一样以行动揭露世人的无知,以除弊去障为目标。什维亚继承了两者的传统,《在天花板上》不仅批判了文明赖以延续的基础——话语与逻辑,更揭露了现代文明中的官僚行政体系和工业技术文明对人的规制。

其次,犬儒主义者和反讽者都喜欢挑衅的姿态。第欧根尼用种种超越世俗理解的举动,向常规习俗提出挑战。他为文明建立起对立面,并将此对立面推向极限,他的挑衅是直接冲撞,因而给了犬儒主义者愤世嫉俗的极端

---

① Paulhan, F. *La Morale de l'ironie*. Paris: Librairie Félix Alcan, 1925: 165.

姿态。以苏格拉底为代表的反讽者采用双面手法，佯装认同世俗的观点，实则嘲笑对方的错误。他采取的是内部攻破的策略，将错误的观点放到最大，从而让错误自己暴露自己。虽然反讽者因为双面手法而被指责为虚伪或保守，但反讽者挑战错误的勇气和因此受到的指责并不比犬儒主义者少，两者都因为挑衅的姿态被城邦视为异端。什维亚的反讽者抛弃了双面手法，离经叛道的姿态更接近于犬儒主义者。但他的人物有两者同样具备的尖锐的批判意识。他用离群索居挑战社会生活，以荒诞挑战常规，以无意义对抗意义的幽灵。

最后，犬儒主义者和反讽者都拒绝形而上学的诱惑。古代犬儒智者重视身体和精神的磨炼，以获得美德。虽然他们对美德的定义中确乎有获得灵魂的安详，但此安详并非通过人的形而上超越获得，而是身心经过外部世界的磨砺能够达到的境界。犬儒主义者并无超脱的目的，他们的目光始终聚焦在现世生活中，认为真理就存在于此世中，美德可以通过肉体在此世获得。以苏格拉底为代表的反讽者有着强烈的形而上冲动，反讽和辩证法的目的是获得超越肉身的灵魂的真理。但当代反讽者谴责了柏拉图主义的形而上指向，反讽者就成了罗蒂所说的"唯名主义者"，即只描述和命名，并不企图追求名字后面的本质。什维亚的人物们加入到当代反讽者的行列中，他们质疑形而上学的基础，视之为想象的产物；他们重视肉身的存在，探讨具象的存在形式；他们热衷于表象的游戏，认为存在就是表象不断变换形式。但必须指出，什维亚将肉身当作唯一的存在，但这一肉身并非日常生活中经验的肉身，相反现实限制了肉身的可能性，因此什维亚的作品中有犬儒主义者所没有的超越的维度，那是想象的维度，打破了现实和虚构的疆域，可能与不可能的局限，肉身成为没有限制的游戏，而这恰恰是反讽者的超越。

2.4　反讽者:艺术、情感和沉醉[1]

　　加宜小说中的人物通常是艺术家,也是反讽者,而这些反讽者通常是爵士乐手。加宜在成为作家之前是爵士乐手,音乐先于文字成为他进行身份构筑的最初手段。加宜小说中的人物大多也是爵士乐手。爵士乐不单是其作品的母题,也是小说的主导精神:包括情绪的自由抒发、对规则的破坏、感性的漫溢等。从形式的角度来说,爵士乐给了叙事音乐所特有的节奏:即兴创作、毫无目的的漫步、有序中的无序、不对称的节奏……在加宜的小说中,词和物都被深深地打上了爵士乐的烙印。

　　爵士乐手的反讽精神首先体现在破坏性上。爵士乐在形式上打破了传统音乐的和谐和整齐,取而代之的是不和谐、不规则的乐音,打破音乐节奏是爵士乐在创始时的革新之处。爵士乐的自由往往和偶然、即性、情感的抒发相关联。加宜的反讽者们也是反理性者,他们常常在循规蹈矩的生活背后有强烈的自我破坏的欲望,他们会在生活中偶然遭遇一个事件(比如碰到一个女人),触发了他们身上破坏的冲动,这种冲动有可能导向死亡和毁灭,但也可能帮助他们剥掉存在中规矩的、保守的、妥帖的、虚伪的外壳,进入到未知的存在领域,通过艺术找到纯粹的情感、沉醉和美感。

　　反讽精神还和轻松、闲适的享乐主义氛围联系在一起。爵士乐手试图在理性的、规矩的社会中创造一个小岛,以纯粹的乐趣为原则,在音乐中忘记生存的压力、道德的重负,至少片刻实现自我和他人、自我和自我的和解。但在反讽者和爵士乐的幽默背后,我们仍然能感受到危险的迫近,反讽是应对危险时的自我保护。加宜叙事中的反讽并非是简单的插科打诨,它提出了更深层次的问题:"如何过一种和主人公至深的期望并不相符的生活? 面

---

① 　参见:赵佳. 文学与爵士乐:克里斯汀·加宜的"爵士小说". 法国研究,2014(4):68-76.

对这些并没有简单答案的问题,反讽成为减弱痛苦的有效手段。"①

2.4.1 背德者:理性的反面

　　加宜的爵士乐手身上带有的反讽特质,首先表现在对理性的背离上,爵士乐意味着摆脱束缚,意味着情感的决堤。要理解爵士乐的意义,首先要明白古典音乐在加宜作品中的呈现方式。加宜作品中的人物对古典音乐有着复杂的情感。古典音乐遵从理性和秩序,正如《最后的爱》中的人物所说的那样,"古典作品严谨、优雅、出了名的完美"(DA,13)。古典音乐以它井然有序的美著称,但对人物来说,它缺少情绪的感染力。它是头脑的音乐,而不是身体的音乐。身体的维度在古典音乐中是缺失的,甚至是被禁止的。

　　《最后的爱》中的主人公是古典音乐作曲家。他谈及他的听众:"他们不喜欢我的音乐","因为它并不讲述他们,它只讲述它自己。它甚至都不表达我,只表达它自己。它既不讲爱,也不讲美,既不讲爱情的美,也不讲对美的爱"(DA,86)。古典音乐的质朴不能满足听众的情感需求,听众们更想听到一种讲述当下、讲述人性和爱情的音乐,也就是说并不单纯作为自为的作品存在的音乐,而是对我们的情感进行生动表达的音乐。人物创作古典音乐失败了,这和他情感上的枯竭相应和,小说讲述的是正在死亡中的心灵。

　　在《俱乐部的一晚》中,主人公曾经是个爵士乐手,他如今是个工程师,完全抛弃了爵士乐,只听"另一种音乐,美妙的、恢宏的、古典的、博学的音乐"(SC,26)。作为工程师,他有着循规蹈矩的生活:一家三口,家庭幸福。他专注于维持自己生活的良好运转,就如同他维护一台机器的顺利运行一样。他避免接触爵士乐,古典音乐就像是对恒常秩序的召唤,它在人物身上激起超我的尖锐意识,使人物自我控制,避免跌入无序的状态。主人公在俱乐部偶遇戴比,一个让人沦陷的女人,他马上坠入了情网。和这个女人共度余生的愿望和超我所产生的抵触情绪在主人公身上激烈斗争,就如同一场

---

　　① Gerwers, M. Christian Gailly ou la lutte avec la beauté. In Ammouche-Kremers, M., Hillenaar, H. (eds.). *Jeunes auteurs de Minuit*. Amsterdam: Rodopi, 1994: 124.

激情的爵士乐和理性的古典音乐之间的较量。以下这段以幽默的笔调描写了两种意识之间的斗争：

　　　　他的胸口被幸福撞击了一下，他摔倒在沙发上。他不敢再思考，怕这一刻流逝。他像屏住呼吸那样屏住思想。
　　　　当大脑缺氧，他再也忍不住时，当他那喘不过气来的意识迫使他打电话时，他抗议并埋怨他的意识：是，是，我知道，他说，没必要提醒我。
（SC,154）

　　幸福或自由的时刻立即被秩序的召唤所取代，随之而来的是罪恶感的介入。在这个语境下，古典音乐象征的是以精神平衡为名对本能欲望的抑制。爵士乐成为表面上很完美的严苛秩序的对立面。"贝多芬以前的欧洲古典音乐所呈现的是我们质朴的形象，即便人们感到不幸、号啕大哭，或者相反，即便他极度兴奋，他总是被表现得很安详"，露西安·马尔松在《爵士乐历史》中如是说，"爵士乐就像是现实主义小说，能在日常生活中获得素材。简单平常的每一天不缺乏兴致和激情，但却不具备任何的庄严性"①。爵士乐产生于现代社会的土壤上，它是现代性希望找到属于自己的表达方式，以便和传统表达区分开来的表现。爵士乐以不可预见性、轰动性和个人性代替了清晰、秩序和充满距离感的古典作品。"这种新的音乐类型为〔西方文化〕从自我中解脱出来做出了贡献，它同时也让倾听它的人从自我中解脱出来。"②爵士乐带来了反讽、跳脱、躁动、不安、革新的一面。

　　《俱乐部的一晚》一开始，叙事者就把爵士乐定义为"不怎么让人安生的音乐"（SC,11），它差点儿就杀了主人公西蒙。叙事者并没有明言发生过什么，只是从此以后，对主人公的妻子苏珊娜而言，"爵士乐就是敌人，它差点儿就杀了她丈夫"（SC,15）。从象征的意义上说，死亡就是不受自我控制，听任最深沉的本能，直到在最为强烈、最具破坏性的欲望中忘却自我。热爱爵士乐，和它融为一体，就是希望打破生存具有欺骗性的表象，直达生命的

────────────────

①　Malson, L. *Histoire du jazz et de la musique afro-américaine*. Paris：Seuil, 1994：22.
②　Malson, L. *Histoire du jazz et de la musique afro-américaine*. Paris：Seuil, 1994：5.

最底部。从这个意义上说，爵士乐手是彻底的反讽者，他们嘲讽生的表象，拥有挣脱幻相的勇气，愿意付出死亡和破坏的代价，接近生命的底部："在这方面，爵士乐获得了酒神的品性：这是毫无节制的音乐，是对禁忌的摆脱和对价值的颠覆；爵士乐的律动和听者最深沉、最本能的律动获得共鸣。"①

爵士乐的危险是把自己整个交付出去的危险，以至于不再认得自我，这就是西蒙所经历的死亡。西蒙被作为理性代表的苏珊娜拯救后，从此不再碰爵士乐，生的本能超越了死的本能，直到那一天，重新听到爵士乐后，被压抑的情感决堤而出。叙事者对爵士乐所激发的情感的质量惊叹不已："在澎湃中如此强烈，如此美妙。"(SC,106)同时，"情绪使'摇摆'（swing）更加精致，更加疯狂，更加尖锐，更加不安，更加激动人心，更加快速"(SC,47)，它遵循的是"内在的节奏"(SC,50)。情绪是爵士乐的灵魂，爵士乐是情绪的载体，两者互相滋养。但是西蒙承认，"在爵士乐中没有美。诚然有'摇摆'、有情绪、有快乐、有身体内的舞蹈，甚至有愤怒、悲伤和愉悦，但没有美［……］"(SC,119)。美代表了和谐、节制、安详，是自我保存的原则；爵士乐是情绪的决堤，任由美和丑泥沙俱下，不加保留。

在加宜这里，反讽者以高调的反理性的姿态出现，来对抗一个工具理性的世界。在一个被可见或不可见的规则所牵制的社会中，个人被嵌入到功能性的网络中，人被看作是理性机器中的一环，必须保持自身的正常运转来维持整个制度的正常运转。人们需要从各方面自我规范，甚至非理性的宣泄都被精确地纳入到理性的框架中。无视人心中的非理性，将此当作需要被管理和掩藏的社会对立面，是以集体之名对个体需求和平衡的漠视。加宜的反讽者是个人主义者，个人对生命最本能的追求战胜了社会和自我的保存原则；他们以某种看似幼稚、头脑发热、不加控制的方式听任自己走向理性的对立面。他们承认"艺术的优先权"(SC,75)，愿意"付出生命的代价去追求艺术"(SC,75)；他们听凭偶然性原则的支配，不刻意安排生活的走向，一个细节、一次偶遇都可以改变生活的轨道；他们是"疯子"，作者尤其喜欢用幽默的笔调描写他们在爵士乐中"入魔"的状态，"他的萨克斯管开始发出动物般的嚎叫，它呻吟、哭泣、犬吠、叱叫、戏谑、咆哮。他听到他自己的叫

---

① Maillard，N. Le jazz dans la littérature française (1920—1940). *Europe*，1997(820-821)：52.

声。作为对他自己的叫声的回应,演奏出了更加尖锐的乐音。[……]他跺脚,他的头会炸裂。他的心。他的肺在燃烧。他没有了呼吸。"(BP,43),作者在《咆勃爵士乐》中如此描写爵士乐手洛雷图演奏时的状态。这是将自己整个甩入情绪中的冒险做法,反讽者打开危险的非理性的大门,疯狂是门前等候的狮子,他并不知道走进门中等待他的是什么。反讽者是冒险家,将自我放逐在理性和疯狂的交界处,是生是死,听任命运的安排。

一旦跨越了生死界限,惯常的人伦道德在反讽者眼中便失去了重量,反讽者进入了"背德者"的行列。《俱乐部的一晚》中的主人公西蒙爱上戴比,重新唤回爵士乐手的记忆,在他决定做出新的选择后,他"很遗憾甚至都没有愧疚感"(SC,96)。事后,他向叙事者承认:"我一直都是以前那个我,一个没有责任感的人。"(SC,96)当他在戴比和妻子之间犹豫的时候,他的内心已经倾向于和戴比生活在一起,但内疚还是困扰着他,于是在恍惚中他甚至希望妻子死去,好终止自己内心的纠结。叙事者转述道:"最可怕的是希望苏珊娜死去,他对我说。她的死能解决一切问题,让所有人自由。他说他想过,当然不是很认真地想,但确实想过这是解决问题的方法。矛盾已经在这里了,同一个矛盾。他对我说我希望她在路上出事死去,我从来没有后悔有过这样的想法,当我知道她在路上出事死去后,我感谢她,对,感谢,你不会理解我,他对我说。"①(SC,151)当苏珊娜真的出车祸去世后,西蒙怀着悲伤的心情去医院看她,虽然他内心确实悲痛,但同时又有解放的轻松:"虽然这让人不齿,但我谢谢她让我自由了。"(SC,162)在世俗的眼中,主人公背离了常情,他不仅背叛了自己的妻子,还在心中期望她死去。主人公承认自己是背德者,他心存悲伤,但并不试图掩饰内心对于解放的渴望,不以伪善自欺欺人。他违背了人伦纲常中善的原则,但遵从了内心中真的原则。苏珊娜是"具有保护色彩的超我"②,她起到了保护作用,但同时毁灭

---

① 原文中直接引语和间接引语混合使用。翻译遵从原文。

② Jérusalem, C. D'une Suzanne à l'autre: le nœud du ressassement dans l'œuvre de Christian Gailly. In Bricco, E., Jérusalem, C. *Christian Gailly*, *«l'écriture qui sauve»*. Sainte-Etienne: PU Sainte-Etienne, 2007: 100.

了"创造性冲动"①。暗中希望苏珊娜死去,代表了主人公回归创造力和生命力的渴望。唯有冲破道德的保护膜,生命的冲力才有可能转化成具有创造力的艺术形式。反讽者遵从美学和真实的原则甚过伪善的道德②。

2.4.2　享乐主义者:双面贾努斯

加宜的反讽者们又是享乐主义者,他们在爵士乐中找到应对节制和压力的方式。倾听和演奏爵士乐能制造轻松的气氛,闲适和超脱是品味爵士乐不可或缺的元素。在加宜的小说中,爵士乐总是和度假联系在一起,两部专以爵士乐为主题的小说正是以假期为背景。在《俱乐部的一晚》中,西蒙在结束工作后进入一家爵士乐俱乐部想要放松精神。接下来的日子,在戴比的挽留下,他什么都不做,仅仅是悠闲地享受假期。大海、阳光、美食、购物:爵士乐所激发的爱情故事的理想背景是假期。《咆勃爵士乐》中也是如此。在这部小说中,没有什么特殊的事情发生。一群爵士乐爱好者偶然相遇。洛雷图此前没有工作,他正好找到一份修车工的工作。他的工作并不忙,所以大部分时间他都在追求办公室秘书。保尔和他妻子在度假,他偶遇洛雷图和他的乐队伙伴。在开音乐会之前,保尔大部分时间都在晒太阳、爬山、划船。"浪费时间,生活,这两者是一样的"(NR,64),这使得加宜的反讽者们和图森的人物一样以懒散和随意对抗以工作和产出为主导的社会信条。

《咆勃爵士乐》一开始就塑造了舒适的假期氛围:"一种轻柔的、几乎沉默的气氛,[……]梦,粉色的梦,有些地方是黄色的,有些时候是充满希望的绿色。"(BB,18)保罗对一切正经的事情感到"令人难以忍受的厌倦"(BB,76),他喜欢他的妻子让娜散发的"无所事事的女人的美妙气味"(BB,83),他们喜欢泛舟湖上,享受着都市生活中丢失已久的慢的智慧:"人们慢慢地

---

①　Jérusalem, C. D'une Suzanne à l'autre: le nœud du ressassement dans l'œuvre de Christian Gailly. In Bricco, E., Jérusalem, C. *Christian Gailly*, *«l'écriture qui sauve»*. Sainte-Etienne: PU Sainte-Etienne, 2007: 100.

②　Palante, G. L'ironie: Étude psychologique. *Revue philosophique de la France et de l'étranger*, 1906(61): 160.

离去,慢慢地回来,当人们回来的时候,船慢慢靠岸[……]"(BB,86)"如此惬意,他们像孩子一样感动了"(BB,123)。他们尤其喜欢静静地观赏自然风光,"他们坐下,休憩,静观风景"(BB,113)。作者在两处提到保罗和妻子在观赏风景的时候感到"风景占据了他们"(BB,29),爵士乐手们在自然中感觉到演奏音乐时同样拥有的感受:忘却自我。反讽意味着脱离生活中必须要做的事情,进入智力的乐趣和审美的静观中,反讽是慢的智慧,是抽离生活的能力,这也是加宜笔下的爵士乐手们致力于寻找的乐趣。正如《俱乐部的一晚》中西蒙和戴比在他们仅剩的时间内试图忘却现实的问题和秩序的召唤,进入到一种纯粹的、幽默的乐趣中。比如叙事者这样描述两人的对话:"然后呢? 戴比问。然后,然后,西蒙说。有那么严重吗? 戴比问。严重,严重,不,西蒙说。但,但,但,戴比说。是,是,西蒙说。呃,是,戴比说。啊,是,西蒙说。呃,是,戴比又说。啊,是,西蒙又说。俩人各自重复了呃、是啊、是好几次。"(SC,105)两位爵士乐手在语言中展现了爵士乐的节奏,将一场严肃的对话变成了双人合唱。即将到来的离别和道德上的压力并没有使两人陷入痛苦中,他们用轻松诙谐的语调稀释痛苦,忘却即将到来的危险。

正像反讽者的轻松幽默是对危险情境的反射一样,爵士乐手们的沉醉和乐趣中也有回避痛苦的意味。加宜的反讽者们喜欢"疯狂地笑"(BB,92),喜欢闹,喜欢互相开玩笑,尤其是"介于善意和恶意之间的笑话"(BB,97)。爵士乐手们喜欢在演奏时开玩笑,作者将此称为"爵士音乐家们喜欢开玩笑的永恒的坏习惯"(SC,33)。甚至在西蒙的儿子向西蒙传达苏珊娜的死讯时,不知情的西蒙仍然在开玩笑。爵士乐手们以笑和反讽来抵抗生活中不可避免的痛苦,如加宜自己所说的那样,"所有这些多少带有凶猛和尖锐的反讽作品是为了咒骂命运"[1]。轻松幽默的爵士乐表达了复杂的情感,融合了笑声和泪水。爵士乐表达了黑人在面对艰难处境时的情感。"表面上的洒脱和安详并不能完全掩盖驻扎于爵士乐最深处的东西。这在它极端的感性中流露出来,在它的反讽和荒诞中稍加分析便能被发觉。"[2]在爵

① Gailly, C. Rencontre entre Christian Gailly et Christophe Grossi, Librairie Les Sandales d'Empédocle, Besançon, 2004-09. http://www.leseditionsdeminuit.fr/.

② Malson, L. *Histoire du jazz et de la musique afro-américaine*. Paris: Seuil, 1994: 22.

士乐的幽默和无忧无虑中透露出焦虑的情绪。这是与其他人隔绝的焦虑,随时随地要面对死亡的焦虑。然而,即将到来的危险和对未来的忧伤总是伴随着一丝希望。爵士乐的矛盾可以概括为"忧伤的乐观主义"或"快乐的悲观主义"。① 爵士乐的反讽像"贾努斯的脸",露西安·马尔松说,"在一些人看到微笑时,另一些人看到了苦笑"②。不停地在生与死、规则和欲望、紧张和松弛、焦虑和希望之间摇摆,就像爵士乐的纯粹漫步。"兴奋、夸张和放松紧密联系在一起,就像抽搐的摇摆,在不断产生和解决中的冲突,表现并产生了痉挛。"③爵士乐的快乐不是狂热的、无忧无虑的快乐,它更多的是一种"痛苦的快乐"。换言之,反讽者正是意识到痛苦的迫近才需要在快乐中沉醉,忘却生死。

在爵士音乐会达到高潮的时候,表面上悠闲、散漫、惬意的乐趣转向"痛苦的快乐",反讽者表现出贾努斯笑脸背后的痛苦。《咆勃爵士乐》中,久未上台的保罗在众人的鼓励下重拾萨克斯管,他"面部狰狞僵硬,不,他并不痛苦,是,他是痛苦的,这是痛苦所激起的快乐,凶猛的快乐"(BB,153)。这是在中断数年后全身心投入到爵士乐中的快乐,也是从内心深处迸射出来的积郁多年的情感。保罗的妻子让娜在看到他演奏的时候,"脸涨得通红"(BB,151),强烈的快乐把她攫住。快乐同时也传递给了其他在场的人:"所有助手的喜悦爆发出来,他们喊着,吹着口哨,有些人站起来,扭动身子,又坐下,接着在椅子上摇动,鼓掌,打着一种特殊的一二一二的节奏。有些女孩扣响基本上都很纤细的手指,紧紧地咬着嘴唇,等等。这是快乐,真正的快乐。"(BB,152)快乐一直传递到听众席上,爵士乐让人想跳舞。《咆勃爵士乐》的结尾是一场伴随着爵士乐的集体舞蹈。狂欢从乐手传递给观众。此刻,所有人都尽情释放自己,而不必害怕失去控制。爵士乐的目的不是自我控制,而是推翻最后的藩篱,让人们尽情投身到身体的摇摆中。爵士乐的狂欢并不是一般的快乐,这是人们短暂地从社会禁忌中摆脱出来时的兴奋感。它让我们在特定的时刻把在工作中压抑的情感释放出来。"人们象征性地庆祝类似于无助的肉身和机器之间的和解,渺小的个体和

---

① Malson, L. *Histoire du jazz et de la musique afro-américaine*. Paris: Seuil, 1994: 20.
② Malson, L. *Histoire du jazz et de la musique afro-américaine*. Paris: Seuil, 1994: 21.
③ Malson, L. *Histoire du jazz et de la musique afro-américaine*. Paris: Seuil, 1994: 16.

集体暴力之间的和解。"①

　　通过对四位作家作品的研究,我们发现,当代文学中的反讽者身上具有一个共性:反社会的姿态。当代反讽者不再以苏格拉底的求知求真精神和浪漫主义反讽者的统一美学为指导,他们面对的最直接的障碍是一个成为个体对立面的外部环境,人和环境之间、人和社会之间的隔膜成为当代反讽者面对的尖锐问题。他们将目光从形而上追求转移到社会现实中,试图将反讽作为生存策略应对个人理想在环境中的沦落。反讽者们都选择了破坏社会制度中的某一层面作为反对现有社会价值的切入点:艾什诺兹的反讽者暗中破坏组织严密的社会机器和行政机构;图森的反讽者们以不产出来抵抗讲求效率、产出、工作和能力的社会价值;什维亚的反讽者们以破坏和革新日益滞重的语言与文明为己任;加宜的反讽者们通过宣扬偶然、激情和艺术对一个压抑个体内在欲望的理性社会说不。四位作家笔下的反讽者并非我们惯常期待的后现代虚无者,他们并不认为一种价值和另一种价值是均等的,也并不认为破坏的尽头是一片虚无,从这个意义上说,当代反讽者们更像是"愤世者",他们内心仍保有理想世界的愿景,并因当代世界中社会理想的不可实现而产生讥诮、愤怒、幻灭的态度。图森的反讽者期待在动与静、人与物、时间与空间的统一中重新获得存在的整一;加宜的反讽者们期待找回一种如音乐般纯净的"原初的情感";什维亚的反讽者们希望制造脱离常规的语言,以锐利的、悖反的语言和行为动摇腐朽文明的根基。也许只有艾什诺兹的反讽者是彻底的虚无主义者,他们生活在一个随时变动的、失去身份的空间中,他们自身也是游移中空的存在,他们并无破坏之外的其他社会理想,破坏是唯一的冲动。

　　虽然当代文学中的反讽者并非真正的虚无者,但必须承认他们"破"的价值大于"立"的价值。这或许源于反讽者内心的悲观主义,任何想要改变环境的个人努力都是螳臂当车。正如卢卡奇所说,现代文学中的主人公是"魔鬼一般的人物",人物的反讽意识在于清醒地认识到任何希冀求得理想

　　① Adorno,T. W. *Introduction à la sociologie de la musique*. Barras, V., Russi, C. (trans.). Genève: Editions Contrechamps, 2009: 191.

的努力都将失败,但若不做任何努力将更加不能忍受:"反讽分裂成两个方向:它不仅捕获到这样的抵抗中包含的绝望,也明白停止抵抗会更加绝望[……]"①现代小说的主人公是"魔鬼般的人物",他"发现意义将无法渗透到现实中,但是缺少意义,现实将陷入虚无和非本质中"②。现代反讽者是西西弗斯似的人物,即便清楚地意识到每一次努力都将失败,仍然无法停止尝试的步伐,清醒的悲观和毫不妥协的态度共同构成了现代反讽者的悖论。这种内心的撕扯和悲剧意识在当代文学中让位于游戏的态度。游戏并非玩世不恭,不是意义轻于鸿毛,而是仍然怀有一丝理想的反讽者们对自身处境的怀疑:如果世界已然成为一个陷阱,当代人的命运一开始就被规定好并无法挣脱蛛网,反讽必然无法成为最后的救赎。然而,反讽之外是否真的还有新建的可能? 正是怀着这样一种至深的怀疑,不管是反讽人物还是作家本身,都对反讽的破坏价值持模棱两可的态度,他们既是这个社会的反讽者,又将自身作为反讽对象。对自我的怀疑、对反讽的反讽成为当代反讽的显著特点。

① Lukacs, G. *La Théorie du roman*. Paris: Editions Gontier, 1963: 81.
② Lukacs, G. *La Théorie du roman*. Paris: Editions Gontier, 1963: 84.

第三章
反讽对经典爱情主题的变奏

　　爱情仍然是当代小说钟爱的主题之一,但反讽小说对爱情的处理背离了西方文学中的经典爱情模式。在法国批评家德尼·德儒杰蒙看来,法国文学中爱情这一主题的原型来自《特里斯丹和依瑟》这一传奇故事。《特里斯丹和依瑟》讲述了康沃尔国的国王马克爱上了爱尔兰的依瑟公主,并派自己的侄子特里斯丹去寻找她。但依瑟爱上了特里斯丹,并把母亲准备的药酒给特里斯丹服下了。特里斯丹和依瑟坠入了爱河。依瑟和国王完婚后仍然和特里斯丹私通,遭到嫉妒的大臣们的揭发。国王想要处死特里斯丹,特里斯丹和依瑟私奔到森林中。依瑟最终经受不了流浪生活之苦,回到了国王身边,特里斯丹则娶了邻国另一个叫作依瑟的女子。最后,特里斯丹在战争过程中受伤,只有依瑟公主有解药,但他的妻子依瑟出于嫉妒,并没有及时通知依瑟公主,最终当依瑟公主赶到时,特里斯丹已身亡,依瑟公主也伤心而亡。

　　这部中世纪的小说在欧洲各国有不同的版本,但几乎所有的版本都呈现出几个固定的元素。德儒杰蒙在《爱情和西方》一书中分析了这几个元素。首先是“激情”(passion)之爱。激情的词源包含了痛苦、受难的含义,当双方坠入爱河时,必然会饱尝精神上的痛苦。这种痛苦不单是外界的阻挠带来的,也是双方在相处过程中既互相接近,又互相排斥所带来的煎熬。“在西方的抒情性中令人激动的并不是感官之乐,也不是夫妻之间平静而丰富的生活。与其说是实现了的爱,还不如说是对爱的激情。而激情意味着痛苦。这就是最主要的事实。”[1]激情之爱表现了处于爱情中的两个人想要互相接近成为一体,然而他们却永远无法合为一体,摇摆于永恒的接近和永

---

　　① De Rougemont, D. *L'Amour et l'Occident*. Paris: Plon, 1972: 16.

恒的远离之间,难以使爱情获得完全的满足。

第二个共同因素是"宿命"观念。在特里斯丹和依瑟的故事中,宿命被隐喻成药酒,特里斯丹因为服用了药酒而爱上了依瑟。人物似乎脱离了个人意志,被某种不可解释的外在原因控制,失去了自我控制的能力,成为情欲的傀儡。宿命论导致的结果是对爱情的过分弘扬,以至于爱情成为最高的价值,人物追求的似乎是爱情本身,而不是爱情关系中那个真实的对方。个体失去了自我认知和认识对方的能力:"事情进展的方式让人觉得他们互相看不到对方,他们认不出对方,让他们如此执着于甜蜜的折磨的并不是双方中的任何一个人,而是一股外在力量,独立于他们至少是可以意识到的品质和欲望,独立于他们眼中的自身的存在。"①

第三个因素是"私通"。特里斯丹和依瑟的关系禁止他们之间产生感情,他们的私通违反了通行的伦理律令,是对社会规范的威胁,必须被惩罚和矫正。他们的关系既带有破坏的性质,又体现了冲破道德规范、追求个人自由的勇气。德儒杰蒙说:"在 12 世纪,婚姻对于领主们来说只是一个单纯增加财富的机会,他们可以兼并妻子带来的作为嫁妆的土地,或期望作为遗产继承。"因此"不忠和私通得到原谅,不但得到原谅,且因为勇敢忠诚于更高的法则而被弘扬,这个法则是 *dannoi*,即宫廷爱情(amour courtois)"②。私通在当时的社会语境下是追求爱情的表现,但它的结局是不幸的,所有对社会秩序的威胁最终都要被禁止,这使得爱情被呈现为不可实现、不可被满足的目标。

第四个因素是"死亡"。因为爱情无法得到满足,而双方仍然希冀追求合二为一的境界,便只剩下死亡。通过死亡,双方脱离了社会规范下的有限的自我身份,成为纯粹的存在,并融为一体。死亡是自我毁灭的欲望,也是追求绝对的渴望。在走向死亡的过程中,爱情脱离了情欲的成分,变成某种绝对的存在状态。借由极限的爱情,个人完成了宗教意义上的回归。德儒杰蒙认为,死亡是每个人的深层欲望,极限的爱情给了个体表达和实现死亡冲动的机会。"我们需要一个神话来表达这样一个隐晦的、不能承认的事

① De Rougemont, D. *L'Amour et l'Occident*. Paris: Plon, 1972: 41.
② De Rougemont, D. *L'Amour et l'Occident*. Paris: Plon, 1972: 35.

实,激情和死亡联系在一起,对于尽全力沦陷其中的人来说,它招致毁灭。"①

《特里斯丹和依瑟》塑造了西方文化中经典的激情之爱的模式。此后,西方文学中的爱情故事或者重复了这一母题(比如莎士比亚的《罗密欧与朱丽叶》中的分离和死亡、拉辛悲剧中的乱伦主题和死亡的结局),或者颠覆了激情之爱(如唐璜的各种变体,以轻浮的肉欲征服和背叛走向激情的反面),但不管怎样,激情仍然作为一条主线贯穿了西方人对于两性关系的基调。法国当代反讽小说有对激情主题的承袭,以痛苦、分离、冲突、死亡为背景,但同时又努力淡化爱情中的悲剧感,更多强调两性关系的失调和可笑之处,呈现出爱情轻喜剧的特点。接下来的篇章首先通过加宜的例子分析当代反讽作家如何重拾激情之爱的主题,同时消解激情之爱的悲剧色彩,赋予其喜剧性。然后通过图森和艾什诺兹的例子揭示爱情的走向如何因为社会和个体形象的变化而变化,从而呈现出轻盈、断裂、琐碎、好笑的面目。

3.1　激情之爱的当代际遇

从某种意义上来说,加宜的作品围绕着激情之爱这一经典主题展开。他的小说重拾西方文学传统中的爱情范式,又对此加以破坏。加宜的人物都有艺术家的秉性:有些迷失,喜欢幻想,虽然表面看很平静,实际上却处在生活的风口浪尖上。他们会突然爱上一个女人,生活因此从风平浪静转向波涛汹涌。他的男女主人公重演了特里斯丹和依瑟在现代社会的遭遇,却深深打上了反讽的烙印。故事的主体部分并没有改变,我们可以把加宜的小说视为特里斯丹和依瑟的故事的变体。加宜在文中多处影射"久远的爱情传统"(Ⅰ,90)、"依瑟之死"(Ⅰ,216)等。加宜的爱情故事驱散了特里斯丹和依瑟传奇的宗教色彩,将两性关系局限在单纯的情感领域,却还是保留了痛苦的

---

① De Rougemont, D. *L'Amour et l'Occident*. Paris: Plon, 1972: 21.

色彩：接近和远离、激情和秩序、死亡和存在这些欲望互相对立。

宿命是加宜的激情之爱的中心。正如《事故》中的叙事者所说："一切都连在一起。事物的发展。事物的命运。凡事都有命运。"（I，131）命运感在加宜的小说中无处不在。人物往往会感到自己因为一时冲动行事，而这种冲动似乎受到命运的支配。爱情故事也在命定性的背景下展开：相遇、一见钟情、禁忌、私奔、不可避免的死亡结局。爱情故事的经典套路增强了宿命感。然而，这些主题因为有了反讽而获得新意。反讽存在于四个步骤中：用漫不经心的语调来表现戏剧冲突；通过颠倒事物正常的发展顺序来颠倒因果关系；对经典情节进行微调，引入某种不协调；对激情加以评论，以破坏激情中自恋的效果。我们将在下文中进一步研究反讽在重拾激情之爱主题中的双重机制。

3.1.1　对激情之爱的模仿

经典的激情之爱的第一个要素是命中注定的女人。加宜的爱情故事基本是婚外情故事，再现了"通奸"这一主题。在加宜的小说中，婚外情没有被禁止，反而得到宽容对待。爱情之所以不可能实现，并不来自于道德和本能的内在冲突，而是婚外情给人物带来了情绪上的干扰。宿命性存在于从秩序到混乱的突然转变，与其说是外部法则禁止了爱情，还不如说是不可控制的激情破坏了人物内心的平衡。

加宜小说中那个命中注定的女人漂亮、感性、神经质、激情四溢。她具有塞壬的形象：她是职业歌手，用声音来诱惑人。比如《莉莉和布雷恩》中的罗丝："她那长长的，将人吞噬的吻让布雷恩［透不过气来］。然后在他脸上印满了黏黏的口红印。她想在他脸上留下欲望的痕迹，如果可能的话让他久久地想要她。"（LB，140）布雷恩则完全被罗丝的魅力所吸引，他对妻子莉莉说："她魅惑了我们所有人。"（LB，108）莉莉回答道："这是天性，这种女人很坏。"（LB，108）莉莉是秩序的回归，是布雷恩的理性。他隐隐感到在罗丝毫无攻击性的魅力背后有危险存在。他希望通过毁灭性的举动解决内心的矛盾："布雷恩想到罗丝家去，纠正她的生活，将她击垮，甚至杀死。"（LB，

144)激情的命定性首先是面对不确定的他者时对自身产生的不确定感。激情使人物的内心产生震动,在情节上变成了戏剧性的冲突。"从严格的意义上说,这份爱使他形销骨立"(E,148),叙事者如此评价查理·托德。查理·托德抛弃自己的妻子,跟情妇私奔。命中注定的那个女人象征了这样一股奇怪的宿命的力量,它唤起了人物最为深沉的冲动,即自我毁灭的冲动。

在一见钟情的场景中,宿命展示了它不可思议的一面。特里斯丹和依瑟因为喝了药酒而相爱,药酒象征了超越理性的吸引力。人物因为外部力量的介入而相爱,完全不受自身意志的支配。"事情进展的方式让人觉得他们互相看不到对方,他们认不出对方,让他们如此执着于甜蜜的折磨的并不是双方中的任何一个人,而是一股外在力量,独立于他们至少是可以意识到的品质和欲望,独立于他们眼中的自身的存在。"①处于激情中的恋人有可能会看不到对方的存在,而将其缩减为一个激情的客体。他们所爱的是爱情本身,正是这种自恋的特性让激情变得非理性。

加宜的主人公无一不对偶遇的女人一见钟情。在《事故》中,乔治偶尔在路上捡到一张照片,就爱上了照片中的女人。玛格丽特一开始并不在意,但在被乔治纠缠的过程中逐渐爱上了他。在《红云》中,露西安企图强奸吕贝卡并因此爱上了她。当叙事者代替露西安去看望吕贝卡时,他也爱上了吕贝卡。在《俱乐部的一晚》中,西蒙和戴比在爵士乐的魔力下双双坠入爱河。加宜的人物在他们所心仪的对象面前丧失了理智,他们不知道为什么激情被即刻点燃。

一旦热情被激发后,信仰就随之产生。在《最后的爱》中,主人公碰到一个来找丢失的毛巾的女人。主人公在看到这个女人的时候说:"我已经爱上你了,太晚了,我已经爱上你了。不要问为什么。"(DA,78)随后,他又再次肯定:"我确定。在短短的时间内。我就会爱上你。我想说完全地、永远地。"(DA,121)激情就像魔法一样点燃了爱的信仰。人物坚信自己的爱情,虽然他无法对此做出解释,他甚至不想解释,宿命感和非理性的信仰代替了思考能力。

有时思考是存在的,但它的形式太荒唐,以至于人物完全陷入非理性的

---

① De Rougemont, D. *L'Amour et l'Occident*. Paris: Plon, 1972: 41.

谵念中。比如《花朵》中的主人公爱上了在地铁上偶遇的女人,他被这个女人所吸引是因为她的裙子。他这样推理:

> 但是和她的裙子没有任何关系。不,还是有关系的。对于我来说是的。没关系,我知道我喜欢什么,她的裙子。她也喜欢,不然不会买。所以我们喜欢同一条裙子。所以通过同一条裙子,我们相爱了。所以我爱她。你开玩笑。不,一个像她一样的女人跟我一样喜欢如此漂亮的印花裙子是值得尊重的。我是说她注定会被像我一样的男人喜欢。换言之,如果我爱上了她所爱的,一般来说,她也应该会爱上我。(FL,73-74)

人物所感受到的情感来自于年轻女人所穿的裙子。裙子的作用和药酒一样,它在人物身上激起了非理性的激情。他无法解释爱情的产生,除了解释成魔法或命运的作用。这里,人物并不确定他的情感来自哪里,但是他没有去澄清自己的情感,反而掉入一个可笑的逻辑中,这使他的激情缺乏令人信服的基础。命运感不过是非理性的谵念所致,加宜的一见钟情在一开始就表现出男性人物的荒唐,被暗恋的对象消失在暗恋者的幻想中。

特里斯丹和依瑟中的另一个套路是私奔,这也是爱情故事中的经典套路。私奔表现了恋人们超越世俗规则、奉爱情为唯一价值的决心。加宜的《逃亡者》正是围绕着私奔的主题展开:查理和丽芙、特奥和伊丽莎白双双私奔。如果说一见钟情更多属于宿命,私奔则展示了克服爱的禁忌的意志。通过私奔这个举动,恋人们故意将自己置身于世界的边缘,背弃了所处世界的道德规则。"查理又找回了孑然于世的感觉"(E,153),叙事者说。激情似乎超越了非理性的幻想阶段,成为自我意志的行为。安德逊是追赶逃亡者的警察,他指出激情如何通过逃亡得到升华:"奇妙的是,他在那里。他们私奔,他们在尝试,他们知道终将失败,但他们还是在尝试,失败,终极失败,致命的失败是不加尝试。"(E,207)绝望的追寻以及绝望深处的希望扫除了激情中宿命的色彩。一男一女孤身面对命运,这是激情之爱中存在的美感。"就在那一刻,感觉触及了本质,不是目的,是本质,什么的本质?美吗?是的。他常常对她说,你和我,我们在美中"(E,150)。叙事者如此写到查理和丽芙的私奔。具有讽刺意味的是,查理和丽芙的私奔以死亡终结,他们死于车祸。自我超越的意志和命运的力量碰撞,并最终屈服于命运。死亡是命运的最后一招,它击碎了人的意志。死亡是特里斯丹和依瑟的结局,也创造了激情之爱的传统结局,好像激情是对死亡的召唤,人在无意识中走向自我毁灭。如果说查理和丽芙死于车祸,那么《事故》中的乔治和玛格丽特的死则是有意识的选择。玛格丽特是有经验的飞行员,乔治则对飞行一窍不通,玛格丽特邀请乔治和她一起飞行。飞机在天空中曲折前进,差点坠落。结局悬而未决,我们不知道他们是否死于事故,但是这对恋人的疯狂让人不禁想到死亡的迫近。这里,死亡不是命运的安排,而是有意识的自我毁灭的举动。"激情的吸引力不自觉地和死亡的冲动联系在一起。这也许是激情中最宿命的地方:人不由自主地选择走向死亡。我们需要一个神话来解释隐晦的、人们羞于承认的事实:激情和死亡相连。它让全情投入的人毁灭。"[①]加宜的宿命之爱是对这一神话的变体,探测了人至深的欲望。

　　有时,死的是恋人以外的其他人,比如《被遗忘的人》中的主人公的朋友。保罗是布林顿的朋友和同事,他死于车祸,他的死困扰着布林顿。布林顿最后明白:"保罗就这样死了,而我要继续生活。继续也就意味着爱。"(O,125)朋友之死是隐秘的召唤,召唤他在爱中热烈地生活。在其他小说中,男主人公的妻子死去,好让主人公自由地去爱。西蒙和戴比能够生活在一起,多亏了苏珊娜的离世。西蒙因为妻子的死感到解脱,虽然他会有负罪感,但还是在内心感谢妻子的离世。"他跟我说他希望她遭遇路难,他从来都没有后悔这么想。当我得知她的死讯,我感谢她,是的,感谢"(SC,151),小说的叙事者如是说。如果说药酒具有魔力,将激情植入恋人心中,那么配偶的死亡同样如天外来星一般神奇,解决了人物的道德难题。加宜在一次访谈中说到他的男性主人公的懦弱:缺乏意志、犹豫不决使人物无法根据自己的意愿活着。外在力量必须取代个人意志来实现人物的愿望,配偶的死是"事物的代价"(SC,166)。不管是朋友之死还是配偶之死,加宜的人物总是需要用现实中的死亡来实现他们的欲望。死亡不再是激情的宿命,而是激情的催化剂。

---

　　① De Rougemont, D. *L'Amour et l'Occident*. Paris: Plon, 1972: 21.

死亡也可以是象征性的,尤其是主人公的死。加宜小说中的男性主人公总在死亡的边缘,他们对生活缺乏兴趣。《最后的爱》中的主人公保罗缺乏生机,就像保罗在街上偶遇的这个女人,"人们会认为这是关于死亡的寓言。对保罗无法脱身的死亡的再现。死亡紧紧地攥住他,到处追随他"(DA,39)。死亡的象征意义是指过度的秩序抑制了生机,使生命受到威胁。从这个意义上来说,激情点燃了生命的热情,通过对另一个人的爱实则绽放的是对生命的爱。《莉莉和布雷恩》中的布雷恩从战场回来。自从他回来之后,再也不像以前那样:"他真正的残疾是无法再爱。"(LB,168)生命在战场上显现出它残酷的一面,在主人公身上留下印记,激情像一个保护机制,使主人公免受内在的溃败之苦。在创伤和麻木面前,爱成为必须,为了继续活下去,不能不爱。加宜小说中的激情不再单纯属于爱情领域,它是人获得生机的最后手段。西蒙也患了虚弱的病,在遇到戴比之前他厌倦了"虚假的生命,虚假的存在,他拖在身后的枯死的灵魂"(SC,75)。爵士乐或女人都不过是一剂强心剂,为了点燃那"小小的、可怜的生存下去的欲望"(SC,66)。如此,激情不再通向死亡,而是生的愿望。激情不再是宿命,它是战胜干枯的生命的意志。

在加宜的小说中,激情有两副面孔:它有时具有毁灭性质,有时具有拯救的性质;有时是宿命,有时超越宿命。不管是哪种情况,激情都具有悲怆感。然而,反讽的引入则破坏了激情固有的严肃,使得激情成为一桩命运反讽或对激情的讽刺。

3.1.2　对激情之爱的反讽

《红云》是一本关于激情的书,也是一本反激情的书。加宜小说中所有的男主人公无一例外都爱上一个致命的女人,他们想要抛弃一切与之生活在一起。然而,这些人掉入了激情的陷阱中。狩猎者意外掉入为猎物所设置的陷阱中,想要猎艳的男人却最终被捕获:反讽让事件双方调换了身份。如果说激情具有命定性质,那么在这里它调换了方向。人物并不是被激情所毁灭,而是被激情的对象所毁灭。悲怆让位于笑声,悲剧变成了喜剧。

《红云》中有好几个命运反讽互相交织。小说首先讲了露西安企图强奸吕贝卡的故事，但露西安却受伤了，"很明显，露西安掉入了自己的陷阱。我是说掉入了欲望的陷阱"（NR，48）。攻击者被攻击，这是情境的颠倒。反讽并不局限于此，露西安爱上了自己的猎物。爱取代了恨，牺牲者变成了偶像，激情再次展示了它非理性的本质。露西安让他朋友去哥本哈根找吕贝卡，叙事者接受了，他也爱上了吕贝卡。露西安并没有幸免于命运的讽刺，他的信任换来的是朋友的背叛。露西安的故事是一连串的命运反讽，角色的命运总是出人意料地逆转。

命运反讽同样发生在叙事者身上。他相信他和露西安之间的友谊，但没有想到他们会爱上同一个女人。他的角色突然发生变化，从朋友变成叛徒，从单纯的见证者变成了参与者。露西安妒火中烧，请求叙事者帮助自己自杀。叙事者答应了，却被警察当作凶手逮捕。叙事者一开始只是目击者，却接二连三成为参与者和牺牲者，不得不说是命运反讽的对象。

不管是露西安还是叙事者，他们都掉入了自己激情的陷阱中。反讽的效果在于，人物以为自己处于激情中，其实在激情之外。整个故事讲了两个男人围绕着一个女人展开的力量对比，这个女人虽然是角逐的焦点，却处于角逐之外。不管吕贝卡喜不喜欢他们，不管他们和吕贝卡之间是否建立了真诚的关系，这两个男人陷入了自身的幻想中，他们的角逐只关乎他们两个人。《红云》是加宜的激情叙事中颇具反讽意味的小说，它不仅指出了激情的盲目，也表现了人是如何与自己的欲望对象擦肩而过，直至在激情的历险中丧命的。

除了情节构架上的反讽，叙事者在话语层面上也对激情进行了讽刺。不管是故事内的叙事者还是故事外的叙事者，都对陷于激情中的人物做出了评论，激情的悲怆感稀释在叙事者的笑声中。《事故》中叙事者的反讽语调和爱情故事的抒情性形成反差。小说开头叙事者就给出了反讽的基调："在走出这家店的时候事故发生了。什么事故？没什么重要的、无关紧要的、平常的事故，完全稀松平常。有时候平常的事情却会导致……导致什么？我们将会看到。"（I，12）加宜的叙事者非常擅长运用具有反讽性质的曲言法，来制造"小事故酿成大祸"的效果。叙事者讲述惨剧时用的轻松调子使这个有着悲剧意味的爱情故事变成了一出轻喜剧。比如，叙事者讲述乔

治和玛格丽特相遇的场景,乔治正在读《安娜·卡列尼娜》,这时玛格丽特回来了:

> 他正好读到右面一页的下方,沃伦斯基第一次在圣彼得堡车站的月台上看到安娜·卡列尼娜,在翻页之前,一个优雅、低调、棕发的女人回来折磨他,她是玛格丽特·慕依赫。对他说,你再试试。她用你称呼他。你再试试,乔治。她叫他乔治,用轻盈的奥菲丽幽灵般的声音。她轻声说,我可能回来了。(I,73-74)

反讽来自于人物所读的和所经历的事情之间的巧合。对安娜·卡列尼娜和奥菲丽的影射创造了奇怪的镜像效果。乔治和玛格丽特带有幻想性质的故事被看作是对托尔斯泰和莎士比亚作品的漫画。这种漫画冲淡了人物激情所具有的严肃性。

当叙事者讲的是自己的故事时,人物的反讽成了自我反讽。比如,《红云》的叙事者是这样描写吕贝卡的:

> 根据她的名字,我以为她是英国人或美国人,但她却是丹麦人。我以为她是犹太人,西班牙系犹太人或德系犹太人;或者两者都是,如果通过联姻有可能的话,不知道,我不熟,可她却是新教徒。我以为她嫁给了某个博物馆的某个收藏员,她却嫁给了一个水手。皮埃尔-依夫·德盖尔盖蓝猎潜艇的船长。我以为她家庭幸福,她却是寡妇。我以为她丈夫死于水战,他却死于一个拒绝从命的拖网渔船偷渡者的手下。(NR,22-23)

叙事者穿梭于吕贝卡的真实身份和自己的幻想之间。异国情调和庸常的生活、小说性和日常性、别具一格和陈词滥调互相衬托,创造了一个似是而非的致命的女人的形象。反讽体现为叙事者的自我反讽,他自己纠正自己的错误,在激情和现实之间设置了距离。当叙事者受露西安欺骗被判死刑时,自我反讽达到高潮:

很明显,他们盘问了我。我对他们说了真相,我喜欢这样。我全盘
托出,就像对你们一样。结果我被指控故意杀人,我被当作凶手判刑。
然而,我准备了绝佳的辩护词,是关于安乐死的。没成。倒霉。不管怎
样,我还是应付得不错。我说得很好。我成功组织了句子,有时是很长
的句子,没有打一个疙瘩。总算。现在听我说。不要等我。即便没有
我,也请继续。不要给我写信。(NR,190-191)

　　所有的戏剧冲突都在叙事者的黑色幽默中消失了。命运反讽的苦涩被
叙事者的不动声色和洒脱的语调消解。叙事者置身情境之外,像见证者那
样讲述自己的故事。他料到故事中可笑的地方,自我反讽来自于清醒的意
识:他和他的朋友不过是自身激情的牺牲品。在加宜的叙事者身上,激情总
是和反讽相辅相成。激情是真诚的,反讽同样是真诚的。悲怆是抒情性的
自然流露,反讽使悲怆免于掉入感伤主义的圈套。两者共同创造了奇特的
叙事效果,依恋与超脱、协调与不协调共同存在。

　　反讽同样存在于处于激情中的恋人之间的冲突中。人物虽然陷于狂热
的激情中,却没有获得完全的结合,在他们之间存在着致命的距离。他们的
欲望并不互相重叠,两者的意志产生冲突,爱变成了一场战争。《他说》的叙
事者如此描述恋人之间永恒的错位:

　　在善与恶、爱与恨之间。爱在善的一边,恨在恶的一边,但我不是
很确信,这样太简单了,在两者之间,什么都没有,空空如也。只有我。
只有她。我们置身于这片空中,但从来不在一起。她有她所想要的。
我有我所想要的。我们希望在空中获得的,从来不在一起。我在她眼
中看到的,她在我眼中也看到,但从来不在一起。我们共同看到的,在
我们之间,在这片空中,一片没有名字的空。我们在混沌的爱中感到自
如,当语言展示它的嘲讽时,我们感到别扭。(DI,184-185)

　　如果说激情引起痛苦,那是因为双方都没有看到对方。激情建立在两
个孤立的自我间不可逾越的距离上。爱、愤怒、失望、恨交织在一起。如果
说双方有共同点,那便是两者之间的那片空,就像取消一切距离的完满的背

面。在加宜笔下,激情之爱没有了神秘主义的完美交融的意味,它体现了坠落的人类在分裂中互相争执的可笑。激情之爱之所以严肃是因为体现了人类对永恒和整一的渴望,却因为现实的琐碎和情感冲突变得可笑。

在加宜的小说中,男人和女人都是一半是成人、一半是小孩,难以控制他们的生活和情感。他们显得笨拙、紧张、心不在焉、怅然若失,面对突如其来的事情的反应表现了他们性格上的不成熟。两性间的关系也表现出性格上的不成熟:一时兴起的决定、拌嘴为爱情喜剧增加了佐料。从某种意义上说,加宜的喜剧接近图森的喜剧,因为两人都非常细腻地描写了日常生活中的喜剧和普通人奇怪而细微的行为。

以下是《逃亡者》中的一段,描写了爱娃和阿图尔看到杰热米被打时的反应:

> 爱娃。蹲在他身边,看着别处,在看路的尽头,汽车消失的地方。当然她想哭。不知道为什么。为了杰热米现在的样子?为了她亲爱的朋友即将要面对的未来?她的悲伤应该是为了什么?首要的理由是什么?最后她决定泛泛地说。她为所有此刻在受苦的人哭泣。对,有点暗暗为了自己。
>
> 阿图尔出现了。他所看到的场景让他不快。爱娃俯在男孩身上。看到她这样他很想要她。现在不是时候,他对自己说。再说她也不是我的。她喜欢那个傻子。他需要动动。一切如我所料地发生,总归需要一个人动动。这个人,他看着杰热米想了想。他都做了什么?而我,我在这里做什么?我过来看什么?他起身回到厅里。(E,64)

在身处危险的情境时,女主人公不知所措。她不确定该选择哪种反应,最后决定选择一个约定俗成的反应。这一描写具有反讽意味,因为这个细节体现了女性角色的造作和平庸。男性人物则很快表现出征服的本能,对于紧急情况的处理让位于力比多的反应。他对情势所做的快速而简单的盘算只是更加强化了这个人物有限的智力。这个段落只用寥寥几笔就表现了两性的喜剧:男人们依靠本能行事,女人们则显得矫揉造作。

在某些场合,男性人物因为言语笨拙而具有喜剧感。他们不仅行为举止像未成年人,而且经常找不到合适的词来表达自己,他们似乎很难定义自己的情感并将此外化。男性人物笨拙的言语表现为粗暴的语言或口吃,两者都揭示了人物复杂而混乱的情感和言语。

《事故》中的乔治是粗暴的语言的代表,当他向玛格丽特解释他的感受时,叙事者是这样描写的:

> 乔治回答说,不不,听着,不,不可能这样。我安生吗我?自从我认识你,我就不再安生。是的,乔治,你想说什么?他说,我不知道你为什么拒绝见我。我又不会吃了你。他想说杀了你。最后还是把杀换成了吃。其实也没用,因为吃之前总要杀。玛格丽特·慕依尔亲耳听到了。她开始害怕。(I,110)

乔治一开始口吃,不知道该说什么。当他思路更加清晰一些时,却说出了不合时宜的话,使他的示爱显得很滑稽。加宜的男性人物总在搜肠刮肚找合适的词,正如他们总在找寻自我一样。他们在表达上的失败经历体现了表达自我的艰难。

《红云》的叙事者则是口吃的代表。在目击了露西安的强奸事件后,他多年的口吃竟然被治愈了。当他背叛朋友,欺骗妻子,爱上吕贝卡时,他的口吃病又犯了。以下是他、他妻子和露西安之间的对话:

> 你看到她了吗?不,我说。你没看到她?是,我说。你跟她说话了吗?不,我说。你没跟她说话?是,我说。你跟她转达我的话了吗?不,我说。你没跟她说我让你转达的话吗?是,我说。她不愿意?是,我说。她愿意?不,我说。
>
> [……]
>
> 你还是应该打个电话。我知道,我说。至少告诉我你在哪里。我知道,我说。告诉我你怎么样。我知道,我说。告诉我你是不是到了。我知道,我说。不要再说我知道,让我心烦。我知道,我说。她打了我一耳光。(NR,172-174)

这两段表现了叙事者分别遭到露西安和妻子的盘问。叙事者在他们面前回避回答的方式近似口吃。人物既没有勇气说出真相，又不愿意说谎，正如依恋和背叛同时存在于这个人物身上。喜剧效果正是来自于这种模棱两可的态度。

如果说处于激情中的两性是加宜反讽的主要对象，那么家庭内部的争吵同样能制造喜剧的氛围。和处于激情中的人相反，他们的喜剧并不来自于笨拙和心不在焉的一面，家庭内部的争吵之所以能引起笑声是因为表现了家庭生活的琐碎和鄙俗。一方面是浪漫、幻想、荒唐，另一方面是平庸、日常、摩擦；激情之爱和家庭生活像是两个难以调和的极端。以下是《咆勃爵士乐》中的一个家庭喜剧场景：

> 他们三个人，穿着游泳衣，再加上一只小黑狗，毛茸茸的，几乎看不到它的眼睛。但是小狗的眼睛看得到，一动不动地盯着棍子。父亲摇晃着棍子。狗一直在叫。父亲将棍子扔出去，狗不愿意跑过去接棍子。它冲着父亲叫，好像在对他说笨蛋，不要到水里去。在另一边，儿子跳到水里，溅得母亲一身都是水，他从水里出来，嘴里叼着棍子，又把母亲溅得一身都是水，母亲骂完儿子骂父亲，父亲和母亲互相指责，做错事的小狗躲在母亲身边，浑身颤抖，摇尾乞怜。(BB,120)

这个场景再寻常不过了，全家因为小狗做错事而争吵。喜剧感来自于细节的放大，将整个场景变成了漫画，日常生活的鄙俗跃然纸上。当读者突然发现自己置身于现实生活中寻常的一面时，便会发出会心的微笑。

嘲讽激情的最后一招是分析它的心理机制，揭示激情的实质。加宜用了俄狄浦斯理论来解释人物的心理。《俱乐部的一晚》中，当西蒙第一次看到戴比时，他有似曾相识的感觉，虽然他很清楚地意识到两人从来没有见过面。西蒙找到了答案："若干年以后，在找其他东西的时候（关于某个不甚明了的继承事件），他偶然找到一张照片，一张被遗忘的照片，他母亲那时还很年轻，跟戴比一模一样。"(SC,53)很明显，加宜的男性人物在致命的女人身上寻找的正是母亲的影子，他们的激情来源于无法触及的母亲形象。西蒙和戴比在海边度假，法语中"海"(mer)的发音和"母亲"(mère)的发音一样。

"海在那里,她一直在那里。我们可以离开,甚至很长一段时间内,我们再回来,她还在那里。他开始跟她说话。当他跟她重逢的时候总会这样。他称她为你。这使他的情绪如波涛般汹涌。情绪来了,却不像想象的那么强烈。"(SC,97-98)大海(母亲)这个词在人物身上激起又温柔又激烈的情绪。我们可以认为,加宜的人物一直在寻找的那个最初状态,那份丢失的情感是和母亲有关的,激情和死亡的欲望同样和母亲有关。在《俱乐部的一晚》中,叙事者说:"他注视着大海。很快就感受到那个著名的永恒感。很自然他接下来感受到了死亡的欲望。"(SC,99)永恒感是在母亲身边的幸福感,死亡的欲望是接近被禁忌的母亲时的恐惧:"如同在被禁止的时段进了一个熟悉的地方。"(LB,146)激情便是幸福和焦虑之间的混合物,在接近和远离之间互相撕扯。

　　激情的心理机制被解开后,悲怆感间或让位于孩子气的幽默。加宜不失时机地对男性人物和女性人物之间的模糊关系进行了嘲讽。比如以下这个例子:

　　　　盖上床单,她说,你就不冷了。西蒙说,我想尿尿。我口渴。去吧。戴比把外套搭在他肩上。去吧,现在去尿尿吧。喝一杯水,然后睡觉。我也很困了。
　　　　西蒙从卫生间回来。戴比等他睡下了。她抱住他,祝他晚安,关上灯,出了门。(SC,85)

　　在这两段中,男性人物被幼稚化,女性人物则被母性化。成年人之间的爱让位于母亲和孩子之间的关系。叙事者将整个激情之爱都缩减为儿童对母亲的依恋。

　　加宜在重拾特里斯丹和依瑟的爱情故事时,给出了他自己对激情之爱的解释。作家借用惯用的套路来描绘当代人,并把他们置于广阔的文学史背景中。从本质上来说,加宜的激情之爱和特里斯丹、依瑟的故事相差不多,他使自己置身于一个文学传统中,将激情视做痛苦和分离。加宜将激情和痛苦联系起来,强调了激情宿命的一面。和经典爱情故事不一样的是,激情之爱的悲怆被反讽给全方位消解了。命运反讽、对激情的嘲讽、将激情之爱表现为永恒的错位和可笑的战争、把激情放在手术台上进行解剖：这些手法将宿命的悲剧感融进了笑声中。激情之爱的悲剧和将严肃融化在可笑中的反讽共同构成了对爱情的现代性书写，它将崇高与琐碎、悲情和笑声混合在了一起。

3.2　庸常世界里的琐碎之爱

图森的小说对爱情的呈现可以分为两个阶段。第一阶段的小说（《浴室》《先生》《照相机》等）旨在呈现一个断裂的世界里迷失的个体，他们陷于一个日益碎片化的环境中，无法在周遭世界中找到个人的意义，于是沉浸在内在性里，以琐碎的行动、反讽的姿态应对庸常的生活。爱情被嵌入这一背景中，成为庸常生活中的一个碎片。图森的反讽旨在展现具有传奇性的爱情如何被平面化的生活逻辑所影响，丧失了跌宕起伏的可能性。第二阶段的作品（《玛丽的真相》《裸露》等）完全以爱情为主题，但基调发生了改变，更接近于激情之爱。他在作品中重复了爱和死亡、接近和分离、温情和冲突等对立的主题，整个作品的基调更为凝重，突出痛苦和情绪冲突的一面。就反讽而言，图森第一阶段的作品更有研究价值，接下来的篇章将以《浴室》《先生》和《照相机》为例，分析反讽在呈现爱情中的作用。激情之爱在这三部小说中仍有回响，我们在分析中也将会提到。

3.2.1　角色的错位

在图森的小说中，男主人公通常没有明确的职业，即便有也表现出漫不经心的态度。他们常常无所事事，悠闲自在。反之，女性角色往往和工作联系在一起，她们通常要承担繁忙的行政工作。无所事事的男性和忙碌的女性之间的结合颠覆了爱情中传统的角色分配,当这样的错位被一再重复并强化后会产生某种喜剧效果。比如《浴室》一开场,男主人公躺在浴室中,女朋友埃德蒙逊为了"方便[他]的生活,补贴家用,在一家画廊兼职"(SB,11)。男性对生活无所谓的态度和女性对职业的积极介入形成性别上的反差,构成了鲜明的反讽。男人和女人性别的错位也体现在应对外界的能力上。比如《照相机》中的男女主人公去伦敦旅行,订了一家印度餐厅,到达时被告知已客满,主人公悻悻地回来,"但我们已经预定了,她说。是,这让我很难过,我说。但应该坚持,她说。她把我甩在身后,去找宾馆侍应主管理论。他友好地接待了她,进去一会儿马上出来邀请我们进去"(APP,76)。在这个例子中,男性软弱,缺乏和外界沟通的能力,女性则显示出强硬、社会性的一面。这个例子颠倒了男性和女性的角色分配,女性被推到公共前台,男性则表现出对社会的不适应。错位是喜剧的手段,揭示了一个和传统相悖的颠倒的世界。

图森借由男人和女人的错位,意在描述个体和环境间的隔离。这里所说的环境具体指一个被行政化了的世界。因为职业缘故,女性的出现总是和办公室、行政流程、文件、电话等形象联系在一起,女性是高度程式化的行政世界的执行者,她们是社会性的代表,象征了现代生活中被抽离了精神的肉身。《照相机》开场男女主人公相遇便是在驾校的办公室。帕斯卡尔是驾校老板娘,叙事者如此写道:"接待我的年轻女人向我说明了注册要交的材料,告诉我价格、课时数,如果一切正常,最多十几节交规课和二十几节驾驶课。然后,她拉开抽屉,递给我一张表格。"(APP,8)男女主人公相遇的场景没有典型的一见钟情或预示任何奇遇的迹象,而是最日常的生活中最普通的相遇。图森在一开始就拒绝任何浪漫主义情怀的介入,直白地将最日常的生活推到读者面前。随后的几天,男主人公经常来驾校转悠,而女主人公总是忙碌于各种文件和电话之间。他们的约会主要在办公室内,聊的话题也是东拉西扯,整个爱情的发展过程始终被笼罩在一个规矩的、"无人称的"、剥离了个性和没有偏离常规的可能性的框架中。甚至女主人公的姓名只在小说进行到一半时才揭晓,女性全然成为被剥夺了个人性的行政世界的象征。

女性和男性同时出现在一个场景中,一个代表了行政和工作的原则,另一个代表了对常规世界的嘲弄,两者并置在一个画面内,充满了反讽的意味。比如《照相机》中,女主人公在处理文件的时候,男主人公往往无所事事:"我在放映机面前重新拿起报纸,我身边的年轻女人重又把大衣披在肩上,从抽屉里拿出一堆材料,打开来——加以批注。"(APP,24)有时,这样的反差夸张到近乎偏执的程度,比如:"帕斯卡尔躺在我身边,从包里翻出一张火车时刻表,除了穿着一只白袜子,戴着一副驾驶眼镜外,她全身赤裸地在床上阅读。我仰面躺着看着她,被那只袜子吸引(其实,让我感兴趣的尤其是另外一只在哪里)。我用我慵懒的、带着睡意的脚在床底下找了一会儿,我爬出床单,一只手撑地,看了一下地上。对,它在那里,那只袜子,在地毯上揉成一团,离床头柜和电视同等距离。它怎么会在那里,奇怪。我给帕斯卡尔说了一句,她看了看脚,比较一下,有一瞬间发现不对称,又继续埋头看时刻表,不再注意袜子。"(APP,86-87)在一个放松和私密的环境中,女主人公继续着公共世界的逻辑,完全沉浸在程式化的信息中,揭示了公务向私务的扩张;男主人公的关注点则完全集中在琐碎的物像世界中,两者都揭示了个人性的萎缩。在一个需要关注自身和他者并充分浸入的两性世界中,男女主人公却是缺位的,这着实是对爱情的讽刺。

然而,女主人公也未必是繁忙的。她们通常拥有繁忙的外表,内里却和男主人公一样慵懒。叙事者多次提到《照相机》中的女主人公常常"打哈欠"(APP,72),"倦怠,不感兴趣"(APP,75),甚至在双方出门旅行时她也总是"马上躺在床上"(APP,84)休息。叙事者说:"确实我已经发现,在她所有的姿态中都有一种天然而本质的倦意。"(APP,84)当两个慵懒的人在一起时,画面充满了喜剧性:"我把她抱在怀里揉揉她的背,她把头倚在我的胸口,跺脚取暖。我也打哈欠,您要知道,打哈欠是会传染的。我们在人行道上原地跳跃,互相依偎,冻得发抖,打着哈欠。"(APP,74)叙事者用幽默的语气自我嘲讽道:"我的主啊,我们是怎样的一对。"(APP,26)图森的主人公们在行政世界中似乎组成了一个"懒惰者"同盟,试图用慵懒的生活态度对抗行政世界的入侵。他们的漫不经心是缺乏斗志的表现,更是对生活本身的巨大嘲弄。图森的主人公既是被嘲讽的对象,也是反讽者。当爱情被日常生活的逻辑入侵而丧失了撞击内在性的功能时,男女主人公用有意无意的懈怠应对丧失了意义的生活。正如叙事者如此描述帕斯卡尔:"她持续地以一种惊人的疲乏来和生活对立。"(APP,84)

3.2.2 没有情节的爱情故事

图森的小说总体上没有情节,缺乏经典小说热衷的历险,普通的人物重复着日常生活中的普通动作,构成了小说的所有情节。爱情故事同样如此,没有一见钟情,没有生离死别,图森的小说消解了惯常意义上的爱情故事,还原了两性关系中最具象、最日常的一面。《浴室》的首尾,主人公和女友埃德蒙逊的生活局限在巴黎的公寓里,他们吃饭、聊天、阅读、接待朋友,没有任何特别的事情发生。中间主人公去意大利旅行,埃德蒙逊去看望他,两人的行动也只限于游览、吃饭、逛街和睡觉。唯一惊险的情节是主人公把飞镖射向女友,擦伤了她的额头。这一小小的"犯罪"场景很快就被遗忘,之后仍然被日常生活取代。《照相机》同样如此,除日复一日的行政工作外,小说人物在户外的活动寥寥可数:主人公和女友帕斯卡尔一起去换煤气瓶,送儿子去学校。和《浴室》一样,在《照相机》中伦敦的旅行乏善可陈,最具有冒险意义的旅行成为室内生活的延伸。

对细枝末节的关注取代了宏大且有意义的情节,图森用近乎自然主义的方法事无巨细地描写人物的动作,不断放大,直至现实呈现出怪异的一面。在爱情故事中,图森选取了"低下"的层面来取代情感上的历险,对身体、衣服、食物的关注将人物的注意力从精神的交流转移到细微的生活。以食物为例,在《先生》的尾声,"先生"和安娜·布鲁卡特在聚会上相遇,他们坐在主人家的厨房里:"在一堆空杯子中间,坐在桌子的两端,时不时地吃着,她用刀仔细地切了一小块巧克力蛋糕,先生吃了一大勺沙拉,他事先把核桃仁去除,他个人总是觉得核桃仁很恶心。"(M,94)两人的初次见面围绕着食物展开,他们对食物的兴趣甚至超过了对对方的兴趣,使场面立刻具有了喜剧性。有时,食物会在不经意间出现,消解了一个事件可能有的严肃意味。比如《照相机》中,主人公和帕斯卡尔一起去换煤气瓶:

我问她要不要给她带点东西,巧克力或坚果,一块巧克力牛奶糖,一个巧克力棒,我也不知道。我要薯片,她微笑着说。这时我们在停车

127

场碰到的几个人转过身来,女人们看着我,男人们看着她,饶有兴趣地听着我们的谈话。你不想要一些更有趣的小零食?我搓搓指尖表示暗示,咸坚果、干果、开胃小吃什么的。好的好的,随便你,她说,一边打开后备箱,取出煤气瓶。好吧。我没什么进展。开胃小吃,我的老天。(APP,29)

这一段用很长的篇幅描写了围绕着食物展开的交谈,它占据了视野中心以至于人物和读者忽视了主要事件。图森笔下的食物并非佳肴美味,而是微不足道的小零食,不值一谈,可被忽略的事件占据了小说的前台,幽默消解了小说的严肃性。

除了食物、身体等两性关系中"低下"的层面外,情侣间的对话也陷入庸常琐碎的话语中。诸如"我们什么都谈,又什么都没谈"(APP,13),"我们晚饭时会断断续续、东拉西扯地重拾对话"(SB,88)等句子在小说中比比皆是。在经典小说中互诉衷肠的抒情对话或具有爆发力的冲突在图森小说中消失了,取而代之的是毫无意义的喋喋不休。人物从公共领域退隐到私人领域,但内在性的扩张并没有带来深层的人和人之间的交流,爱情这个最能够表达私密和个人性的领域也完全被某种平面的逻辑所腐蚀。情侣间琐碎的交流颇具喜剧性的是《先生》中"先生"和安娜·布鲁卡特之间的对话。他们边吃东西边"继续平静地东拉西扯,出于谨慎自然没有互相提问,以至于整个聚会他们都没有谈及任何和个人有关的信息。不,他们互相讲了很多趣闻,更确切地说是轮着讲,他们讲得越多,趣闻就变得越无意义,讲的都是对方不认识的人,而他们自己也几乎不认识"(M,94-95)。当其他客人在侃侃而谈他们在埃及的旅行,并"遗憾不能把他们看到的壮丽的、甚至如幻如真的景色用幻灯片展示出来"(M,96)时,他们两个起身离开,"在走廊里站了一会儿,在黑暗中讲了最后一个趣闻,然后沉默,完全沉默,一动不动,忧伤地看着对方,先生倚在墙上,她面对着他,一只手放在他肩上。这就是一切"(M,96)。两个人第一次见面,没有一见钟情,没有互诉衷肠,只有无关痛痒,甚至无关自身的交谈。图森用他惯有的幽默将旅行者关于冒险的陈词滥调和情侣间毫无意义的对话并列在一起,嘲讽了已经僵化了的抒情语言,"趣闻"反而成了抵御某种媚俗的手段。安娜讲了一个"尤其没有教育意义的趣闻",让"先生""感到很愉快"（M,95）。拒绝深度、弘扬趣味和愉悦成为图森反讽的宗旨。图森既嘲笑了陷于琐碎之中的情话,又以非深度话语为武器,嘲笑了僵化了的宏大话语。

3.2.3　好笑的性

图森小说中有时会涉及性场面。性在西方经典爱情故事中往往被省略,爱情首先展现的是两个灵魂之间的吸引和冲撞,肉体的维度通常被有意识地掩盖,这或许和基督教传统对肉欲的压抑有关。性描写和爱情是对立的,性甚至成为"反激情"的标志。爱情和宗教神秘主义相连,具有一定的禁欲色彩（如中世纪的骑士文学或古典悲剧中的激情主题）。对肉欲的弘扬则具有渎神的性质,反抗过度的道德追求带来的肉身的隐没（如法国 18 世纪文学中的放荡主义或唐璜的形象）。当代作家喜欢把目光聚集在爱情的身体维度上,或者通过性展现纯粹的痛苦（如杜拉斯）,或者借由性来言说类宗教的体验（如克洛索夫斯基和巴塔耶）,或者用大量的性游戏来嘲笑当代主体或应对社会规制（如索尔莱斯和乌勒贝克）。图森小说中的性场面兼具上述第一种和第三种类型,我们要讨论的是第三种,即如何通过性来达到反讽的目的。

图森小说中对性的直白和影射交织在一起,性以粗鄙的方式被直接呈现在读者面前,又以某种笨拙的方式被巧妙地躲避。比如以下这段:"这是什么,我拿出一只大信封问道。放下,没什么,她说,是妇科切片。一个小切片,我非常温柔地说。看,你应该寄出去,我说。它在里面,我说,令人浮想联翩,在我耳边摇晃了一下信封。是,你以为它应该在哪里,她说。我不知道。我把信封放好,开始找钥匙,我抱着怀疑的态度,觉得这个小切片在里面不会新鲜。"（M,27）在这个片段中,作者只描述了一个小切片,两个人的对话围绕着这个小物件展开。作者并没有直言性,但他围绕着身体明确地传达出某种性暗示,他将爱情凝聚在肉体中,将肉体缩减为污秽而低下的层面,破坏了爱情的精神性和崇高性。同时,这种直白的身体影射又具有某种天真和笨拙,带上了幽默的气息。在直白和影射、污秽和天真之间,读者能够感受到作者的反讽。

《浴室》中同样直白地展现性的场景,却总是因为出现在一个不适宜的场景中而显出怪异的一面。比如主人公家里来了装修工人,"埃德蒙逊出现了,容光焕发。她想做爱。14)现在。15)现在做爱?我沉着地合上书,一只手指放在两页书中间。埃德蒙逊笑了,双脚合并跳起来。她解开上衣。门外,卡布罗温斯基用低沉的声音说他从早上开始就在等油漆"(SB,17-18)。同样的场景重复出现:"埃德蒙逊藏在门板后褪掉裤子,卡布罗温斯基表现得更加直接了。他尝试着获得约定数目的定金,他想要些钱坐出租车和付旅馆钱。埃德蒙逊坚持住了。她一锁上门,就冲我笑,光着屁股,踮起脚尖朝锁孔看。她背对着我,解开扣子。我脱掉裤子取悦她。"(SB,20)性欲望的袒露非常直白,但外人的闯入和与他人的周旋制造了一个奇怪的环境,让读者感受到一种怪异的反差。在西方当代文化中充斥着大量性话语,它们试图围绕着性反复言说,用各种方式围剿性,圈定性。当性出现在文学中时,通常以密集而集中的方式被展现,性活动成为一个需要被定格和分析的"事件"。图森的反讽在于把性这样的中心事件镶嵌在日常生活的网络中,使其分散化、局部化、寻常化,以淡化当代西方文化对性的执念。

图森的另一个反讽在于挫败读者对性的期待,他喜欢制造悬念,铺陈叙事,将读者的好奇心推到最高处,结果却不了了之。比如《先生》中的"先生"受邀去彭斯·罗马诺夫夫人家中,夫人提出要和"先生"独处,在此之前她进门换衣服,"先生"在外面等。小说大量描述了"先生"既期待又忐忑不安的心情。就在读者以为"先生"必然会有一段风流韵事时,卡尔兹出现了,和"先生"闲聊了一会儿,把他支走了。一段罗曼史在酝酿到最高处时戛然而止,制造了"雷声大雨点小"的反讽效果。同样,在《照相机》中,叙事者和帕斯卡尔去伦敦旅行,作者花了大量篇幅描写他们如何在旅馆房间里宽衣解带,最后帕斯卡尔却睡着了。作者从挫败读者的期待中获得乐趣,同时削弱了经典小说性。

除了用异常的方式展现性外,图森还热衷于描写两性之间的性诱惑,从言语和行为两个方面再现了两性互相试探、若即若离的态度。《先生》中彭斯·罗马诺夫夫人作为出版社编辑造访卡尔兹,"先生"也在场。卡尔兹和彭斯·罗马诺夫夫人在谈工作上的事情,"彭斯·罗马诺夫夫人表示赞同,转向先生,说,是的,在她看来,我们总是可以试试的。先生个人觉得没有任何不妥之处,他背对着窗子站着,正意识到卡尔兹消失这么长时间才出现,并不是去找某个文件,他只是去换衣服了"(M,49)。这一段非常细腻诙谐地展现了三个人之间的游戏:彭斯·罗马诺夫夫人向"先生"发出邀请,"先生"对彭斯·罗马诺夫夫人表示默许,卡尔兹则在暗中引诱彭斯·罗马诺夫夫人。三个人的引诱方式用了"双义话语"、影射、曲言等反讽惯用的手法,巧妙展现了三人的力量对比和欲说还休的气氛。作者也会通过场景描写表达对引诱者的善意的嘲弄,比如同样是彭斯·罗马诺夫夫人:"于是,彭斯·罗马诺夫夫人慢慢脱掉了外衣,背着身子把衣服放到身边的椅背上,最后转过脸来,慢慢地走过来,眼睛观察着她所制造的效果,穿着凸显身材的羊毛裙坐下,尽情地几乎不加掩饰地露出内衣的痕迹。惯用伎俩。"(M,52)"惯用伎俩"几个字出自作者嘲弄的口气,我们明显能感受到作者作为精致而老道的反讽者对于这类场景的拿捏能力。在这类诱惑场景中,作者重新找回了"放荡主义"文学精巧而聪明的沙龙口味。

3.2.4　冲突与温情

在图森的小说中,两性之间暗流涌动,充满了冲突和纷争。这些冲突唤回了离别的主题,成为图森的爱情故事中唯一可以被称为情节的内容。反讽并不在于表现冲突,而是将冲突和温情、离别和靠近的矛盾放在一起,或者互相交织,或者两者并存,呈现出当代社会中两性关系的悲喜剧,表达了作者对当代饮食男女的嘲讽。

在《浴室》中,作者表现了男女主人公温情的一面,一开篇男主人公坐在浴缸里,"埃德蒙逊坐在我的床头心情愉悦,发现我更安详了;有时我会开玩笑,我们一起笑"(SB,11)。最后,当主人公旅行回来,再次回到浴缸,"埃德蒙逊下班后过来我这边,给我讲她的一天,讲述她画廊里展出的画家"(SB,130)。当男主人公待在浴缸里时,他和埃德蒙逊的关系很融洽,甚至在他旅行途中,两人仍然通过电话互相倾诉。在《照相机》中,男女主人公不温不火的感情也时不时会有温情的瞬间,比如"帕斯卡尔带着倦意的温柔看着我"

（APP,78）。《先生》的结尾充满了温情："安娜·布鲁卡特触碰他的脸颊，然后，在黑夜中温柔地吻了他。"（M,111）图森小说中的爱情时有明快的色彩，为庸常生活带来轻快的气息。

与温情相对的是冲突。情侣间的冲突通常发生在旅行途中。旅行是主人公走向外界，试图和世界与他人建立联系的努力。情侣间的冲突似乎暗示了主人公的内心冲突，在动与静、接触与逃避、外在性与内在性之间难以取舍的矛盾。因为和旅行对立，爱情似乎具有某种封闭性，既带来安慰和温暖，又可能阻碍自由的生存。图森的反讽呈现了爱情模棱两可的面目。《浴室》集中表现了情侣间的冲突。主人公在旅行中每天和埃德蒙逊打电话，"当我们每次听到对方的声音时会感动。我们的声音脆弱，因为激动而变声（我很害羞）。但我们坚持己见：埃德蒙逊让我回巴黎，我让她来我这里"（SB,70）。尽管互相思念，但双方各执己见，情侣间的冲突也是两个个体间意志的冲突，图森似乎想借此表现一个失去了个性的当代人如何通过私密关系表达自己仅存的意志。后来，埃德蒙逊动身去找男主人公，但当他们重逢时，仍然冲突不断：一个想参观教堂，一个想回旅店；一个想打网球，一个想待在旅店。两人之间的矛盾达到一定程度时，气氛变得很紧张："我们继续散步。埃德蒙逊奇怪地看看我，她看我的目光让我不快。我很礼貌地让她不要再看我，有那么一些时刻我感到好受很多。"（SB,85）冲突的高潮是主人公朝埃德蒙逊的额头投去飞镖，擦伤了她的额头，她被送往医院，之后她一个人回了巴黎。这一举动象征性地完成了破坏和毁灭，以委婉轻盈的方式再现了爱情中的死亡主题。在车站送别的一幕将图森爱情中痛苦的基调推到最高："月台上，车厢的门开着，我想把她紧紧拥在怀里，她把我轻轻推开了。门一扇扇关上。火车像一件撕碎的衣服一样启动了。[……]痛苦是我存在的最后证明，且是唯一的。"（SB,101）爱情的冲突唤回了人物存在的本质性体验，给予生命以意义。图森对爱情所引起的痛苦的描写并不反讽，反讽的是个人在当代世界中无法通过温情和正面的体验为自己的存在制造意义，温情被融化在平庸琐碎的日常性中，只有冲突才能让个体感受到自身的存在。爱情的悲喜剧既嘲笑了拒绝成熟的成年人形象，又是对当代社会的尖锐批评。

情侣间的冲突揭示了爱情中的另一个侧面：情侣间丧失了真正的沟通

能力。同样在《浴室》中,埃德蒙逊一再询问主人公为何不肯回巴黎:"当她问我这个问题时,我仅仅满足于高声重复:为什么我不回巴黎? 对啊,她说,为什么? 有理由吗? 我能不能说出哪怕是一个理由? 没有。"(SB,74)我们很难说究竟是主人公不愿意敞开自己,还是他对自我的认知也是模糊的。甚至在他最无助的时刻,他仍然无法言说自己:"我有时会在大半夜醒来,甚至没有张开眼睛。我闭着眼睛,把手放在埃德蒙逊的胳膊上。我请求她安慰我。她用温柔的声音问我为什么需要被安慰。安慰我,我说。为什么? 她说。安慰我,我说(是安慰,不是安抚)。"(SB,69-93)情侣间的谈话失去了实质性的内容,或者成为琐碎的东拉西扯,或者只是一再重复。反复的问题就好像是进入主人公内心的一次次企图,但均以失败告终。当代个体将内在性封闭在自身内,拒绝和他人交流情感体会,我们甚至很难说在顽固的拒绝背后是否有个人性存在。情侣间交流的失效指向一个更深刻的主体问题。

有时,这样的沉默显得有些可笑,《先生》中"先生"和安娜·布鲁卡特"一直沉默着,看看墙上的装饰,研究研究菜单。先生当然可以重新让对话热起来,他也是这么盘算的,再讲个趣闻"(M,101)。情侣间几乎无话可谈,他们需要通过讲趣闻来把对话填满,他们害怕暴露自己,害怕进入对方的内心,只能通过无休止地闲扯填满交流的空间。沉默和趣闻构成了情侣间交流的主要方式,图森用他那善意的幽默揭示了当代人失效的言语。语言的失效来自于封闭的个人性,图森在《先生》中多次恶作剧般地展示了情侣双方如何对对方的语言漠不关心。"然后,安娜·布鲁卡特关于某个事情提醒他注意(关于什么,先生不大知道,但这并不重要),两者并不冲突。确实,他说。"(M,102),不光是"先生",安娜也"并不真的在听"(M,111)。图森一以贯之地塑造了一群心不在焉的人物形象,他们并不在场,对他人并不真正感兴趣,他们甚至对自己的内心也不感兴趣。通过爱情中的交流,图森强化了"平面人"的形象。

3.2.5　媚俗的爱

除男女主人公外,图森还热衷于塑造一批类型化的、喜剧感强的情侣(或夫妻)角色。这类情侣(或夫妻)双方呈现出共同的特征,使他们不再作为个体出现,而结成了一个整体,两人好像对方的变体,成为某一类型的代表。这些情侣(或夫妻)共同凸显了当代社会媚俗的一面。

《浴室》一共展现了三对情侣(或夫妻)。第一对夫妻是男女主人公所租公寓的前房客,主人公回忆他们第一次见面的情景:"他是拍卖估价师。他妻子来自尼姆。他们在艾丝美拉达海岸相遇。他们之所以想要搬家,是因为受够了在巴黎的生活。他们需要新鲜的空气和乡村(一想到在小鸟的叫声中醒来他就很高兴)。因为年末就要退休了,他们将最终在诺曼底落脚,在一个改建过的小农场里。对此的期待让他很开心,他终于可以钓鱼、打猎、做手工。他会写本小说。"(SB,40-41)因为男主人公的回避,谈话一度陷入僵局,这对夫妻试图找到新的话题:"当这对老房客听说我是研究人员时,对我的研究轮番提问,做出了评论,表达了他们的看法。他们兴致勃勃地讲着,努力说服我,最后给了我建议。[……]我把橄榄核吐在手上,点头表示同意,但并不真的在听。当他们向我解释我的博士论文结论的大纲应当如何时,他们站起身,坚信已经说服了我[……]"(SB,42)图森塑造了一对积极拥抱生活、兴趣广泛的夫妇的形象。他们积极融入社会、和他人接触,展现出和男主人公不一样的精神面貌。然而,他们的社会化形象显示出僵硬、固定、大众的一面。和这个社会的绝大多数普通民众一样,他们努力工作,退休后隐居乡下,回归自然;和大多数法国人一样,他们对文化表现出强烈的兴趣并热衷于滔滔不绝地陈述自己的观点;他们的话语中充斥着固化的语言(新鲜的空气、乡村、小鸟的叫声……),他们喜欢装作有思想的样子,但实际上只会重复陈词滥调。图森通过描写这对夫妻展现了当代文化中媚俗的一面。

第二对情侣代表了年轻一代。他们是埃德蒙逊的朋友,"在向我礼貌地笑了笑后,他们不再对我感兴趣,开始低声交谈。他们不再关心我的存在,谈论着最近的聚会、度假的回忆、最近一次的冬季运动。之后,埃德蒙逊仍没回来,他们拿起身边的杂志,翻阅着,互相给对方看照片"(SB,44)。年轻一代显示出和男主人公同样的漠然,他们并不关心社会和他人,沉浸在自己的小世界里。和男主人公不同的是,他们对自己的存在并无意识,更像是被社会的潮流推着往前,喜欢度假享乐,浸淫在媒体的世界里,是在消费文化和大众文化中成长起来的一代。

第三对情侣代表了精英文化,他们是知名学者、作家,恰巧和男主人公下榻在同一家旅馆。第一次看到他们,叙事者这样描述:"一对情侣在犹豫,到底该进门,还是出门。出于我不知道的原因,他们好像犹豫不定。我听到他们站在楼道上,似乎更像是在房间门口(用法语)聊天。他们聊提香和维洛内塞的作品。男人在谈论真正的情感、纯粹的感受。他说被维洛内塞的作品打动了,真心被打动,他说,完全和任何绘画知识无关(我对自己说,他们肯定是法国人)。"(SB,57-58)之后,叙事者再次描述他们的谈话:"虽然还是一大早,他们还没坐下就开始交谈(他们肯定是长期生活在巴黎的人)。他们在谈论美术和美学。他们绝对抽象的论证在我看来中肯而美妙。男人用精挑细选的词,显出他非常博学。女人边涂面包边谈论康德,她的谈话局限于此。在我看来,他们对崇高这个问题的看法只是表面上不同。"(SB,63)叙事者的描写充满了反讽的气息,他用了一些陈词滥调来描述这对情侣的谈话,如"真正的情感""纯粹的感受""打动"等。这些精致、文雅且复杂的词汇在这样的语境下出现呈现出喜剧性的一面。叙事者用某种"故意的天真"从局外人的角度描写他们的谈话,似乎表现出对"绝对抽象的论证""中肯而美妙""博学""康德"的赞叹。然而,这些程式化的语言、故意的夸张明显显示出叙事者的反讽,括号中的内容更是对喜欢夸夸其谈的法国人的嘲笑。最后一句翻转了整段描述的判断:"在我看来,他们对崇高这个问题的看法只是表面上不同。"作者用微妙隐晦的方式暗示这些精神上的交流只不过是为肉体的满足做准备,有醉翁之意不在酒的意思。果然,叙事者最后说:"我认为他们来威尼斯是为了做爱,像1959年时那样。"(SB,71-72)图森通过塑造形形色色的情侣形象嘲笑了当代文化中媚俗的一面,不管是大众文化还是精英文化下塑造出来的个体,都深深打上了程式化的烙印。

图森对爱情的嘲讽与他对经典小说性的消解以及对当代社会和主体的

嘲讽联系在一起。爱情故事不再具有经典小说性中常见的惊喜、奇遇和跌宕起伏的事件。相反,爱情陷入日常逻辑中,是众多碎片的叠加。图森的爱情以惊人的庸常来对抗深刻和意义。同时,两性关系被当作最常见的人际交流情境被描写,凸显了图森小说中的人物不成熟、懒散、拒绝交流、自我封闭、喜欢冲突等特征。"好笑的爱"来自于"好笑的人",图森通过制造爱情的情境为当代主体描摹了一幅幅漫画速写。

3.3 作为叙事功能的爱情

爱情在艾什诺兹的小说中并不是主导性主题,但他的作品中总是会聚集一大批男男女女,这些人物间或会形成情感上的联系。爱情主题穿插在主要情节中,随主要故事的展开而展开,或者对情节的发展起功能性作用(如《切罗基》中乔治对珍妮·惠特曼的追逐),或者仅在情节发展的间隙插入,作为作者风格练习的形式之一(如《高大的金发女郎》中萨尔瓦多和格洛瓦最后相爱)。因此可以说,艾什诺兹的人物首先在行动,其次在行动中产生爱情,爱情主题不能离开历险性的行动独立开展,爱情是人物行动过程中的一环。此外,艾什诺兹的人物作为行动中的功能性存在而存在,他们鲜有深度心理,对他们的把握基本以行动描写为主。艾什诺兹不似加宜,不去分析激情的性质;也不似图森,将爱情作为实践某种人生哲学的方式之一。在艾什诺兹这里,爱情即行动,行动即全部。

下文将以《切罗基》和《高大的金发女郎》为例,分析艾什诺兹小说中爱情主题的三个反讽特点。首先,作者将爱情主题作为文体操练的方式之一,戏仿各种经典爱情故事的桥段。艾什诺兹的每本小说几乎都是对一种文学类型的戏仿,在他的戏仿中既有致敬的成分,也有破坏的意图。他不但对固定的爱情桥段进行戏仿,也通过戏仿其他"边缘文学"类型来呈现爱情。其次,作者经常提到大众媒体,或者以此来定义人物的身份,或者将人物塑造为大众媒体浸淫下的类型人物。爱情主题不可避免地沾染上所谓的"形象"

逻辑。我们将在下文的分析中看到媒体如何进入到人物生活的方方面面，影响甚至塑造人物的爱情观。最后，艾什诺兹和加宜、图森等其他当代作家一样热衷于揭露男欢女爱中可笑的一面，他通过塑造一些怪异的场景揭开情感生活的画皮，去除附着在爱情上的神圣光环，描绘机械、可笑，生活在表象中的当代人形象。

3.3.1　对格式化场景的戏仿

在艾什诺兹笔下有很多对于经典爱情桥段的戏仿。加宜对经典爱情故事的戏仿着重于探讨"激情之爱"，他虽然模仿并颠覆经典故事，但他并未质疑"激情之爱"在两性关系中的核心地位，而是通过呈现激情中的男女探讨爱情和人性本身。和加宜不同的是，艾什诺兹戏仿的并非现实中的"激情之爱"，他更多是借用类文学或影视作品中对爱情的程式化表现，强化其程式化的特点，取消激情的内涵，只保留形式上的高度固化的格式。他截取几个常见的场景，串联成一个爱情故事，如同拼图者截取几张代表性图片，拼贴成一个拼图。如此组接的爱情故事并无起承转合、荡气回肠的小说性，它更像是片段的随意组合，缺乏内在逻辑，只为了满足作者的反讽、戏仿和游戏的冲动。

《高大的金发女郎》是其中的代表作。小说讲述了一个电视节目制作人萨尔瓦多意欲制作一个关于金发女郎的电视节目，他想到采访格洛瓦，一个过气且销声匿迹的电影明星。小说围绕着一群侦探如何寻找格洛瓦展开。格洛瓦从最初的抗拒转向合作。小说最后，她走进萨尔瓦多的办公室，直到和萨尔瓦多相爱，短短十几页的篇幅只占据了小说总篇幅的十分之一左右。可见，艾什诺兹并不意在展现一个完整的爱情故事，他像魔术师般意想不到地在小说最后插入爱情的场景。他并不遵循故事的内在逻辑，而是随着自己的叙事兴致以某种"生硬"的方式强行安排了一个关于爱情的结尾，体现了其反讽意图。同时，他用漫画般的笔触戏仿了几个格式化的爱情场景，表明他更在意的是故事的乐趣，而非故事的连贯性。

比如萨尔瓦多对格洛瓦一见钟情的场景："有一瞬间，他失去了判断（好像他的想法奇迹般地通过一个具体的人呈现在他眼前),然后他认出了这个年轻女人。这样的相遇会引起短路,或是火灾中缺氧,在彩虹中心激起一束烟火,伴随着管弦乐队的行云流水般的音乐。这正是在萨尔瓦多被唤醒的灵魂中所发生的。突然,他拘谨起来。对,他的身体好像没跟上"(GB,238);"他想要得到她的同意,她同意了,现在该干什么? 只剩下沉默、错愕、躲闪的眼神,一切都开始拖拉起来,萨尔瓦多可怜兮兮、不知所措。"(GB,239)同样类型的场面也出现在小说的一位配角身上,他是佩尔索纳塔兹,萨尔瓦多派去寻找格洛瓦的侦探,当他第一次看到萨尔瓦多的秘书淘娜婕时,他们

> 无意中快速而秘密地触碰了一下,马上把手缩回来:男人不小心碰了年轻女人的手,快速把手缩回来,并向后退。萨尔瓦多在办公室看到佩尔索纳塔兹惊慌的脸,好像碰到了高压电线般恐惧,发现自己居然还活着而惊讶万分,萨尔瓦多看到佩尔索纳塔兹的身体被激烈的情感所撞击,就像是一阵接一阵的波浪肯定将你淹没。这一切都不超过三秒,之后佩尔索纳塔兹又向后退了一步,他的脸因为疲倦瞬间惨白。(GB,120)

以上两段都戏仿了一见钟情的场面,叙事者去掉了其中既互相吸引又不敢接近的矛盾心态,只保留了男主人公惊慌失措的一面,并用夸张的手法将其笨拙的样子表现出来,充满了喜剧色彩。叙事者故意借用了很多固化的比喻,如"短路、缺氧、高压电线",还故意制造了一些具有浪漫色彩的陈词滥调,如"彩虹、烟火、管弦乐队、灵魂、波浪"等。读者对这些描述非常熟悉,是我们在一些类文学作品中经常能读到的文字。叙事者故意将读者熟悉的类型化语言拼贴在一起,制造了反讽的效果。

《切罗基》中也有不少一见钟情的场景。比如主人公乔治在路上偶遇维罗妮卡,叙事者如此描写:"一切真的进行得很简单。比如他问她时间,她回答说她的表快了,他抗议说不管什么时间都行。很快他知道她叫维罗妮卡。他陪了她一会儿直到天坛广场,周围种满了各种高大的树。他邀请她,想把自己的地址给她,在身上只找到了一张没用过的地铁票。她没有笔,只有口

红,型号不匹配。她说她记得地址,明天三点见。他们道别离去,回头看看对方。"(CHE,15)之后乔治又爱上了珍妮·惠特曼,他们在图书馆偶遇,乔治跟随对方出门,一路追随,跟着她进了一家头饰店,买了十米长的饰带送给对方:"他不小心打翻了饰带,饰带松开来,像玫瑰色的瀑布在他们面前翻滚。她笑起来。她叫珍妮·惠特曼,她生于奥斯坦德,她有急事。乔治刚够时间告诉她名字,大后天,在特洛卡德若的一家酒吧里。为什么是后天。为什么在特洛卡德若。为什么不是明天在缪艾特,或者三天后在特雷格拉芙地铁站,或者就当天晚上在匹克皮丝-古尔特灵娜。因为乔治一下子不知道怎么办,随口说出第一个闪现在脑子里的时间和地点。当女人走远回头看他时,她还在微笑,然后消失了。"(CHE,61)这两段所戏仿的仍然是男人对女人一见钟情的场景,但和《高大的金发女郎》不同的是,两个片段模拟的更多的是"搭讪"场景,随意和诱惑并存,并没有强调惊慌失措的可笑的一面。但当读者读到这样的场景时仍然会会心一笑,因为它们用轻松诙谐的语调还原了现实生活中的搭讪场面,再现了两性间的轻喜剧。

除一见钟情的场景外,作者还戏仿了"类文学"类型。比如《高大的金发女郎》中萨尔瓦多派侦探寻找格洛瓦的过程使得小说成了对"黑色小说""历险小说""侦探小说"等文学类型的戏仿。同样,《切罗基》中乔治对珍妮·惠特曼一见倾心,千方百计追随她的踪迹,试图知道惠特曼真实身份的整个过程也演变为对"侦探小说"的戏仿。与其说作者将爱情故事戏仿成"类文学"形式,还不如说爱情故事只是一个幌子,成为作者恣意游戏于各种文学类型的由头。集中展现戏仿"类文学"类型手段的是《高大的金发女郎》中萨尔瓦多和格洛瓦最后在登山缆车里的场景。小说自始至终都在提醒读者格洛瓦是罪犯,有犯罪冲动,喜欢把男人从高处推下去,而萨尔瓦多有恐高症,一到高处就会犯晕。两者在缆车中的情节充满了悬念,读者并不知道最终结局如何,叙事者充分利用了这点,将爱情场景转变成了"悬念小说":

　　格洛瓦看着他,露出一丝僵硬而奇怪的微笑,她的眼睛是铁青的。快,快上来,她说,声音很奇怪。[……]你预见到了最坏的,我很理解:萨尔瓦多吓得要死,不敢朝下看一眼,用尽力气抓住一个把手一样的东西,紧紧地抓住,以至于手的关节都变白了,他透不过气来。格洛瓦朝他笑笑,走近他,两只手指放在他肩上,告诉他不要害怕。她的手从肩膀滑向头颈,萨尔瓦多的头发在她手里分成两半。(CHE,250)

这一段将悬疑的气氛推向极致,读者并不知道下一刻会发生什么,爱情场景是否会突然转向犯罪场景。叙事者充分糅杂了爱情、历险、黑色、悬疑、侦破等各种"类文学"元素,既打破了文学类型的界限,又强化了各种文学类型的特征。

与一见钟情的开场相对应的是爱情故事中皆大欢喜的结局。《高大的金发女郎》紧接着"悬疑小说"的桥段戏仿了喜剧爱情故事中皆大欢喜的场景:

　　然而,一号奇迹,他没有感到任何头晕,所有维度的基点都没有发生错位。二号奇迹,格洛瓦一点都没有把这个男人推下去的冲动,甚至都没有打算将来把他从自己的生活中踢出去。[……]在天地之间,萨尔瓦多和格洛瓦还在接吻。一次又一次。他们看上去不想停止;看着他们此刻的脸和身体。似乎此刻两人都没有体会到任何痛苦,没有任何特别的担忧。他不再害怕空无,她什么都不再害怕。(CHE,251)

最后这个对 happy ending 的戏仿具有十足的反讽意味,不单是因为从叙事者将悬疑小说的气氛推向最高,又重重从高处摔下,出人意料地走向温情的结局,颇具有情境反讽的意味。而且还因为这个 happy ending 违背了事件正常的走向,打破了故事的内在逻辑,完全成为叙事者任意想象、信手拈来的片段。叙事者并不在乎现实的逻辑,他任意戏仿各种类型,并将不同性质的片段拼贴在一起,组接成一个表面上生硬的、杂乱的、缺乏连贯性的爱情故事。《切罗基》的结尾运用了同样的手法。主人公乔治满世界寻找他的意中人,最后终于发现她也卷入邪教事件中,且是弗雷德手下的一颗棋子,被故意安排来引诱乔治。两个并无太多情感交流,随着邪教事件的结束而终结关联的人最后竟然毫无征兆地在一起:"年轻女人终于把头靠在乔治的肩上。他抬起头看后视镜,就像是一个小小的屏幕里出现了一个特写镜头,弗雷德正在冲着他笑。'嘿。现在我们干什么?'弗雷德说。"(CHE,

251)这便是小说的结局,完全出乎读者意料的皆大欢喜的结局。弗雷德就像叙事者一样刻意安排了所有事情的走向,无论它们是否符合逻辑。

3.3.2 "景观"逻辑

所谓"景观",是借用了居伊·德波在《景观社会》一书中所做的定义。德波在书中开宗明义地说:"在现代生产条件占主导地位的社会中,整个社会生活表现为一系列景观的巨大累积。所有我们直接经验的东西都退居到再现中。"①景观既是看得见的被塑造的材料的结果,又是一种隐形的社会关系,它重塑了人们对现实的感知。"它不是加于现实世界上的附加物,它是现实社会的不真实性的中心。"②我们无法再去想象一个本质和表象截然区分的世界,好像还有一个实体的世界作为我们生活的中心之地,而制造出来的"景观"如假象一般附着于实体世界之上。现代生产条件下的现实中,"景观"和"实体"不可分,"景观"成为"实体"的一部分,"景观"即"实体"。"颠倒真实的想象确实发生了。同时对景观的观望以具象的方式入侵到我们所经历的现实中,现实获取景观的秩序并积极附和。"③对于观望"景观"的个体来说,他将很难分清现实和再现之间的分界,他似乎生活在一个幻象中,而幻象是他唯一的真实世界。"他越是观望,他就越无法生活。他越是接受在这些由需求而产生的主导性的形象中辨认自己,他就越难以理解自身的存在和欲望。"④"景观"在大众媒体的推波助澜下逐渐取代了人们对现实世界的感知而成为现实本身。艾什诺兹对爱情的反讽同时也是对"景观"逻辑的嘲讽。当代人如此深陷于"景观"所塑造出来的现实,他们对现实的感知方式都受到了"景观"的影响,"景观"甚至成为唯一的实在。艾什诺兹善于塑造沦陷于爱情中的男性角色,他们所暗恋的对象往往只是一个"形象",他们被"形象"所困扰,不自觉地追逐"形象"。爱情便成为拷问个体和

---

① Debord, G. *La Société du spectacle*. Paris: Gallimard, NRF, 1992: 3.
② Debord, G. *La Société du spectacle*. Paris: Gallimard, NRF, 1992: 5.
③ Debord, G. *La Société du spectacle*. Paris: Gallimard, NRF, 1992: 8.
④ Debord, G. *La Société du spectacle*. Paris: Gallimard, NRF, 1992: 30.

形象之间关系的一面镜子。

《切罗基》中的乔治对珍妮·惠特曼一见倾心,自此便开始了追逐这个女人踪迹的历险。但乔治总共只见过她两面,交谈过两句,对这个女人一无所知。在他见过她第一面后,叙事者便说:

> 在他的记忆里,这只不过是一个形象。一个明亮的、蓝灰色的、黑白的记忆。(CHE,63)。之后,他又见了她第二面,没有说任何话,只是远远地看到她。事后,乔治回想起自己坐在椅子上,隔着窗子看到珍妮的情景:这把大椅子正好对着珍妮·惠特曼正好经过的窗子。乔治在椅子后待了一会儿,手放在椅背上,好像她就坐在那里,好像他看到了她的肩膀、头颈和金色头发的发根。(CHE,136)

艾什诺兹小说中处于爱河中的男女很少有精神交流,作者小心翼翼地省去了一切心理活动描写,只在行动中展现人物的情感生活。如果还有一点心理描写,便是存在于个人和其脑中的"形象"之间的关系,个体对世界和他人的感知似乎必须通过"形象"这一中介才得以连接,而通过"形象"得以确立的现实脱离了现实性,成为个体脑中的谵念和现实混合的产物。

然而,艾什诺兹的尖锐之处不仅在于指出个体和其脑中谵念的关系,而且在于揭露了社会如何操控对"景观"的塑造以试图控制个体。《切罗基》中珍妮·惠特曼其实是弗雷德给乔治设置的陷阱,他们将乔治引导到一个地点,让他透过窗子看到对面的珍妮:

> 乔治很激动,笨拙地直起身来,用了点力气,身体又跟不上。他感到自己慢慢地向前走了几步,占据了太多侧旁的空间,他一直走到窗前。珍妮·惠特曼确实在那里,在对面的窗子后面,穿着那天的黑裙子,在晦暗的反光的窗子里,他分辨不清裙子上的蓝灰细节。她站得那么直,他有一刻觉得那不过是她的一幅图片,一个塑料模特儿,但他们离得足够近,他能够看到她的睫毛在动。他想笑,做个动作,但他不能,他们之间隔着一道鸿沟,深渊底部是垃圾桶、破损的旧玩具、枯萎的绿色植物、一台内爆的电视机、一辆自行车的新轮胎。最后一刻,珍妮·

惠特曼将手指放在嘴唇上,这可以表示很多意思,然后她消失了。乔治站在空窗子后面,好像对着一台图像消失的电视。他回身,巴里摩尔重新坐在那里。乔治重又坐下,大大松了口气,感到巨大的满足,混合着巨大的疲倦。(CHE,88)

我们看到在这段中,珍妮·惠特曼是一个被故意塑造的形象,她符合所有当代社会中"景观"塑造暗藏的逻辑:首先,它必须和"景观"的接受者之间保持适当的距离,既不能太远以至于不能产生共感,又不能太近以至于丧失距离感和"景观"的理想化状态。其次,它必须具有似真非真、似假非假的特点,既不能完全混同于现实,又不能完全抽离于现实,它是现实的拟像,具有现实的所有特点,但同时要让受众感到是不可接近之现实,对之产生崇拜,将之当作理想的典范。"景观"必须始终和现实保持不可触及的距离才能让受众趋之若鹜、欲罢不能。最后,"景观"必须具有一定的仪式性以及所指的不确定性。仪式感将受众从日常生活的逻辑中脱离出来,并赋予"景观"某种威严感、神秘感。同时,"景观"的含义必须含混、多变,不可被直接理解。但和多义的文艺作品不同,它的多义并非出自语义的丰富,而是语义的缺乏,也就是说它的本质是中空,它必须通过编造无穷的意义来伪装自己中空的事实。被"景观"逻辑所控制的受众被剥夺了思考能力,他们试图走近"景观",理解"景观",但总是被推在一定距离之外。他们处于被动的地位,被迫接受"景观",甚至在他们主动的追逐中仍然含有某种"被激起""被挑衅"的意味,且"景观"制造者巧妙地让他们相信所有的追逐均出自他们的欲望,他们是欲望的主体而非受体。他们在对"景观"的追逐和消费中既感到满足,又感到疲倦,满足是某种被激发、被塑造的第二手的欲望得到了释放,它和感官、冲力相关,具有当下和即刻的特点,并不指向任何深层的需求,也没有超越的可能。因而会带来疲倦的感受,如同大众娱乐文化下的影视作品,迪士尼乐园的仿真冒险情境,甚至只是随意切换电视频道,浏览社交平台所激发的刺激和疲倦共存的身体感受。正如阿多诺在谈到文化工业所炮制的"形象"时所说的,这些制造"形象"的手段不再给予观众以"想象和思考的空间",

即使"观看"形象需要"一种近乎自动的努力,但也并不给想象力留有空间"①。

艾什诺兹对爱情的反讽混合着对大众文化塑造出来的"景观"逻辑的尖锐嘲讽和细致呈现。爱情故事是一个引子、一个由头,它引发的是读者对当代社会中自身处境的思考。在当代人的欲望、本能、感知、理想、思考、追逐中有多少是被塑造、被规训的部分?艾什诺兹在不动声色的嬉笑中对这个时代的核心问题进行了思考。在之后的篇幅中,叙事者一再提到乔治在不同场合看到珍妮·惠特曼又无法接近她,只能欣赏她的"形象"的样子:"乔治狂热地看着她"(CHE,208),"乔治感到一阵炫目,沉默和敬意围绕着他"(CHE,221),"乔治看着她,神情迷狂、羞涩、有些傻气"(CHE,222)。这些夸张、变形、好笑的描写揭示了当代人在各种"景观"构成的网络中迷失,丧失了思考能力和情感控制能力,被表层的欲望和谵念牵引。

媒体对"形象"的塑造再现了这种"景观"逻辑。媒体在艾什诺兹的小说中无处不在。艾什诺兹说:"我想把场景放在电视和媒体领域。我不想说教,只想展示在我看来怪异的一面。"②作者大量表现了媒体在当代生活中的角色,试图通过叙事对媒体和当代人之间的关系进行思考。《高大的金发女郎》的主人公萨尔瓦多是电视台制作人,作者对他的所有描写几乎都是围绕着他对"金发女郎"电视节目的构思。他在被屏幕包围的办公室内思考该如何对金发女郎进行分类,格洛瓦是他希望采访的对象之一。但他似乎并不真正关心格洛瓦的一切,甚至对有没有找到她都表示无所谓,他沉浸在自己的思考里,他对这些活生生的女性的感知和认识仅局限于她们的形象塑造潜能,她们的形象塑造越能够激起大众的兴趣,她们就越具有传媒价值。他并不关心这些曾经的女明星们在现实中的真实形象,他只关心关于她们的现实和传言是否能够组织起一个能够激起足够消费欲望的形象。如是,这些活生生的人的出现一开始便以凝固某种形象为目的,并最终被凝固成一种符合大众期待的形象。叙事者如此描述萨尔瓦多的笔记:"棕色的、金色的这些形容词互相交叠,香烟、啤酒这些名词也互相排在一起,箭头和括

---

① Adorno, T. W. La production industrielle de biens culturels. In Horkheimer, M., Adorno, T, W. *La Dialectique de la Raison*. Paris: Gaillimard, 1974: 133-134.

② Echenoz, J. L'image du roman comme moteur de la fiction. Entretien avec Echenoz, propos recueillis par Jean-Claude Lebrun. *L'Humanité*, 1996. www. remue. net/cont/echenoz. html.

号组成的复杂网络把两大组连在一起。在右上角单独写着棕红色一词,被放在括号内,打了一个问号。"(GB,172)现实中的人在萨尔瓦多的脑子中是抽象的存在,她们依据各自的表象被归类、被连接、被组织成别的形象。她们是词与词之间的组合,是剥离了现实性和肉身存在的形象。甚至当萨尔瓦多第一次见到格洛瓦的时候,他的反应是:"好像他的想法奇迹般地展现在眼前这个人身上"(GB,238)。眼前这个令他一见钟情的女人是他脑中形象的具象展现,"形象"的逻辑在这里达到顶峰:"形象"是第一性的,现实中的人成为"形象"的再现。萨尔瓦多的反应是作者对集"形象"逻辑之大成的大众媒体的嘲笑。

作家的反讽既揭露了大众媒体对人的现实情感的塑造和扭曲,又辛辣地嘲讽了被扭曲和塑造的人在抗拒"形象"的同时如何对"形象"的轰动效应欲罢不能。格洛瓦是过气明星,她一开始出现在"日报的艺术和演出版面",之后又"被从社会新闻版块搬到司法版块,最后完全沉寂到了遗忘版块"(CHE,31)。叙事者用反讽的语调再次揭示了媒体的"形象"逻辑如何对现实中的人进行归类,先后塑造出"女明星""罪犯"等固定形象。格洛瓦花了整整几年时间让媒体彻底遗忘自己,她想尽一切办法,甚至不惜重新犯罪让自己保持匿名的状态,似乎是对"形象"逻辑的抗拒,但她的"保护神"贝利亚直率地跟她说:"你怕的不是别人重新谈论你,而是别人不再谈论你。"(GB,211)格洛瓦最后重返大众视野的决定很大程度上是出于"形象"的诱惑,因为被塑造成一个公众形象(即便是负面形象)推向大众,获得普遍的关注能够满足女主人公对于目光和声名的渴望。因而,我们可以说,个人和"形象"之间的关系是互相作用的:"形象"一开始被强加于个人身上,但它带来的巨大光环让个体无意识地遵照被预设的形象塑造自己,在她们的真实存在中已然带有自我形象塑造的意图,以至于到最后我们很难说清一个人身上哪些是天然的存在,哪些是被塑造的形象,哪些是自我形象塑造的结果。正如萨尔瓦多所说的那样:"在我看来,高大的金发女郎们尖锐地意识到自己的特殊性。她们感到自己是特别的,是变异的结果,是一种基因现象,甚至是一次自然灾难,这会在她们身上激起某种表演欲。"(GB,119)

萨尔瓦多和格洛瓦之间的爱情故事是"形象"塑造者和被塑造的"形象"之间的关系的隐喻。他们奇迹般的相爱暗示了被"形象"所塑造的当代人对

"形象"逻辑既怕又爱的矛盾心理,最后的皆大欢喜一方面说明了生产者和消费者之间的合谋,另一方面展示了当代人身上现实和"形象"不分的纠葛状态。叙事者对大众文化喜闻乐见的爱情故事的戏仿实则是对"形象"生产过程的戏仿。

3.3.3　饮食男女的速写

和图森和加宜一样,艾什诺兹喜欢用漫画的手法展现恋爱中情侣可笑的一面。此时的反讽更接近于善意的幽默或喜剧式的呈现。比如他很喜欢描写笨拙的男人在喜欢的女人面前表现出来的惊慌失措。在不知如何反应的情况下他们随口引用一些陈词滥调,制造喜剧的效果。比如,《高大的金发女郎》中阿兰是格洛瓦的邻居,他暗恋格洛瓦,他表达爱意的方式是给她送鱼。有一回,他试着向她表达爱意:"你知道吗,克里斯汀娜,我很爱你。"(CHE,71)格洛瓦并不理睬他。慌乱之下,他说:"邻居之间友爱很重要,互相友爱很重要。怎么说呢,最好是这样。"(CHE,71)并未受过多少教育的阿兰为了掩饰自己的慌乱,随口援引了基督教中大家耳熟能详的一句教化"爱你的邻人"。同样的手法也出现在萨尔瓦多和格洛瓦之间。他们并不熟悉彼此,约会的时候不知道该说些什么:

> 他们的交谈充满了有距离感的礼貌用语,他们系统性地运用这些说辞,就像两个不和的遇难者同时落入同一个荒岛。萨尔瓦多熟知这个地区,他有时会指出他们遇到的一朵花的名称,碰到的一只鸟的名字,谈话仅止于此。随后,格洛瓦有的是时间在英文版的自然百科全书中寻找那些名字。(GB,248)

男人主公为避免尴尬,援引花鸟的名字来填充沉默的时间。在艾什诺兹的描写中,既有对人物的笨拙反应的善意强调,又有堆积并戏仿固化语言的调皮的冲动。人物也有灵感枯竭的时候,佩尔索纳塔兹在面对淘娜婕时也不知该说些什么,于是"他试着想聊聊运气、街道、生活等,这些精彩纷呈、充满智趣、观察入微、美化生活的说辞，但他一下子什么都没想到"（GB，234）。这个描写充满了反讽意味，叙事者通过一个言辞笨拙的人物将充满了意义、能带来升华的巧言令色拉下神坛，还原其欲盖弥彰的一面，就像一个言语笨拙的人在言辞阻塞的一瞬间揭露了语言的空洞狡猾。

除固化的语言和笨拙的行动外，艾什诺兹还擅长描写各种类型化的情侣或夫妻形象。比如琐碎的家庭生活，以下是一对夫妻间的谈话：

> ——我将做通心粉，莉莉阿娜说。你这就走？——我好像忘了什么东西，波克说。不知道是什么。——吃点通心粉再走。克里斯汀会来接你的吧？——对。波克说。我在想我到底忘了什么。——你的灰衬衫。——对，他说。不，那衬衫要洗。——那就是另一件灰的。——我拿给你，莉莉阿娜说。还有你的药。（CHE，114）

再比如不忠的丈夫和警觉的妻子，如以下这段：

> 他打开他的公文包，翻了翻，并没有找什么特别的东西。他认为自己无懈可击。身上没有香水味，领口没有口红印，头发也不是刚梳过的样子，茹微安排地井井有条。虽然说一点暗示发生了更重的过错的迹象都找不出。证据如下：——你只擅长跟别人上床，茹微夫人痛苦地说。——呃，哦，热娜维艾薇，首先我不只跟别人上床，好吗。（GB，202）

再比如高冷的男人和趋之若鹜的女人们，如以下这段："比如搭讪这件事情，柏佳拉怎么做的呢？——很简单，他回答道，很简单。我独自坐在露台上，要半杯酒，神情高冷。从不失算。半小时内就会有人上钩，坐在我身边。"（GB，103）最后还有打错算盘、落入陷阱的"情境反讽"。比如卡斯特那在追捕格洛瓦的过程中并不知道眼前为他指路的女人就是格洛瓦。格洛瓦故意设计引诱他，他被格洛瓦吸引，"感到事情有进展"，觉得"买卖谈成了"（GB，22），有那么一刻甚至"希望能这样过一生"（GB，21）。然而，追捕的侦探最后却被追捕对象推下了悬崖，丢了性命，属于典型的情境反讽。通过描写形形色色的限于情感关系中的男女，艾什诺兹描绘了一幅幅情爱速写，在这些喜剧性的速写中，深层的心理描写和情感表达被小心翼翼地排除在外。人物通过被剥夺了意义的语言和行动来展现自身。作者喜欢展现两性关系中或者是约定俗成、流于表面的一面，或者是猝不及防、不知所措的反应。他用类型化的极简的描写去掉了爱情中浪漫、神圣、温情的光环，还原其可笑的一面。

艾什诺兹无意在小说中展现一个情节完整、脉络清晰、人物丰满的爱情故事。他的反讽在于系统性地避免将爱情定格在欲望中心，避免用深度心理分析的方式层层剖析处于欲望漩涡中的个体。他避开欲望中心论，用外部行动展现爱情，只描写人物在情境中的反应，不探讨反应的心理成因。因而，艾什诺兹的爱情故事以行为主义的、片段式的、不连贯的、非理性的方式得以呈现。

艾什诺兹的反讽还在于将爱情故事作为由头来实现叙事的乐趣。他惯用戏仿的手法，或者对类文学或影视作品中的经典爱情桥段进行戏仿，如一见钟情的场面或是皆大欢喜的结局，凸显类文学或影视作品中的故事僵化的一面；或者通过戏仿类文学的故事结构来组织爱情故事，比如惊悚小说、侦探小说、历险小说等。与其说艾什诺兹希望通过双向戏仿表现爱情，不如说爱情主题为作者提供了进行叙事实验的契机。他信马由缰地穿梭于各种文学类型中，模仿之，破坏之，嫁接之，拼接之。

艾什诺兹的反讽最后还体现在对恋爱中个体的漫画式描写上，他提供了很多可笑的速写，嘲弄了各式各样的恋爱关系。其中最典型的是被大众媒体塑造，丧失了部分对现实的触觉，需要通过媒体所塑造的"形象"来规范和刺激自己行为的当代人。爱情作为情感、知觉的领域需要投入敏锐的感受能力和充沛的个人性。艾什诺兹的人物却表现出对"形象"的依赖，他们依照大众媒体所塑造的"形象"形成自己理想中的恋爱对象，并通过自我的谵念一再内化强加的"形象"。艾什诺兹爱情故事中的男女不论是"形象"制造者、"形象"牺牲者，还是"形象"接受者，无一不受到"形象"逻辑的规范。

综上，艾什诺兹的爱情故事超越了单纯的爱情主题的框架，他以爱情来展现当代社会的重要命题，并借爱情来实现自由组合的叙事乐趣。

第四章

反讽和当代"自我书写"

与回归叙事同步的还有对主体的回归。经历了 20 世纪六七十年代对主体和作者概念的全面讨伐之后,80 年代以来的文坛又对这些概念产生了兴趣。正如布朗克曼所言:"这是对背弃主体意识形态这种本身充满了意识形态的做法的反叛。它试图通过叙事保留自我不可被缩减的那部分,这部分过去被人文科学(结构主义、社会学)和政治(辩证唯物主义)所质疑。但这一文学并不因此想要恢复封闭的主体观念,而是让表现面向不确定,以及滋养着它的一些力量和冲力,比如失去和省略。"①如同回归叙事并非回归到单一连贯的小说性,回归主体也并不是对整一鲜明的人物形象的怀念和留恋。回归主体伴随着由于历史和人文科学的介入而产生的新的主体观,并借由新的表现方式呈现出来。对主体问题的探讨深刻体现在当代"自我书写"的潮流中。"自我书写"这个词包含了所有涉及作者对自我和对他人的书写,它的关键点并不在于写的是自我还是他人,而是现实中的人及其在文学作品中的形象。如何认知并呈现一个真实的主体是"自我书写"的中心问题。

"自我书写"包括多种文学类型,比如自传、传记、书信体、日记等。尤其值得一提的是批评界所命名的一个新类型:"自我虚构"。顾名思义,自我虚构就是将传统的自传放到一个虚构的语境中。我们可以将"自我虚构"的范围延伸到所有故意模糊现实和虚构的界限的"自我书写"。据此,我们可以简单将当代"自我书写"分为两类:一类是遵循"自传契约"②的作品,在一开

---

① Blanckeman, B. *Les Fictions singulières*, *étude sur le roman français contemporain*. Paris: Prétexte éditeur, 2002: 143.

② 这一说法出自 Philippe Lejeune 的书 *Le Pacte autobiographique*,所谓"自传契约"就是写书的作者在一开始就声明书中人物、叙事者和作者三者的同一。三者是否相像或相像的程度并非关键,"契约"才是决定自传体的中心。Lejeune, P. *Le Pacte autobiographique*. Paris: Editions du Seuil, 1975.

始就声明和现实世界的对应关系；一类则是在以真实人物为摹本的基础上加入虚构的变体。本书所研究的作家都进行过"自我书写"的实践。艾什诺兹和图森所进行的是所谓的"自传契约"类型的"自我书写"。艾什诺兹在后期写作中以三个历史人物为原型创作了"传记三部曲"，图森则将自己在国外的旅行经历串联起来创作了《（在国外的）自画像》。他们的作品在某种程度上遵循了真实原则，但在写作手法上进行了创新。什维亚和加宜实践了"自我虚构"。什维亚的"自我虚构"可以分为两类：一类是明确冠以"自我虚构"之名的日记体作品；另一类是以《作者与我》为代表的虚构体。加宜的"自我虚构"作品主要是《他说》，他在此小说中探讨了作家与创作的问题。

　　作家们的"自我书写"手法不一、风格各异，但不论哪种类型的"自我书写"都有着反讽的印迹。首先，叙事的基调是反讽的，如同在其他作品中一样，四位作家都采取了反讽的语调，创造了反讽的叙事者形象，进而创造了反讽的自我形象。对自我的嘲弄和间离成为四位作家的共性。其次，反讽体现在三个背弃上。第一，作家们背弃了"自我书写"的基本原则。不光体现在对真诚和真实原则的背叛，还体现在对重大连贯清晰的人生事件的背弃。第二，作家们背弃了单一稳定的主体观念。小说不再呈现一个清晰可辨、具有深度和历史的自我形象，转而表现碎片化的、平面化的、模糊化的自我。这是对恒定的自我的嘲弄。第三，反讽的介入背弃了浪漫主义时代的"自我书写"中经常出现的抒情性。艾什诺兹在一贯的冷峻中加入了机械的元素，图森在琐碎的细节中发现自我，什维亚的喋喋不休、插科打诨制造了怪异的效果……"自我书写"不再是倾诉自我情感的属地，而是呈现自我异象的角逐场。最后，反讽体现在文本的自返性上。任何对自我的书写最后都会归结为对个人写作风格的追求，"自我书写"的主角与其说是自我，不如说是自我的语言或关于自我的话语。"作者不一定处于作品中心，他可以只是一个轮廓，重要的是他置身于作品的一角，作品像镜子般呈现他的存在。"[1]本章将以艾什诺兹和图森为例，分析反讽如何在传记和自传这两种传统的"自我书写"类型中起作用。

---

　　① Colonna，V. *Autofiction & autres*，*mythomanies littéraires*. Auch：Editions Tristram，2004：119.

4.1　传记：被拆解和重装的机器①

　　艾什诺兹近几年来对人物传记产生了浓厚的兴趣，在经历了漫长的虚构叙事阶段后，他进入了传统意义上的"真实叙事"阶段。《拉威尔》《跑》和《闪电》构成了他的传记三部曲，分别以法国作曲家拉威尔、捷克长跑运动员艾米尔·扎多贝克和塞尔维亚裔的美籍发明家尼古拉·特斯拉的生平为素材。然而，我们可以看到，传记这一原则上需要尊重现实的"真实叙事"在艾什诺兹这里并没有得到如其所是地对待。诚然，他尽可能地保持了现实中人物的生活轨迹，但整个叙事从总体上来说仍然属于虚构体，它从原则、结构、叙事和基调上来讲和此前艾什诺兹式的虚构小说无异。作者狡猾地借用了历史人物的壳，像机器一样地拆解和重装了传记体，使之充满了虚构叙事的乐趣。艾什诺兹的反讽体现在将人物传记虚构化，并将虚构叙事机械化的做法。

　　之所以说传记变成了一台可被任意摆弄的机器，是因为机器不但被作为内容呈现，它甚至作为小说的精神被弘扬，而小说本身也像机器一样被布局。艾什诺兹所选取的三个历史人物所存在的历史阶段均为西方工业文明迅猛发展的阶段，机器作为这个时代的主要特色被生动地呈现在文本中，我们能在这三部传记中随处发现对机器和工业的描写。然而，机器不尽然是时代布景，它更是代表了那个时代的风尚和标志，即对蓬勃发展的大工业的赞叹，对人类现代化进程的信心：机器成了时代精神。从叙事的层面上来讲，整个叙事的结构也像钟表机械一样被精确地构架，叙事节奏的把握、对细节的专注、叙事者的冷峻无一不使叙事打上了机器的烙印。因此可以说，艾什诺兹的传记三部曲是以机器为原则构架的。

　　然而，作者的反讽在于，这并不是从流水线上下来的机器，而是经过了

---

　　① 赵佳. 艾什诺兹传记三部曲中的机械和反机械原则. 法国研究，2018（3）：79-91.

拆解和重装的机器；不是标准化的机器，而是变形了的机器。首先，小说所呈现的机器是变形的机器。我们所看到的虽然是 19 世纪末 20 世纪初第二次工业革命中的机器，但这只是表象。工业革命时代的机器充满了力量与美感，体现了进步和扩张，是实实在在、可被触摸、具备实形的机器。艾什诺兹小说中的机器穿着工业化的外衣，内里却是后工业时代的核。他的机器更多是作为表象和戏法的机器，强调的是机器的功能性、人工性、游戏性和装饰性。其次，人物也被表现为一台变形的机器。我们所面对的是工业化时代的人，有着机器一样被塑造的行为和习惯，有着机械一般强健的肉体和智力，惊讶并臣服于工业文明的人。但是这些人物却被后现代的表现方式所表现，他们和艾什诺兹的其他虚构人物一样无血无肉、只有骨架、外形扁平、内里中空。他们被抽空了深度心理，只剩下一个模模糊糊的剪影。

所以，从某种意义上说，艾什诺兹的传记同时是机器和反机器。像机器一样的人却总是能摆脱僵化和束缚，通过艾什诺兹创造的奇异和怪诞的效果，迸射出浪漫主义时期的天才和激情。甚至机器也能摆脱单纯的机器的地位，被赋予陌生化的效果，我们所看到的机器更像是一个盛装打扮的节日或一场魔术表演，它的娱乐功能超过了实际功用。反机器的原则也同样体现在叙事中。作者并不在意叙事是否能像机器一样被丝毫不差地组装，他像一个即兴的爵士乐手随时调整节奏，插入意想不到的元素，在这部看似精密的仪器中加入反讽的润滑油，在停停走走、拆拆装装中给出了传记的另一种写法。

4.1.1　对机器的崇拜和作为景观的机器

《闪电》一书描写了发明家尼古拉·特斯拉的传奇一生。特斯拉生于1856 年，卒于 1943 年，他的发明旺盛期正是西方第二次工业革命和垄断资本主义的形成期。艾什诺兹对这一时期的美国工业化进程进行了描写。19世纪末 20 世纪初的美国成为西方历史上第二次工业革命的中心之一，生产力飞速发展，新产业层出不穷，科学创新和技术发明迅速转化为生产力，美国社会状况和生活方式发生了重大改变，从此美国社会开始建立在一个全新的工业文明的物质基础上。特斯拉所从事的电力行业在当时很具有代表性,它属于新兴的产业,新产业的形成代表了新工业革命的完成。"经济革命首先表现在动力上的革命[……]20世纪初电力工业部门成为美国现代工业体系中的重要部门之一"①;"电从它开始踏上近代技术舞台的时候起,就同时显示了它为现代社会充当动脉和神经的双重职能"②。《闪电》中提到了发电厂的建立,无线电、电话以及电影的相继发明。《闪电》这一书名也表达了电力文明发轫期那种令人目眩的发明速度和发展趋势。《闪电》的作者带着和那个时候的人们一样的惊讶之情,通过天才发明家的一生,表达了对电力的赞叹。对电的赞叹实则是对正在兴起中的工业文明和现代技术的膜拜。在艾什诺兹这里,我们仿佛找到了20世纪初的未来主义者对钢筋水泥和轰隆的机器的赞美,有一种天真的信心和振奋。

比电力发明更早的还有铁路交通。"1902年美国的铁路线几乎已经编织成一个巨大的交通网络,它已经可以直接或间接拉近全国所有的大小村庄。"③《拉威尔》中有相当长的篇幅描写拉威尔在美国的旅行,四通八达的铁路串联了整个路线。叙事者如此描写拉威尔所乘坐过的豪华列车:

> 这些火车叫作和风号、海瓦塔号、帝国州快车、日落号列车、圣塔菲豪华号,它们以自己的方式再现了在法兰西号上所目睹的奢华。它们像游轮一样精致,就像由15节车厢组成的豪华酒店,重达80吨。这些火车具有流线型车头,侧面像火箭,还有一个巨大的中央灯。车厢里提供所有可能的服务,有商务中心、舞池、电影院、美甲室、理发店、美容师咨询室、音乐厅,还有星期天做弥撒用的管风琴、图书馆和众多酒吧。房间都是用珍贵的木头做成,有彩釉窗、染料、有天盖的床,浴缸连着两种管道,有淡水也有海水。在火车尾部,有一节车厢对着露台,能看到全景,做得像个阳台,上面有穹顶。(RAV,54-55)

① 余志森,王春来,王锦瑭,等.美国通史:第四卷 崛起和扩张的年代1898—1929.北京:人民出版社,2002:10.

② 祖嘉合,梁雪影.工业文明.北京:华夏出版社,2000:334.

③ 余志森,王春来,王锦瑭,等.美国通史:第四卷 崛起和扩张的年代1898—1929.北京:人民出版社,2002:8.

叙事者用同样的笔调描写了人们初次见到法兰西号邮轮时的赞叹:"乘客们一个接一个地离岸,带着惊讶的目光欣赏法兰西号的奢华装备,它的铜制品和玫瑰木、锦缎、骨制品、枝形大烛台和地毯。"(RAV,24)发达的钢铁业以及制造业通过叙事者对器物事无巨细的描写以及围观者的反应传达出来。与制造业同样勃兴的还有资产阶级和对奢华的爱好。

　　和大洋彼岸遥相呼应的是欧洲大陆同样迅猛的发展。英国、法国、德国、意大利北部、比利时和奥地利帝国西部的某些地区成为相对发达的地区。"实际上欧洲所有的重工业全部集中在这个地带。这里的铁路网是最密的,欧洲的财富都聚集于此[⋯⋯]"①1895年后,法国经济结束了停滞和萧条,从20世纪初到一战前的10多年里处于高涨时期,逐步兴起了一场以能源、交通和新兴工业部门为代表的工业革命。"法国也和其他各主要资本主义国家一样,经历了资本和生产的集中过程,并在此基础上形成了垄断,从而从自由资本主义过渡到帝国主义阶段。"②工业革命催生了现代城市的产生:工厂和住宅区的建立,市内交通的建设,无一不在改变传统欧洲的城市面貌。叙事者借作曲家拉威尔的眼睛如此描写工业化的城市:"他一直都很喜欢机器人和机器,喜欢参观工厂和工业景观,他记得20多年前当他坐在游艇上路过比利时和莱茵兰时,整个城市布满了烟囱,顶上冒出红棕色和蓝色的火苗和烟来,钢铁做的城堡、炽热的教堂、传送带、汽笛和铁锤声在火红的天空下共同编织成交响乐。"(RAV,77-78)在今天看来如此熟悉并被厌恶的工业景观在那个时代人们的眼中却别有一番异国情调;烟囱、汽笛、铁锤共同构成了一幅表现主义的绘画和拉威尔式的现代交响曲。人们甚至将工业景观搬到了室内,拉威尔的弟弟有一间小公寓,"是雷里兹做的装修,半游轮、半牙医诊所的风格,家具都是用不锈钢做成,钢管椅、圆地毯、可移动的吧台,配以高脚凳、振动筛、大玻璃杯和各种颜色的瓶子"(RAV,93)。不锈钢和玻璃的结合让人想到炼钢厂和工业实验室。人物将室外的景观移至室内,比喻了外部原则向内部原则的转化,人们从内心认同并臣服于工业文明,人们对机器和技术对进步的作用深信不疑。

---

　　① 帕尔默,科尔顿,克莱默.工业革命:变革世界的引擎.苏中友,周鸿临,范丽萍,译.北京:世界图书出版公司,2010:167.
　　② 张芝联.法国通史.北京:北京大学出版社,2009:462.

然而,艾什诺兹的反讽在于,他既不是未来主义者,盛赞新兴的工业时代的到来,也不是马克思主义者,在机器中看到人的异化。他无意于用现实主义的笔调重现一个辉煌的时代,描写20世纪初的时代变迁和人事沉浮。他用近乎自然主义的写法表达了一个后现代主义者的立场。他更像是一个波普艺术家,或超级写实主义艺术家,他截取现实的片段,尤其是物像,如其所是地将之粘贴在作品中。如此被截取和放大的现实超越了现实本身,成为现实的影像,从而达到反讽的效果。艾什诺兹无所谓历史的真实呈现,他将历史变成了景观,像标本一样固定,供人观看。机器在这样的语境下失去了功能意义,它既不指向自己,也不指向历史背景,它是装置艺术,是景观,追求轰动性和奇异的效果。《闪电》中的人物代表了作者的立场,爱迪生和格里高尔将机器的演示过程变成了一场行为艺术。在交流电和直流电之争中,西屋公司和格里高尔坚持研发了交流电发电技术,作为竞争对手的爱迪生坚持直流电技术,他千方百计地阻挠交流电的推广,他想到的方法是在大庭广众之下用交流电屠杀动物和死刑犯,让公众看到交流电的毁灭性效果。艾什诺兹花了大量篇幅描写屠杀场面,用充满漫画色彩的喜剧风格想象了当时的场景。比如:"鲜血淋淋的牲口被当街放在草垫上,展示在人群面前,有一位演示者当众演示,在简短的发言后,牲口们将会被充足的交流电电死,我们可以想象那个场面,浓烟滚滚,火光四射,噼啪作响,众人的欢呼声,肉的焦味,僵硬的尸体。路人都被震住了。"(ECL,38)艾什诺兹笔下的爱迪生似乎非常享受自己一手导演的戏剧,我们甚至会有这样的印象,他更在乎的是构思、导演和演出的过程,至于打败竞争对手,只不过是附带的效果。叙事者还提到爱迪生对电影的兴趣,"非常喜欢争端的他围绕着这门新艺术展开了一场合同战。他甚至在制作世界上第一部西部片和黑帮片《火车大劫案》"(ECL,40)。所有屠杀和死刑的场面都被爱迪生拍了下来,传播到各地。20世纪初那些专注于竞争、扩张和资本积累的工业家在艾什诺兹这里变成了具有营销意识、擅长造势、精于传播的后工业时代的企业家。机器在他们手里失去了现实的功用,成为舞台道具。

　　爱迪生的对手格里高尔同样将竞技场变成了一个舞台。为了展示自己的发明成果,他喜欢召集一大帮记者,在众人面前做演示。与其说这是工业展览会,还不如说是格里高尔的个人表演,他喜欢制造惊讶的效果,比如:

一个房间先是完全沉浸在黑暗中,虽然时不时会有电光迅速地闪过。首先,他突然一下子出现,周身有一圈白色的光晕,不知道从哪里钻出来,穿着紧身的燕尾服,脸长而苍白,高高的身材因为高礼帽而显得更高。他站在讲台上,被奇形怪状、从没见过的机器包围着:螺线圈、荧光灯、各种螺旋形机器,尤其是众多各式各样的玻璃管,装满了低压气体。(ECL,53)

  格里高尔根本无意于展示他的新发明,他更愿意制造戏剧化的舞台效果。他不仅将机器变成了道具,甚至他自己也变成了一台机器,和其他装置一起共同营造出一种炫目的舞台效果。格里高尔和爱迪生的竞争不再是科学技术的竞争,而是艺术表演的竞争。两个天才发明家将机器变成了一场可供娱乐和消费的表演。艾什诺兹的幽默就在于跳脱出机器本身,赋予它另外的角色,让它在一个完全不同的语境中获得陌生化的效果。

  有时,格里高尔根本不需要观众,他独自享受机器带给他的表演。他在自己家中灵光一闪:

  格里高尔用带子把振荡器固定在柱子的一侧,开启机器,回到座位上,很好奇地等待会发生什么。然而,慢慢地,这架装置乍一看无害的振动效果,让实验室里散落的小东西都共振起来,他看到它们先是微微颤动,然后猛烈抖动,听到它们先是发出低沉的声音,随后轰轰作响。共振很快就蔓延到更大的物体上,家具和机器振动得越来越猛烈,摇摆甚至变形。很快,一切都开始舞蹈。格里高尔在椅子上观赏这一幕,觉得很有趣,完全忘记了他的忧愁。(ECL,53)

  在这一幕中,所有的机器都成了演员,具备了生气,在发明家的指挥下跳起了舞。电像是某种神奇的能量,不仅使机器和机器产生共振,甚至将人和机器置于同一场域之中。我们不再身处于人和机器对立的现实世界中,而是进入到一个奇妙的、魔幻的想象世界中。机器不再奴役人、异化人,它们是人想象力和创造力的产物,是人的身体的延伸,人在机器的世界中如鱼得水,自得其乐。

艾什诺兹的人物不但擅长制造稀奇古怪的机器,而且更是乐于故弄玄虚、操控他人。这样的操控或许带有现实的利益,但更多的是一种游戏的乐趣:一种看到别人目瞪口呆,不知所以然时的乐趣;一种捉弄他人、娱乐自己的乐趣;一种众人皆愚我独知的乐趣。格里高尔便是如此,他"神秘、戏剧化、擅长摆弄灯光,制造效果,[同时拥有]演说家、喜剧演员和魔术师的才能"(ECL,53);必要时,他还会使用"非常细微的欺骗手段,但无伤大雅,观众们信以为真,保证成功"(ECL,53-54)。发明家特斯拉在艾什诺兹笔下成为魔术师乔治,他将机器神秘化,进而将自己神秘化。必要时可以耍些小伎俩,真诚和真实不是最重要的,最重要的是保持有趣的幻觉,这是艺术和文学的规则,人物摇身一变成了小说家的代言人。这一招很奏效:"人们称他为魔术师、能预见未来的人、先知、大天才、人类历史上最伟大的发明家。"(ECL,55)"他的仰慕者风格不一,而且据说来自艺术界、科学家和政界,发明家也成为不少神秘主义者和开天眼的人的崇拜对象。术士开始对他产生兴趣,把他称为他们挚爱的水星人,来自于遥远的星球,乘着太空飞船来到地球,或者根据有些版本,他坐在巨大的白鸽翅膀上来到地球。"(ECL,58)艾什诺兹用夸张的、幽默的笔触展现了一个被神化的发明家形象。20世纪初对科学技术的景仰瞬间变成了一场故弄玄虚的闹剧。科学家被神化的同时表现了机器和反机器的原则。它既体现了20世纪初的人们对科学技术巨大发展的惊讶和惶惑,在面对神秘的技术之神时所形成的"拜物教",又体现了个体在势不可挡的机器面前仍然保留了想象和创造的空间,在将机器神秘化的同时揭开其神秘的面具,在伪装和揭露之间将机器变成游戏的空间。

4.1.2　被机械化的身体和身体的反机械化

　　艾什诺兹在三部传记体虚构中不仅塑造了机器的形象,也呈现了被机械化的人身。第二次工业革命完成的时代伴随着现代工厂生产制度的建立,这一标准化的方式确实提高了生产效率,但随之而来的是劳动者的异化。"资本主义劳动将劳动产品与其生产者相分离,从而让个体脱离其类生活中的本质部分,也脱离了与自然世界的关联,使其陷于异化。随着对剩余劳动的不断强化,无论是身体劳动还是脑力劳动,都成为单纯维持生命的手段。个体也就与自己的身体相异化。"①必须对劳动者的身体加以规训,才能使他们适应既定的工业节奏和工作模式。现代工厂从时空角度对劳动者进行了塑造。分隔的空间促成专门化的生产;时间和效率用来组织并衡量工作节奏,"工厂体制要求通过对'手工匠人或外包工人骤发性的工作节奏进行例行化处理,直至适应机器的纪律/规训,以此实现人性的转型。[……]工厂体制对待工人就像机器,清除他们身上最后一丝独立活动的痕迹"②。艾什诺兹所呈现的人是工业化时代炮制出来的个体,他们带有那个时代鲜明的痕迹,即人逐渐沦为机器的趋向。所以他所描写的人,不管处于社会的哪个阶层(上流社会或底层民众),也不管从事哪种职业(发明家抑或是音乐家),都打上了机械的烙印,"身体由于沦为工业化诸般效应的定位场所,已经受到深刻的形塑作用"③。但是艾什诺兹的着眼点并不是那个具体的时空环境中的人,他所体现的是一种被抽绎了本质的、如躯壳般机械运动的现代人的形象。这是艾什诺兹眼中的人,被现代性打磨的人,一具完全被理性化、技术化的肉体,一个表象中的人。

《闪电》中的格里高尔从一开始就受到时间的困扰,他不能确定自己出生的时间。人生中"第一个坐标"(ECL,7)的缺失确立了今后他的人生的一个重要命题:"时间问题如此广泛,他却使其成为人生中的头等大事。"(ECL,8)格里高尔对机器的热爱来自于时间的模糊对他带来的困扰:"应该是为了解决如此让他揪心的时间问题,他才一有可能就拆卸钟表,当然之后还要再装上。"(ECL,11)格里高尔对机器的狂热来自于时间定位的缺失所带来的不安全感,他体现了工业化社会中被时间规范和塑造的人一旦失去时间坐标而产生的焦虑。我们的身体如此被时间所定格,以至于任何对时间的违背都会导致生存感的丧失。格里高尔是机器时代的产物,他反过来又成为机器的制造者,工业社会的悖论在于:人是机器的牺牲品,却又如此狂热地自掘坟墓。控制时间的欲望最后变成对时间的谵念:"他50年来毫

---

① 希林. 文化、技术与社会中的身体. 李康,译. 北京:北京大学出版社,2011:39.
② 希林. 文化、技术与社会中的身体. 李康,译. 北京:北京大学出版社,2011:87.
③ 希林. 文化、技术与社会中的身体. 李康,译. 北京:北京大学出版社,2011:88.

无差错地计算时间。每 33 分钟他就看一下手表：他总是很精确地知道现在是什么时间，每一秒都拥有一个绝对的钟表，就像其他人拥有耳朵一样。"（ECL,73）这种对效率和速度的追求其实根植在每一个现代人身上，格里高尔以其机器发明者的形象极具反讽意味地指出了现代人的世纪病：那种始终在跟时间赛跑却总是落在时间后面的挫败和慌乱。其实，格里高尔一生致力于发明机器的过程也是旨在控制机器的过程，他的故事重演了人和技术之间模糊的关系：人既是技术的发明者也是技术的受害者；人企图通过控制机器来保留最后一点主体的权力，最后发现机器蚕食了主体性，使人降格为和机器一样的存在。

艾什诺兹对机械般身体的呈现不只局限于工作态的身体，还有体育态的身体。《跑》一书讲述了捷克长跑运动员艾米尔·扎多贝克的生平。叙事者在小说中长篇描写了运动中的身体，尤其是艾米尔·扎多贝克独特的跑步姿势：

> 艾米尔像在挖什么东西，在自己身上挖，好像很迷醉，或像一个挖土工人。艾米尔远没有遵守学院派的规则，也毫不关心是否优雅，他前进的方式很笨拙，不流畅，很痛苦，断断续续。他并不掩盖巨大的努力，从他痉挛的、扭曲的、因为苦笑而保持变形的脸上可以看出来。（COU,49）

艾米尔的风格是一种"着力"的风格，所有的努力都展现在姿态中，而他的姿态也因为极端地呈现了这种努力而吸引人。这是一种完全不同于古典美的运动态身体，古希腊雕塑《掷铁饼者》展现了一个均衡的、节制的、具有美感的身体，它之所以美是因为将肌肉的力量感和肌体的平衡感完美地结合在一起。尽管充满了力量感，但它并没有"着力"的感觉，因为艺术家要展现的不是一具正在向自我施力的肉体，而是通过肉体的均衡展现灵魂的均衡。扎多贝克所代表的是工业社会中的运动态身体，肉体无须额外展现灵魂，它只代表它自己，一个纯粹运动中的身体，一个将自身作为施力客体的肉体。如果说劳动是将人的体力运用于外物，那么在运动中，人劳作的对象是自己的身体，这是工作态身体在体育中的再现。"体育活动曾经作为文化创造性的表达,而今则受制于遵循工作原则的重组。[……]唯功能,成就,科层标准化是瞻。①"资本主义制度在体育赛场上塑造了高产量劳动者的英雄形象,并将之理想化为英雄主义意志力的体现,拔高被劳动降格的人的形象,使劳动者和观者都将之作为典范来崇拜。"对意志的锻炼,对强壮,粗野人格的期望都成为工具。由此诞生了能够让身体'挺得更直'的细致的体育项目以及全民愿意共赴铁血的疯狂形象[……]"②

对产出的追求和对速度的迷恋结合在一起。"锻炼你的风格。不,他说,风格是无稽之谈。我的问题是,跑太慢了。要跑就要跑得快,不是吗?"(COU,21)社会学家们从中看到了时间原则代替空间原则成为组织体育的标准,尤其体现在田径赛场上:"所谓速度由于空间的价值评判的范例,还是堪称现代运动之'精华'的田径运动,推崇线性运动,精确计时,打破纪录[……]"③无论是速度还是效率都是机器原则在人身体上的贯彻。对技术的崇拜将身体也变成了一项应该不断改进的机器。将人体比作机器的比喻在小说中随处可见:"像机器人一样僵硬的姿势"(COU,53),"他那机械的力量和像机器人一样的规律"(COU,60),"让机器运转,不停改进,使其出成果,只有这个才重要"(COU,54)。于是身体被技术化了:这是一个"技术性的身体","一个经过精心测量的身体。它的'进步',如同它的'锻炼',都是'策划'的结果"④。人身技术化的过程实际上是对自然理性化的过程,工具理性将其殖民的地域扩展到了所有有生命的机体中。但是必须指出的是,艾什诺兹对机械化了的人身的再现并不旨在揭露或控诉什么,这更像是一个后工业社会中的作家对工业社会鼎盛时期的想象性的缅怀;对技术的痴迷、对现代性的好奇、叙事的乐趣混合在他的笔下;他在将人身机械化的过程中体验到一种未来主义者般"眩晕的激奋"⑤。

《拉威尔》一书则揭示了工业文明是如何深刻影响现代艺术形态的。对

---

① 希林. 文化、技术与社会中的身体. 李康,译. 北京:北京大学出版社,2011:112.

② 维加埃罗. 锻炼//库尔第纳. 身体的历史——目光的转变:20世纪. 孙圣英,赵济鸿,吴娟,译. 上海:华东师范大学出版社,2013:130.

③ 希林. 文化、技术与社会中的身体. 李康,译. 北京:北京大学出版社,2011:112.

④ 维加埃罗. 锻炼//库尔第纳. 身体的历史——目光的转变:20世纪. 孙圣英,赵济鸿,吴娟,译. 上海:华东师范大学出版社,2013:118.

⑤ 维加埃罗. 锻炼//库尔第纳. 身体的历史——目光的转变:20世纪. 孙圣英,赵济鸿,吴娟,译. 上海:华东师范大学出版社,2013:117.

机械的热爱影响到了拉威尔的音乐创作,他在音乐中利用了很多日常器械发出的声音,哲学家扬科列维奇不乏反讽地感叹:"啊,在他的作品中就只缺奶酪擦碎器或者摇彩机和左轮手枪。"①对机器异常敏感的艾什诺兹不可能注意不到这一倾向,他在《拉威尔》中这样描写:"这段时间拉威尔很喜欢看一家工厂,在威斯内铁路沿线,就在茹叶桥旁,这家工厂给了他一些想法。是的:他正在创作一种类似于流水线工作的音乐。"(RAV,78)这部作品就是《波莱若舞曲》,它的成功在于它对节奏感的呈现。拉威尔自己曾说:"我写这首曲子,并非全然为绘画性质,而是意图以节奏的反复为主。"②在叙事者看来,这是一部源自工业革命,讲述工业文明的作品,音乐性的丧失是指由旋律所支撑起的情感的表达让位于一种控制妥帖的节律,正如工厂流水线的劳动,"拉威尔是个精确的计时员——他对同时性进行着精确的控制——所有这些重叠造成的混乱都是按秒计算,按秒控制的,时间一到,就会马上停止"③。拉威尔对音乐的控制应和了机械文化下的理性原则。

尽管拉威尔喜欢机器,试图创造出带有机械感的音乐,并对自己的身体(外表和两性关系)具有近乎偏执的规划,但在他的个性中还是透露出懒散的一面,这和他所崇拜的工业文明形成了反差:

> 他弹钢琴弹得不好也是因为懒惰,从他童年起就没有摆脱过这种倾向:他这么轻盈的人不愿意在这么重的乐器上耗费体力。他知道演奏一段乐曲,即使是慢节奏的乐曲,也需要体力,他宁愿不要。最好还是保持洒脱的态度,最近他是如此洒脱以至于他为《全神贯注的龙沙》所创作的伴奏只用左手弹,右手留出来是用来吸烟的。(RAV,44-45)

拉威尔的懒散体现在时间上是迟到的习惯,他总是迟到,甚至在一些重要演出场合。这种对时间漫不经心的态度和乔治对时间的谴念,以及艾米尔对速度的追求形成鲜明对比。拉威尔有如一架被精确调整的钟表,却总是在关键时刻失调。与此相应的还有他健忘的性格:"他什么都会忘记:约

---

① 扬科列维奇. 拉威尔画传. 巨春艳,冯寿农,译. 北京:中国人民大学出版社,2005:124.
② 许钟荣. 现代乐派的大师. 石家庄:河北教育出版社,2004:99.
③ 扬科列维奇. 拉威尔画传. 巨春艳,冯寿农,译. 北京:中国人民大学出版社,2005:131.

会、漆皮鞋、行李、手表、钥匙、护照、口袋里的信件。"(RAV,99)这是对秩序的挑战,是对机械文化的嘲讽,是在"着力"的环境中体现出来的身体的不适应和本能的抗拒。

拉威尔的另一个特点是对节庆的热爱。《拉威尔》一书到处充满了节日和舞会的场景,游轮、颁奖典礼、社交场合,甚至于拉威尔的音乐会本身都带有舞会的性质。叙事者这样描述:"每逢7月14日,拉威尔兴奋地像只虱子,绝对不能错过任何一个舞会。他踏遍巴黎的大街小巷,在天台上驻足,他喜欢看路灯下贴在一起跳舞的情侣,伴随着交响乐,即便只有一台手风琴。"(RAV,74)对节庆的热爱体现了身体在被规制的社会中寻求暂时的出口,在将身体交付给另一种超越生产的节奏时所获得的短暂的释放。正如扬科列维奇所言:"这种通过一种特殊方式——入会,典礼,结束——来确定自己暂时脱离日常生活的渴望来源于对艺术美感的珍爱,而这种'通过特殊方式'的需要,则来自于所有艺术本身都具有的岛性。"[1]《拉威尔》一书既揭示了工业对艺术的暗示,也颇具反讽意味地表现了艺术总是能够或多或少逃脱工业原则的摆布,并对其构成一种反冲力。艺术和工业的张力在这部书中转化为一种特殊的叙事效果:即作者在体现速度和规范的工业文明的背景下创造了一种松弛的叙事节奏;机器在人身上的烙印和人对机器的反叛构成了一种同时充满了力量和懈怠的叙事。

艾什诺兹的另一个反机械原则体现在对天才人物的塑造上。格里高尔、拉威尔和艾米尔都是各自领域内的天才,尽管他们花了很多精力工作,但纪律和劳作并不能掩盖他们异于常人的天赋。对天才的塑造尤其体现在《闪电》一书中,叙事者竭尽所能将格里高尔塑造成一个罕见的发明天才。小说一开始就描写了主人公异常的出生:狂风、暴雨、闪电、雷鸣,所有自然界狂暴的元素都被调动起来,以烘托一个天才的诞生。格里高尔异于常人的一点是他有非常敏锐的听觉,并伴有幻觉等奇特的大脑现象。特斯拉本人也在自传中屡次提及他的幻觉和惊人的听觉[2]。格里高尔的成长过程是一个天才的形成过程。他爱好数学、物理,有精确的记忆力,能够在大脑中

---

① 扬科列维奇. 拉威尔画传. 巨春艳,冯寿农,译. 北京:中国人民大学出版社,2005:103.
② 特斯拉. 科学巨匠特斯拉自传:超越爱因斯坦. 王磊,译. 南昌:江西教育出版社,2012:5,7,44,45.

准确呈现一个空间结构，以至于他从来都不需要画草图、做模型，就好像"[那些东西]在它们存在之前就已经存在于[他的大脑中]"(ECL,13)。如此反复暗示使格里高尔成了神一般的存在："当他有灵感的时候，很快就显示出它们的高度，来自于浩渺的宇宙，具备了宇宙的意义。"(ECL,14)叙事者将主人公塑造成具有非凡能力、受到神启的天才形象。这里或许不无对特斯拉被整个20世纪所神化的嘲讽，更是呈现了一个浪漫主义时代的天才形象：夸张的禀赋、不受任何束缚的张扬、对激情和内在性的追求、自然和艺术的双重熏陶……艾什诺兹以一种颇具反差的笔调塑造了一个工业社会来临之前，张扬个性和创造力并存的英雄形象。

这一形象的矛盾之处在于，主人公的勤勉、专注和高效使其和工业社会相得益彰，他是一个典型的工业时代的天才。但是他的恣意、率性、疯狂又使他和身处的社会格格不入。在他身上同时有工业化和反工业化的影子，他的身心同时体现了机械和反机械的原则。格里高尔并没有从实用的角度去思考发明，他的创造活动是灵感和个人性的表达，以至于很多时候想法只停留在想法的阶段，他并不关心是否将之付诸实践，更不关心是否能凭此获利。格里高尔从根本上是反对工具理性和资本逻辑的。"[他对金钱的看法]和利益主宰一切的工业逻辑格格不入。"(ECL,82)和实用原则不相称的还有格里高尔天马行空的想象力：他在科罗拉多斯普林斯进行高频高压实验，试图制造人工闪电；他通过自己的接收器观察闪电并研究了大气电；还有他未竟的沃登克里弗塔计划。叙事者将他描写成一个试图控制自然界，声称能和外星人沟通的奇人。这是个"疯狂的学者"(ECL,95)，一个"将现实和想法混淆在一起"(ECL,14)的人。叙事者用半是有趣、半是反讽的语调描写了格里高尔的疯狂想法和举动。艾什诺兹显然并不赞同特斯拉的疯狂以及后人对他的神化，但他乐于在小说中塑造一个癫狂的科学怪人的形象，来和他所努力营造的工业氛围形成一种强烈的冲击。对机器的惊讶和盛赞丝毫不妨碍他引入一个破坏性的元素，在坚硬的机器中拉开一道想象力的口子。

格里高尔的疯狂为身体的呈现带来了最后一个反机械的因素：肉体的溃败。三部小说具有相同的结构：小说前半部分描写了天才的形成和鼎盛，后半部分急转直下，描写了肉体如何走下坡路，到最后完全溃败。格里高尔越来越陷入疯狂中,深居简出,行为怪异;拉威尔大脑出现了疾病,逐渐丧失记忆力,直至死亡;艾米尔过了运动员的巅峰时期,体力下降,最后退出体坛。在肉体的勃发和溃败的双重节奏下,机械和反机械原则得到了最大程度的体现。肉体是一台架构精密、战无不胜的机器,它超越了自身极限,超越了自然的限制,成为工业文明臣服自然的绝佳形象。然而,它仍然无法摆脱自然的限制,作为生命体它必须遵守自然规律,病痛、死亡和溃败是必然的命运。如果说肉体在其鼎盛时期可以被看作是一架万能的机器,那么从它呈现出衰弱的迹象起,它就成了一台失调的机器。或者说,只有在身体溃败的时候,被异化的肉体才会体会到异化的现实。正如晚年的拉威尔所感受到的那样:“他清晰地观察着这一切,他既是身体坠落的承受者,又是一个专注的观察者,他被活埋在一尊不听使唤的肉体里,看着一个陌生人附着在自己身上。”(ECL,117)这段描写准确地呈现了莱德所说的“功能运作有效与肉身的缺席,机体功能失调与肉身的在场/呈现”①,即身体的溃败如何引导人们将目光聚焦在作为纯粹存在的身体上,而在功能性的存在中肉体被遗忘。艾什诺兹借着对衰弱的肉体的描述,把读者的注意力从作为机器的人身上转移到作为生命体的人身上。无论是对自然的唤起,还是对机器的不信任,都体现了作者对工业文明中人的双重性的直觉。作者的反讽还在于他自身模棱两可的态度:他既将人体看作是一台机器,又不时地否定自己的论断。对人的怀疑、对机器的怀疑伴随着作者的自我怀疑和自我否定,共同构成了艾什诺兹反讽的特殊风格。

4.1.3 被拆解和重装的叙事

正如拉威尔将工业原则应用到音乐创作中,艾什诺兹也在小说创作中引入了机器的原则。他的虚构传记和他此前的小说一样将传奇性和现代主义的手法糅合在一起,同时遵循了机器和反机器的原则。他的小说如同他热衷塑造的机器形象一样,人们总会被机器精密而繁复的表象所迷惑,作家

---

① 希林. 文化、技术与社会中的身体. 李康,译. 北京:北京大学出版社,2011:62.

如此卖力地制造机械的表象并非出于性能考虑,而是出于魔术师恶作剧般的乐趣。他制造一个空洞的存在,进行昙花一现的表演,在观众的愕然反应中体会破坏的乐趣。《拉威尔》中有一段描写了拉威尔如何治疗失眠,他自创了一个小技巧,我们可以将之看作是艾什诺兹讲故事的原则:

> 虚构并组织一个故事,从细节入手进行导演,尽可能地细致,小心编排所有能够扩张情节的机制。对人物进行想象,但不要忘了主要人物,制造背景,安排灯光和声效。[……]现在进入这个情节,井然有序地扩充、控制它,直到情况出现逆转,情节获得独立的生活,它将你攫住,像你生产它一样地生产你。这样在最好的情况下,它会利用你所提供给它的素材,获得独立,并根据它自己的法则发展,最后成为一个完整的梦[……](RAV,69)

这段话非常完美地体现了机械和反机械的原则。作者只消给出基本的元素,加以组装,在制造机器的过程中,叙事会自己获得生命,成为独立的存在。然而这个存在会违背作者的初衷,或者说作者的初衷正是炮制一台有生命的、独立的、有违其意图的机器。叙事最后其实实现了自我破坏,消解机器最初的功能,使之成为一台怪异的、疯狂的、奇特的机器。正如《拉威尔》的叙事者描写《波若莱舞曲》:"总之这是一个自我毁灭的东西,一本没有音乐的乐谱,一次没有客体的交响乐生产,一次自杀,唯一的武器是声音的扩张。"(RAV,79)

作者对一个貌似经典的小说结构暗中做了修改,时而扩充情节,时而压缩情节,漫不经心地破坏了叙事的平衡性和稳定性。在制造机器的表象的同时,作者从内里抽出几个原件,以至于叙事时快时慢,停停走走,机器实际的性能和它所呈现的表象形成反差。在《闪电》中,作者叙述了格里高尔一生中重大的事件。然而,这个结构显得过于粗疏,作者并无意于记录所有重要的事情,他更倾向于反转重要和次要的关系,给予关键事件最少的、必要的描写,将重心转移到他认为重要的细节上。比如作者只用寥寥数笔来讲述格里高尔如何被西屋公司相中,展开一系列合作计划,他很简略地说:"所有的报纸都在说这件事。爱迪生有读报的习惯。"(ECL,36)相反,作者花了大片篇幅描写爱迪生如何运用各种手段证明交流电的危害。在格里高尔发明旺盛期，作者更热衷于描写主人公发明的一些无足轻重的小玩意儿以及他在公众前的表演，而对重要的严肃的发明或者着墨不多，或者用夸张的变形的方式加以描写。《拉威尔》更加贯彻了主次颠倒的原则。整部小说弥漫着松散的气息，除了演奏会和拉威尔晚年身体的衰败用了比较紧凑的节奏外，小说主要是用慢节奏描写旅行见闻、舞会等细节，作者甚至用了整整一页篇幅来描写拉威尔如何梳妆打扮。《跑》中有一段则直接将重大历史事件和一桩无足轻重的事件放在一起叙述："当年年底起，报纸里有一则广告，赫尔辛基奥运会的海报出售。两千组三十五瓦的灯泡共计十万个。其他光明还有，斯大林次年年初去世，伟大领袖哥特瓦尔德在参加葬礼的时候着凉，从莫斯科一回来就在布拉格去世。"(COU,94)这一段非常简洁地将体育和政治、个人历史和集体历史放在同一水平面上，使其互相观照，不仅对宏大的人类历史加以嘲讽，更对个人在历史机器里的命运进行戏谑。从叙事上来说，大事件和小细节的并列不仅打破了传统传记体的原则，而且也破坏了经典虚构体的结构。

两个原则还体现在词汇选择上。艾什诺兹用了很多专业术语来衬托人物的身份。比如《拉威尔》中的音乐术语，《跑》中的运动术语，《闪电》中的工程术语。术语的堆积强烈暗示了技巧的存在，不但将一个职业的内容浓缩成技巧的叠加，也加强了小说的专业色彩。术语的运用让叙事显得更加严谨，更加具有机器的效果。然而，艾什诺兹信手拈来的专业词汇并不应该完全被看作是表词达意的功能性的语言，很多时候它们并不是为了增加小说的专业性，而是为了装饰效果，和所有其他领域的词汇一起制造一种怪异的氛围。正如波普艺术家将不同领域的生活材料都拼装在一个画面内，日常用语被放大和定格会创造出一种失真的效果，从而起到反讽的作用。在另一些场合，专业词汇和疯狂的举动联系在一起，使严肃的语言失去了可信度。比如《闪电》中的这一段："很早他就确信应该运用潮力、地质运动、太阳光等元素做一个什么东西，或者干吗不拿尼亚加拉大瀑布试手，他在书中的木版画中看到过，觉得足够衬得上他。"(ECL,117)物理词汇和人物的奇思怪想搭配在一起，制造了喜剧效果。我们能感到艾什诺兹对专业词汇的热爱更多是出于展示、陈列、搭配和制造噱头的兴趣。

人物形象的塑造也同时体现出叙事的机械性和反机械性。之所以说具有机械性是因为艾什诺兹采用了塑造类型人物的手法将人物描绘成漫画图谱。这一点在《闪电》中尤为明显。除主人公格里高尔被塑造成疯狂的发明天才外,其他次要人物也被打上了类型化的烙印。比如爱迪生被描写成卑鄙自负的阴险小人,乔治·西屋被描写成有雄心、有谋略、精于维护自己利益的企业家,J. P.摩根被塑造成果断、具有威慑力的金融大鳄。作者并不关心这些人物是否完全符合历史原型,也并不专注于塑造有血有肉的人物形象。他给了每个人物最基本的定义,并围绕此定义完成速写,用简洁、变形的线条勾勒出人物的轮廓。作者用同样的方式处理小说情节。比如爱迪生和格里高尔的直流电和交流电之争这一历史事件被描写成两个黑帮之间的火拼;格里高尔和艾特儿之间暧昧的情愫被描写成艾什诺兹式的具有喜剧效果的情景剧。类型化的情节和类型化的人物给了小说脸谱化的机械感,但正是这种机械感应用到传记体虚构中破坏了传记体的规则,反倒起了反机械的效果。传记体虚构被巧妙地转换成艾什诺兹所擅长的黑色小说,历史事件带上了悬疑色彩,历史人物也被扭曲了。作者非常巧妙地用类型化的方式达到了反类型的目的。

　　叙事的机械和反机械效果最后体现在叙事者的语调上。在这三部小说中,我们读到了艾什诺兹惯有的冷峻和反讽。两种语调互相作用,制造了冷和热两种效果。艾什诺兹在叙事上用了行为主义的叙事方式,即所有事件均用外视角进行叙述,既不深入人物内心,也不创造全知叙事者的形象。叙事只从外围对人物的行为进行描写,人物的内心活动仅限于最基本的情感,并尽量用克制的方式告知读者。小说放弃了经典的简单过去式,一律采用现在时和复合过去时,叙事者如摄像机般跟踪人物,给人以很强的故事正在进行中的感觉。外视角和现在时的运用非常突出地制造了冷峻的、中性的、不动声色的效果。这种冰冷的机械般的效果尤其体现在三部小说的结尾中。人物身体逐渐衰弱并没有激发叙事者的同情,相反,他不带情感地忠实描写了身体溃败的过程,如同人们见证一台机器的失灵。《闪电》的结尾描写了格里高尔之死。叙事者这样描写:"一个早上,格里高尔躺在床上,突然让这个女人走的时候在门上挂一块纸板,写上请勿打扰。尽管饥饿的小鸟喳喳叫得越来越响,在他的床周围的笼子里惊慌失措,但是三天后人们才打破了禁令。"(RAV,174-175)《跑》的结尾讲述了艾米尔被下放到煤矿工作，之后一纸调令把他调去做了档案员："他签了自我批评书，不然怎么获得安宁。他签了字，很快就被原谅了。炼狱结束了。他被调到布拉格体育信息中心的地下室做档案员。好的，艾米尔一如既往地温和，应该没有更好的事情了。"(COU,142)这两部小说以非常简洁、非常冷静的语调收尾，叙事者并没有流露出死亡或政治迫害所激发的悲伤或愤懑，他以描述平常事件的方式描述人物的困境。

然而，冰冷的机械感被反讽的语调反冲。一般来讲，反讽即便不属于中性的语调，至少也会制造一种距离感，因为反讽是对情感的节制，从根本上和情感相对立。但是在艾什诺兹的这三部小说中，反讽在中性叙事中加入了暖色调，引入了叙事者个性化的声音，在外视角中插入了叙事者的视角，好比是在一台悄无声息运转的机器中出现了吱嘎作响的声音，机器出现短暂的停顿。反讽的手法非常多样，在此仅列举一二。比如叙事者会在第三人称为主的叙事中突然出现第一人称的自我指称来表达对人物的嘲弄。在说到格里高尔对鸽子近乎偏执的爱时，叙事者说："从我个人而言，我受不了这些鸽子了。我感到你也受不了了。我们都受不了，实际上这些无情多变的动物也受不了格里高尔了。"(ECL,171-172)更多时候，叙事者用幽默的语调讲述一个具有喜剧色彩的场景，比如拉威尔的求婚经历："我们知道他有一天鼓足勇气向一位朋友求婚，她笑得很大声，在所有人面前大呼小叫，说他是疯子。我们知道他跟爱莲娜也试过，他很隐晦地问她是不是愿意在乡下生活，她也拒绝了，虽然方式更加温和。第三个女人又高又大，而他又瘦又小，当她向他求婚时，我们知道这回是他笑出了眼泪。"(RAV,84-85)叙事者有时会运用一些有趣的比喻："只需等待和观望。就是这样，生活就像一间等候室，甚至都没有矮桌和发皱的杂志，也没有病人之间互相的暗中窥视。"(RAV,135)复调或双声话语也是叙事者经常运用的手法，比如《跑》中的共产主义话语："跟往常一样，人们恭喜他，他说没什么，将他的战功归结为跑道的质量和北方国家理想的气温。他还说，个人的成绩没什么重要，重要的是吸引劳动人民来到体育场。这才是最重要的。当然，艾米尔，这个伟大的想法让人对你肃然起敬。"(COU,72)叙事者的反讽有诸多变调，有时是幽默的、具有亲和力的，有时是喜剧的、张扬的，有时是嘲讽的、略带攻击性的。不管反讽如何变化,它都给叙事带来了生气和情感。它在中性的、金属色的叙事中加入了色彩,读者似乎在机器的声音中听到人的笑声。

　　在上文中,我们分析了艾什诺兹传记体虚构中机械和反机械原则之间的相互作用,分别体现在三个方面:对机器的呈现,对人身的呈现,对叙事的呈现。三部小说重现了19世纪末、20世纪上半叶西方社会第二次工业革命带来的变革。工业化景观、无处不在的机器成为时代的标志,艾什诺兹描写了一个被普遍机械化的社会和历史进程。然而,艾氏对机器的描写使机器失去了真实性,成为纯粹的景观。机器被扭曲、被固定、被作为标本陈列在读者眼前。机器被抽绎了内涵,被剥夺了功能性,成为娱乐大众的小玩意儿。人的身体遵循了相同的逻辑。三部传记体虚构展现了三具被机械化了的人身:格里高尔和工作态的身体;艾米尔和运动态的身体;拉威尔和音乐态的身体。三尊肉体是现代工业和资本主义双重作用下的产物,它们体现了时间、速度、效率和产出的原则。肉体被迫遵从并内化了机器的要求,同时成为劳动者和劳动工具。不过,人的肉体因其具有能动性而能够反作用于工业原则。格里高尔的天才和疯狂打破了肉身的功能性,引入了前工业时代的激情。拉威尔的懒散、健忘和对舞会的热爱也对产出原则构成了威胁。他的音乐虽然被打上了机器的标志,但音乐作品中所蕴含的有节制的情感和出其不意的节奏让人体验到打破规律的美感。机械性不但体现在内容层面上,也蕴藏在叙事结构中。三部传记体虚构承袭了艾氏小说的故事性和传奇性,繁复的情节、张弛有度的节奏、类型化的人物、大量专业词汇的应用以及不动声色的叙事者,这些特点使艾什诺兹的小说有了严谨的、冰冷的机械色彩。但作者在一个貌似经典的叙事中引入了很多破坏性的因子:随意压缩或扩张的情节,扁平的、漫画式的人物速写,反讽的介入等无一不使小说呈现出荒诞、奇异的效果。

　　机械和反机械的效果使艾什诺兹的小说具有某种矛盾的张力,这种张力来自两种力量的对冲:工业社会和后工业社会。前者代表了力量、进步、功能和深度。无论是对工业景观的描绘,对劳动态和运动态身体的呈现,还是对经典小说性的追求,无一不体现了工业社会的准则。乍一看,艾什诺兹怀着惊讶之情盛赞了蓬勃发展的工业社会,展现了对机器和速度的极大兴趣。但在惊异中也透露出了迷惑,甚至是担忧。这是在经历了一个世纪的发展以后的当代人对工业文明的惶惑。于是,三部以工业社会为内容的小说是以后工业社会的视角进行表现的,平面化、去中心化、对表象和影像效果的追求、玩世不恭、戏谑代替了工业社会的标准,成为后工业社会的叙事原则。机械失去了其稳固的意识形态基础,成为某种海市蜃楼般的假象。反机械的效果来自于对工业文明的根基的怀疑,是后现代意识在文学创作中的闪现。值得注意的是,后工业社会仍然承袭了工业社会的原型,它体现了体系内的质疑,但并不能动摇工业文明的根基。好比是在机器中引入了一个陌生的参数,会影响到机器的正常运转,但并不能摧毁机器本身。所以艾什诺兹的反讽是一种游戏性质的反讽,他的质疑更多的是一种游戏,缺乏真正的体系外的批判力度。赞叹和破坏这两种模棱两可的态度造就了后现代主义者对工业文明的立场,也造就了独特的后现代叙事美学。

4.2　游记和自传中的反讽①

图森说,他的每一部小说都带有自传的影子,所以我们可以把他所有的作品串联起来看作作者对自己所描绘的一幅自画像。《(在国外的)自画像》是图森唯一一部明确冠以自传之名的作品,本节将以这部介于自传和虚构之间的作品为例,解析图森的自我书写策略。这本书汇集了图森在国外的旅行见闻,尤其是在亚洲国家的见闻。图森承认,这首先是一本游记,而书的题目《(在国外的)自画像》是之后才想到的。因此,图森的自我书写和旅行紧密联系在一起。借由旅行,或者说借由对外物的描写来框定自我的轮廓是现代游记的走向。在经历了"发现和占领""技术和文献"后,西方文学中的游记变成了"旅游和想象"②的产物。游记的变迁向我们展示了表现重

---

①　参见:赵佳,许钧. 图森小说中的异国情调和自我书写. 文艺争鸣,2017(12):75-80.
②　Lebel, R. *Histoire et la Littérature coloniale*. Paris: Larose, 1931: 76.

心的变化：从对外部世界的展现转向对个人世界的发现。下文将探讨的是：作者如何通过在短暂的时空变迁中出现的陌生景观的描写来勾勒自我？如此勾勒出来的自画像在多大程度上代表了作者真实的自我？反讽是如何在自我书写中起作用的？

关于反讽的原则，图森在《（在国外的）自画像》的前言中进行了精彩的阐述。第一，和惯常意义上的游记相比，图森并不旨在描写"异国情调、优美、知识和教化"（AE,7），他花了大量篇幅描写"日常的、[……]纯粹的无意义，无聊和庸常"（AE,7）。和他的小说一样，图森试图从历险和小说性中跳脱出来，展现当代生活最为琐细的一面，在此原则下展现的自我是在生活片段的琐细间隙中偶然拼凑出来的个体形象。第二，尽管图森认为，在日常场景的描写中同样可以和"隐秘性保持交融的关系"（AE,12），但是他还是拒绝在一部冠以"自画像"之名的作品中给出任何与自己相关的私密的内容。他说："这是个诱饵，因为即使人物冠以我的名字，我在这些篇章中浮在私人生活的表面，我只给出微小的波澜、蒸汽、飞沫、幻觉，关于私人性的幻觉。总而言之，我既不描绘隐秘性，也不展现私人性。"（AE,13）反讽的效果在于，在一部必须言说自我的作品中，作者拒绝敞开私人生活，而正是在拒绝和抵触中，一种更为深层的隐秘穿透物的表象呼之欲出，这也就向我们提出了游记如何在不动声色中展现隐秘的内心的命题。第三，游记和自传都要遵循真实的原则，图森却表示："我从自己真实的经历出发，走向了虚构，对现实进行轻微的弯曲、细小的扭曲。当我怀着最洒脱的心态随心所欲地改变时，我感觉自己获得了描写印象所需要的自由。"（AE,3）图森的策略是在小说等虚构中给予现实的幻觉，而将自传和游记等"真实体"虚构化，进而对真实和虚构、艺术和自我呈现之间的关系提出问题。

下文将首先借着对"异国情调"这一主题的三个变体来阐述反讽是如何将陌生时空中的经历抽象化、熟悉化、仪式化的。然后分析国外的旅行经历是如何被泛化并上升为个人和世界、自我和他者之间的关系的体验的。

4.2.1　对异国情调的抽象化处理

图森处理异国情调的第一种方式是将其抽象化。在很多篇章中,他并不试图展示当地的风土人情,因为他的目的并非如实地还原所看到的现实。抽象化即通过一种印象主义的方式,将具象的时空用声、光、色等大体的印象描绘出来。如此塑造的现实带有强烈的感官色彩,比如突出的视觉效果,强烈的听觉上的冲击。这样不求细节,只突出带有冲击力的色块的方式抽绎了具体的时空的特点,只剩下抽象的、总体上的意义。比如"勒芒篇"虽然讲的并非国外见闻,但遵循了同一原则。这部分主要讲述作者去勒芒见他的赛车手朋友杰夫·库恩斯。作者首先描写了夜晚的赛车道内的噪声:"噪音在昏暗的夜晚从远方某处突然传来,靠近我们,用它纯粹的暴力将我们包裹住——夜晚不可见的赛车经过时发出的震耳欲聋的声音——这个噪声与众不同,单一的声音,发动机功率加大,嗡嗡声达到极致,还有几辆落在最后的车,在直线跑道最后发出逐渐微弱的噼啪声。"(AE,20)紧接着,作者描写了车道上看到的焰火:"我通过车窗看到赛车道周围的大停车场处升起的焰火,业余级别的焰火,两三束火焰冲天而上,满布天空,缓缓落下一阵星星点点的雨。我看到火束在几乎寂静的天空中慵懒地绽放。"(AE,20)最后,作者描写了在赛道上风驰电掣的汽车:

> 我看到的并非是一辆车,而是一个运动中的闪光的概念,整个电磁光谱融合在一起,因为速度而液化成一曲由五彩闪片、断片和断裂的线条组成的交响乐,一束纯粹的、耀眼的、略酸的色彩,有红色、橙色、绿色、蓝色,在夜色中横向闪过,像磷火一样独立自由,像是一个关于力量和能量的想法的迸发,像是一个带有色彩的、炽热的流星迅疾地经过。(AE,21)

在这里没有对勒芒的实在的描写,作者围绕旅行的主要目的(访问赛车手朋友),仅对一个事件的一个点进行了描述。他笔下的勒芒完全浓缩在了夜晚的赛车道上,一组由单一的声响、五彩的色泽组成的交响乐或印象画。这个乐章或这幅画构成了对具体时空的总体的、整一的概括,将分散的片段组合成了一个整体,将厚重的感官体验重重地砸向观者的神经。于是,游记所呈现的不再是一个真实的异地,而是一个梦幻的、想象的内在空间。正如勒克莱齐奥所说,真正的游记扎根于"一个梦幻的空间,为现实的旅行服务"①。图森在《(在国外的)自画像》前言中也说:"拥有或试图拥有印象,在微小、捉摸不定、闪光、稍纵即逝中抓住印象。[……]抓住那些转瞬即逝的瞬间,那些短暂的情感,那些细微的惊讶,暗暗的恐惧,正在抬头的欲望,滋生中的情感。"(AE,10)可见,抽象化的最终目的是描写一种主观感受、一种印象、一种情绪。这些通常需要用抒情的方式表达出来的内在性通过对外部世界抽象化的描写间接地表达了出来。图森的游记并不关注恒定的、具象的、可被理解的景观,他的自画像也并不旨在给出一个轮廓鲜明、有血有肉的自我形象。他借助一时一地,不可被复制,或者永远不会再来的自发的感受给出了对自我的印象。

这种倾向在"越南篇"中尤为明显。作者这样描写河内的交通:

> 河内的交通赋予一天中的所有时段以节奏,街道上鸣喇叭声从不停止,这是一种持续的、像背景一样的声音,像是一个永不消停的谣言,如果它不总是过来唤起我们的注意,最后几乎会被遗忘。(AE,87)

在作者的印象中,车流和生活是相似的:

> 交通和生活一样,大方,无穷无尽,富有活力,处于永恒的运动和持续的不平衡中。任凭自己滑入生活的轨道,融入生活中就能获得一种强烈的生的感受。[……]我在街道中游走,拖着双脚走在柏油路上,任凭自己在车水马龙中被时间拖着走。我接受生命的轨迹,我不加抵抗地伴随着它,我的思想也最终融入流动的交通中。(AE,89)

---

① Gomez-Géraud, M.-C. Le voyage aujourd'hui. La fiction encore possible ?. In Antoine, P., Gomez-Géraud, M.-C. (eds.) *Roman et Récit de voyage*. Paris: Presses de l'Universite de Paris-Sorbonne, 2001: 251.

在这里,具象的现实世界让位于一种象征性的意义,而这种象征性意义却并没有脱离具体的时空,成为符号化的存在。具象和象征、真实和想象、旅行和生活、异地和同一、自我和环境统和在一个整体中,如同河内的交通和生活之流的叠加。具体的时空被抽象为生活本身的运行,旅行的经验被泛化并上升为生命的体验。在这种抽象化和具体感受的统和中,再来言说游记和自传间的区分意义不大,因为外物和自我的界限并非如此严密,图森传达了一种我顺应外物,外物顺应我,我即是物,物即是我的哲学。贝斯在《文学和旅行》做了精炼的总结:"游记并不表现真实或虚构,而是呈现了描写的意义如何产生自看到的物体和存在的意识的通感。"①

4.2.2 对异国情调的熟悉化处理

与抽象化的手法相反的是熟悉化的方式。在谢阁兰看来,异国情调不是简单的异域风情的描写,它其实表达了"相异的概念","知道有些东西跟自己不一样","能够构想他者的能力"②。异国情调代表了和作者的文化背景不同的另一种文化,或者个人未曾有过的经历。在国外的旅行见闻预设了对新奇的期待视野,图森的抽象化手法并没有迎合这一期待,而熟悉化的方式更是打破了对异域的幻想。这里所说的熟悉化主要是指将日常生活的场景引入游记中,而这些日常内容和作者的母国文化并没有太多相异之处。通过熟悉化的处理,图森临摹了自己所熟悉的世界的影子,并将之投射到他者的形象上。

在日本的旅行中充斥着对日常性的描写。比如在"东京篇"中,作者花了几页篇幅描写如何跟餐馆师傅学习杀鱼,各种细小的姿势和技法都被详细地刻画。他还非常详细地描写了日本翻译的插花动作:"他正忙着摆弄五朵褐色和白色的花,他不断地改变它们的位置,来组合成一束和谐的花束,有规律地从头开始,很有耐心和方法,这里改动一下这朵花的位置,那里改

---

① Berthy, V. *Littérature et voyage, un essai de typologie narrative des récits de voyage francais au 19e siècle*. Paris: L'Harmattan, 2001.

② Segalen, V. *Essai sur l'exotisme*. Paris: Le Livre de Poche, 1978: 37, 41.

动一下那朵花的位置,在我看来,他更像是戈达尔电影中的匪徒,而不是日本插花艺术的拥趸。"(AE,10)

　　暂且不说日常性是否属于异国情调的范畴,作者在游记中花费笔力描写这些琐碎的场景时将其他作家努力排斥的东西再次引入读者的视野中。当代生活中的旅行更多是为了逃遁,从既定的生活轨道中脱离,从日复一日的重复中脱离,让人们从新鲜和刺激中忘却常态生活的无意义,在异国的文化中忘却自己所熟悉的生活环境中的无奈。游记似乎正在成为现实生活的避难处,供给缺乏创造力和新奇感的日常生活以虚幻的安慰。图森做的正好相反。他一如既往地在作品中引入日常生活的逻辑,在需要虚构和想象的空间中执着地填充进琐碎和庸常,用一种轻巧的方式指出现代生活的断裂始终伴随着个体,任何逃离都是自我安慰的借口,这就是图森的反讽,用幽默的语调揭开了现代西方人的创口,指出了西方对东方的想象实际上是"西方内在的欲望和危机被投射到东方"[①]。图森坚持在对异国的描写中引入自身文化的背景,在对他者的言说中,执着地将自我置于放大镜之下。

　　图森的反讽还在于反向思考生命存在的方式。在抽象化的过程中,具体的时空被抽绎成象征性的存在,空间的独特性被消解,剩下的是任何可以互换的空间和生命之流的类比。我们可以说这是一种脱离肉身、高度抽象化了的存在。反之,在日常化的过程中,作者又将我们拉回到熟悉的生活场景中,充满了肉身的欲望和恐惧、世俗生活的笑声和泪水。如果说此前作者企图将自我抽离出来,在这里他又将自我还原为最具象的存在。对身体的关注是熟悉化的最佳途径。在"布拉格篇"中,图森用轻松的笔调描写了性和食物,在"奈良篇"中,作者用机械的方式描写了小便和脱衣舞。两个篇章从人最基本的生理需求出发,给出了关于自我存在的最物理意义的定义,展现在我们面前的是纯粹的肉体。"布拉格篇"中对性和食物的愉悦体验中充满了生活的乐趣,而在"奈良篇"中,身体和性被剥去了最后一层遮羞布,完全被描写成生理的、机械的反应的叠加。图森展现了对自我的最具有实感的存在的两种体验,用略带嘲弄的方式言说了肉身的欢喜和无奈。

---

　　① 王小伦. 文化批评与西方游记研究. 国外文学,2007(2):58.

4.2.3　对异国情调的仪式化处理

对异国情调的第三种处理方式是仪式化，即将场景呈现为一种仪式。作者或是展现正在进行中的仪式，或是将普通的场景变换成一种仪式。在对东方的想象中，仪式化是一个重要的手段，它将特殊的民族性凝缩在一整套或真实或虚构的规则中，并上升为象征性的文化符号。正如仪式本身既需要观者远距离的观察，又需要近距离的参与；既能唤起对遥远过去的回忆，又有一种扎根现在的即刻感；既有具象时空中的物理存在，又有抽象的文化符码的意义，这一切将异国的呈现和仪式的塑造紧密联系起来。可以说，所有的异国情调都或多或少被仪式化了，而所有的仪式化过程都会将被表现之物（甚至是熟悉的母国）陌生化。

在"京都篇"中，作者讲述了自己和朋友在访友途中所见证的"一场极其奇怪的沉默的场景"（AE，70）：一个遭遇车祸的自行车手"绝对伫立在中心"，如同"伪造的正在受苦的耶稣形象"（AE，70），作者的朋友和警察跑上前去救援，把他抬到担架上，伤者一动不动，如同"圣人周围行进队伍中的一尊雕像"（AE，71）。"京都篇"中的这个普通的车祸场景被充分仪式化了，作者将伤者塑造成耶稣的形象，并将救援者所组成的队伍描写成"圣徒"的形象，再现了耶稣被钉上十字架的故事。整个场面充满了宗教意味。更有意思的是，京都是古代日本的首都，这就为场景深深打上了佛教文化的烙印。在一个具有东方宗教意义的地点引入了具有基督教意味的场景，会造成读者在文化上的错愕。作为东方宗教的爱好者，图森并非简单地将"西方的潜意识"强加到对东方的想象中。相反，他借由在他者文化中的旅行，完成了对自身文化的体验。他调动母国文化中有利于自我建构的因素，通过异文化对此的唤起作用，完成个体自己对自己的塑造。于是，旅行的意义转变了，它不仅是物理意义上身体位置的变动，更是精神意义上的学习和磨炼，旅行不单是对他者的发现，也是对自我的再发现。如此，图森延续了西方文学中将旅行视为"精神探索和解放""对感觉世界的超越和内在精神的觉醒"①的传统。图森在京都之行中重新发掘了基督教文化中的苦难和救赎的主题,这一宗教主题被当作作者的一次生命体验来加以描写,这是作者生命意识觉醒的启蒙之旅,佛教文化的背景抑或是基督教文化的唤起都在完成同一种塑造。

在另一些篇章中,图森把自己的情感投射到具有仪式感的外部场景中,借由仪式来表达内在隐秘的恐惧与欲望。比如在"突尼斯篇"中,开篇作者就表示:"我确信在突尼斯的这次旅行中我会死去。"(AE,99)当作者被告知将赴斯发克斯时,他感到这个计划"对他产生了隐秘的最具有破坏性的效果"(AE,100),他坚信"那是他死亡的选择"(AE,100),他不但没有拒绝前往,相反,他"表现出特殊的冷静",他"看到自己已经死去了"(AE,100)。在之后的篇章中,死亡的恐惧不再提及,作者描写了通往斯发克斯途中偶遇的两位考古学家,以及在法国文化中心的一次演讲。这次旅行似乎回到了之前所说的"日常化",其实"仪式化"被隐藏在细节中,正如死亡的阴影一直存在。作者在途中看到"在地平线那端,田地的中央伫立着一个小小的、古罗马角斗场的废墟"(AE,109)。无论是考古学家还是古罗马遗迹都在昭示一个遥远的、尘封的过去,过去的意识在当下的生活中以不经意的方式突然出现,但又以一种稳妥的方式固定在远处,难以真正进入现在的意识中,这不正是对死亡的仪式化?死亡被凝缩在一个可供人们观看和感知的形式中,像一段遥远的过往的回忆偶然出现在意识中,瞬间被凝固,如此完成了情感的具象化过程,从而将死亡转变为可被操控、可被观瞻的东西。在"奈良篇"中,作者在日本朋友的陪同下参观了一场脱衣舞表演。作者用冷静的、略带反讽的笔调描写了一次与性相关的体验。整个表演不但没有任何肉欲的成分,反而将人体转变成了一架机器,将性诱惑转变成了一种仪式。和死亡一样,性在这里凝固成一个可被观看的形象,因而性诱惑的危险消失了。在有距离的观瞻中,作者"将生命体验转化成仪式",以对应于之前提及的宗教仪式中"将仪式转化成生命体验"的做法。

---

① 王小伦. 文化批评与西方游记研究. 国外文学,2007(2):59.

4.2.4　"我"与世界的关系

由此可见,图森的游记归根结底是在书写自己的生命体验,尽管作者一再拒绝在游记中给出任何私密的信息,但读者却能够从他的旅行见闻中读出至深的隐秘,他在异国形象的构建和字词的组接中言说着自己和世界最深的关系。

"勒芒篇"是《(在国外的)自画像》的开篇。作者这样定义自己在世的感受:

> 在勒芒,我感觉自己在国外(可能因为身边所有的人都讲英语或德语),我感觉一直处于倒时差的状态,在世界各地我越来越经常感觉到"现实秩序轻微的变形,这种差距,这种扭曲,这种眼前如此熟悉的世界和遥远而有距离感的感知之间造成的本质的不恰合"。(AE,15)

作者引用了他在《逃》中一句话,这句话几乎可以概括所有图森的人物和外部世界之间的关系。人物难以和外界获得完全一致的和谐,总是有些细小的不适阻碍他们完全融入外界。这种微小的隔膜阻碍他们毫无距离地去感知外界,所以才会对熟悉的环境报以遥远而有距离感的感知。作者选取勒芒作为开篇并非偶然,他希望借由这块"陌生的熟悉之地"来表达自己在世的最基本的感受:和世界本质性的不契合。在接下来的国外之旅中,作者一再强化这种在母国文化中滋生出来的感受。比如在飞往香港的飞机上,作者"短暂丧失了时间和空间的坐标"(AE,37),陌生之地和陌生人的形象跃然纸上:他将整个世界描绘成一个不具备明确界限的、难以准确感知的时空。

如果说作家将自身和世界的关系定义为微小而本质性的不调和,那么他的基本的在世体验便是孤独。"勒芒篇"最后以拉马丁的诗歌结尾:"我的灵魂对这些甜蜜的图画毫无感觉/在它们面前既不感到被吸引也不感到激动/这些山谷,这些宫殿,这些茅屋对我又有何益?/这些徒劳无益的东西魅力尽失/河流,岩石,森林,如此亲近的孤独/余下的都填满了,唯独缺一个人!"(AE,23)世界丧失了应有的魅力,剩下的只有孤独的感受。外物充盈其间,只有自我是缺席的。图森表达了在一个异世界中自我的缺位。于是,《(在国外的)自画像》成为名不副实的自画像,它并不旨在勾勒自我,而是通过描写外物来衬托自我的缺席。旅行确实传达了作家独特的生命体验,然而这个体验是一种否定性的体验,需要通过挖空自我、留下空白才能描绘出自我的形象,通过周遭的满来勾勒出自我的空。图森在《照相机》中表达了同样的思想:人物想拍一张完美的自拍,在这张照片中唯一不在场的是"我"。通过言说自我,图森表达了当代人在世的普遍的孤独感,他们难以在和外界不亲和的关系中触摸到自己存在的脉搏。

在日本的旅行中,自我的缺位体现为一些具体的身心上的不适。比如在"东京篇"中,作者描写了腰部的疼痛。他用了科西嘉方言中的一个词 *scruchjetta*,来描写突然闪了腰以后的疼痛。作者说,"如果有一个国家是很不适合有 *scruchjetta*,那就是日本"(AE,61),因为每次弯腰脱鞋的时候都会感到疼痛。*scruchjetta* 所代表的身体上的疼痛象征了自我的暂时失调。在正常运行的过程中,自我是感受不到缺席的状态的,只有在短暂的疼痛中才会发现自我的失调。在异国的旅行像是作者在现实秩序中拉开一条口子,间歇发现自我不在场的证据。《(在国外的)自画像》最后又重新回到了京都。作者在桥上悲伤地哭泣,他有意识地在寻找"眼泪的快感"(AE,115)、"纯粹的忧郁""超越时间的眼泪""一阵热烈而感性的忧郁"(AE,116)。在异国的孤独感唤起了作者掩藏在心中,在母国环境中并不能强烈感受到的情绪。在一个全然陌生的环境中能够体验到至深的孤独感,这种感受所带来的纯粹的忧郁让个体体会到了自己的生存处境。异国成为一个本质性的生存环境的写照,旅行成为自我发现的契机,旅行中的自画像是对自己存在于世的状态的总结。

4.2.5　"我"与他人的关系

图森喜欢通过在国外的旅行来展现"我"与他人的关系。《(在国外的)

自画像》中颇具代表性的人际关系是人际冲突。因为语言的关系，作者只能通过有限的只言片语和他人进行沟通，国外的环境给了作者表现艰难的人际沟通的机会。他喜欢描写本就存在的人和人之间的对立，通过语言的障碍得到激化。但同时也是因为语言，人和人之间尝试着建立有限的沟通，并试图缓和冲突。图森的反讽在这里得到了淋漓尽致的发挥，他用诙谐的语言描写人和人之间细小的冲突，并用善意的幽默表现人和人之间建立沟通的尝试。

在"柏林篇"中，作者讲述了自己在一家肉店买肉的小场景。他在一开始就不无反讽地说："柏林人以生硬、急躁、不亲切著称。据说，顾客到一家商店买东西时，在把鞋擦干净后，几乎要因为想买东西而感到抱歉。"（AE，39）因为作者德语说得不好，营业员没有领会他的意思，他没有买到自己想要的肉。故事似乎就此打住，塑造了一个唯唯诺诺的自我和一个恶狠狠的他人的形象。然而，作者用他独有的幽默改变了故事的走向。在接下来的故事中，作者采取了强硬的态度，恶狠狠地对营业员提出各种要求，营业员则一改强硬的态度，唯唯诺诺地满足作者的各种要求，甚至因为达不到作者的要求而道歉。最后，这个故事以作者成为胜利者而告终。这个琐碎的日常生活场景充满了反讽的意味，因为图森用旅行见闻的方式重新演绎了贝克特的主题：主仆关系。贝克特是子夜出版社的前辈，和图森有过私交，图森也在《迫切和耐心》中表达了对贝克特的热爱。柏林的小插曲表现了人际关系中的权力争夺，人和人之间似乎很难建立起平等的关系，或多或少存在支配他人的欲望。主仆的关系是可以逆转的，这种逆转却烘托了交流的溃败，因为不管关系怎么转变，人很难从主仆的逻辑中走出来。

在"奈良篇"中，作者描写了人和人之间的不可交流。作者遇到一个喜欢他作品的日本女孩，并和她进行了短暂的交谈。两者的关系本不存在冲突，相反还充满了友好和善意。但是，语言的障碍却阻碍了两人之间的交流，甚至引起了误会。作者"感到自己在消化的过程中被下了锅"，不管他怎么说"俏皮话"，都无法撼动对方"不可破坏的严肃劲"（AE，76）。当对方称赞他的书带来了和中医一样的效果时，作者不无讽刺地说："原来我被当成了一个中医。"（AE，77）同样因为语言的关系，女孩闹出了"我想象中的您脸更蓝，人更聪明"（AE，77）这样的笑话。图森用他惯有的诙谐表现了沟通不善所造成的误会,有些是无伤大雅的误会,有些则造成了人际冲突。国外的环境更加凸显了人和人之间的沟通障碍。图森习惯在笑声中释放人际摩擦所带来的紧张。正如个体难以和外部环境达成完全的一致,自我和他人也难以做到完全融洽。在图森的世界中,这种微小而本质的不协调无处不在。

《(在国外的)自画像》只有短短 100 页左右的篇幅,图森在如此短的篇幅内深入塑造了一个自我形象。他的自我书写策略借用了游记的形式,通过描写外物对自我的作用来传达作家自身的感受。这种隐晦的、间接的自我书写方式有效地呈现了一个在行走中发现自我、拼接自我的人物形象。

作为游记,这部作品首先描写了异国的印象。作者采用了三种手法:抽象化、日常化和仪式化。抽象化将异国情调晕染成几个强烈的感官印象;日常化深入日常生活的最细微之处,来展现异国情调中最微小的脉络;仪式化将寻常的场景塑造成具有宗教或历史意味的仪式。这三种手法的反讽之处在于它们都对异国的见闻进行了变形处理,或者将其泛化,或者将其放大,或者将其拔高,而真实的异国形象并没有透过文字呈现出来。作者无意于细致入微地描写一个客观存在的异国的现实,他希望通过转瞬即逝的印象来书写自我的感受。

图森的第二个反讽之处在于,在书写自我的过程中,他并没有给出很多关于自己的信息,他小心翼翼地不在作品中透露过多的私人生活。他的自我藏在字里行间,藏在主体和客体的互相影响中。然而,读者却可以感受到作家最深沉的存在,图森通过旅行见闻描写了自己关于生活、关于存在的最本真的感受。图森的自我书写中有琐细的成分,但更多的是对于生存本身的整体感受。他表达了"陌生人在陌生地"的孤独感,以及人和人之间的沟通障碍。同时,他又试图在一个全然陌生的环境中忘却存在之痛,试图通过融入匿名的洪流中来忘却自身,体会单纯的存在。旅行便成了灵魂的自我塑造的过程,异乡既是灵魂的放逐之地,也是灵魂的归途。图森真诚的述说让那些本不具备私密性的场景变成了最为隐秘的诉说。

自我书写归根结底是一种书写,一种言说。作者通过旅行来发现自我,感受存在;通过书写来塑造自我,固定存在。正如图森在《(在国外的)自画像》结尾所说的:

我见证了时间的流逝,突然感到很悲伤,很无助。这并非是有意识思考的结果,而是具体而痛苦的,具象而短暂的经历,感受到我自己是时间及其走向的一部分。[……]写作从某种程度上来说是拒绝洪流将我带走的方式,一种将自己嵌入时间中的方式,在抽象的时间过程中留下印迹、切口和划痕。(AE,119)

　　如果说写作是为了在时间中留下印迹,那么自我书写则是为了在存在的虚无中画出自我的轮廓。

　　艾什诺兹和图森的反讽将他们的自我书写和整个当代自我书写的潮流嫁接起来,共同呈现出当代自我书写的几个趋向。第一,自我书写所选取的往往不是重大的人生事件,也不是具有常规意义或起决定性作用的事件,而是一些对作者本人来说具有特殊意义的片段,所以读者经常会面对寻常的,甚至是庸常的情境,但有时也可以是奇异的、梦幻的情境。第二,自我书写不再以单纯的叙述为主,而是运用各种文体的拼接,掺杂以虚构、评论、离题,"[自我]敞开而运动,其他或虚构或神话或梦幻的叙事穿插其间"①。对现实的叙述必须在文本的内部实验中实现。自我书写既是主体的自我发现之旅,也是文学的探索之旅。第三,自我的形象发生了变化。如布朗克曼所说,当代自我书写避开"身份内的手法(深度神话),身份旁的手法(隐秘的情感),身份外的手法(神秘主义的诱惑)。他们用复制的手法书写一个起始的主体"②。读者所面对的是一个纸面上的符号般的人物形象,"他们的行为既没有被解释,也没有被评论,他们的性格从未被评价。没有任何内在性,没有定义他们精神的心理学上的话语"③。第四,自我书写的目的与其说是表现,不如说是追问。作家们用叙事的方式提出了困扰自身的核心问题,并通过叙事来加以讨论,而结论是开放的,答案仍在追寻的过程中。"这是一

　　①　Bertho, S. L'attente postmoderne, à propos de la littérature contemporaine en France. *Revue d'histoire littéraire de la France*, 1991(4-5): 738.
　　②　Blanckeman, B. *Les Fictions singulières, étude sur le roman français contemporain*. Paris: Prétexte éditeur, 2002: 155.
　　③　Demoulin, L. Pour un roman sans manifeste. *Écritures*, 1991(1): 17.

个质询的时代的标记。主体从此缺乏主宰人生的价值,并努力去理解他所不能理解的时代。"①而这种悬而未决的追问体现了某种"生存的忧虑"②。第五,自我始终和书写联系在一起,作家们深信,书写之外并无自我,自我的轮廓只有通过语言的拼接才会显现。所以作者和自我的关系变成了作者和语言的关系。

---

① Viart, D. Ecrire avec soupçon. In Braudeau, M., Proguidis, L., Salgas, J.-P. *Le Roman français contemporain*. Paris: ADPF, 2002: 146.

② Viart, D. Mémoires du récit, question à la modernité. In Viart, D. (ed.). *Ecritures contemporaines I*. Paris & Caen: Lettres modernes minard, 1998: 27.

第五章

反讽在作者和叙事者形象构造中的作用

提到反讽的作者和叙事者形象,我们不得不提反讽和文本的自我反射之间的关系。反讽和自我反射之间的关系可以追溯到苏格拉底。苏格拉底佯装无知的行为揭示了表象和真象的对立,他以自身的存在指出了我们所处世界的二元性:肉身和灵魂、内和里、本质和外表不可调和,坠入到表象中的人们需要通过理性通达真象。如果说苏格拉底的行为方式可被看作表意中的"形",那么他想要揭示的道理则是表意中的"意"。在他的"形"中已经暗含了"意";"意"也反过来观照了"形"。我们能够看到形式和意义、行为和精神之间的对应关系,他的行为既指向要揭示的真象,又反过来指向行为本身,这一形式和意义之间的相互作用、相互指涉的关系可以被称为自我反射。苏格拉底是"反讽的主体","他既是人物形象又是作品,换言之,他是形式和真理、诗歌和哲学交融之处,两者完全是对等的,这种交融可以定义成反讽。[……]反讽是无尽的反思(réflexion)或反射(réflexivité)能力"①。苏格拉底是反思的主体和自我反射的行为或话语的先驱者。

反讽作为自我反射的代名词也出现在戏剧反讽(命运反讽)中,后世理论家将歌队独白(parabase)这一手法归结到戏剧反讽中。歌队独白指"作者通常通过领队或信使直接向观众发话";"歌队独白让剧作家亲自介入自己创造的虚构中宣告或评论事件。因此行动暂停,让位于评论,对正在发生的故事表达思考"②。作者或其代言人中断虚构情节,介入到文字作品中或舞台上,对作品或人物发表评论的手法被视为文本自我反射的一种形式,且是最直接、最明显的自反形式之一。此时,作品的重心从再现外部世界转向

① Lacoue-Labarthe, P., Nancy J.-L. *L'Absolu littéraire*, *théorie de la littérature du romantisme allemand* (coll. «Poétique»). Paris: Seuil, 1978: 270.

② Schoentjes, P. *Poétique de l'ironie*. Paris: Seuil, 2001: 60.

呈现内部机制。它之所以是反讽的,是因为"一方面打破了幻觉,另一方面与带有批判性质的间离有关"①。这里的反射性不是形式和内容、表象和真象的统一,而是形式从内容中抽离出来,只负责言说形式自身。

　　文本的自我反射是当代西方文学的重要特征之一。正如巴斯所说:"后现代作家不同程度地制造了一批越来越关注自身及其内在过程的作品,越来越少地关注客观现实和外部世界的生活。"②"元小说""元叙事""元话语"等一批术语的出现指向对作品生成过程的关注。我们对反讽小说中的自我反射现象关注点在于:第一,反讽体现在自我反射的内容上。作品自我反射的对象是反讽本身,既可以是反讽的作者和叙事者,也可以是反讽的叙事和语言。第二,反讽体现在自我反射的过程中。浪漫主义以降,自我反射甚至无须和反讽的话语相关联,自反性和反讽性成为同义词,自反的过程即是反讽。

　　我们在下文中将文本自反性和作者、叙事者的形象创造结合起来。反讽作家形象的创造指作品特意呈现了作家的形象,他通常是读者正在阅读的作品的创造者,他将自我形象的生成当作核心文学形象呈现在作品中,作家占据了文本的前沿。与作家不同的是,叙事者不是核心文学形象,他可以是作品中的人物,也可以是作品所呈现的世界之外的人物,他的声音出现在叙事中,对人物和叙事发表评论,但他自身并非作品表现的中心,他和作品的关系通过间接的、点状的方式得以呈现。

5.1　对作者、自我、书写三者的破坏和重构③

　　反讽呈现了一个分裂的主体形象,反讽者的意识一分为二:一个是经验中的意识,另一个是经验之外静观的意识。反讽作家同样陷入分裂的意识

　　①　Schoentjes, P. *Poétique de l'ironie*. Paris：Seuil, 2001：111.
　　②　Barth, J. La littérature du renouvellement. *Poétique*, 1981(48)：400.
　　③　参见:赵佳. 评什维亚的《作者与我》. 外国文学,2016(3):77-85.

中：一方面是正在书写过程中的"我"，另一方面是不断伴随着写作过程，对其进行质疑和反省的"我"。作品的自我反射必然伴随着处于两种意识交加中的作家：一个在写作，一个在观望；一个在体验，一个在反思。同时，作为客体和主体的作家"暗含了一个新的主体观：人不再将自身看作是均匀的统一体，而是被矛盾而有张力的元素组装而成"①。处于永恒躁动中不断追求意识统一的主体形象是浪漫主义反讽带给现代文学的遗产，"彻底和笛卡尔式的主体决裂"，也就是说主体"无法自我构成"，"无法对自我进行绝对化或永恒化"②。当代作家以戏剧化的方式将创作主体分裂的意识呈现在文本的中心，作家自我无法成为一个绝对的自为的存在，他需要借助书写反射自我，并在书写中完成自我建构。

一个分裂的意识在创作上体现为施莱格尔所说的"自我限制"，即"自我创造"和"自我破坏"交替的过程。"自我创造"是"自我破坏"的前提，作家通过写作寻找自我，在语言中建构自己的身份，作家的自我创造和文本意义的生成同步，作家的反讽意识伴随着作品的发展而发展。"自我破坏"是作家对自我的怀疑，它体现了一种怀疑主义："这种怀疑主义应该面向并结束于对无穷矛盾的肯定和苛求上，[……]因此它会导致完全的自我毁灭。"③"自我破坏"源自于作家对盲目乐观的自我的否定，经验中的自我作为被割裂的主体并不能清楚意识到混乱的本质，它是盲目的"生"的冲力，体现在创作上是自我和书写过程的完全合一，希冀在创作中建立均质的、恒定的、明晰的自我形象。反讽限制了"天真"的创作冲力，让其自我怀疑、自我否定，意识到被建构的主体性是无穷矛盾的组合。为了使艺术作品处于均衡的状态，施莱格尔认为"自我破坏"应当"具有必然性"，"符合理性"，"不应过分"④。

当代小说并不遵从理性和节制的建议，什维亚将作家"自我创造"和"自我破坏"的双重过程用夸张的方式呈现在作品中，推向怪诞的境地。他所塑

① Schoentjes, P. *Poétique de l'ironie*. Paris：Seuil, 2001：111.

② Lacoue-Labarthe, P., Nancy J.-L. *L'Absolu littéraire, théorie de la littérature du romantisme allemand* (coll. «Poétique»). Paris：Seuil, 1978：191.

③ Lacoue-Labarthe, P., Nancy J.-L. *L'Absolu littéraire, théorie de la littérature du romantisme allemand* (coll. «Poétique»). Paris：Seuil, 1978：164.

④ Lacoue-Labarthe, P., Nancy J.-L. *L'Absolu littéraire, théorie de la littérature du romantisme allemand* (coll. «Poétique»). Paris：Seuil, 1978：84.

造的作家们总是在寻找自己的声音,创作过程就是他们建立身份的过程。但他们对自己并不确信,作者的声音往往一分为二,总有另一个反对的声音不断挑战和破坏作者的权威。语言为他们提供了创作的无穷可能性,但他们又深陷于语言的泥沼中不知如何找到切合自己的表达。一个只能依靠语言自我建构,但又总是和语言处于矛盾的关系中的作者代表了当代反讽文学中作者形象的倾向,甚至可以被看作是"作者已死"之后重新还魂归来的作者要面对的自我身份的问题。我们将以什维亚为例,分析作者如何在自我裂变中艰难回归。

　　《作者与我》可被视为一部自我虚构的作品,小说中频频出现什维亚的真实信息,模糊了真实和虚构间的距离。这部小说更像是此前《托马·彼拉斯特的遗作》和《英勇小裁缝》的混合体。它借用了《托马·彼拉斯特的遗作》的结构,采用正文和注解并行的双重叙事手法,正文的叙事者和注解的叙事者分开来,形成了两条不同的线。与《托马·彼拉斯特的遗作》不同的是,《作者与我》两条线的叙事者都自称为"我",于是便加上了自我书写的元素。该小说还重现了《英勇小裁缝》的主题:作者如何通过自己塑造的人物进行自我形象的塑造。于是在正文和注解两条线外又出现了人物和作者两条线。四条线交叉进行造就了《作者与我》纷繁复杂的叙事结构。从语言的角度来讲,该书秉承了什维亚一贯的东拉西扯、枝节横生、插科打诨的风格。可以说,这部小说是什维亚所有作品中最考验作者的叙事技巧和读者的阅读水准的书,也是将反讽和怪诞推向极致的作品。

　　小说的题目《作者与我》指出了这部小说想要探讨的两个层面:作者和自我。既可以理解为作者的自我,也可以理解为自我的作者。作者既可以指什维亚自己,也可以指所有广义上的作者。而自我不仅是什维亚的自我,也是所有自我书写的中心——"我"。这部作品深刻地探讨了作者、自我和书写三者的关系,它通过虚构故事模拟了几种自我虚构的情境,在每个情境中都有一个备受书写困扰的作者,这些虚拟的作者们的微环境和现实的作者的书写环境共同构成了一个整体上的自我书写的情境。我们将看到什维亚如何通过反讽来解构和重构作者形象。

5.1.1　多线的叙事层级

　　《作者与我》有两条叙事线：一条是正文的叙事者，一条是注脚的叙事者。我们将正文的叙事者称为叙事者一，将注脚的叙事者称为叙事者二。从小说的"敬告读者"中可以看出，其实这两个叙事者是同一个人，他们都是另一个叙事者的变体，我们姑且将这个叙事者称为元叙事者。原因有二：一是两个叙事者都源自于他的自我裂变；二是他对自我的呈现始终折射了文本的运行。"敬告读者"可以看作是元叙事者的宣言，他一开始便指出了自我裂变的原因。元叙事者作为作家曾写过一本小说《杀死尼扎尔》，尼扎尔是19世纪一位真实存在的文学评论家，作者在书中对他的文学批评方法极尽嘲讽。此书出版后，一位文学教授非常愤怒，认为书中的尼扎尔不符合史实。元叙事者认为，对尼扎尔进行声讨的并不是作者本人，而是《杀死尼扎尔》的叙事者默万得尔。他认为对作者的声讨"无耻地忽视了一个世纪以来对作者和叙事者概念的理论思考"（AM，16）。然而，愤怒的文学教授对此进行回击，她认为对作者和叙事者的划分属于诡辩。因为这一事件，作者决定在接下来的篇章中"坚决地和他最新的小说中的叙事者拉开距离"（AM，16），他的方式是"每次在合适的情况下亲自介入，冷静地、坚决地避免任何混淆"（AM，16）。

　　这个例子从一开始就区分了作者和叙事者的差别，而对这个差别的辨识在自我书写的文本中尤为重要。通过叙事学的发展，今天的文学评论已经接受了这样一个观念：写书的作者和故事的叙事者并不是同一个人[①]。有时叙事者明确具有和作者不同的身份，有时叙事者的身份并不明确，并带有作者的痕迹。长期以来，人们认为自我书写的作者和叙事者是同一的，但叙事学的研究告诉我们，从文学的角度来说，不管两者再怎么相似，都不具有相同的地位。从自我书写的角度来说，文本中的"我"（也就是叙事者）是

---

　　① 热奈特在《辞书三》中指出："一个虚构叙事的叙事情境永远都不能归结为书写情境。"Genette, G. *Figures III* (coll. «Poétique»). Paris：Editions du Seuil，1972：226.

一个虚构的主体,而作者的"我"是一个真实存在的人。这种"本体"上的差异带来了一系列后续的视角上的差异。自我虚构的盛行凸显了自我书写中经常被混淆的两个主体的差异。什维亚的《作者与我》用有意为之的分裂生动地呈现了自我书写中"我"的双重性。

正文带有叙事者一的自传体痕迹,全文是他对着一个想象中的女士进行的自述,围绕着一盘奶酪花菜展开,絮絮叨叨,东拉西扯,漫无边际地展开各种话题,中间穿插了一些过往的生平。读者无从考证叙事者生平的真伪,通过叙事者二的评论,我们知道这些事情有些是真的,有些是假的。从这个角度来讲,正文可以被看作是叙事者一的自我虚构。叙事者二的功能是通过注脚对正文进行评论,他总是无情地指出叙事者一的自我书写中和现实并不吻合的成分,从而指出叙事者一并非百分之百是作者的再现。他将作者和叙事者的差异定义为"作者"和"人物"的差异,也就是说叙事者一是作者所塑造的一个人物。但是叙事者二并不完全依附于叙事者一的叙事而存在,他有自己的独立性。如果说一开始注脚只局限于揭露正文的幻觉,那么到后面注脚则取代了正文,它自身变成了正文。叙事者二在注脚中讲述了自己的过往,而这些过往明显带有虚构的性质。具有反讽意味的是,叙事者二作为自我书写的幻觉的揭露者,毫无顾忌地进行了自我虚构。从这个意义上说,正文和注解构成了两个自我虚构叙事,一方面明目张胆地进行自我虚构,另一方面旗帜鲜明地揭露自我虚构,使整个文本具有什维亚特有的精神分裂的气质。这种分裂在《托马·彼拉斯特的遗作》中还欲说还休,因为两个叙事者是不同的主体,在《作者与我》中因为两者的统一使得两者的矛盾愈加鲜明。

作家什维亚的加入使得本书的自我书写更加复杂。"敬告读者"的元叙事者明显有着什维亚的影子,读者在他身上能发现很多什维亚在现实中的事实:比如《杀死尼扎尔》《迪诺艾格》《死亡让我感冒》均为什维亚的作品名;在文中引用了《没有猩猩》和《英勇小裁缝》的句子;叙事者二以什维亚的小说《红耳朵》为原型进行了二度创作;元叙事者的风格和创作理念与什维亚如出一辙。当一切都将元叙事者指向什维亚本人时,小说在不同层面打破了两者的同一性:元叙事者在小说中虚构了很多关于什维亚的事实,使什维亚的真实性受到怀疑。什维亚究竟是现实生活中的作家或是文本虚构出来的一个形象？这一疑问在小说最后达到了顶峰：叙事者一偷了一颗花椰菜，被发现后被众人追赶。一个叫什维亚的人出现，抓住叙事者进行搜查。如果说对什维亚的身份的影射在一开始制造了自我书写的幻觉，那么在最后将什维亚作为人物引入虚构中，并和叙事者对立起来的做法打破了两者的同一，直指自我虚构的本质。

多维的叙事层级会带来身份上的混淆和叙事上的越级，这是什维亚在这本小说中有意制造的效果。首先是故事层面上的身份混淆。比如叙事者二讲述的故事中的"我"被一对老夫妇收留，受到热情款待。最后才发现是一场误会：老夫妇一直有意识地将他当作自己已故的儿子（AM，169）；在叙事者二所延续的《红耳朵》的故事中，主人公因为同一张椅子将自己和父亲等同起来（AM，65）。与故事内的身份混淆相比，不同叙事层级上的身份混淆则造成了叙事的越级①。比如叙事者一和叙事者二所讲述的不同的故事中，两个人物之间因为奶酪花椰菜发生了身份上的混同；再如叙事者一和他所创造的人物一起进行了一场真实的旅行（AM，262）；或者当元叙事者邀请读者翻到下一页时，小说也自动进入到下一章（AM，16），这个做法将虚构的文本和真实的文本混同起来，实际上是将叙事者和现实中的作者混同起来。这些不同的做法不但在虚构内部实现了人物身份的混淆，也成功地模糊了虚构和现实间的界限。

在对自我的呈现上，多层级的叙事和层级间的越级造成了多维度的"我"的形象。但这种多维度并非纵向的维度，也就是说它并不预设一个单一的主体，并在主体内部自上而下、自表及里地制造不同的空间，从而形成一个深度主体的模式，自我书写在这种模式中遵循了追寻自我真实的经典路线。它虽然打破了扁平性格的藩篱，塑造了一个具有多重侧面、复杂人格的主体形象，但它层层递进、追求心理本质的做法仍然无法摆脱单一主体的范式。什维亚的反讽在于，他将纵向的多维度变成了横向的多维度，主体不是一个不断被挖掘的过程，而是众多话语并置的结果。他并不产生于结构分明的体系中，而生发于多重话语共鸣的间隙里。他不是被塑造的人物，而

---

① 即热奈特所说的 métalepse。"所有故事外的叙事者和被叙事者进入故事内（或故事内的叙事者进入第二层故事内）或相反的情况［都可以被称为越级］。"Genette, G. *Figures III* (coll. «Poétique»). Paris：Editions du Seuil, 1972：244.

是被言说的对象。接近他的方式不是往深里挖掘,而是将不同的话语碎片整合在一起。如此被言说的对象不再是单一主体,他是被多重话语共同炮制的复杂的多重主体。同时,叙事层级之间的混淆打破了对现实的知觉方式,并对我们身处的世界的真实性进行了质疑。如何确定一个被限定在最低层级的人物并不在现实生活中具有存在的合理性,抑或是现实生活中的真实作者并不隶属于另一个虚构的层面? 正如热奈特所言:"最让人不安的越级存在于这样一个不可被接受但又不可抗拒的假设中:故事外也许已经在故事内;叙事者和被叙事者,也就是你和我也可能属于另一个叙事。"[①]如此,对自我的多维度横向处理延伸到了现实世界,所谓对现实和虚构的区分或许也只是一种话语分割的效果? 对"我"的拷问和对现实的质疑融合在了一起。

5.1.2　消解"作者"与"我"

在一部带有自我虚构性质的作品中,什维亚将自我书写和作者形象的塑造紧密联系在一起。通过将"作者"和"我"并置在一起,什维亚将自我定位为一个作家,只有借由作家的身份,他的自我才能获得描写,他的自我作为文本效果存在的前提是他的作家身份。尽管什维亚在作品中一再影射现实中的自己,但这些痕迹并没能创造现实的幻觉,而是成为一种混淆现实和虚构的障眼法,愈发使自我书写远离了真诚性的原则。反之,当作家把自我仅仅定义为作者,并通过文本的进展来言说自我,作家的自我反而实现了某种真诚的表达。反讽的是,在什维亚的这部小说中,"我"随着"作者"形象的建立而建立,随着"作者"形象的破坏而破坏。整部小说延续了《托马·彼拉斯特的遗产》中的自我破坏和自我建构交替的主题。

作者形象的消解主要体现在三个方面。最主要的手段是文本的双重叙事:叙事者一企图建立作者的自我形象,而叙事者二则不断在暗中破坏作者的自我书写。比如当叙事者一讲述了一件得意的事情,叙事者二便急忙对

---

① Genette, G. *Figures III* (coll. «Poétique»). Paris: Editions du Seuil, 1972: 245.

此事加以澄清,指出其谎言的性质,叙事的真实性受到怀疑。再比如对同一事件采取两种不同的视角,对作者自以为是的视角进行修正。叙事者二还经常使用戏仿的手法,模拟叙事者一的风格和观点,通过夸张的变形来指出其风格的可笑和观点的荒谬。最后,叙事者二还在注解中时不时发表对当今文学的看法,尤其对作家的处境进行嘲讽。他指出:

> 当然作家从本性上来说总是落魄的,但长期以来他在社会的边缘进行大胆的文学创作,挑战社会暂时的不解和遗弃,预见到新的自由、美好的明日,他的语言让他同时代的人战栗或脸红,而他大体上以揭露他们的鼠目寸光为己任。这是个被压制的人,人们害怕他,人们不想看到他或听到他。今天,他所激起的漠视被半是怜悯半是娱乐的心态所调和。[……]今日文学界所经历的正是过去美术界所经历的:所有人都嗤之以鼻。文学已失去了意义。①

叙事者二对作家地位的思考矛头直指当今文学的现状:文学失去了该有的警世功能,沦为娱乐的对象,甚至完全被漠视。作者被消解不仅是书写层面上的破坏、践踏、戏谑,这来自于一个更为广阔的社会背景:文学被边缘化,作家成了边缘人。

消解作者的第二个方式是破坏作者作为文本主宰者的形象。首先是间离作者和人物的关系。在经典的小说中,作者是人物的创造者,人物应该妥帖地臣服于作者的控制,人物既是作者的工具,也是作者的表达。在什维亚的这部小说中,作者对人物始终怀有警惕的心理。在"敬告读者"中,作者一再和叙事者撇清关系,认为叙事者的立场并不能代替作者的立场,并在接下来的篇章中一再指出两者的差别。作者对人物的警惕来自于虚构本身所赋予人物的独立性,人物一旦被放在整个叙事的背景中,他的意义便不单来自于作者的意图,也来自于整个叙事所构成的语义场。作者不能完全控制作

---

① 巴赫金提出的复调概念对单一的、稳定的主体模式提出了质疑。"人根本是异质的,他只存在于对话中",托多洛夫这样评价巴赫金的主体观。Todorov, T. *Mikhail Bakhtine, le principe dialogique*. Paris:Seuil, 1981:9. 在什维亚的小说中,他者和对话的痕迹并不是很明显,与其说自我的分裂来自于和他者的对话,还不如说是主体的自我内爆。

品意义的生成。此外,作者无法完全控制自己的书写过程,叙事者一的经历证明,他对自我的塑造完全有可能偏离现实,这便涉及了作者在写作过程中的真诚性,其中又涉及作者的自我认知。由于种种复杂的原因,人物有可能偏离作者所预定的轨道。然而,人物最不可控的地方并非他的独立性,而恰恰是相反面,即他和作者之间的联系。叙事者二说:"一个人物不受控制,如同一个暴露秘密的口误,如同一个不由自主的行为。"(AM,237)人物如同作者的影子,暴露了作者的想法和情感。作者也许有意在叙事中掩盖自己的想法,但人物总会在不经意间揭开作者的面纱。作者对人物既抱有期待,又怀有警惕。在什维亚这部小说中,作者从一开始就希望和人物拉开关系,这份警觉不单是对叙事本身的警觉,也是作者对完全敞开自身的警觉。

　　除人物的不可控以外,还有叙事的不可控,这是消解作者的第三个方式。元叙事者在开场便说:"作者陷在了虚构中,他被从桌子前拽起来,裹挟在从他平稳的手中迸射出来的词语之流中,支离破碎,分崩离析,他紧紧地抓住他的句子,像一个落水的人抓住他的木板[……]"(AM,15)这段话预示了叙事者一的叙事,正文围绕着一颗奶酪花椰菜展开各种话题,随心所欲,东拉西扯,并无中心可言。这已经不是通常意义上有结构有内容的叙事了,而是失去了重心的话语碎片所组成的洪流。叙事者二的虚构稍微增添了几分故事情节,但同样呈现出失控的趋势。它讲述了一个叫布雷兹的杀人犯在逃亡的过程中遇到了一只蚂蚁,他跟随蚂蚁的踪迹前进。主人公说:"我自己的路线是随意的,听任风和时间的支配。"(AM,116)整个叙事如同主人公的路线一般无章可循。很难说究竟是汹涌的话语流造成了叙事方向的迷失,还是叙事方向的缺失造成了话语的决堤。总之,失去中心、连绵不绝的话语流和失去方向、被偶然性原则支配的叙事共同指向一个无力控制文本的作者形象。与狄德罗在《宿命论者雅克》中的收放自如相比,什维亚所塑造的叙事者形象更接近于贝克特式的絮絮叨叨和断裂。叙事者二故事中的蚂蚁多少体现了作者想要重新控制叙事走向的意图:"它知道它在做什么,全心投入其中,既无情绪也无踟蹰"(AM,117),"如此自信,如同严格遵循指南针的指向"(AM,117)。主人公"完全听从一个昆虫的路线,无须做出决定,便能运动"(AM,121)。叙事者二在一开始就说,他要把叙事者一放到他的故事中来,而蚂蚁是叙事者一的变身。由此可见,蚂蚁是作者的象征。在一个失控的叙事中设置一个目标坚定的作者形象,体现了重新找回作者的自尊和权力的意图,但反讽依然是什维亚的原则。目标坚定的蚂蚁并没有逆转叙事的走向,相反,它成为叙事错乱的借口。自此,作者作为文本结构的组织者和文本意义的给予者的地位受到了动摇。和一个巴尔扎克式的、自信的、权威的、上帝般的作者形象相反,读者所面对的是一个被废黜的、迷茫的、失去把控的、黄昏中的偶像。

　　和作者形象一同被破坏的还有自我的形象。叙事者一的自我虚构始终围绕着奶酪花椰菜进行,作者讲述着他对花椰菜的厌恶,过往的零星片段间或出现。我们很难通过话语片段拼凑出一个完整的作者形象,唯一确定且重复出现的是花椰菜的形象。"我对花椰菜的厌恶成为我个性中唯一固定的点。[……]对我这个这么模糊、这么宽泛的人,我只能说那么多,只能理解那么多。我对花椰菜的厌恶成为坚实的、最不易碎的基础[……]"(AM,67-68)花椰菜就像一块磁铁,吸引了所有关于自我的片段。然而,这块磁铁本身的合理性值得思考:它是信手拈来,既无根基,也无内涵的一个形象,它可被任何东西替代——一条鱼、一个杏仁、一双鞋。自我的所有根基建立在这个空洞的能指上。或者它所指的东西如它般空洞,或者它并不指向任何可被命名的东西。前一种情况说明自我本质的缺失,后一种情况则揭示了自我的完全缺场。两者都勾勒了一个空洞的自我形象。"我"只存在于语言中,语言之外,并无本体。关于自我的所有言说皆是语言围绕着一个缺席的所指的自我言说:

　　　　花椰菜像炸弹一样迎面爆炸。[……]你对自我的信心受到了打击,你的存在的完整性会不会同样似是而非? 你自己难道不也是由同样的纤维束构成,它们紧密地依靠在一起,为了看起来有体积和分量[……]你像花椰菜一样并不存在,无核、无心、无脑。即便模模糊糊有大脑的形状,它的回沟实际上组成了一堆曲言、一个疯狂的螺旋、一个恶性循环,只会结结巴巴地说,我我我[……](AM,89)

　　这段话非常准确地描述了一个只存在于语言中的自我,言说得越多,越暴露自身的空洞。什维亚的语言以它特有的漂浮和涣散消解了自我的轮廓。再现的幻想带来了对自我的幻想，再现的幻灭造成了对自我的幻灭。所有对自我过往的描述均是幻觉，而现在的自我是缺席的在场，如此，"[作者]身前是空，身后是遗忘"（AM，112）。

　　作者的消解和自我的消解相辅相成。自我的消解对现实的感知提出疑问，作者的消解对再现的能力提出质疑。当对现实的感知成问题时，任何再现都是话语的自我重复。当再现的能力出问题时，自我的轮廓更加难以界定。现实的溃败和叙事的失效取消了我们赖以生存的经验，"整个世界轰然坍塌。人们的信仰、形成的梦想、坚持的原则，一切都破败，出现裂缝，消解，一切都倒塌了。花儿和蝴蝶有什么用？太阳是什么？"（AM，22）我们看到了什维亚一以贯之的破坏者形象：破坏经验，破坏语言，破坏逻辑，破坏文明……世界在作家反讽的笑声中化为乌有。如何在灰烬中重新叙事，重拾自我？什维亚给出了自己的答案。

5.1.3　走向何种语言？

　　如前所述，什维亚的自我虚构引出了对世界本身的质疑：现实是什么？该如何描述现实？叙事者一讲到读书时的一件小事。历史课老师告诉他路易十四的生卒年份是 1638—1715 年。叙事者一将这一数字组合做减法后发现结果为-77，这说明太阳王的生命为负 77 年，也就是说在 77 年内他不曾存在。他由此怀疑凡尔赛宫是否存在："我理所当然地开始怀疑，凡尔赛宫也许只是一场童话故事里的梦，一座纸牌做成的宫殿，仅仅矗立在我们的想象、梦和幻觉之上。"（AM，92）什维亚用一以贯之的荒诞、非逻辑来推导出我们对现实感知的非逻辑，以荒诞来应对荒诞。他由此得出结论："现实是逃遁的，空洞的，是我们受伤的神经自我强加的折磨。[……]一切都是发明出来的。一切都是我们的错。一切都是假的。"（AM，92）叙事者认为，我们所惯常认为的现实是我们的思维制造的效果，而真正的现实本身却在这种虚构的炮制中隐而不见。"我们的现实完全被语言所发明[……]并被经验所肯定[……]但经验是虚伪的，因为它也不过是一个事实或一种语言的效果。如果死亡是唯一的现实，那么只有它能够摆脱言语，而其余剩下的，包括我们在内,不过是虚构的作者和人物?"(AM,47)作者在这里指出了现代文明重负下对现实的感知模式。我们身处一个由文字、图像和符号组成的世界中,满是对世界的再现和阐释。现代人自出生起就浸淫在这个符号的世界中,对现实的感知很多来源于对符号的感知,再现的世界反过来塑造了我们对世界的经验方式。于是日常经验只不过是一再验证了再现的世界。"经验也不过是一个事实或一种语言效果",实际上对于我们身处的经验世界再次提出了本体论上的问题:经验是否真实? 是否有效? 是否和符号一样只是臆想的产物,且被语言的幻觉所笼罩?

除了被文化和经验所限定的现实,我们该如何找到生存的维度? 什维亚仍然将创造的希望寄托在语言上,但并非用语言去描述那个已经被限定的现实(被叙事者一称为"世界的虚假性赖以生存的谎言"(AM,176)),而是用语言重新创造一个现实,"用语言对一个可能的生活进行肯定,这个生活超越了所有的偶然性和物理法则"(AM,252)。这种可能的生活寄托了作者美好的愿望,不是再现现有的现实,而是打破和超越它。语言是制造谎言和幻象的工具,但也是创造新的现实的途径,它在经验的现实和理想的现实之间架起了一座桥梁,"在奶酪花椰菜和杏仁鳟鱼之间有一个世界,这是人类倾其所有所建立的一个世界,让它适于居住"(AM,33)。这是人类赖以"诗意地栖居"的文字乌托邦,叙事者"天真的梦想被放逐在美丽的乌托邦世界里"(AM,27)。能够生活在两个现实中,既是作家的幸运,也是作家的不幸。因为他虽然可以在两个空间自由穿梭,但却无法获得完整的存在,"他回到大地上,发现现实只不过是对他的隐喻的极其贫乏的整理"(AM,91)。文字所构筑的现实终究不过是一个乌托邦,什维亚既在语言上寄托了所有的理想,又清醒地认识到语言的局限性。他既是彻底的破坏论者,又是实际的悲观主义者。在他所塑造的作家身上,既有理想主义的情怀,又有极其现实的幻灭感。正是这两者的结合产生了什维亚的反讽:具有理想主义的幻灭。

叙事者二在小说最后提到,叙事者一小时候接受的是天主教教育,长大后随着阅读和思考的深入,他开始怀疑上帝是否存在。他说:"无神论就像酒一样,某些人会感到高兴,他们从中大口大口地汲取快乐,无尽的快乐,令人心迷神醉的自由和不受任何拘束的快乐。另一些人会感到伤心,作者便是其中之一。他只感到衰败,对我们的荒诞境遇的苦楚的意识。"(AM, 285)可以看到,叙事者对经验世界的否定中含有某种宗教意识,但是意识深处对宗教话语的怀疑又使他难以找到现实之外的救赎的可能性。人们既难以在现实中完满地存在,又无法寄希望于理想世界,于是他把希望寄托在语言上,以虚构的完满来填补现实的空缺和理想的不及。语言的破产和作家的溃败都预示了不可能通过语言建立乌托邦。然而,叙事者并没有停止脚步。什维亚借由叙事者提出了这样一种可能性:语言的无力只能说明它无法"再现"想象中的理想世界,正像它无法"再现"经验中的现实世界,但这只能说明它作为工具的无效。但如果语言并不单纯是再现的工具,如果它是存在的物质性的一部分,如何找到一种适合的语言,只展现自己的物质性,即语词本身?"上帝对形式敏感"(AM, 287),这句本来具有讽刺意味的话在《作者与我》的语境中具有了另外一种含义。于是,通过寻找语言的物质性来通达存在,进而通达自我,成为这部小说,甚至什维亚所有小说的出发点。

　　叙事者所找到的语言也是作家什维亚所独有的语言。一种杂乱、异质、磅礴、多维度的语言,一种不断向前、急速滚动的语言,一种如洪水一样喷涌、不可遏制的语言,一种急促不安、妄图囊括一切片段的语言,一种"无尽的在流动中的散文"(AM, 136)。各种存在的片段随时涌来,成为漂浮的所指,它们很难被集中在一个方向,这体现了生存混沌的状态。叙事者一的叙事更多的是毫无关系的话语片段的填充,叙事者二的叙事则是逃亡的叙事,人物的逃亡,动物的逃亡,语言的逃亡,毫无方向,但一个接一个,不断向前。在时间中流动奔跑,企图用语词来填充时间,造成存在的绵延感,并在空间中并置所有琐碎的物象,构筑一个微小而全面的世界,什维亚的语言同时用时间和空间搭建一个存在的舞台,一个微型的在生成中的宇宙。如此的语言所书写的虚构已不再是对任何一种真实的、理想的还是虚妄的现实的再现。它本身成为存在的一部分,以语词的多维应对存在的多维,以语词的无所指来应对存在的无所依,用朱尔德的话来说,用语词的"多"来应对存在的"一"。叙事者二说:"最好忽视目标,重要的是冲向它。在空中的箭难道知道最后会插在心上还是苹果上?只需不在乎,正是不在乎,箭在空中呼啸而过。"(AM, 209)这句话可以看作是什维亚的美学宣言。如果我们无法确定语言最后会落在哪里,一个理想的世界或一个语词的乌托邦,不得而知,也无须知道。重要的是不断向前,不断凝聚所有的片段,让它们围绕在无意义的周围,如同奶酪花椰菜一样"吸收所有它所接触到的东西,直到分子的完全融合"(AM,256)。正是在吸纳和向前的过程中,生存展现出它全部的实在性,并和语词的物质性合二为一。

但是,什维亚的语言不尽然是持续向前,它同时也是断裂的。叙事者二提出了两种断裂,一种是自然的,一种是突然的。自然的断裂不被人所发现,但并不表示断裂不存在。"并不是因为我们什么都没看到,我们就不能精确而细致地想象每样东西的不在场。"(AM,188)自然的断裂出现在具有现实主义幻觉的文学作品中,这些作品尽量构造一个符合现实和逻辑的世界,但并不代表没有断裂。叙事的断裂更多是来自于现实的断裂,而现实主义企图用幻觉来掩盖现实的断裂。还有一种文本是故意为之的断裂。这种断裂有一种"突然、倏忽的特征,使它更加容易被感觉到。断裂、破碎、持续性的消解"(AM,189)。突然的断裂具有惊愕的效果,让我们看到原本看不到的实在。现实的幻觉被打破,存在的真相被推到面前,逼迫我们直视视而不见的断裂。《作者与我》全篇不分章,一气呵成,但是词语流所构成的假象并不能掩盖词和词之间的断裂。比如以下这段:"请说谋杀,因为你不知道枣这个词。因为呼啦这个词在你嘴里是个嗝。请说谋杀,正如你用你那昆虫的语言说的嗞嗞嗞。但是应该说快感,睡衣,丁香,咏叹调,机械或蔚蓝。应该最后一次说自行车。"(AM,42)词语的叠加并不遵从任何逻辑,重要的是快,在语词落地生成意义之前被接住,一个接一个如分隔的珠子一样被串在一起。如此这般的断裂以迅猛的速度砸向读者的神经,语词的断裂扯开了断裂的现实。

以上这个例子不光是现实的断裂,同时体现了逻辑的断裂。什维亚在本书中继续声讨惯常的逻辑,破坏逻辑赖以存在的幻觉——语言本身。叙事者在小说一开始便说:"为了引导和加快叙事,他打算进行谵妄的加速,他喜欢将逻辑的话语推向极致,因此远远超越了理性停止的地方,理性是如此智慧、谨慎、无聊、庸俗。"(AM,7)在作者看来,打破逻辑的方法并不是故意建立某种非逻辑,来和逻辑对立。他顺从逻辑的思路,将它推向极致,逻辑突然调转了方向,暴露了自身的虚妄,成为自身的对立面。作者像拆解自我和现实一般，用同样的自相矛盾的方法，消解了理性。重要的是速度，用密集的词语展现断裂的现实，用同样快速的话语链堆积似是而非的逻辑。叙事者二又说：

> 词语创造出来在我看来是为了言说不存在的东西。我不明白对显而易见的现实进行滔滔不绝的重述有什么意思。我说话更多是为了什么都不说，人们觉得我自相矛盾。我被当成是一个醉鬼，一个谵妄的人，一个疯子。常识为我编织小背心。我把句子掷向空间，让它们在沙漠中、在深渊中历险，它们长了触角和荧光的爪子，却什么东西都抓不住。如此，是我的存在在它们的轨迹中脱离了老旧的东西。（AM，196）

语言的非逻辑是为了言说存在的混沌。它只能抓住虚妄的不存在，却无法实现不在场的存在。于是，只剩下言说，什么都说，不管说什么，只需言说。自我本身归结为言说的动作，言说是为了什么都不说。如此，话语的物质性、言说的动作和存在三者融为一体，成为作者新的生命体验。

什维亚的语言更是反讽的。反讽是什维亚喜欢的风格，是他的利器，也是他的身份。在《作者与我》中，叙事者二将叙事者一的一篇有关反讽的文章原封不动地抄了下来。在这篇文章中，叙事者一一再声称自己的文章没有半点反讽的意思。他细数反讽的种种罪状：卖弄智巧、道德上的懦弱、冷漠等。叙事者说："我的书中没有半点反讽。一切都打上了真实、真诚和情感的烙印。[……]当我说白色，就是指白色，当我说猫，就是指猫。[……]我希望所有的白纸黑字都只有字面上的意思。"（AM，242-243）这里涉及反讽的双重语义：字面意义和实际意义。反讽者说的是一回事，表达的是另一回事。叙事者通过否认自己的语言具有双重含义，来否认反讽的风格。读者明白叙事者在否定反讽的时候仍然在使用反讽的手法，并不仅仅因为叙事者的意图是反讽的，更因为他的语言打上了多重语义的烙印。叙事者在讲到奶酪花椰菜的意义时说："作者是硕果累累的多义女神的朋友。"（AM，252）多义，因为语言难以进行一对一的表意，词语很多，意义却空缺。于是，所有的词语都想指向一个意义，但最后却什么都指向不了。多义，是存在的高度真实,却也是存在的无奈。叙事者希望所有的字都只有表面的意思,既可以把这看作是对透明的再现的反讽,指出词和物之间的对接是不可能的,因为必然是多义的;又可以将之看作希望统一词和意义的愿望,词语的乌托邦不单是相对于现实世界而言的理想世界,也应该是实现存在的统一的途径。反讽不再是单纯的嘲讽或卖弄,而是表达了对透明的存在的向往。

什维亚在《作者和我》中探讨了作者和自我、自我和语言之间的关系。就作者和自我而言,两者是不可分的。自我只有通过作家的身份才能获得表达,自我是书写的产物,同时作家也在通过书写寻找自我的身份。于是,作家的形象决定了自我形象的构造。在这部小说中,如同在什维亚很多其他同题材的小说中一样,作家总是以自我分裂,似是而非的面目出现。与一个无法控制人物和叙事走向,深陷在词语流中的作者,对应的是一个空洞的、分裂的、没有重心的自我形象。多层的叙事层级和多声的话语环境勾勒了一个由众多话语碎片拼贴成的自我,由此对主体的坚实,甚至是在场提出了质疑。作者和自我作为可被辨识的主体的消解导致了对现实本身的怀疑:由经验和语言肯定的现实是否存在?它会不会只是一种话语效果?

本体论上悬而未决的问题,作家将其搁置起来,他不再执着地探讨在场与缺场、真实或虚妄的对立,仅仅是书写和言说,仅仅将注意力集中在语言的物质性的延展中,通过建立语言的乌托邦来建立另一个生存的维度。什维亚在《作者和我》中的语言如汹涌的洪水般决堤,喷涌而出,不断向前,裹挟着各种话语的断片,围绕着一个空缺的意义不断言说。重要的是速度和数量,意义被悬搁起来。如此的语言不以再现为己任,不以逻辑为指向,只是单纯地言说,不停地言说。将语词作为存在的一部分,在言说中摸索存在。在言说的过程中,作者的自我一点一点地建构起来①。但这个自我和通常意义上的自我很不一样:它不需要主体性,不需要回忆和念想,不需要

---

① 布鲁诺·布郎科曼在说到当代自我书写时说:"主体只存在于内在的叙述中。[……]一套修辞单元和话语单位组成了这个叙述:从它们的协同中产生了典型的自我形象。就像一个必然的意义的效果和一个附加的文本价值";"所谓私密,指语言和存在之间所建立的联系的质量,两者的交融,在写作的时候,塑造和丰富了语言,令其重生[……]"Blanckeman, B. *Les Fictions singulières*, *étude sur le roman français contemporain*. Paris: Prétexte éditeur, 2002: 120, 135.

心理和过往,甚至抛弃了自我虚构中的虚构成分。它只是一股话语流,随着话语的生成而生成,随着话语的消失而消失。话语在不断向前,自我便不断流动。自我不再需要被言说,自我即言说。从这个意义上来说,我即言说的自我,我即作者。被消解的作者和我最后统合在了语言中。

最后需要说明的是,反讽的存在将我们所熟悉的二元逻辑带入了这种统合中。如同在什维亚的所有小说中,反讽不仅是对现实主义再现的嘲讽,对惯常逻辑和语言的破坏,对恒定的膨胀的自我的戏谑,同时也带来了纯真的幽默、荒诞感的体现和对绝望的抵抗。但因为反讽的清醒、批判和距离感,不可避免地带来了分裂:作者和人物的分裂;作者的自我分裂;词与物的分裂;表达和意义的分裂。反讽的存在使自我和语言之间不能达到完全的贴合。也正因为这样,作家仍需要不断言说,在滚动的语词中执着寻找存在的统一。

5.2　叙事者的自我暴露

盖尔布拉-奥瑞迟尼说,对文学中的反讽的研究绝对“不能和对发话主体的研究分开来,发话主体隐藏在文本后,做出评判、评价、进行反讽”[①]。这里的发话主体指叙事者。与一个被推到台前的作者形象相比,反讽叙事中叙事者的问题更加复杂,因为不管叙事者处于哪个位置,不管他是故事中的人物或是故事外的叙事主体,不管他的声音或形象是明显的还是暗藏的,他都自始至终在叙事的机理中。他的反讽渗透在叙事中的角角落落,不单在情节、叙事结构、人物描写、作者形象等宏观结构中出现,也在句法、词、修辞手段等微观结构中得到表达。可以说,叙事者的形象被暴露在文本的各个层面,从泛化的角度来说,整个文本都是叙事者的自我反射。在研究反讽

---

① Kerbrat-Orecchioni, C. Problèmes de l'ironie. *Linguistique et Sémiologie*, numéro spécial de l'ironie, 1976(2): 41.

叙事中叙事者的自我反射问题时,我们将研究范围缩小到以下几个方面:叙事者的"元话语",叙事者通过隐性话语对人物的反讽,多声话语。

叙事者的元话语就是前文所说的戏剧反讽中的歌队独白,叙事者故意走到台前对故事本身或故事中的人物做出评价。这之所以是反讽的,是因为"持续强调了所有虚构故事的虚构和人工特性,尽管它们具有现实主义的雄心"①。叙事者的元话语在现代主义文本中被视为创作主体的分裂意识在文本中的转换。静观中的主体对经验中的主体的观察和评判折射到文本中变成了一个持续自我审查、自我批判、自我揭露的文本。反讽是文本的自我张力,通过持续的警觉不让自我掉入再现的幻觉中。"通过反讽实现同时写一个东西及其反面的可能性,实现创造艺术的同时破坏其基础的自由。"②我们从叙事者对叙事的评论、叙事者闯入文本、叙事者和读者的对话三个方面对此进行分析。

叙事者的描写通常来讲并不属于狭义的文本自反性,但这对研究反讽文本中叙事者的立场来说很重要。因为文学中的反讽主要"不在于同一个个体说的和想的不一样,而在于说话者 L1 说的(或想的)和另一说话者 L0 想(但并没有说)的不一样"③。L1 指虚构的人物,L0 指叙事者。反讽的语调建立在两个充满了张力的声音上:人物的声音处于背景中,叙事者的声音处于前台。叙事者话语中所隐藏的情感、判断和人物的立场有出入,表明叙事者并不完全赞同,甚至完全不赞同人物的观点。正是这样一种距离产生了反讽。叙事者可以公开表达对人物的反讽,这种情况类似于歌队独白,但更多时候,叙事者的反讽并不明显,它在所选的字词中,在句法结构中,在文本的机理里。这部分将研究叙事者对人物的描写中暗含的对人物的判断。

第三方面双声话语涉及反讽的复调和回声理论。杜克运用复调理论将反讽定义为"发话者 L 站在陈述者 E 的立场上讲话,另外,我们知道发话者 L 不但不对此立场负责,而且认为它是荒唐的"④。在文学作品中,发话者 L

① Schoentjes, P. *Poétique de l'ironie*. Paris: Seuil, 2001: 109.
② Schoentjes, P. *Poétique de l'ironie*. Paris: Seuil, 2001: 109.
③ Kerbrat-Orecchioni, C. Problèmes de l'ironie. *Linguistique et Sémiologie*, numéro spécial de l'ironie, 1976(2): 40.
④ Kerbrat-Orecchioni, C. Problèmes de l'ironie. *Linguistique et Sémiologie*, numéro spécial de l'ironie, 1976(2): 211.

即叙事者,陈述者 E 即人物。在某些话语中,我们能同时听到叙事者和人物的声音,叙事者假装赞同人物的立场(可以是赞同人物的价值,也可以是赞同人物的语言风格),但我们能够推断出叙事者的真实立场。像这样具有两种声音的话语,我们可以称之为双声话语。我们将重点探讨几种特殊的双声话语,如间接引语、自由间接引语、自由直接引语等。它们在当代反讽文学中的大量应用值得关注。

5.2.1 叙事者的元话语

对小说本身所发表的评论可以是反讽的,也可以不是反讽的。反讽在于叙事者揭露虚构或故弄玄虚的意图,或者将他充满了疑惑和失败的创作过程展现出来的举动。反讽是艺术自我思考和获得批判意识的标志。反讽一方面在作者和作品之间设置了距离,另一方面在创作和现实之间设置了距离。它让作者和读者警惕模仿所产生的幻觉,延续了西方文学传统中对模仿的不信任。

艾什诺兹的叙事者对小说本身的评论主要体现为故意混淆作品的性质。作家过分强调叙事的虚构特性,以至于产生了打破虚构幻觉的效果。较为常用的手法是将进行中的小说叙事伪装成电影。叙事者的反讽既体现在故弄玄虚的游戏中,也体现在叙事者对自己的虚构方式的嘲弄上。

比如叙事者故意抹去任何迹象,使人不能分辨眼前呈现的是一部电影还是一本小说。《子午线》是这样开头的:"这幅画呈现了一个男人和一个女人,背景是嘈杂的景色。"(MG,7)读者对于这个画面的属性心存疑虑:"如果我们试图描写这个一开始固定的画面,如果我们冒险去展现或者假设它的细节,细节的声音和速度,可能的气味、味道、密度和其他的性质,这一切都会引起怀疑。我们如此这般执着于这幅画会让人对它是不是一幅画这个事实起疑心。它可能只是个比喻,也是任何一个故事的客体,可能是某个叙事的中心、支撑或借口。"(MG,7-8)叙事者故弄玄虚,否认最初的论断,为图画之谜留下了悬念。最后他才突然揭示真相:"因此,这不是一部小说,是一部电影。"(MG,13)这句似乎具有启示作用的话却再次增加了叙事之谜。

作者向读者抛出一个悖论性质的反讽,仿佛将马格利特著名的绘画"这不是一只烟斗"的悖论换成了"这不是一部小说"的悖论。在小说结束的时候,叙事者再次对叙事模棱两可的性质发表了评论:

> 他们这样待着,几乎一动不动。我们站起来,眼睛并不离开他们,他们缩小了,我们慢慢站起来,很快在我们目光所及的长方形的视野里看到整艘船以及旁边的海。这个场景还能再配上音乐。我们也可以保留海洋自然的声音,在我们上升的过程中越来越轻,直到寂静。整个画面停滞了。(MG,255-256)

最初的玄虚被之后的叙事否认,到故事结尾又再一次出现。叙事的小说属性被否认、肯定、再否认。一部小说背弃了自己的小说属性,把自己称为电影,这既是对电影艺术的致敬,也是对无处不在的影像的嘲讽,更是小说自反性的表现。这样一种故弄玄虚的游戏不断强调着叙事的虚构性,通过反讽破坏了现实主义的幻觉。

艾什诺兹的叙事者们除了故意揭露小说的虚构特性,并混淆虚构体之间的界限外,还善于运用元话语强调叙事中背离经典小说性的地方。当代小说回归叙事的趋向并非是简单回归到经典小说性,而是回归到经由叙事实验重塑过的小说性。艾什诺兹的作品是典型的对经典小说性进行戏仿和拆解的叙事,用多米尼克·维亚的话来说,"重新找回小说性,但又不赞同它,接受叙事的冲动,但并不天真地放任"①。小说性首先预设了一个结构完整的叙事,有情节,有鲜明的人物。乍一看,艾什诺兹的小说充满了小说性,情节跌宕起伏,呈现了数量庞大的人物和情境,多个故事互相交织。但模仿只是表面的,其实艾什诺兹编织了一张并不完美的叙事之网,故意充满了过剩和纰漏。有时,叙事者会故意给出很多翔实但无用的信息,有时却故意省略重要的情节。叙事者往往会借用元话语告知读者作者的真实意图。

比如在《高大的金发女郎》中,当追捕者登上去悉尼的飞机逮捕格洛瓦时,叙事者却说:"我们已经知道她离开悉尼了,我们了解这条路线,因此赶

---

① Viart, D., Vercier, B. *La Littérature française au présent*. Paris: Bordas, 2008: 410.

快把这了结掉,删繁化简。"(GB,124)叙事者借口读者已经足够了解发生的事情,快速结束叙述。当叙事进入正题,需要扩展的时候,却被一笔带过。叙事者的元话语故意将读者的注意力吸引到叙事者身上,呈现了一个松散、无所谓、随心所欲的叙事者形象。通过塑造一个丝毫不关心情节发展的叙事者形象,反讽在小说进展的过程中布置了纰漏之处,阻碍了小说性的正常运转。叙事者在模拟小说性的同时对此进行拆解,他将这一举动暴露出来,高调地置于叙事前沿,告诉读者"回归叙事"只不过是当代小说拆解叙事的障眼法,"小说单元在增多,被分割,但没有深入下去,完全处于表面,拒绝深入,意义凝结,让位于叙事向前的过程,将叙事变成了一个不断自我复制的机构"①。

在当代小说中,元话语的一个重要特性是表现叙事的不确定性,呈现一个对叙事缺乏把控能力,甚至并不知道叙事会走向何方的叙事者形象,从而动摇叙事权威。这种故意为之的不确定性和失控的叙事符合"过度的元话语"的初衷:动摇一个界限分明的世界。比如在《高大的金发女郎》中,叙事者介绍完格洛瓦在旅途中的情况后问:"我们讲到哪里了?"(GB,77)同样,在讲到格洛瓦提的问题时,叙事者说:"拉歇尔不知道作何回答,贝利亚没有想法,至于我,我也不知道。"(GB,185)最后,当贝利亚提出让格洛瓦重返银幕,格洛瓦心存疑虑时,叙事者说:"这个姑娘到底想干什么?"(GB,232)在以上三个例子中,叙事者把自己放在处于叙事之外的位置,他佯装不知道人物的动机和心理,不知道把控叙事,通过直接在叙事中发声,塑造了一个心不在焉、知之甚少的叙事者形象。有时,叙事者通过一些间或的、零星的句子试图制造叙事脱离叙事者自我运行的幻觉。比如《子午线》中,叙事者描写卡尔拉和阿贝尔见面的场景:"大幕拉上,依稀能听到零星的掌声。——晚上好,卡尔拉,男人说。——晚上好,阿贝尔,女人说。就这样,我们知道了他们的名字。"(MG,18)通过最后一句话,叙事者故意制造了叙事者缺位的效果,似乎叙事是一个独立于叙事者的机制,人物的出现、情节的编排都是叙事自我运行的结果,叙事者和读者一样在叙事行进的过程中才被告知

---

①　Blanckeman, B. *Les Récits indécidable*: *Jean Echenoz*, *Hervé Guibert*, *Pascal Guignard*. Villeneuve d'ascq: Presses universitaires de Septentrion, 2000: 37.

关键信息。如此,叙事者通过自我暴露试图制造叙事者缺席的印象。在讲到薇拉和保罗之间关系的进展时,叙事者描写道:"——你总是说谎,她说。看,现在他们以你来相称了。"(MG,56)叙事者假装人物的进展并不出自自己的安排,就好像他们是现实生活中的两个个体,叙事者只负责观察和记录,他和读者一样听凭叙事自己发展。

加宜在表现叙事者的不确定性上走得更远,他通过将创作过程暴露在读者面前塑造了一个总是游离于创作之外的叙事者形象。作者和写作的关系是冲突的,作者并不满意他所写的东西。挫败感,更确切地说是错位,成为创作者和书写之间的基本关系。这种挫败感体现在词的选择上。比如:"条件这个词出现了两次,运转这个词也出现两次,需修改"(FL,23),"新的尝试成功了,不,新的尝试,逗号,成功了"(FL,23),"狭窄这个词虽然不优雅,但更适合。可能是微小,但比微小更小"(E,87),"人们以为在尖叫,其实只是在呻吟。人们以为在喊,其实是在干什么?"(I,55)一方面,叙事者希望能够找到合适的词,使表达更加完美;另一方面,他面对的困难是即便用尽全力,也无法找到完美的表达。修改、重写在小说中比比皆是。语言的不确定,甚至是无力感是加宜的叙事者和写作之间的基本关系。加宜对自己小说的评论营造了一个深陷于词语中、拼命想要找到个人风格的作家形象。与写作的艰难关系也许折射了当代人和自我的关系:"难以找到完美的个人风格的原因是个体难以找到自己的身份,这是西方社会当代人都要面对的问题。"[①]

与叙事者相对的是作品中的隐含读者,或曰被叙事者,不管叙事者给予他何种身份(泛化的读者或特定的读者,故事内的读者或故事外的读者),文本中的读者也是一个被塑造的形象。叙事者可以通过塑造读者形象彰显自己的存在,读者就像叙事者的投影或话语策略,在叙事者想要自我暴露的时候可以随时援引。文本内读者的塑造也可以帮助叙事者和文本外的读者进行互动,最直接的手法是将文本内读者放到故事内的情境中,使之和人物等同,从而召唤故事外的读者与故事内的人物等同。比如艾什诺兹的《高大的金发女郎》就充分利用了这一效果,小说开头便是对读者的召唤:

① Ehrenberg, A. *L'Individu incertain* (coll. «pluriel»). Paris: Calmann-Lévy, 1995: 18.

你是保罗萨尔瓦多,你在找人。冬天快结束了。但你不喜欢一个
人找,你没有太多时间,所以你联系了茹微。你可以和往常一样在一张
长凳上,一个酒吧,你的或他的办公室约见他。为了换换口味,你跟他
约在里拉门的游泳池。茹微欣然接受。当天,你在说好的地点、说好的
地方出现。但你不是保罗萨尔瓦多,他每个约会都会提前很多时间到。
(GB,7)

小说叙事者用"你"塑造了读者的形象,并将之和人物等同。然而,就在
等同效应产生的当口,叙事者立即将读者拉出虚构情境,破坏了等同效应。
艾什诺兹再次运用了故弄玄虚的做法,先请读者进入圈套,继而将他拉出圈
套,在一立一破间让读者摇摆于虚构和现实的不同空间,这是艾什诺兹善于
运用的"故弄玄虚"(mystification)和"反故弄玄虚"(démystification)的双向
手法。

什维亚也喜欢将读者放在一个虚构的情境中,但他所塑造的情境是如
此离奇,如此背离常情,任何等同在一开始就是不可能的。因此,什维亚的
目的不似艾什诺兹那样,让读者产生幻觉再将其拉出来,什维亚从一开始就
希望读者跟他进行一次奇幻的语言之旅,无须编织谎言,告诉他这是谎言,
他一下子就把谎言放在读者面前,告诉他谎言之外别无其他。比如在讲到
阿尔及农带着巴拉福克斯去兽医处看病,叙事者说:

你和你的动物出现在兽医检查站,兽医哼着小调,突然停下来,随
着我们慢慢向门后退,他慌了神,弯下身子,形容失色,还剩下最后一口
气,指向我们旁边的平房,然后他死了,灵魂升天,弯弯曲曲,碰到天花
板又掉下来,掉进垃圾桶里,从今以后再没有用了。(P,164)

这段先用"你"将读者放到人物的情境中,再用"我们"把自己也放到虚
构情境中,随后用一个荒诞的充满喜剧性的场景结束。叙事者随心所欲地
运用各种人称代词,将作者、读者、叙事者、人物统统放进同一个奇幻的场景
中,糅杂了想象、荒诞,用词语打破了不同世界的界限,建造了一个绝对自
由、交错连同的空间。

叙事者和读者进入叙事中暴露自我的做法是"镜像书写"(即书写影射自身)。诚然,元话语或元叙事不是当代小说的专利,后现代元话语的特点在于将叙事者的元话语推向极致:"今天的元叙事文学是一个极端的文学,它实行了一种穷尽的策略,因为它旨在通过寻求饱和来拓展意义的界限。"①当元话语和反讽结合时,它更多体现了批判和游戏。文本对自我的热衷和追逐并不旨在塑造一个独立运行的、万能的文本形象。相反,作家们想要打破透明叙事的幻觉,勾勒语言的界限,强调现实和表现之间、书写和作者之间冲突的关系。反讽正是这样一种对幻觉保持警惕的清醒意识。

5.2.2　叙事者和人物的距离

叙事者的判断和人物的判断之间出现距离是叙事者针对人物的反讽存在的前提,它可以是显性的,也可以是隐性的。当叙事者对人物做出明显的评判,带有讥讽的意图时,两者间的距离是显性的;当叙事者对人物的反讽隐藏在描写手段中时,两者间的距离是隐性的。不论是直接的评论还是间接的描写,叙事者都可以运用很多修辞手段,我们在这里只选取几种典型的手法进行分析。

在对人物发表评论的过程中,图森的叙事者很喜欢使用括号,叙事者将自己的评论放在括号中,突然出现在平滑的文本表面,像突然起皱或断裂的纹面,强行将叙事者的声音插入叙事中,但在叙事者和故事层面造成一定层级,又不完全融入叙事过程,并不完全混淆话语,保持了叙事者话语的独立性。比如在《先生》中,叙事者讲到"先生"在其前女友父母家住宿,他"也许希望他们能对他和他们女儿之间的关系睁只眼闭只眼(不管怎样,他们的女儿还未成年)"(M,31)。括号中的话如同一个插入语,补充了前面未提及,甚至故意隐瞒的信息。叙事者如同一个背叛人物的同谋者,在不经意间出卖了自己的同伙。括号像一个具有背叛性质的秘密场地,暗中破坏了人物

① Ryan-Sautour, M. La métafiction postmoderne. In CRILA. *Métatextualité et Métafiction*. Rennes: Presses universitaires de Rennes, 2002: 71.

的可信度,表达了叙事者的反讽。《照相机》中的主人公"我"就是叙事者,当叙事者和人物重合的时候,叙事者对人物的反讽就带有自我反讽的性质。当叙事者是故事中的人物时,对人物的评论是否具有自反性质需要分情况。但叙事者是故事中正在经历事件的人物时,他的评论属于故事内的评论,当人物事后站在故事外回顾故事的时候,可以被视为故事之外的叙事者和评论者,因而可以视为具有自反性,这种情况尤其在第一人称自述的叙事中比较常见。比如《照相机》中叙事者说:"我最终从厕所里出来,总是若有所思的样子(对,我是个大思想家)。"(M,50)这段中括号内的内容因其与现实之间的差距产生了明显的夸张效果,是叙事者的自我嘲讽。叙事者像是从故事外凌驾于故事之上看待经验中的自己。在其他情况下,括号起到补充信息的作用,和在经验中的人物具有同时性,属于故事内的话语,这时并不算具有自反性质的反讽,但也表达了人物对所处情境的反讽。比如同样在《照相机》中,叙事者描写他听小学老师介绍小朋友的情况:"她转向我继续讲着,我专注地听她讲,缓缓地摇头(对,对,我明白,我说,我明白),我承认一个这么调皮的小子确实会破坏宁静的课堂。"(M,16)或者在讲到叙事者和他的意大利朋友时,他说:"我看看刚比尼先生,对他充满了感激和感动(我发现他鼻子里有毛)。"(M,22)两个例子中的括号内和括号外形成了两股对立的力量,正在叙事中的人物像突然跳出叙事外,以一个外人的角度观察叙事中的其他人物,或将叙事中发生的话语当作叙事外的话语,造成叙事的裂痕,反讽正是出自叙事内和叙事外两股力量的对立。故事内的人物并不专心存在于叙事中,他像个旁观者观察故事内的人物,故意造成自身和其他人物的间离,符合图森人物的一贯做法。

　　艾什诺兹则喜欢用"我们"(on)这个泛指人称代词来表达对人物的嘲笑。比如《高大的金发女郎》中,说到贝尔索纳塔兹开始关注自己的外表时,叙事者说:"我们可以想想,是不是淘娜婕的出现让这个平时这么不修边幅的人开始照镜子打量自己。我们可以想想,他自己是不是意识到了。我们也可以完全不在乎。"(GB,168)同样,当格洛瓦放弃修饰自己的外表时,叙事者说:"她就不能收拾收拾? 我们知道她有理由这么做,但她可以时不时买件衣服,让自己显得更美,不是吗?"(GB,67)两个例子中的"我们"(on)所具有的反讽效果来自于人称所指的模糊性,正因为"我们"(on)并不特指谁,但在某些场合又可以不明言地特指某(些)人,因而可以被叙事者利用以混淆话语的边界。文中的"我们"(on)可以是泛指的人们,可以特指叙事者自己,也可以是叙事者和读者之间形成的小范围的共谋。"我们"(on)可以让叙事者在模糊的话语环境中插入自己的声音,将自己推到文本的前台。艾什诺兹的"我们"(on)和图森的括号一样以一种并不非常张扬,同时又足以被辨别的方式将叙事者的声音放到文本的间隙中。

描写中的反讽更为隐蔽,因为描写不完全属于叙事者的话语层级,我们在描写中听到的话语并非叙事者故意呈现的自己的声音。原则上,描写应该是一个中立的场所,它应该让人觉得故事自然而然地展现出来,不着人工的痕迹。然而,描写从来就不是中立的,词的选择就表现了叙事者的立场。因此,叙事者在故事层面上的反讽是一种藏在暗处偷着乐的反讽。

艾什诺兹是这方面的高手,他常用的一个手法是将被描写的人物和语词联系起来,以至于人物和描述他们的语言变成同一水平线上的存在,产生人物即语词的效果。比如在《子午线》中,阿斯在办公室里装了一个内线电话,通过这个电话,他能够用单个音节传达命令。"他在大贝壳中讲了一句貌似单音节的话,又重新陷入扶手椅中[……]在等单音节词开花的过程中,他朝四四方方的空间扫了一眼,勉勉强强。之后,贝壳发出短暂的嗡嗡声,表明单音节词已经发芽了。"(MG,14-16)再比如,说到淘娜婕暴露的着装,叙事者说:"95-60-93,淘娜婕一年四季穿着短装,袒胸露背,短得神奇,露得惊人,有时又短又露,以至于在这些形容词之间几乎没有任何真的布料。"(GB,28)同样是淘娜婕,叙事者说:"她穿得比昨天还短,这么短这么露以至于这些形容词这次要混同在一起了,它们想要在字典中排在同一个词条上。"(GB,43)在所有的例子中,人物都和描写他们的词处于同一个空间中,人物只存在于组成他们的词中,艾什诺兹的叙事者似乎想通过这样诙谐的方式强调人物的虚构特性。加宜也喜欢用同样的手法,比如以下这段描写:

> 我刮伤了,洛雷图说,刮胡子的时候刮伤的。在别人问他"干什么"之前,他加了一句。"干什么",他看到这句话停在安可尔的嘴边,他的嘴完全和眼睛齐高,安可尔先生很高,但安可尔先生还没有时间说"干什么",洛雷图和他的"刮胡子"就抢先一步。面试一开始就不好,安可

尔先生想,这小子看起来比较偃。(BB,36)

这里,反讽并不在于人物的漫画,而在于语言的物化:词获得了具体的形态。"干什么"和"刮胡子"这两个短语像两个影子在人物嘴边跳动。一场隐蔽的争吵在两个笨拙的人物之间展开,而他们的武器不过是几个基本的词组。

反讽描写的第二个方法是直接对人物定性,最简单的做法是用形容词或名词修饰人物,表明叙事者的态度。比如《高大的金发女郎》中,叙事者称风韵犹存的格洛瓦为"我的老女人"(GB,86),他将格洛瓦的保护天使贝利亚称为"笨蛋"(GB,39);加宜的叙事者在《俱乐部的一晚》中将西蒙称为"蠢货"(SC,72);在《咆勃爵士乐》中叙事者称洛朗多为"可悲的"(BB,55)。这些具有倾向性的词明显表达了叙事者的讥讽,将人物定义为不合格的人物。另一种方法并不直接否定人物,但它形成的效果却更具有反讽效果。叙事者首先肯定人物的品质,随后立即否定。比如:"佩尔索奈特在陈述事实的时候,被迫不让自己杀手的眼神落在她身上,但他不是杀手,因为没有通过考试"(GB,151);"在他半片眼镜下,他直勾勾的眼睛表现出深沉的思考,至少表现出为此付出的努力"(CHE,100)。在两个例子中,叙事者用一句话表达了两个相反的事实。他首先赞同人物对自我的肯定,随即又否定掉。有时人物的视角特意让位于叙事者的视角。然而,人物的视角对读者来说是清晰的,人物仍然在背景中出现,两种视角之间的反差赫然出现在眼前。比如以下这个例子:"找到杀害卡尔拉凶手的希望,以及出于对称目的杀掉这个凶手的希望,在他身上激发了一种冒险和谋杀的冲动。"(MG,64)出于对称目的是叙事者的观点,它将人物悲壮的动机削减为一种机械的计算。

另一种反讽描写手段是用拟人和夸张的手法描写情绪,最为生动的是幻觉起幻觉落的过程。比如在《子午线》中,发明家拜伦在小岛上感到厌倦,有人提出给拜伦找个女人,保罗想到把女朋友薇拉叫过来,这个想法让他兴奋不已。叙事者是这样描写的:

于是,保罗有了个主意。想法产生时很害羞,慢慢变大,膨胀,变得巨大,占据他,使他淹没。他必须跟这个想法做斗争,使自己不被淹死。

他逃跑,但想法仍然在追随他,更强、更固执,用各种论据武装。他跟想法做斗争,但它还是占据了上风。思想可以消除所有的外壳、细胞、束缚、石棺,它能够恢复存在的时间和空间,它清晰、耀眼、使人自由,这是一个明亮的思想。(MG,144)

就人物的情感而言,这段描写显然夸大其词。一个鼓舞人心的想法先被描写成了一个执念,随后又被描写成了一个神秘经验。然而,不可遏制的处于上升中的希望发生了逆转,保罗在薇拉来之前就死了。叙事者对幻想和结局的巨大落差进行了反讽。叙事者对同一部小说中的另一个人物阿贝尔也进行了同样的描写。卡列尔为了打探消息而搭讪阿贝尔,阿贝尔相信了他。每次阿贝尔在卡列尔这里发现可疑的迹象,就把这归结到偶然性上。"可怜的偶然性恢复神志,睁开眼睛,重整旗鼓。尽管它存活的可能性微乎其微,但它就在那里,存在着,有可能,阿贝尔决定牢牢地抓住它。"(MG,182)最后,当卡列尔证实了阿贝尔的疑心,承认自己接近他就是为了打听包裹的事情,叙事者描写道:"不幸的偶然性凭借它有限的抵抗支持了阿贝尔,用舌头一下子让一个空白齿打转,发现了一个隐藏的氰化钾灯泡,用牙齿咬碎,狂乱地痉挛并倒下。阿贝尔见证了它的死亡。"(MG,183)这里描写的不是幻觉的产生,而是幻觉的斗争和跌落。除了喜剧性的外表和行动以外,叙事者偏爱用反讽描写情绪的起伏。

最后要介绍的描写手段是重复。这是反讽作家喜欢运用的手法,因为重复通过量的夸张引起读者对反讽的注意。比如《俱乐部的一晚》中,叙事者描写西蒙和工程师之间的交流,西蒙几次想和工程师找到共同话题,但几次都放弃了,叙事者这样描写:"西蒙想跟他交好,想问他妈妈做什么职业,为什么她能收到来自世界各地的信件。放弃。作为回报,他想跟他讲旅行的时候总会寄一张明信片给苏珊娜,她又会把邮票给孩子。放弃。他想跟他讲讲年轻时一切顺利的时期。放弃。他不想讲述他的生活。"(SC,24)这里,叙事者重复了三次"放弃",强调了西蒙和工程师之间并无共同语言,也嘲讽了同样作为工程师的西蒙在循规蹈矩的生活中体验到的索然寡味。图森的叙事者也同样喜欢运用重复的手法。在《先生》中,叙事者反复提到"人么,就是这样的"这句话,体现了一个颇有些幻灭,但又对生活保持了戏谑和幽默感的叙事者以一个旁观者的姿态观察和评价人物,这句话在文中反复出现,成为叙事者标志性的口头禅,既体现了叙事者对人物的反讽,也应和了人物对周遭环境的反讽,成为弥漫在图森小说中无处不在的无所谓的态度的反射。

反讽描写属于一种有距离感的书写,叙事者并不赞同人物的视角,甚至完全反对人物的观点。但叙事者并没有评判或采取任何立场,相反,他们和人物玩起了游戏。反讽不在于叙事者和人物之间意识形态上的分歧,并不是叙事者的观点和人物的观点相悖而产生反讽。反讽来自于叙事者作为小说创造者的立场,叙事者将人物看作虚构产物决定了他"居高临下"的姿态,从而使叙事者和人物之间产生了距离。作家的意识将叙事者和人物分离开来,成为处于两个不同层级的存在。叙事者并没有参与故事的发展中,他做的是安装和拆卸叙事的工作,他并没有被自己创造的幻景所吸引,一直记得小说是虚构的产物。这种"居高临下"的姿态让反讽小说成为典型的镜像小说。

5.2.3　反讽和"复调"

奥斯瓦尔德·杜克在《言与所言》中提出了反讽的复调理论。为了理解语言上的复调概念,杜克提出了三个概念:一个是经验主体(sujet empirique),一个是发话者(locuteur),一个是陈述者(énonciateur)。经验主体指说话人作为现实中真实存在的个体;发话者"是这样一个存在,从话语的角度来说,他是话语的负责人,也就是说我们把这句话的责任归咎于他"①。代词"我"以及其他第一人称代词都指向这个发话者。虽然在惯常的话语中发话者和经验主体合二为一,但它们也可以是不同的两个人。比如在一些行政文书中,会有涉及关于"本人"的条款,最后需要涉及的人签字。这些条款的作者是行政机构,并不是最后签字的人,所以行政机构是文书的真实作者,即经验主体。当具体的个人签字后,"本人"指向这个签字的

---

① Ducrot, O. *Le Dire et le Dit*. Paris: Les Editions de Minuit, 1984: 193.

人,它是法律上的发话者。在这个例子中,经验主体和发话者是不同的人。在发话者中,我们又可以衍生出"实在的发话者"(locuteur en tant que tel)和"存在于世的发话者"(locuteur en tant qu'être au monde)。实在的发话者是话语的负责人,是出声的那个人,存在于世的发话者是"一个'完整'的人"①。实在的发话者只跟发话行为相关,存在于世的发话者是第一人称"我"构造出来的形象,是一种叙事的效果。存在于世的发话者和经验主体的区别是:前者是话语构造出来的整体,后者是真实的人。陈述者"则是这样一些人,他们被认为通过话语得到表达,但却并不因此能找到具体的相对应的词"②。陈述者的声音不能直接在话语中找到,只能通过话语所体现的视角、立场和态度获得表达。关于这几个概念的区别,我们可以在文学中找到对应的概念。小说中的作者是经验主体,叙事者是发话者,两者身份上可以吻合,也可以不一致。叙事者又可以分为实际说话的叙事者和隐含的叙事者,前者是作为发话者的"我",后者是文本整体塑造出来的关于"我"的形象(可以直接表现,也可以从文本中推断出来)。人物可被看作是陈述者。叙事中的"视角"和叙事的"声音"可以不一致,也就是说叙事者说话的时候可以站在人物的视角看问题,这时发话者和陈述者不是一个人。

反讽即"发话者 L 站在陈述者 E 的立场讲话,另外,我们知道发话者 L 不但不对此立场负责,而且认为它是荒唐的"③。发话者 L 和陈述者 E 之间的区分能够说明反讽话语自相矛盾的地方。在反讽话语中,发话者和荒唐的陈述者之间拉开了距离。发话者假装同意陈述者的立场,但是又给出信息让人觉察到有矛盾存在。当然,还有另一个合理的立场是发话者赞同的,但他并不公开将此表达出来。我们只能通过语境猜出,比如语调或一些特殊的迹象。在大多数情况下,反讽的目标是那个荒唐的陈述者,而这个陈述者往往是对话者,这使得反讽具有一定的攻击性。比如,昨天"我"跟"你"说皮埃尔今天会来,"你"不相信。今天皮埃尔真的来了,于是"我"对"你"说:"你看,皮埃尔没有来。"这句话的实际发话者是"我",但不是"我"的视角,因为"我"断言他会来。话语的视角是"你",因为"你"昨天说过类似的话,因此

① Ducrot, O. *Le Dire et le Dit*. Paris: Les Editions de Minuit, 1984: 200.
② Ducrot, O. *Le Dire et le Dit*. Paris: Les Editions de Minuit, 1984: 204.
③ Ducrot, O. *Le Dire et le Dit*. Paris: Les Editions de Minuit, 1984: 211.

"你"是陈述者。"我"重复"你"的错误观点,为了对"你"进行嘲讽。

当发话者和陈述者是同一个人时,我们面对的是自我反讽,也就是说说话者嘲笑的是自己曾经的观点。比如"我"昨天断言今天不会下雨,结果今天下雨了,于是"我"说:"你看,今天不会下雨。"这句话是面对第三者嘲笑自己曾经的观念。杜克认为,在自我反讽中,我们既可以把发话者看作现在的"我",把陈述者看作曾经的"我",也可以在发话者内部做区分:实在的发话者是现在的"我",存在于世的发话者是曾经的"我"。杜克还提到另一个情况,当陈述者身份不明时,我们可以将反讽话语定义为幽默。"发话者被表现为话语的负责人,但话语的视角不属于任何人,发话者似乎处于话语情境之外:他单纯通过自己和话语之间的距离定义自身,他置于语境之外,获得了某种超脱和潇洒的表象。"①正因为陈述者并不确定,所以反讽的对象是模糊的,这也使得幽默这种手法和反讽相比少了攻击性,多了一些善意和超脱的成分。

杜克对话语反讽的研究借鉴了美国语言学家斯坡博和威尔逊提出的"回声理论"。他们在"作为引用的反讽"一文开篇指出文章的目的是重新思考经典的反讽定义中不可缺少的转义,试图不用转义来定义反讽现象。对反讽的重新定义属于"一个更大的研究计划的框架内,该研究计划的目的是将对阐释句子时的语义、语用和修辞各方面都统一在同一个理论内。"②两位语言学家认为传统的反讽定义有以下两个缺点:第一,反讽是一种效果,不同类型的句子都可以产生同一效果,但"本义—转义"的定义不能解释所有不同类型的句子。第二,大多数句子语义模糊,它们可以有很多解释,而且它们在外部世界中对应的"指称"在原则上也可以是无穷的。因此在解释反讽的时候可以不借助于转义,"仅仅局限于一些具有独立理据的概念,比如本义和暗示"③。

他们在文章中提出了几个普通的反讽句子,凭直觉可以判断是反讽句子,但是又不完全符合反讽作为反语的定义。比如气象预报天气晴朗,但突然下起雨来,有人会说"多么好的天气!","我感到有几滴雨","带伞一点用

---

① Ducrot, O. *Le Dire et le Dit*. Paris: Les Editions de Minuit, 1984: 213.

② Sperber, D., Wilson, D. Les ironies comme mentions. *L'Ironie*, 1978(36): 399. 以下例子均出自该文章。

③ Sperber, D., Wilson, D. Les ironies comme mentions. *L'Ironie*, 1978(36): 401.

都没有"或者"你想不想浇花?"确实,这些句子不能用转义来解释,我们只能通过对语境的判断来推断这些句子并不想要描述情境,是想对句子本身发表评论,而不是借助句子表达什么东西。比如,"多么好的天气!"这个句子实际上并不想表达"多么差的天气!"的意思,因为如果说话人只想表达后面的意思,他可以直接说出后面的句子。他如果选择了前面的句子,是想让对方对他说话的意图进行揣测,将他的注意力拉到这个悖反常情的句子上。

据此,他们提出了两个对立的概念:一个是"引用"(mention),一个是"使用"(emploi)。"当人们使用一个表达时,人们指向表达所指向的东西,当人们引用一个表达时,人们指向那个表达本身。"①比如,"很遗憾!"这个句子"使用"了"很遗憾"这个短语用来表达现实状况中令人遗憾的事件。"不要说很遗憾,做些其他的事情"这个句子"引用"了"很遗憾",它并不对应现实世界的情境,就语言的意义本身做出评论。这类似于雅克布森所说的"元语言"功能,即语言言说自我的功能。引用的可以是真实说出的话语,也可以是假想的话语,或者可以不是话语而是某个想法,比如"有一天,他会承认自己是有罪的"(假想);"他不敢想象他是有罪的"(想象)。引用的话语的直接程度不一而足,直接程度依次如下:直接引语或自由直接引语,自由间接引语,间接引语,叙述体。

就反讽而言,"引用"在于:"发话者引用某个说法,他的说话方式表现了他对这个说法并不赞同"②,或者因为和实际相反,或者因为并不中肯。对于接收者来说,要明白这样的句子要同时认出其回声的特点和发话者对他所引用的句子的态度。比如以下这个例子:"——我很高兴命运选择了你来为我这样的老实人主持正义。——先生,您这样的老实人现在要解释下三百四十四桩偷窃、强盗、坑蒙、造假、勒索、窝藏事件等。"这个例子中第二个说话者引用了第一个说话者的话,同样的话在第一个说话者那里是严肃的,在第二个说话者那里是反讽的,因为从语境判断第二个说话者并不赞同这一判断。这个例子中的引用是直接的明显的引用,但在其他场合中引用的话也有可能是间接的、不明显的、甚至不存在的。所有的反讽话语都可以被

---

① Sperber, D., Wilson, D. Les Ironies comme mentions. *L'Ironie*, 1978(36): 404.

② Sperber, D., Wilson, D. Les ironies comme mentions. *L'Ironie*, 1978(36): 407.

定义为具有回声性质的引用，"或近或远的回声，对于思想或对于话语的回声，真实或想象的回声，个体确定或不确定的回声"①。

复调和回声理论扩大了文学文本中反讽的阐释，它们体现在这样一些句子中：或者在需要客观呈现人物话语的时候出现了叙事者的声音，或者在需要叙事者客观描述事实的时候引入了人物的视角，前者在人物的话语中夹杂了叙事者的话语，后者在叙事者的话语中插入了人物的话语，我们可以将这类具有复调性质的话语看作人物和叙事者之间的双向"引用"，目的是对某种话语风格或话语所传递的价值观加以嘲讽。

第一种"引用"方式是叙事者对人物话语的直接引用，叙事者首先用直接引语的方式呈现人物的话语，之后用叙事性话语再次重复人物的用词。比如《高大的金发女郎》中，贝利亚对格洛瓦说："我要是你，就提防这个家伙。"（GB,145）随后，叙事者描述："然而，这个家伙花了很长时间仔细检查桑吉夫。"（GB,145）叙事者直接引用人物的用词称呼另一个人物，既传达了一个人物对另一个人物的嘲讽，又表达了叙事者自己的嘲讽。《子午线》中胡塞尔对古特曼说："不要夸大，我只是个可怜而孤单的盲人而已。"（MG,136）随后，叙事者说："之后，他表演了可怜而孤单的盲人表演的节目。"（MG,136）这里，叙事者借用人物自己对自己的嘲讽来指称人物。在这两个例子中，叙事者的态度是模棱两可的。虽然复调理论认为，发话人在引用他人话语的时候并不赞同被引用者的观点，但在艾什诺兹的两个例子中，引用确实存在，但我们很难说叙事者一定不赞成人物的观点，桑吉夫确实是个老奸巨猾的医生，而胡塞尔最后暴毙于子午线岛也证实了他自己的判断是正确的。从价值判断的角度来说，在引用人物话语的过程中，叙事者也许赞同人物的观点，此时反讽的对象不是人物的观点，而是人物的用词。在引用过程中，相同的用词在不同语境下出现会强化语词本身的构成和意义，夸大语词的情感效果。

另一个直接引用的例子是图森的《先生》。卡尔兹对彭斯拉马诺夫夫人说："我们一起去睡个午觉吧。"之后，"他若无其事地站起来，矜持地跟着彭斯拉玛诺夫人，很快走远了"（M,62）。随后，叙事者说："午觉后，卡尔兹回

———————
① Sperber, D., Wilson, D. Les ironies comme mentions. *L'Ironie*, 1978(36)：408.

来了,在花园的吊床上度过梦幻的下午。"(M,63)这里,叙事者引用了人物的用词"午觉",可谓意味深长。虽然叙事者并未明言中间发生的事情,但根据卡尔兹对彭斯拉玛诺夫人的好感,以及彭斯拉玛诺夫人曾经用同样的借口邀请先生跟她共度良宵等前后情境来看,"午觉"在人物口中是意味深长的托词。读者也显然对这一用词的用意心领神会。在叙事者、人物、读者三方均领会的情况下引用了人物的用词,表达了对人物的反讽。在这个例子中,叙事者的价值判断和人物的价值判断相左,叙事者既嘲笑了人物的观点,又嘲讽了语词本身。从直接引用的例子看,不管叙事者是否反对人物的立场,至少引用这个举动造成了引用者和被引用话语间的距离,反讽与其说是产生自引用者和被引用者的距离,不如说是产生自引用者和被引用话语之间的距离。

除直接引用外,叙事者也可以间接引用人物的话语,主要体现在各种引语中。从反讽双声话语的角度看,间接引语、自由间接引语和自由直接引语最值得研究者关注,因为这三种引语不同程度地实现了叙事者话语和人物话语之间的重叠。间接引语是人物的直接话语被置换成叙事者的话语,并作时态和人称的相应变换。巴赫金在《马克思主义和语言哲学》中专门辟章分析间接引语中的复调现象。他说:"间接引语的分析特性首先在于所有话语中情感和情绪上的因素并不直接转换到间接引语中"[1],因此间接引语既保存了人物的声音,是对人物话语的再现,又对人物的话语做出了省略,叙事者用自己的语言重塑了人物的话语,"他并不满足于传达所转述的话语的意义,同时也预设了对内容和发话的阐释"[2]。人物声音的比重取决于叙事者对原话的忠诚度。巴赫金认为有两种类型的间接引语:"一种用分析的方式将(说话者说的话)客观精确的构成准确表达出来"[3];另一种"将他人的发话作为表达传达出来,这种表达不仅成为所说话语的特点(实际上,其重要性比较小),同时也是说话者本身的特点"[4]。第一种间接引语在叙事者

① Bakhtine, M. *Le Maxisme et la philosophie du langage, essai d'application de la méthode sociologique en linguistique*. Yaguello, M. (trans.). Paris: Les Editions de Minuit,1977: 177.
② Herschberg-Pierrot, A. *Stylistique de la prose*. Paris: Belin, 1993: 114.
③ Herschberg-Pierrot, A. *Stylistique de la prose*. Paris: Belin, 1993: 179.
④ Herschberg-Pierrot, A. *Stylistique de la prose*. Paris: Belin, 1993: 179.

话语和人物话语之间保存了"清晰而严格的距离"①,但同时也使人物的话语失去了个人特点。第二种间接引语则在一定程度上保留了人物话语的特点,但设置了"距离","这个距离正合作者的意。[人物]话语被突出、被'染色',同时加上了作者本人的微妙风格:反讽、幽默等"②。

艾什诺兹擅长运用第二种间接引语,即最大限度地保留人物的话语特色,并在叙事者话语的框架内进行夸大、戏仿。叙事者转述人物的话语,忠实于每一个细节,当人物的语言极具个人色彩时,对这样的风格原搬照抄就好比叙事者对此进行戏仿。比如以下这个例子:"吉尔维尼克说因为这个所以这样,但是出事以后还是这样。"(CHE,91)在这个例子中,人物的话语被尽可能地保留了。间接引语和直接引语之间的界限几乎被取消。人物风格的忠实转述之所以会产生反讽的效果,就在于一种个人风格被推向极端,就变成了漫画式的模仿。"这里所涉及的是对一种风格或之前提到的话语进行引用、夸张、模仿、重复(包含 doubler 这个词的所有意义),很多时候反讽的信息并不针对内容,而是针对目标信息的形式,尤其是针对它的逻辑。"③否认别人的有效手段之一是让他的语言显出机械重复的一面,从而变得好笑。

被风格化了的间接引语已经非常接近于自由间接引语,两者都给了人物的声音更多的位置。它们的差别在于自由间接引语除了模仿人物话语的功能外,还可以引起声音之间的混淆,因为它虽然保留了间接引语的时态和人称,但因为取消了话语动词和引导从句的连词,因而取消了叙事者和人物话语之间的界限。"自由间接引语的特点在于并列了至少两个发话主体,起转述作用的话语回应了另一个声音,我们无法将其复原成一个清晰的引言。"④因此,自由间接引语可以成为反讽的温床,因为两者都在同一个话语中并列了两个互相回应的声音,两者都需要对语境进行分析,来确定说话者的意图。从"复调"的角度来说,自由间接引语比间接引语和直接引语更能

① Herschberg-Pierrot, A. *Stylistique de la prose*. Paris: Belin, 1993: 180.

② Herschberg-Pierrot, A. *Stylistique de la prose*. Paris: Belin, 1993: 181-182.

③ Hamon, P. *L'Ironie littéraire, essai sur les formes de l'écriture oblique*. Paris: Hachette supérieur, 1996: 23.

④ Herschberg-Pierrot, A. *Stylistique de la prose*. Paris: Belin, 1993: 116.

传达叙事者的态度,"间接引语和直接引语因为被引导动词(他说、他想等)限定,因此作者把话语内容的责任推到人物身上。相反,在自由间接引语中,因为省略了引导动词,作者承担了人物话语的责任,好像那是事实,而不只是思想或话语"①。

加宜大量运用自由间接引语来模仿人物的声音。他经常将人物的话语和叙事者的模仿放在一起来造成镜像效果。比如以下这个例子:

> 瘦子自言自语地说,不,没有,他饿了,没钱,只有一张可怜兮兮的10法郎,刚刚够买,再说。全在这儿了,我得找到,他自言自语地说,他必须得找到能够,但先得吃点什么,一个羊角面包,一块面包干,不,还不够,就一杯咖啡,报纸呢?真的,我忘了报纸。他为自己包上纱布。(BB,16)

上面这段从"我"的发话开始,随后叙事者的声音进入句子,以第三人称的方式讲述。两种话语之间的连接因为自由间接引语而变得流畅。同样的情况接下来在同样的句子中又出现了一次。由于保留了相同的语调,虽然话语转变了,但长句子仍然保留了均匀和流畅的感觉。自由间接引语模仿了街头混混的短促的风格,同时使句子更有节奏感,也给了叙事某种轻盈、反讽的意味。

加宜的另外一个创新在于结合间接引语和自由直接引语。自由直接引语是在直接引语的基础上去掉引导的动词以及说话者身份的介绍。自由直接引语的功能是最大限度地解放人物的话语,在文学作品中,自由直接引语将人物的话语直接呈现在叙事过程中,表达强烈的情绪和转瞬即逝的思想。间接引语限制了人物自由的表达,自由直接引语则将人物的话语从固定框架中解放出来,两者结合,创造了一种奇怪的效果,可被称为"受限制的自由"。以下是《逃亡者》中的一个例子。

---

① Bakhtine, M. *Le Maxisme et la philosophie du langage*, *essai d'application de la méthode sociologique en linguistique*. Yaguello, M. (trans.). Paris: Les Editions de Minuit,1977: 206.

他不行了,露易斯说,他快没气了。她转向伊丽莎白说他不能再忍受等我了。当他看到我,当他终于看到我,他受不了看到我在这样的境况中,他对我说,你知道他对我说什么。他对我说,你知道他对我说什么。他对我说这让我难受多过高兴。她过去看了看阿图尔,但又想到一个男人不会懂的,又重新盯着伊丽莎白看。他想吻我,你懂的,他想碰我。这一次她看了看阿图尔。(E,182)

在这段中,有好几种类型的话语:直接话语("他不行了,露易斯说,他快没气了");间接引语和自由间接引语("她转向伊丽莎白说他不能再忍受等我了。当他看到我,当他终于看到我,他受不了看到我在这样的境况下","他对我说这让我难受多过高兴");自由直接引语("他想吻我,你懂的,他想碰我")。我们看到人物的话语是如何慢慢得到解放。它首先被局限在直接引语的身份限制中,它的属性是明确的。然后它又通过间接引语和叙事者的话语连接在一起。最后又通过自由直接引语获得了完全的独立。间接引语和自由直接引语的配合是人物话语解放过程的过渡阶段。第一人称和第三人称的奇特组合产生了某种身份上的混乱,正是这种混乱产生的不适应感催生了反讽的笑声。

除了各种引语的变换,作者也可以在不同声音的融合程度上做变化。艾什诺兹的《高大的金发女郎》中有这样一个例子:"贝尔索纳塔爱上了淘娜婕,这是个很有吸引力、很有活力的女性,贝尔索纳塔感到有些自卑,即便如此,贝尔索纳塔苦涩地承认道,这件事情是不可能的。淘娜婕还是更漂亮(我想说比我漂亮),应该更有钱(这不难),看起来更年轻(请参照前文)。"(GB,242)括号中的话语实现了身份上的转变,首先是直接引语,属于人物的话语,然后是自由间接引语,身份不明,最后是属于作者的话语。这里,叙事者的反讽与其说是对人物的嘲讽,不如说是对复调的嬉戏。

现代小说中混合话语的大量应用表现了现代社会中传统与现代、自我与他人、各个社会因素之间复杂的相互影响。浪漫主义以降的强烈的个人风格让位于后现代社会的折中浪潮。这股折中浪潮糅杂了不同的话语,作家在吸收他人风格的基础上形成了自己的话语特色。复调不只是在文学上对参差交错的意识和语言的再现,它更是作家在话语和身份的不同地带摇摆的游戏。文本不再属于作家一个人,它是众多声音交错、碰撞、互相融合的场域。反讽运用复调的模糊性获得了新的模式:不确定性。如此,反讽并不针对人物的意识形态,也不针对他们的个人话语,它是作家在不同话语之间跳跃的乐趣,在运用已有的表达的基础上探索新的表达的可能性。

在当代文学中,作者和叙事者形象的构造是文本自反性的一种体现。在反讽小说中,作品故意将创作主体和创作过程暴露在文本中,使其成为被表现的内容之一,甚至成为核心内容。小说所热衷于展现的作者形象有两种:一种是自我寻找的作者,另一种是自我揭露的作者。自我寻找的作者总是在寻找属于自己的独特风格,写作过程就是寻找语言的过程,作家将自我和书写、表现与被表现物之间永恒的差距展现在叙事过程中,借此指出语言的局限:表现无法通达被表现之物,个人的风格也总是被他者的声音所拆解。反讽存在于寻而不得的过程中,在无限靠近却终究不得的距离里。自我揭露的作者首先建立起一个貌似坚固的叙事,然后暗中破坏叙事的基础,揭露似是而非的叙事。他们先建立起关于作者的神话,然后用戏谑的方式将作者拉下神坛。反讽存在于自我建构和自我破坏、建立神话和破解神话互相交叉的过程中,体现了作者分裂的意识。

叙事者的反讽主要体现在他和人物的关系上,这种关系又通过他和人物语言的关系折射出来。当代反讽小说中的叙事者很少直接对人物发表评论,他们在一定程度上悬搁了道德判断,将对人物的情感从道德层面下放到语言层面。因而叙事者的声音出现在文本的各种间隙中,叙事者不放过任何宏观的叙事结构和微观的字词组成,以便将自己的声音渗透进去。他们将自己的声音和人物的声音重叠在一起,制造多声效果,通过话语的叠加和分层既和人物拉开距离,又将距离裹挟在混乱的杂糅的话语中,反讽存在于叙事者话语和人物话语混而不合的张力中。

第六章

反讽的语言

本章将探讨何为反讽的语言。反讽并不归属于某种特定的语言，反讽存在于说话者的意图中，是表面话语和实际意义之间形成的张力，是话语及其语境形成的反差。因而我们一般偏向于认为反讽是一种修辞方式，它可以借用任何语言，而任何语言只要具备说话者的反讽意图都可以变成反讽。当某一历史阶段某一群作家的作品中共同呈现出反讽的意图时，我们可以从语体风格的角度对他们的语言进行整体研究，找出共性。如果说反讽作家寻求的是能指和所指的内在分裂，那么在他们的风格中有一种恒定的因素叫作"差异"（écart）。"差异"不光存在于语言内部，也存在于反讽语言和另一种被视为标准的规范化语言的对立中。当我们研究某一时段的反讽语言时，找到"差异"和对立的关系是我们确定反讽语言历史性的关键。

理查德·罗蒂在《偶然、反讽和团结》一书中描述了一种理想的反讽语言，这种反讽语言的"差异"体现在它和形而上学语言的对立上。他如此定义反讽者："依我的定义，'反讽主义者'（ironist）必须符合下列三个条件：（一）由于她深受其他语汇——她所邂逅的人或书籍所用的终级语汇——所感动，因此她对自己目前使用的终极语汇，抱持着彻底的、持续不断的质疑。（二）她知道以她现有语汇结构所做的论证，既无法支持，亦无法消解这些质疑。（三）当她对她的处境做哲学思考时，她不认为她的语汇比其他语汇更接近实有，也不认为她的语汇接触到了在她之外的任何力量。[……]由于始终都意识到自我描述所使用的词语是可以改变的，也始终意识到自己的终极语汇以及他们的自我是偶然的、纤弱易逝的，所以他们永远无法把自己看得很认真。"[①]这里罗蒂虽然在描述反讽者，但其实是在描述反讽语言。

---

① 罗蒂. 偶然、反讽与团结. 徐文瑞，译. 北京：商务印书馆，2003：105-106.

223

他认为反讽者应当操持的语言首先是质疑的语言,即对所有的终极语汇,尤其是自己深受影响的那套语汇始终保持怀疑的态度,不认为它们具有达到实有的能力;反讽者对自己目前操持的语言也不能完全信任,他并不能确信自己的语言比其他语言更接近实有,因而反讽的语言是高度警惕和自省,致力于破除玄虚的语言,它"要用自己的语言把过去再描述一遍"①。同时,反讽的语言是"民主"且"谦卑"的语言,它不认为自己比别人更具备洞见的能力,也不认为有哪种语言比其他语言更接近真理,所有的语言在指向外物的能力上处于同一水平线上。它认为除了描述自身之外,它不能(确定)指向在它之外的任何物体,因而它的任务不是把握外物并企图命名它们,而是不断地描述并拆毁自己所建立的描述,"他想要找到一个既能自己销毁,又能不断自我更新的终极语汇"②。建立这样一种自我关注、自我批判的反讽语言,"唯一的办法就是把自己写作的重点转移到那些'物质性的'特色上,转移到那些传统上被认为是边缘的特色上"③。

罗蒂理想中的反讽语言继承了德国浪漫主义反讽的美学观,深刻地体现在当代反讽作家的语言中:一种质疑一切,甚至质疑自己的语言;一种自我建立又自我毁灭的语言;一种专注于自身,并将呈现语词的物质性作为唯一实在的语言。这种语言具体体现在反讽作品中具有以下两个特点:一是"不动声色"(impassible);二是巴特意义上的"巴洛克反讽"(ironie baroque)。质疑和批判需要情感的节制,产生了一种具有距离感的表现,制造了"无情感"的叙事,或是评论家所说的"不动声色"的叙事。关注语词的物质性,通过自我呈现、自我拆解,以至于形成一种繁复的、断裂的、杂乱的"巴洛克"语言,通过物质性的延展产生一种充沛的情绪,作为对"不动声色"的补充。两者共同构成了当代反讽语言的特点。

① 罗蒂. 偶然、反讽与团结. 徐文瑞,译. 北京:商务印书馆,2003:138.
② 罗蒂. 偶然、反讽与团结. 徐文瑞,译. 北京:商务印书馆,2003:160.
③ 罗蒂. 偶然、反讽与团结. 徐文瑞,译. 北京:商务印书馆,2003:184.

6.1 "不动声色"的语言

詹姆逊在《后现代或资本主义晚期的文化逻辑》一书中指出,现代主义艺术中充沛的情感表达预设了"主体内部的分离"[①]以及"内与外的形而上学"[②];"这种情绪投射到外部并外化成动作或喊叫,如同内在情感以某种戏剧性的方式外化,成为绝望的交流"[③]。在后现代艺术中,深度模式被平面模式所取代,表象与本质、潜在与外在、真诚与不真诚、能指与所指这些支撑深度模式的对立结构被取消了。现代主义艺术中情感的表达因为"资产阶级自我病理(psychopathologie)心理的终结"[④]成为"过时"的表达,取而代之的是"去心理化""平面化"的个体形象,对应的是文化上"情感的衰弱"[⑤],反应在语言上是一种"不动声色"的语言。

"不动声色的作家"这个标签是法国子夜出版社已故出版家杰罗姆·林顿所取,用来指称 20 世纪 80 年代初开始出现在法国文坛上的一批年轻作家。林顿这样定义"不动声色":"这并不等同于什么都感受不到或没有情感的人,它所指的正好相反,不要流露情感。"[⑥]当代反讽书写一开始就和"情感"纠葛在一起,如何在书写中节制情感,又如何在叙事的层面上重新注入情感,成为反讽作家在话语风格上的关注点。文学批评家布朗克曼将这些

---

① Jameson, F. *Le Postmodernisme ou la Logique culturelle du capitalisme tardif* (coll. «D'art en question»). Paris: Editions Beaux-arts de Paris, 2007: 49.

② Jameson, F. *Le Postmodernisme ou la Logique culturelle du capitalisme tardif* (coll. «D'art en question»). Paris: Editions Beaux-arts de Paris, 2007: 49.

③ Jameson, F. *Le Postmodernisme ou la Logique culturelle du capitalisme tardif* (coll. «D'art en question»). Paris: Editions Beaux-arts de Paris, 2007: 49.

④ Jameson, F. *Le Postmodernisme ou la Logique culturelle du capitalisme tardif* (coll. «D'art en question»). Paris: Editions Beaux-arts de Paris, 2007: 54.

⑤ Jameson, F. *Le Postmodernisme ou la Logique culturelle du capitalisme tardif* (coll. «D'art en question»). Paris: Editions Beaux-arts de Paris, 2007: 46.

⑥ Bertho, S. Jean-Philippe Toussaint et la métaphysique. In Ammouche-Kremers, M., Hillenaar, H. (eds.). *Jeunes auteurs de Minuit*. Amsterdam: Rodopi, 1994: 17.

年轻的反讽作家们的共性定义成"潇洒美学":"他们在表现当代世界和人类的时候呈现出一种有意识的计算过的超脱的艺术"①;反讽的功用就是"预防情感,并在最出其不意的时候出现情感"②。这种"有意识计算过的超脱"可以针对各种不同的客体,在加宜这里,反讽用来保护现实中情感的决堤,"当情绪有些过于汹涌的时候,反讽可以帮助逃离"③。在艾什诺兹这里,不动声色是叙事的润滑油,能够让叙事更有效:"很奇怪,当叙事通过一层空气会更有效,它同时属于距离感和笑,也是希望摆脱情感的自然倾向"④。在什维亚这里,幽默能够将自己"和文学拉开距离",如果没有幽默,将只剩下"属于另一时代的华丽的辞藻和自负"⑤。同样,图森也喜欢从外部对人物做描述,"人物和叙事者之间有很大的分离"⑥,人物身上的可笑之处被夸大。在四位作家身上,反讽自始至终都和距离感的设置密不可分,距离感要求作家在写作的时候将自己和人物、创作过程和叙事结果分离开,因而不可避免地需要抑制自己的情感,不让自己的情绪过于附着在叙事上,避免在叙事中呈现过多的主观色彩,影响叙事的进展。反讽作家的不动声色不是情感的衰弱,而是一种故意为之的叙事需求,但同时确乎存在对情感的警惕,甚至贬低的倾向,因为情感及主观性的表达属于现代主义的产物,是需要被跨越和更新的"另一时代的"特征。

① Blanckeman, B. *Les Fictions singulières, étude sur le roman français contemporain*. Paris: Prétexte éditeur, 2002: 62.

② Blanckeman, B. *Les Fictions singulières, étude sur le roman français contemporain*. Paris: Prétexte éditeur, 2002: 62..

③ Gailly, C. Qu'est-ce écrire? Comment écrire?. Entretien avec Christian Gailly, propos recueillis par Christiane Jérusalem et Elisa Bricco. In Bricco, E., Jérusalem, C. *Christian Gailly, «l'écriture qui sauve»*. Sainte-Etienne: PU Sainte-Etienne, 2007: 172.

④ Echenoz, J. L'image du roman comme moteur de la fiction. Entretien avec Echenoz, propos recueillis par Jean-Claude Lebrun. *L'Humanité*, 1996. www. remue. net/cont/echenoz. html.

⑤ Chevillard, E. Douze questions à Éric Chevillard. propos recueillis par Florine Leplâtre. *Inventaire-Invention*, 2006-11-21. http://www. eric-chevillard. net/e_inventaireinvention. php.

⑥ Interview de Jean-Philippe Toussaint, propos recueillis par Laurent Hanson, Institut franco-japonais de Tokyo, le 19 janvier 1998. http://www. twics. com/～berlol/foire/fle98to. htm.

6.1.1　"极简主义"

乍一看，四位作家似乎很难和极简主义风格（minimalisme）挂钩，因为他们的作品中总是充满了大量的细节和语言技巧。但是如果极简主义表现的是情感的控制和质朴的笔调，那么极简同时也包含了不动声色和游戏两种品格。"极简主义使简朴控制在一个度里，又控制了游戏的范围。"①布郎克曼如是说。艾什诺兹小说中的情节、什维亚的语言游戏、加宜和图森作品中情绪失控的危险都被构架在这样一种叙事中，它将复杂的故事控制在"几个形式单元的组合内"②。极简书写是反讽的代名词，它和反讽一样，试图把庞杂的情节压缩在基本的叙事中，在经典小说性中引入变形和漏洞，从而在传统和实验之间找寻别样的叙事体验。在情感层面，极简主义试图将情感圈定在最小范围内，从叙事中剥离所有情绪冲动和主观评判，将叙事者的存在降到最低，只剩下某种可被称为行为主义的描写方式。用布朗克曼的话说，极简主义小说是"特征最小化的小说"③。我们将以艾什诺兹的小说为例，分析其作品中的极简和反讽。

艾什诺兹最常用的剥离叙事者情感的方式是外视角的运用。"视角"指"叙事是通过谁的眼睛看出来的"，以区别于"声音"，即"谁是叙事者"的问题④。"外视角"指"人物在我们眼前行动，而我们永远都不准许知道他的思想或情感"⑤。在外视角中，叙事者像是隐身了一般，他不提供任何超出他能够观察的界限的信息，他就像一部摄像机，忠实记录人物的动作，不深入内里，除非通过人物自己之口说出。"外视角"的经典代表是海明威，法国"新小说"派的罗伯格里耶也常用这一技巧。"外视角"只负责呈现人物的外

---

① Blanckeman, B. *Les Fictions singulières，étude sur le roman français contemporain*. Paris：Prétexte éditeur, 2002：66.

② Blanckeman, B. *Les Fictions singulières，étude sur le roman français contemporain*. Paris：Prétexte éditeur, 2002：65.

③ Blanckeman, B. *Les Fictions singulières，étude sur le roman français contemporain*. Paris：Prétexte éditeur, 2002：71.

④ 参见：Genette, G. *Figures III*（«coll. Poétique»）. Paris：Editions du Seuil, 1972：203.

⑤ Genette, G. *Figures III*（«coll. Poétique»）. Paris：Editions du Seuil, 1972：207.

部行为,因而叙事者的情感和思想被降到最低,制造了一个没有情感,甚至没有存在感的叙事者形象。此时的反讽并不通过叙事者对人物的评论或描写表现出来,反讽是叙事者"隐身"的姿态,是创作主体意识最小化的努力,以对立于一个有着磅礴的表达欲望的作者形象。

比如小说《切罗基》这样开场:"一天,一个男人走出一个木棚。这是个位于东边郊区的空木棚。这个男人又高又大,身形壮实,头很大,面无表情。那是傍晚时分。"(CHE,9)小说开始完全使用"外视角"的手法,叙事者并不告知确切的时间、地点、人物的身份,他用模糊的指称方式"一天""一个男人""一个木棚",造成叙事者并不比读者知道得更多的印象。除隐瞒确切的信息外,叙事者尽量使用客观的描写方式,不加个人情感,用语极简。叙事者以此方式进行持续描写,直到几页篇幅之后才告知人物的姓名。这一手法在《切罗基》中频繁使用,强化了中立的叙事效果。

如果说在《切罗基》中,叙事者不得不自己打破"外视角",告知读者必要的信息,在《子午线》的某些段落中叙事者则完全隐身,连人物身份等关键信息都只通过叙事技巧本身传达给读者。比如"在一家夜总会的表演台上一个女人正在脱衣服,幕布里一个年纪比她大的男人正在看她,把一件件脱掉并扔向他的衣服拾起来叠好。表演最后,一个年轻的女人有节奏地摇晃着身上仅剩的东西,然后退场。幕布拉上,传来稀稀拉拉的掌声。——晚上好,卡尔拉,男人说。——晚上好,阿贝尔,女人说。"(MG,18)这一片段运用了同样的"外视角"手法,以"一个男人"和"一个女人"来称呼人物,最后人物的身份通过人物之口传递,如此叙事者完全从信息赋予者的角色中脱离出来,造成一种叙事自动展开的错觉。简洁、中性、利落的外视角风格将叙事者的功能降到最低,反讽来自于冰冷的摄像机风格中所蕴含的主体性缺位和故意为之的"零情感"效果。

艾什诺兹的极简风格包含两个方面,一是语言的简化,二是语言的精确,两个方面相辅相成。语言的简化体现在描述中只保留必要信息,删去所有描述、评判、定性的词汇。比如在《子午线》中,叙事者这样介绍人物:"他叫奥莱勒·皮奥弗,在圣里斯有一家车库,他时不时私下做司机。司机旁边穿浅色衣服的叫波克。司机后面穿深色衣服的叫拉弗。波克和拉弗总是在一起工作,但不总是和同一个司机。"(MG,93)或"他惊醒,都是汗。蜡烛的火焰低下来了。他起身,加上汽油,拿起螺丝刀。他嘴里有一股很重的味道。他累了。已经是半夜。"(MG,101)这两个例子均体现了极简的语言风格,对人物的描述简之又简,降到最低,只保留句子的主干,描述最基本的动作和状态。各种短句的运用加快句子的节奏,使叙事更加紧凑轻快。

与简化相对应的是精确,两者均塑造了"零情感"的叙事效果。在一个访谈中,艾什诺兹认为,精确属于反讽的方式之一。他说:"在处理日常生活时,甚至在最不可能的情况下都应保持同样的精确的关系。这种精确和距离可以归于反讽[……]"①精确的描写之所以是反讽的,首先在于如摄像机般深入物体机理的视角意味着观察者和观察物之间的分离,观察者越是在物之外,他的目光越能深入物之内,因而距离感是精确描写的前提,它将精确和反讽连接在一起。过度的精确颠倒了描写应有的尺度,以过度真实塑造一个失真的世界,以此达到反讽的目的,这是当代艺术中"波普艺术"和"超级现实主义"的反讽手段。正如艾什诺兹所说:"我所喜欢的超级现实主义手法中有模糊的地方:完全臣服于表象,同时又带来讽刺意味。我不能不把最大程度的精确和对精确的嘲讽联系起来。"②简化和精确两种看起来截然相反的手法将叙事推向两个极端,以过度的省略和过度的细节打破叙事的尺度,将叙事者圈定在信息操控者的角色上,以量的变化取代情感的质。

比如《切罗基》中叙事者通过乔治的眼睛观察风景,他这样描写道:

> 乍一看,贝尔那·卡尔维尔屋子前的风景一点都不像奥斯特拉的风景。然后是空气,冰冷的空气有着巨大的无限扩张的能力,让人想到巨大的自然保护区。还有落日,前边是绿色和暗褐色的。天很冷,冷到不可能有雪。这是片矮草上的生硬的风景,草的四边看上去像旧大衣肘处磨损的地方,家畜在耐心地吃草。灰色和灰黄色的悬崖一块块露出地表。乔治的眼睛转向漏斗状的山谷,山谷底部有一排密集的屋顶,省道线清晰地从中穿过,就像一个挂件,远处有一座高高的山,很远但

---

① Echenoz, J. La phrase comme dessin, rencontre avec Jean Echenoz, propos recueillis par Christine Jérusalem. *Europe*, 2003(888): 297-311.

② Echenoz, J. Entretien avec Jean Echenoz, propos recueillis par Sidone Loubry-Carette. *Roman 20-50*, 2004(38): 7.

很清晰,好像巨大的纯净的空气形成了一个放大镜,某种能够异常清晰地展现每一个细节而并没有放大效果的放大镜。一片片不融化的雪盖在山顶上,像一块撕碎的、带有流苏的床单,好像被一个精神错乱的烫衣工烫得到处都是焦痕。(CHE,189-190)

叙事者用过度的细节塑造了一处冰冷的、有距离感的风景,不仅因为天气冷,风景的色调呈灰色和黄色,而且因为观察者的眼睛如同摄像机一般伸向风景深处,剥离出细节。描写同时具备了放大镜和手术刀的功能,读者感受到的并非人和风景的融合,而是人与物之间因为精确肉眼的存在不得不衍生出来的距离。这里有个细节值得注意,叙事者提到一层"冰冷的空气,具有无限扩张的能力",形成了"某种能够异常清晰地展现每一个细节而并没有放大效果的放大镜"。这层置于肉眼和风景之间的空气貌似不存在,但正因为它的作用,物的细节异常清晰地呈现在肉眼前。空气贴切地隐喻了反讽的手法,正如艾什诺兹在之前引用过的访谈中所说的那样,反讽就像一层空气,叙事只有经过这层看不见的空气后才会更有效。过度精确的描写将物置于反讽的过滤层中,既保留了事物的原样,又使事物失去了"真实"感。反讽区分了空间中物与物的距离,"在它们之间设立了距离的关系,冰冷但充满敬意"(ME,146)。

6.1.2 "非人格化"的空间

不动声色还体现在地理空间的描写上。在四位作家笔下,尤其在艾什诺兹和图森的小说中充满了各种空间,这些空间以城市空间为主,我们可以将此称为"非人格化"(impersonnel)的空间,因为它们像是独立存在的载体,或者没有人存在的迹象,或者即便有人存在也如同两个分隔的实体,互相之间没有联系。空间成为"非人性"的存在,因为它们和人之间的隔离而丧失了真实感,成为模糊的、隐约的、飘忽的存在。"非人格化"的空间除了隔断和人的联系外,也丧失了自己的内在身份。大量马克·奥杰意义上的"非地点"的出现,使得现代社会中有很多仅凭功能性而存在的地点,它们互相之间同质同构,到处呈现出同一的面貌,它们往往起到连接、疏通、转折的功能,它们无法依靠自身的文化图标获得身份。在这些空间中,"身份、关系和历史都无法真正形成意义,孤独的感受来自于个人性的超越和镂空"①。这些"非人格化"的空间和"非地点"在当代文学中的大量存在强化了反讽小说的"零情感"特征,扁平人物在扁平空间中的移动,人物不附着于任何空间,空间也不能为人物行动提供稳定的意义,使得整个叙事呈现出快速变化移动的,起功能性连接的,被抽空了身份、个性、回忆和情绪的特点。

图森的小说中就有很多"非人格化"的都市空间。他在《照相机》中这样描写新城:

> 一行装饰美观的路灯整齐地排列着,像很多可笑的假的装饰。此外,整个街区像一个过大的建筑模型,我们可以自由穿梭在任意两行建筑中间。远处矗立着玻璃和金属做成的大厦,到处我们都会碰到一座独立的大厦,无尽地伸向天穹,被昏暗的窗子和泛蓝的玻璃覆盖。远处,当我们觉得好像迷路时,我们沿着一条倾斜的、无穷无尽的小路走,路口遇到一个巨大的人工湖,湖的尽头是一大片灰蒙蒙的工业区,到处是巨大的起重机和工厂的烟囱,黑烟滚滚冲向云霄。(APP,65-66)

这是一段典型的工业化城市的描写,包含了典型的建筑意象(高楼、玻璃、起重机、烟囱等)。人物穿梭于这样庞大、结构严密、触角横生的工业空间中,虽然能够"自由"穿行,但仍然感觉"迷了路"。人在空间中移动,但并不与此发生关系,他们是过路人、观察者、使用者,不是创造者和居住者。

作为都市空间的典型材质,玻璃取代金属成为当代反讽小说的优先意象。正如艾什诺兹喜欢用玻璃隐喻反讽,玻璃似乎是最适合后现代反讽小说话语风格的材质。它既像金属一样有生硬的特点,又有金属所没有的脆弱和明快,它弱化了前工业时代的咄咄逼人,加入了后工业时代轻快、灵活、变通、融合的成分,一如后现代反讽的话语特色。玻璃是透明的,但同时又

---

① Augé, M. *Non-lieux*, *introduction à une antropologie de la surmodernité*. Paris: Seuil, 1992: 111.

无可置疑地在空间和空间、人和人之间建立起了一道屏障,像反讽一般,在作者和人物、语言和虚构之间人为地加了一层滤镜,让沟通变得不那么透明,起到了既连通又阻隔的矛盾的作用。玻璃具有反射性,将物像还给物本身,如反讽话语的自反特点,在言说的同时照射出言语的物质性。因此从语言风格的角度来说,在空间描写中出现大量玻璃的意象增强了"透明中带着隐晦,交流中带着阻隔,生硬中带着脆弱的效果"。正如鲍德里亚在《物的系统》一书中所说的那样:"玻璃最大限度地具象化了根本性的模棱两可的气氛:既切近又有距离感,既亲密又有对亲密的拒绝,既沟通又不沟通[……]玻璃加速了内外部之间沟通的可能性,但同时又设置了一道不可见的实在的屏障,使得沟通无法真正面向世界开放。"①

比如图森很喜欢用金鱼缸的意象,比如《先生》中主人公喜欢观察公司里的金鱼缸:"从他坐的桌子看出去,他看到巨大的金鱼缸,生物在清澈的水中游来游去。"(M,10)回到办公室后,先生仍然"花些时间站在金鱼缸前,手放在口袋里,不厌其烦地观察鱼儿漫不经心地在水中划出的路线,那么纯粹,那么不可及"(M,90)。《浴室》的主人公甚至将整个人群比作金鱼缸中的鱼:

> 我观察那些将信件放入邮筒中的路人。雨水让他们看起来像叛乱者:一动不动站在邮筒前,他们从大衣里掏出一个信封,为了不弄湿,他们迅速将信件投入邮筒中,直起衣领防雨水。我把脸凑近窗户,眼睛贴在玻璃上,我突然感觉这些人像在一个鱼缸中。也许他们害怕了?鱼缸渐渐被填满了。(SB,32)

金鱼缸总是和一个图森式的观察者相匹配,他以局外人的姿态观察金鱼缸内的人,鱼缸的透明材质让他既身处鱼缸外又如同在鱼缸内,这个模棱两可的位置成为反讽者的最佳观察点和不带情感的发话基础。

图森还喜欢描写空无一人的空间,强化空间的非人格化特点。比如在《照相机》中,主人公这样描写纽哈文车站:"火车慢慢静止在一个昏暗、安静

---

① Baudrillard, J. *Le Système des objets*. Paris: Gallimard, 1968: 58-59.

的车站上。从车厢往外看，我们看到仓库，几个巨型起重机矗立在铁轨上空，货车停在运输轨道上。"(APP,91)当主人公进入车站的候车室，室内"空无一人"，他"冲进车站，有一瞬间在黑夜中踱步，没有发现任何人，除了一只吓坏了的鸡穿过铁轨逃跑了"(APP,118)。城市的道路在图森笔下同样"空寂"(M,41)，甚至连宾馆里的餐厅也沉浸在"一片绝对的死寂中"(SB,60)。这些空间往往是"非地点"，如机场、车站等担任中转功能的空间，或者是公共交流空间，如餐厅等。对中转地点和公共交流空间的无人称化处理将空间沟通的功能和实际上的隔离并置在一起形成反差。叙事者在这样的空间叙事中试图淡化孤独的感受，因为孤独依然是一种内在的情绪，是主体在与外部的隔绝中凝缩起来的内在性，但在"无人称"叙事中，人物的内在被压缩到最低，死寂的空间并无一个内在性与之对抗，它成为城市内部唯一有效的内在性。

与死寂的空间对应的还有迷宫般的空间。《浴室》主人公对他所下榻的旅馆的第一印象是这样的："一回到旅馆，我迷失在楼梯间。我通过楼道，登上楼梯。旅馆空荡荡的，这是个迷宫，任何地方都没有任何标示。"(SB,55-56)一天半夜醒来，他站在空荡荡的楼梯口，"旅馆很昏暗。我走下楼梯，四处打量。家具呈现出人影，好几把椅子把我固定住。黑色灰色的影子砌在那里，我感到恐惧"(SB,67)。叙事者用同样性质的语言描述自己在医院里的感受：

> 我站起来，在长凳前走了几步。我慢慢走远，走向楼道尽头。我穿过玻璃门，来到一个狭窄的很暗的大厅，有一部电梯和一个楼梯。我坐在楼梯的头几级上，我待在那里，背靠着墙，直到听到头上传来声响。我起身走上楼梯。在二楼，我左转沿着一条长长的楼道走。两边墙上都有高高的窗户，我停下来向一位护士询问……我不知道该问什么。(SB,96-97)

无论是旅馆还是医院都是主人公身处的世界的象征，它像一座迷宫，尽管各部分相连，但是缺乏本质性的联系，它们只是构架迷宫的功能性的存在。主人公穿梭其间，却怎么也无法获得整一的概念，他胡乱游迹在各部分之间,急于寻找出口,迷失于世界中的主体最终丧失了目标,不知道自己要寻找什么。和死寂的空间不同的是,迷宫需要主体内在性的配合,迷宫只相对于身处其内的人才有意义,因而和迷宫相配的是迷失且在寻找中的个体。

迷宫般的空间在文学中的出现体现了空间实际功能的抽空,空间不再表征文化身份,甚至不起"非地点"一样纯粹中转和移动的功能,它更像是一个被去除了所有功能的自为的存在,成为起社会表征作用的符号,指示了人和世界的关系。它甚至都不必然需要与人发生关系,成为拟像般的纯粹空间。反讽文学所塑造的"非人格化"的空间的制高点是抽象空间的诞生。所谓抽象,并不指仅存在于人物想象中的空间,也不是以抽象主义风格设计的建筑,它是语言描写的效果,叙事者通过中性的话语将不同地点串联在一起,但抽空所有地点的属性表征,最大限度地压缩空间,只剩下点和面,形成只由地名组合而成的文字地图。用图森的话来说,如此设计的空间只是"一个杂交的、迷幻的、文学的大楼,一个不具形体,由形容词和石块、金属和语词、大理石、水晶和眼泪组成的建筑"(UP,54);"每个零件被创造出来只服务于它的虚构功能性"(UP,51)。我们来看几个例子。比如艾什诺兹喜欢在作品中列举巴黎的大街小巷。在阅读他的小说时,我们确实会产生一幅符合巴黎现实的画面。但在几乎是自然主义的描写中,我们还是能感到一丝奇异的浮动。比如以下这段:

> 一个星期四早上9点,乔治手拿旅行箱走出家门。他顺着奥博康博夫街而上,走到奥博康博夫地铁站,向意大利广场出发。穿过巴士底狱,地铁从地下短暂升至地面,来到拉配站。又降落到地下,然后又升至地面,好像沿着一座俄罗斯山脉起伏。最后升至地面,没有在莫尔格一站停,透过毛玻璃,能够猜到人们看到了可怕的事情,然后穿过奥斯特利兹桥,突然转向塞纳河。在东南或西北,乘客们都涌向车窗,欣赏河水的景色,两岸分别被贝西桥上重叠的横廊和苏利桥上平庸的景色所包围,岸间缓缓地漂浮着装满了原料的船。(CHE,19)

对地铁路线的描写是现实主义的描写,多个地点的串联如同电影中各个片断的快速播放。这些地点已经不具备任何历史文化含义,甚至都不具备个人情感上的意义,而是成了某种复制品。它们被并置在一起,抽空了原本的意义,像地铁线路图上的点。它们往往是空洞的、简略的,像迷宫一样,缺乏人味。这是些"无人之地"(CHE,120),但是又"有孤魂野鬼漂浮其间"(CHE,172)。这些由图形组成的符号般的地理名称"不管是以简单的几何形体出现,还是以框架般的瞄准线的方式出现,都呈现出形式上的简朴,现实的鼓噪,不连贯在此没有位置"①。艾什诺兹描写世界的方式是客观的,同时又有些冷淡,折射出一种"被麻醉了的感知,如同透过电视机屏幕看到的冷却了的火灾"(GB,113)。

图森小说中也不乏抽象的地理符号。在《先生》中有一段描写先生在天台上观赏巴黎的夜景:

> 先生站在椅子旁,长时间地观察天空。他一点点地沉浸其中,直到只能分辨出一个点和线的组合,整个天空在他脑海中变成一幅巨大的地铁图,照亮了夜空。然后他坐下,目光从不费力就能辨别出的西里斯站出发顺着转向蒙巴纳斯站,直到塞夫尔-巴比伦站下,然后在贝特尔格茨站停留了一会儿,到达奥黛翁站,这就是他想去的地方。(M,93)

在这个段落中,具体的空间和想象的空间交叠在一起,形成一个抽象的网络,顺着思维流动而流动。我们在这里看到双重抽象:主体抽象为一种视觉的意识;具体的地点抽象为几何网络。抽象的空间和意识互相流动,超越了历史性的存在,进入符号的王国。

诚然,在反讽作家们的笔下空间还有另外的呈现方式,但"非人格化"空间的大量存在应和了"零情感"的叙事风格,制造了中性、客观、抽象、简洁、不露声色的话语特点。在此叙事中,发话主体的主体性和描述内容的现实性被最大限度地压缩、抽空。我们甚至可以说,空间不再是再现外部世界或陪衬内在世界的结果,空间是语词组织的契机,是风格形成的方式,是独立的符号空间。反讽实现了空间表现形式的转换,而转换后的空间成为反讽

---

① Jérusalem, C. *Jean Echenoz*, *géographies du vide*. Saint-Etienne: PU Saint-Etienne, 2000: 62.

话语的物质性体现。

6.1.3 "迫切"和"收敛"

图森在《迫切和耐心》这本随笔集中将自己的写作方式归纳为"迫切"和"耐心"。"迫切"指"沉入其中,到至深处,吸一口气,下降,将日常生活置于脑后,下降到正在写的书中,正如我们进入大洋深处"(UP,41)。我们可以将图森的迫切理解为,作家借由某种一触即发、具有爆发力的情感,沉入到存在的深处。迫切是不可遏制的写作冲动,是纯粹饱满的情感,是生命的冲力,使我们进入到"幽暗沉默之处,压倒性的压力处于主导地位,充满了不间断的盲目的存在,以及正在运动中的潜在的生命"(UP,42)。和"迫切"的写作状态相应的是充满情感张力的语言:"一次喷射,一切都来了,句子诞生,流动,推挤。"(UP,43)但图森认为,"迫切"的状态很微妙,难以保持,只消一点,写作者便从存在的深处再次回到日常世界中,"于是一点东西,一粒灰尘,一个不经意的事件就能阻碍这个过程,把我们拉到表面,因为迫切很微弱,任何时候都可能离我们远去"(UP,43)。这一点将写作者拉回现实情境的东西,这一粒灰尘,一个不经意的时间,我们将此称为反讽的意识。反讽像防护栏,将意欲冲破意识极限的写作者从沉潜的过程中拉回来,拉回到写作的表面;反讽像牛虻,叮一下被淹没在过度情绪中的写作者,使其在痒和痛中回归到现实空间。我们可以将反讽意识称为"收敛"(rétention),它和"耐心"不同,"耐心"意味着在写作中"慢、耐久和努力"(UP,26),而我们可以将"收敛"定义为在沉入底部的过程中突然被一个细节带回表面的过程,它总是和"迫切"联系在一起,两者共同作用,属于"打破节奏的游戏"(UP,25)。在图森、艾什诺兹、加宜和什维亚的小说中都有"迫切"和"收敛"共同出现的反差效果。"迫切"往往和情绪的爆发联系在一起,"收敛"则是情绪的突然回收,从语调上说,前者是热度,是抒情,是深度的诱惑,后者是"冷感",是"抑制",是平面的回归。通常,在"不动声色"的反讽小说中,同时有情绪爆发和"零情感"两种语言风格存在,它们呈现出戏剧性的冲突,在短小的篇幅中两股力量交锋,当后者战胜前者将写作和阅读重新带回现实时便产生了反讽的效果,反讽不仅是情绪迸发和控制的结果,也是叙事一张一收的效果。

比如图森在《玛丽的真相》一书中开篇描写了让-克里斯多夫在玛丽房间里心脏病突发,慌乱中玛丽叫来急救人员,叙事者这样描写当时的场面:

> 她不知道该站在哪里,去向哪里,她走向窗户,关上窗,不让雨点飘进来。她不再向医生询问,这没用,显而易见,让-克里斯多夫的情况很糟糕。急救人员在他旁边围成一圈,一点都没有注意到她,他们一言不发,研究心电图的轨迹,急救人员手中的小屏幕闪着光,放在病人枕边打开的急救箱里。他们偶尔压低声音交谈几句,他们中的一个时不时站起来完成一项精确的动作,拿回还缺的仪器或者注射一针。(VM,32)

玛丽代表了情绪失控,是叙事中紧张的一面;急救人员代表了冷静、节制,是叙事中控制的一面。在一个短小的段落中,叙事者制造了叙事的两极,一种是慌乱、自发的原生力,一种是不动声色的控制力,这两种叙事力量的布局让读者感受到叙事者身上两种相反的冲力,反讽的意识站在情感的对立面,既保护了叙事者的情感不决堤,又始终使叙事处于情境之外的冷静目光的注视下。

同样是玛丽,在另一个情境中,她成为“收敛”的一方。在机场中,她突然发现护照找不到了,与他同行的让-克里斯多夫非常着急,检查的警察则显得漠不关心,只有玛丽在这样紧急的状态下甚至显得欢快自如:

> 警察用冰冷且无所谓的眼神注视[着她],我应该是忘在旅馆了,玛丽说,带着无忧无虑,几乎是快乐的神情,好像料想到最坏的情况使她兴奋,甚至陶醉,让她现在就预见到了事后回顾时感到情境的可笑之处。[……]让-克里斯多夫抓住她的两个手臂(他的殷勤开始动摇了),让她想想把护照放哪里了。(VM,93)

在这个短小的段落中凝聚了三种情绪:冰冷和节制,慌乱和愤怒,无忧无虑甚至是快乐。它们像情绪的三个不同波段,使整个叙事的基调处于某种时张时收的奇怪的混合中。可见,在反讽小说中不是只有讽刺或冷静一种单一的情绪,相反,当代反讽小说热衷于混合具有巨大反差的情绪,在拼贴和对撞中实现多变的叙事效果。

在图森的最后两部小说《关于玛丽的真相》和《裸露》中有很多直面死亡的场景:让-克里斯多夫的死、玛丽父亲的死、玛丽父亲的马场管理员的死。死亡无处不在,它成为浓缩情绪的最大的蓄水池。在面对死亡带来的恐惧、焦虑和震撼时,反讽或幽默作为对抗情绪的方式多次出现在小说中。比如《裸露》中主人公和玛丽去意大利参加马场管理员的葬礼,文中有很多情绪充沛的段落,然而阴差阳错地,主人公和玛丽并没有真正参加葬礼,他们只是见到了死者的家属:

> 我看着路面,我在想,我们专程来埃尔伯岛参加莫力佐的葬礼,本来是这样打算的,莫力佐的葬礼,没有别的。然而,我们只在路边短暂地待了几分钟,匆匆下车,甚至都没有关掉引擎,只有几次激动的情绪流露和吉由则普在路下方短暂的口角,然后就结束了。已经结束了,我们现在又回到了旅馆。(N,150)

死亡带来的紧张情绪在峰回路转的情节中失去了张力,被有效控制在几个简单的情节格式单元中。这次反讽不是冷静、节制、无所谓的态度,它同时是极简主义的叙事策略产生的原则和效果。情绪的收放不仅是被描述的对象,也是叙事编排的结果。

加宜的小说中同样充满了两种或几种情绪交叉进行的段落:情绪化和幽默、迫切和轻盈、严肃和无忧无虑互相交织在一起。叙事时而压缩,时而膨胀,形成了一种接近于爵士乐"摇摆"(swing)的节奏。"摇摆"这个词来自于英文,后来成为爵士乐的专用术语。"摇摆"代表了爵士乐的精神,爵士乐产生之初就有了"摇摆"的概念。从形式上来说,"摇摆首先产生自两拍和四拍的节奏,以及对弱节拍的典型的强化。然而,不是对弱节拍的典型的强化就会产生摇摆,而是向强节拍的灵活移动,制造的不是两个节拍的节奏,相反,是一种规律而并不机械的律动"①。"摇摆"就是以两拍或四拍的节奏在强节拍和弱节拍之间交替变换。所以,"摇摆"出自两个相反倾向的交替:"就像是两种不同品质之间的结合。醉心于爵士乐的观察者赞美由此而产生的奇妙的张力,以及那同样美妙的轻松"②。"摇摆"对文学文本产生的效果是在紧张和放松之间的张力:当情绪越来越强烈时,幽默稀释了紧张的气氛,当幽默逐渐占据前台的时候,紧张的气氛又卷土重来。由此,文本在幽默和紧张的情绪之间摇摆③。

文本摇摆的一个典型例子是《俱乐部的一晚》。小说讲述的是曾经的爵士乐手西蒙在一家爵士乐俱乐部偶遇戴比,对爵士的热爱唤起了西蒙对戴比的激情。西蒙在爱情和家庭之间犹豫不决。故事发生在一天一夜之间,相对很短的时间却充满了冲突。"强节拍"对应于西蒙计算回家的时间和由此产生的罪恶感,或者是西蒙的妻子从家里跑出来寻找西蒙,路遇车祸身亡的时刻。"弱节拍"对应于西蒙在戴比身边度过的时光,充满了爵士乐、阳光和爱情。两种节拍之间的交替产生了令人目眩的效果,就像爵士乐中的"摇摆"一样,文本从一种节奏滑向另一种节奏,却并不破坏文本本身的流畅。

在紧张的时刻,叙事者强调了时间的紧迫感。西蒙注视着时间的流逝,不想错过回家的火车。虽然有戴比的柔情为伴,他还是忍不住去看表。整部小说始终充满了对时间的指涉,一直在不停地提醒主人公出发时刻的到来。时间的紧迫感和心理上的压力共同作用,自我控制和负罪感创造了紧张的气氛。时间的紧迫感被假期的轻松气氛冲淡,戴比并不匆忙,她任凭时间慢慢流逝,不加干涉,时间的紧迫感悄无声息地转向时间的静止:

戴比问,几点了,西蒙坐在她身边,凑过身去,伸手去拿上衣,在一个口袋里找了找,拿出手表,反的,又把它倒过来,然后,斜着头说,13点45分。

---

① Carles,P.,Clergeat,A.,Comolli,J.-L. *Dictionnaire du jazz*. Paris:Robert Laffont,1994:1144. L'article «swing».

② Malson,L. *Histoire du jazz et de la musique afro-américaine*. Paris:Seuil,1994:16.

③ 关于加宜作品中的文本摇摆,参见:赵佳. 文学与爵士乐:克里斯汀·加宜的"爵士小说". 法国研究,2014(4):68-76.

戴比说,太好了,我们还剩 4 个小时,可能甚至是 5 个。她直起身子说,吻我,他吻了她。吻她时,他有个奇怪的想法。不知道是为什么,他后来对我说,可能是因为嘴唇的味道,盐,重新出来的太阳,热量,停止的时间。(SC,121)

　　从第一段到第二段,节奏改变了。时间在几行字之间从迫切转变为松弛,从而产生了一种特殊的美感。

　　此外,西蒙的妻子苏珊娜之死产生的过度情感也组成了一个"强节拍",把叙事从甜蜜的爱情故事转向更为戏剧性的时刻。然而,极端的情绪创造出来之后就立即被反讽的语调打破。故事临近结尾时,叙事变成了两部分:一方面是儿子经受打击,另一方面是尚不知情的父亲沉浸在甜蜜的爱情中。严肃和轻盈互相交织在一种奇特的张力中。苏珊娜之死将两种节奏混杂在一起:西蒙打电话问儿子母亲的消息,儿子对他说有个不好的消息,西蒙开玩笑地说是不是苏珊娜跟她老板跑了,儿子完全情绪失控,而西蒙还在不停地开玩笑。一方面是真相的迫近,另一方面是对真相无意识的拖延。一方面是情绪的爆发,另一方面是幽默对情绪的抑制。叙事在两种时间中摇摆,似乎死亡只能通过"摇摆"得到叙述。

　　加宜的小说不停地在生和死、规则和欲望、紧张和松弛、焦虑和希望之间摇摆,就像爵士乐的纯粹漫步。"兴奋、夸张和放松紧密联系在一起,就像抽搐的摇摆,在不断产生和解决中的冲突,表现并产生了痉挛。"①加宜作品中情绪化和幽默之间的混合不但没有破坏作品的统一性,反而使读者获得阅读的愉悦感,跟着故事在介入和间离之间摇摆。

6.1.4　情境反讽和"虎头蛇尾"

　　"迫切"和"收敛"两种节奏的互相交叉有一个特殊的变种,我们可以称之为"虎头蛇尾"。"虎头蛇尾"是情境反讽的一种,如果说情境反讽是指行

_____

　　① 　参见:赵佳. 文学与爵士乐:克里斯汀·加宜的"爵士小说". 法国研究,2014(4):68-76.

为的结果和人物的预期正好相反,形成类似于命运反讽的效果,那么"虎头蛇尾"则是指人物花费巨大的力气投入到一件事情中,但最后却以收效甚微结尾,形成人物预期和实际效果之间的反差。从情感的角度来说,"虎头蛇尾"可以指一个凝聚了充沛情感并形成相应期待值的情境最终以冷静,甚至冷酷的细节结尾,因此这可以归结到图森所说的"一点东西,一粒灰尘,一个不经意的事件"的力量消解此前积聚的情感,造成"抒情运动和情感气息的断裂"[①]。

《玛丽的真相》一书中有两个"虎头蛇尾"的经典例子。让-克里斯多夫有一个养马场,他要将纯种马从日本空运到法国,在飞机起飞前,他突然发现一匹马的护照不见了,慌乱之中,他动员所有办事人员四处寻找。叙事者花了很长的篇幅来渲染当时紧张慌乱的气氛,却在叙事的最后一瞬间告知读者:"他如此担心的纯种马过海关了,一分钟前他还以为完蛋了,刚刚却解决了,没有任何麻烦。"(VM,97)同样,之前提到过的一个片段,玛丽在前往机场的路上发现护照不见了,让-克里斯多夫立即陷入慌乱中,玛丽丢失护照和纯种马不能进海关形成叙事情绪上的小高峰,却同时在最后以迅捷的方式收尾:"玛丽从箱子里取出手提袋,马上找到了她的护照。"(VM,94)如此"虎头蛇尾"构架情节的方式将情绪推到叙事最高峰,再轻轻松手从最高处跌落,不仅造成叙事情绪的突然断裂,也是作者挫败读者阅读期待,破坏小说性原则的手法,是情境反讽和冷峻的叙事情绪的双重效果。

在《裸露》中,叙事者利用人物的无知制造误会,并在人物自以为得逞的时候突然揭露真相,使人物陷于难堪,这是喜剧中常见的反讽手段。让-克里斯多夫参观了玛丽组织的展览,他并没有亲眼见到玛丽,但他立刻惊讶于会场的排场和名流云集的场面,于是尽管他没有见过玛丽,但他决定今晚要把她弄到手。他看到有一个女子被众人包围,误以为她就是组织者玛丽,碰巧对方也叫玛丽,他见缝插针展开追求攻势,眼看着就要成功了。此时情绪的推动有好几个因素:让-克里斯多夫陶醉在自己的追求手段和占有欲中;同名的玛丽沉浸在罗曼蒂克的情绪中,被让-克里斯多夫的魅力所吸引;叙

① Gris, F. Vulgarités de Toussaint. In Chaudier, S. *Les Vérités de Jean-Philippe Toussaint*. Saint-Etienne: PU Saint-Etienne, 2016: 169.

事者和读者作为知情者和共谋者处于真相将破未破时的紧张情绪中。多重合力使得情节在此时处于情绪最饱满的时刻。然而,气泡在接近最高点的时候突然破裂,人物突然明白过来,眼前的玛丽不是他想得到的那个玛丽。叙事者极尽嘲讽之能事:"直到此刻为止,让-克里斯多夫怀着天真和狡猾在误会的海浪上滑翔,突然感到失去了平衡,感到虚弱,快要晕倒,甚至真的快要张口说出蠢话来。"(N,77)此时的让-克里斯多夫不再是叙事者先前所描述的那个"潇洒""大胆""喜欢游戏和冒险""有着无穷自信"(N,65)的企业家。叙事者打破了"玛丽四部曲"中惯常使用的抒情、流畅、痛苦的基调,重拾反讽、戏谑、讥诮的话锋,从不动声色的冷嘲回到猛烈的热讽。

《裸露》中还有一种"虎头蛇尾"的方法是在一段叙述的有限空间中以最后一句话收尾,这句话与此前的叙述形成反差。比如叙事者这样描写让-克里斯多夫和玛丽之间的关系:

> 虽然他不是特别英俊,这不是问题,但他有教养、聪明、富有、知识渊博。他知道怎样显得温柔,他的眼神坚定,他的双手柔软。他的魅力不可阻挡,正是这类男人让玛丽说:"我讨厌这类男人"。(N,66)

同样,《裸露》的结尾:

> 我低声对玛丽说,不要哭,边说边轻柔地抚摸着她的头发,她摇摇头,跟我说她不哭,她是如此幸福,她哭得更厉害了,她一直亲吻着我,轻轻地啜泣着,她用舌头接住眼泪,混合着我们的吻,不停地亲吻我,气息、拥抱、亲吻混合在一起,带着一丝惊讶,她几乎闭着嘴对我轻轻说:你爱我吗?(N,170)

两个例子均以玛丽的一句话作为结尾,她的总结和之前叙事造成的期待形成反差,叙事一下子从情绪高处跌落,形成惊讶的效果。

什维亚也喜欢在很短的篇幅内使一个情境在终结的时候以出人意料的方式从一种秩序转换到另一种秩序,往往从较高的秩序转换到较低的秩序,情境急转直下朝最坏的方向发展。《螃蟹星云》中有一段生动地展现了从精

神向肉体"坠落"的过程:

> 克拉博这次决定彻底改变生活。他走向教堂。教堂的钟高高耸立在屋顶之上。虽然风很大,但他健步如飞,如同逆流而上,如同用手在挖一条地下的通道,如同攀登陡峭的山峰,如同用头穿透墙壁,他面前的风刮得如此强烈。这场斗争只会坚定他的决心,克拉博从中获得了新的热情。还有时间改变生活。(NC,99)

在这样大段的描写之后,克拉博"绕过教堂,穿过马路,进入一家旅行社,前一天晚上他就看到了炫目的招贴画,毫不吝惜地买了一张去小岛度假的飞机票"(NC,99-100)。在这个例子中,精神提升的动力坠入了对肉体的满足中,叙事者故意营造一种坠落的效果,使读者的期待落空,以此来嘲笑宗教话语的坍塌。

除了精神向肉体的坠落外,什维亚作品中还有其他形式的坠落,我们来简单举几个例子。

从想象坠落到现实,从人坠落到动物:

"猪!猪!你刚干了什么!你开玩笑吧?你就不能到天台上去,那里开着!啊,不!先生竟然在客厅里干这种事!猪!我楼上的邻居逐字逐句地叫唤着。因为她还没结婚,却像在叫唤丈夫,我猜想她正在斥责她的狗。"(OPTP,38)

从天才坠落到工匠,从艺术坠落到手艺:

"想象一下福楼拜的朗诵间和普鲁斯特的房间相邻。那个喜欢在 i 上加点的人会对住在旁边的手工艺者的勤奋和细致感到不适,后者发 r 的音时喜欢卷舌。莫里哀的提词者就这样死在台上。"(OPTP,36)

从善向恶坠落,从夸奖向责难坠落:

"水的创造者因为其他发现而闻名于世。这些发明流传更广,比如饥渴、干旱和油腻。"(OPTP,38)

如果说图森希望通过"虎头蛇尾"的手法实现叙事情绪上的断裂,那么什维亚则是在叙事情绪始终断裂的文本中,借由"坠落"体现人的局限性。人即便总是胸有成竹,也有可能最终栽跟头。只要人无法超越自己的处境,就有一些事情超出人的意志。用幽默的方式来表现人的坠落,没有哭天抢地,没有愤世嫉俗,作家需要有一颗伯格森所说的"暂时麻痹的心"①,将坠落的沉重感转换成洒脱的笑声。

6.2 "巴洛克反讽"

正如林顿先生所言,不动声色意味着情感的节制,不代表情感的缺失。几位作家也在访谈中表示,反讽是叙事时必不可少的滤镜,但在收敛情感的同时,反讽并不与情感排斥。艾什诺兹说:"反讽并不排斥情感。反讽更多属于爱而非嘲笑。[……]这是一种带着爱意的存在和观察方式,带着一种节制。是的,这是一种节制的爱意。"②艾什诺兹的反讽不以攻击、嘲笑为目的,反讽是他接近人和事的方式,是一种带有距离感的爱。同样,当评论家问加宜在他对爵士乐的戏仿中是否有温情的成分时,加宜说:"没有人工,没有谎言,但有很多情感。"③在加宜带有反讽性质的戏仿中更多存在的是对戏仿作品的致敬。什维亚也表达了相同的观点,他说:"可笑并不排斥真诚和情感"④;"幽默和颠覆、幽默和暴力相随,但同时幽默和温情相伴[……]将幽默中诗意的成分表现出来,指出幽默和诗意可以互相融合,这是我的作品的初衷"⑤。什维亚指出幽默的两个属性,一方面它可以作为破坏常规的武器,另一方面它可以表达温情和诗意,温情和作家的悲悯情怀相关("这种

---

① Bergson, H. *Le Rire*. Paris: PUF, 2004: 4.

② Echenoz, J. La phrase comme dessin, rencontre avec Jean Echenoz, propos recueillis par Christine Jérusalem. *Europe*, 2003(888): 297-311.

③ Gailly, C. Qu'est-ce écrire? Comment écrire?. Entretien avec Christian Gailly, propos recueillis par Christiane Jérusalem et Elisa Bricco. In Bricco, E., Jérusalem, C. *Christian Gailly*, 《*l'écriture qui sauve*》. Sainte-Etienne: PU Sainte-Etienne, 2007: 178.

④ Chevillard, E. Des leurres ou des hommes de paille. Entretien avec Chevillard, propos recuellis par Pascal Riendeau. *Roman 20-50*, 2008(46): 12.

⑤ Chevillard, E. Vous devriez raconter une histoire que tout le monde connaît déjà. Entretien avec Eric Chevillard, propos recueillis par Judith Roze. In *Pages des libraires*, 2003(85). http://www.eric-chevillard.net/e_pagedeslibraires.php.

同情并非和可怜的受苦之人之间可悲的默契,相反是一种高贵的认同和不妥协的反讽"①),而诗意是颠覆过程中产生的新的表现形式。反讽的暴力和同情、破坏与情感不可分割。那么,反讽叙事中的情感究竟蕴藏在哪里?在四位作家笔下不乏直接描写人物情绪的地方(如图森和加宜在描写痛苦、分离和激情时都会长篇运用情绪性的描写),叙事者在自我呈现的过程中也会运用情绪强化自己的存在(比如标点符号、感叹词等反讽"迹象"的运用),甚至在叙事过程中对经典小说性的戏仿(情节快速衔接、急转直下,悬疑等元素的使用均可被视为情节构架过程中的情绪煽动),这些因素都和不动声色的语调共同作用,形成一张一弛的叙事基调。

我们在这里想集中分析的是语词中的情感。艾什诺兹说:"在我看来,当一个句子能够自我嘲讽的时候,它便达到了顶峰。话语的自我游戏。[……]情绪和叙事并不因此而放松。[……]最强烈的时刻同时是最美和最可笑的时刻。此时,我们不知道究竟是情绪还是自我嘲讽占据了上风。一股前所未有的力量从这种碰撞中产生。"②可见,在艾什诺兹的反讽观中,反讽中的情感可以通过语词的自我嘲讽表达出来,语言的自我游戏,语词和语词的碰撞所制造的惊愕的效果是反讽能够达到的最大的情绪性力量。如果有一种反讽的情感无须通过人物和情境产生,那便存在于语词之间的纠缠中,是语言纯粹自反的效果。

如此,我们进入了罗兰·巴特所说的"巴洛克反讽",以对立于伏尔泰式的目标明确、意义明晰的反讽。巴特说:"反讽不是别的,是语言对语言的质问。我们习惯给象征以宗教或诗歌上的意义,这阻止我们看到一种象征之间的反讽,通过语言过度的表象和差别实现语言对语言的质疑。伏尔泰式贫乏的反讽是语言过度自信和自恋的产物,和它相比,我要说的反讽,在没有更好的名称之前,可以称之为巴洛克反讽,因为它是形式之间的游戏,而不是存在之间的游戏,它使语言绽放,而非贫瘠[……]"③在巴特的定义中,

①　Chevillard, E. Cheviller au corps. Propos recueillis par Emmanuel Favre. In *Le Matricule des anges*, 2005(21)：18-23. http://www.eric-chevillard.net/e_chevilleraucorps.php.

②　Echenoz, J. Le roman, mode d'emploi. Entretien avec Echenoz, propos recueillis par Minh Tran Huy. In *Le Magazine littéraire*, 2007(462)：88-95.

③　Barthes, R. *Critique et Vérité*. Paris：Editions du Seuil, 1966：80-81.

反讽表面意义和隐含意义对立的二元结构被消解,讽刺功能也降到最低。通过符号过度的表象游戏实现语言质疑自身的所有形式,都可被视为反讽。这样的语言之所以是反讽的,是因为其具有揭露表现幻觉的自觉意识。它并不认为自身具有通达意义的能力,因而具有强烈的自嘲精神。语言过度的表象和差别游戏塑造了一个意义的空壳,空壳在不断运转,不断膨胀,也许会在某个时刻实现内爆,在此之前,它需要不停地自我追逐。巴特在《S/Z》中进一步指出,以"多元文本"为代表的"巴洛克反讽"颠覆了真假的对立,"拆解了一切对本源、权威、所属的遵从","毁灭了一切可以给予文本统一性的声音"①。巴赫金提出的"对话主义"或"复调现象"指出了文本在宏观和微观层面如何实现不同发话声音并存,消解了具有统一性的主体形象。以巴特为代表的后现代主义者走得更远,甚至取消了作为发话主体和文本组织者的作者。文本成为一个自主生成声音并引发意义的场所。巴特在《文本的欢愉》中说:"巴洛克反讽"既不叩问意义,也切断了与发话者的联系,使文本成为词语众声喧哗之地。与此实现的是"一种不能自持的文本,一种不可能的文本。它在快乐之外,在批评之外[……]你不能对此发表评论,你只能在它之内说话,用它的方式,进入一种疯狂的模仿中,歇斯底里地承认快感的空缺[……]"②巴洛克反讽中蕴含的情感是一种极端的情绪,巴特将此称为"快感"(jouissance),以对立于"快乐"(plaisir)。快感接近于"昏厥"③(évanouissement),而非"满足"(contentement)。这是语言在自我追逐的过程中到达的情绪极限,是勉强被组织在一起的文本机理在内爆瞬间的粉碎。反讽的情绪是语言在达到极限时的自我毁灭,这种情绪的张力超越了意义的范畴,只有进入其中,与其一同言说才可体会。

它之所以是巴洛克的,是因为它符合巴洛克时期的语言观。"巴洛克"指在 1598—1630 年之间出现在欧洲的文艺思潮,它与 17 世纪下半叶出现的古典主义趣味对立。彼时的法国刚刚结束宗教战争,国家政局仍不稳定,宗教间的纷争时有发生,在美学上产生了一种反对恒定,反对绝对价值,追求变化、表象和复杂性的趋向。在文学上,作家们尤其热衷于探索语言的表

① Barthes, R. *S/Z*. Paris: Editions du Seuil, 1970: 46-47.
② Barthes, R. *Le Plaisir du texte*(coll. «Tel quel»). Paris: Editions du Seuil, 1973: 37-38.
③ Barthes, R. *Le Plaisir du texte*(coll. «Tel quel»). Paris: Editions du Seuil, 1973: 33.

现力,追求"极端、夸张、表面化[……]丰沛[……]繁复"①的语言。作家们喜欢在作品中运用所有能体现现实和语言复杂性的修辞,比如隐喻、拟人、对比、夸张、曲言等,他们运用修辞试图指出现实和语言、语词和语词之间的错位和对立。他们通过语言内部的游戏体现了高贵与粗鄙、精致与残酷、精神与肉体并存的现实。"这是一种并不直言的语言,它拒绝直接命名事物,与其说用来表意,不如说用来裹藏秘密,这是一种喜欢玩味复杂意味的绚丽的语言,充满了出其不意的对立[……]"②

"巴洛克反讽"是语言的转向,它从表现外部世界(宗教或诗歌的意义)转而揭示语言所指之间的关系,人们一方面确乎对语言是否真的能够如实且透明地再现现实产生了怀疑,另一方面对语言凭借自身便能够达到的内在于语言中的真理的信念,产生了对语言的崇拜。从此,真理与世界无关,它是语言和自我的对话;真理也并不需要去寻找,它在语言自我展现的过程中。这样的语言之所以是巴洛克式的,是因为它的运动,它的易变,它的倏忽流逝,它对表象的热爱,它对本质的拒绝,它对细节和美感的追求。它同时又是反讽的,因为它不认为能指和所指之间可以一一对应,不认为意义是稳固的,不认为语言能够达到除自身之外的真理,它总是在自我怀疑之中,语词之间每一次耳鬓厮磨带来的真理的幻觉都会在下一刻被自我怀疑摧毁。

6.2.1　异质和杂乱:列举的两种形态

皮埃尔·朱尔德将"怪异"这一风格分成两类:一类叫"东拉西扯"(coq-à-l'âne),另一类叫"梦幻"(chimère)。"东拉西扯"指话语之前建立的逻辑突然在最后一刻断裂,"梦幻"指将不同元素组合在一起。"东拉西扯"和"梦幻"对应了列举这一手法中的两种形态:异质(hétérogène)和杂乱(hétéroclite)。朱尔德这样描述:"断裂和组合描绘了两种趋向:断裂使紧随

---

① Horville, R. *Itinéraires littéraires*, XVIIᵉ*siècle*. Paris: Hatier, 1988: 14.
② Claude-Gilbert Dubois, cité dans Horville, R. *Itinéraires littéraires*, XVIIᵉ*siècle*. Paris: Hatier, 1988: 26.

其后的部分呈现出怪异,此时怪异因为分歧、迷失、转换而产生动力,相反,杂乱的组合将不同元素联系在一起,是一种向心运动,是最大程度的静止。"①在"东拉西扯"中,异质元素突然进入既定的组织中,并打开一个缺口,与此前建立的逻辑产生断裂,"梦幻"则将杂乱的元素并置在同一空间中。异质和杂乱并非两种简单的语言效果,它们对应了两种不同的存在走向:

> 实际上,它们并非简单的逻辑或语法类型,它们是两种本体类型:在东拉西扯中,人们不知道自己在说什么,人们自问将走向何方。秩序和基础是缺失的。正因为没有基础,东拉西扯描绘了众多话语序列(或事实和存在),似乎能够无穷地延伸下去。它通向一个令人担忧的前景,宇宙丧失了坚实的协调和必然性。在梦幻中,一种局域性的身份,一个小的杂交品建立了,或者是一次相遇发生了。此时人们不再问去向的问题(我们将要走向何方?),而是问来源的问题:这是从哪里来的?怎么发生的? 怎么可能?②

在两种形态中,反讽打破了习以为常的秩序:异质因为打断了逻辑链条而破坏了意义的进程,这个外来者动摇了我们对于秩序和连贯性的信仰;杂乱则完全取消了秩序,元素被混杂在一起,拒绝了任何秩序的可能性。此时,语言现象指向了另一个更本质的维度,即存在本身。无处不在的突兀感是当代反讽的特点,它表达了对世界稳定性的质疑。世界从哪里来? 又将走向何方? 突兀的列举在纯语言的框架下提出了这两个本质性的问题。

异质打破了世界的幻象,使我们惯常确信的事物变得可疑,它对既有秩序提出质疑,表面看起来坚实的存在顿时变得空泛,人们对世界的认知被一个小小的细节拉开口子,人们对自我的感知的信任受到了挑战。异质便是那个微小的差别,一下子颠覆了现实的秩序。什维亚熟练运用异质列举法,他在列举中引入了之前我们提到过的"坠落"的手法,即在列举的最后引入

---

① Jourde, P. *Empailler le toréador*. Paris: José Corti, 1999: 63.
② Jourde, P. *Empailler le toréador*. Paris: José Corti, 1999: 65-66.

和之前列举之物相异的元素，破坏整个序列的连贯性，从而造成怪异的效果。如以下这段：

> 在没有任何人帮助的情况下，克拉博绘制了他屋子的平面图。他在采石场选了石头，自己加工。他在森林伐木，自己造梁。他自己配备了材料。他打了地基。他和了水泥。他垒了墙。他造了三层楼梯。他封了顶。他自己刷墙，做木工。他造了水管、电线，他贴了墙纸，铺了地板。他根据自己的口味装饰了每间房间。他爬上楼梯。他走进房间。他从窗口纵身跃下。（NC, 60-61）

这段从一开始便遵循了盖房子的同一逻辑，所有列举都沿着这一逐渐建立的逻辑展开。当列举铺展到一定阶段，整个叙事逻辑建立起来并形成了稳固的趋向时，叙事突然急转直下，以克拉博有违常情的举动收尾。"纵身跃下"既是具象意义上的物理行为，又是逻辑上的"坠落"。既和此前的"建设"相悖，形成毁灭性的一击，又以潜在的死亡归途对抗了生存。异质列举的反讽在于将读者带入到惯性逻辑中，又在最后一下子将读者拉出这一逻辑。

什维亚在《螃蟹星云》中从克拉博的视角概括了异质性列举的价值：

> 每天晚上是重负。克拉博认为又将刚刚逝去的一天中所有的时间依次过了一遍。如果它们的次序遵照某种不可置疑的逻辑，当一切在他的脑海中顺利串联在一起，从早晨直到回忆的具体瞬间，当卷轴转到底部，他睡着了。但如果在某个瞬间某件事卡住了，他想到一个令人困惑的细节，直线混乱了，这时克拉博会整晚睡不好。所有的结果都有原因，他执着地寻找出问题的环节的原因，他不得不重新检验之前所有的事件，这回这些事件在他眼里显得很神秘，之后变得完全不可理解，仔细一想前一天的也一样［……］(NC, 37)

这段通过陷入困惑中的人物形象，叙事者向我们展示了惯常的知觉有多可疑。似是而非的逻辑在碰到最微小的分歧时便有可能轰然坍塌。异质

在均匀的存在中拉开一道口子,揭示了世界完美的秩序只不过建立在幻觉的基础上:

> 理论上,正因为怪异的元素无法融入任何一个体系中,看起来像序列中的一个事故,事实上正好相反:怪异破坏了序列的秩序,暗示了混乱的宇宙。它让人怀疑现在看起来像是秩序井然的事,也许出自一个跟它毫无关系的遥远的起源,事物表面上的必然性建立在偶然的基础上。[1]

与异质相比,杂乱在一开始就不寄希望于建立一个完美的秩序,它将毫不相关的元素罗列在一起,通过不断强化元素之间的无关联揭示逻辑的对立面。什维亚在《螃蟹星云》中大量运用杂乱列举法来塑造克拉博的形象,或者说解构克拉博的形象。他将杂乱定义为人物的核心形象,将之作为实验存在的语义场。叙事者借用语词编制了一张巨大的网,网的中心却是一片空,他喋喋不休地累加,用昭然若揭的方式展示本质的不在场。叙事者这样写:

> 这是一个质量很好的胶水,真的非常棒,毫不夸张地说,它很神奇,可以粘所有的材料,当然像所有胶水一样可以粘纸板、纸片,但还可以粘皮、木头、石头、陶瓷、布料、塑料、金属,能一下子彻底粘得牢牢的。它能一劳永逸地粘住,永不放手,粘住了就不放手,它粘住了谁,火、土、风、冷、夜、害怕,它是牢固的万能胶水,当然是胶水中最好的,它在克拉博的血管中流淌[……](NC,108)

显然,作者无意将克拉博塑造成一个寻常的人物,他是黏合剂,吸附了存在的种种可能性,他甚至就是存在本身,将所有存在或可能存在的种种囊入自身中。作者的列举就像上帝之手,将所有存在的片段放在一起,片段并不融合在一起,它们保持着各自的独立,无意于形成一个面目清晰的整体,

---

① Jourde, P. *Empailler le toréador*. Paris: José Corti, 1999: 102.

它们不断累积，如朱尔德所言，"不知去向何方"。

如此，作者塑造了一种可以称为"综合的人"（homme synthétique）的人物形象，他同时是全部，又什么都不是，它展示表象的叠加，以至无穷。克拉博将"综合的人"定义为"完整的人"："包含了关于人的所有定义。"（NC,41）完整的人或综合的人组合了所有可能的特征，是过去、现在、未来各种可能性的总和：

> 对这个重要人物，他只有模糊的、片段的想法，他带着半是好奇、半是恐惧的心情观察自己的身体，一会儿欲望中烧，一会儿饥肠辘辘，一会儿又全身发冷，他从中不能学到什么，仔细想想，这些不过是同一个人的不同方面，但他想一下子抓住所有的复杂性。[……]克拉博极端认真地（这您知道）亲身试验了数不清的变体，他分别公平地一一尝试，同时尝试所有的、不可想象的人，但唯一真实、完整、能够代表全人类的人同时是老人和产妇，同时是小个的棕发女郎和大个的秃子，同时是七岁时还有头发的瘦小的孩子和胡子花白绝对无毛和肥胖的男运动员，带着厚厚的眼镜，声音如男中音，同时是塌鼻子和希腊式的高鼻子，目光炯炯，全身赤裸，除了羽毛做的缠腰布将其裹得严严实实的[……]（NC,42）

如此组合成的人是一个怪异的集合体。克拉博计划的失败却成就了什维亚的写作计划，在无尽的"多"中寻找"一"虽然并没有成功，但累积成了一个纸面上的怪异的世界，被语言的放大镜无限放大：

> 什维亚用可感的材料塑造了众多形体，但不属于这个世界。这些充满了幽默和怪异的微生物既把我们牢牢抓在手里，又永恒地从我们手中逃离，就像每次我们接近一个不稳定的综合体时，这个炼丹术的产物无法描述，只能通过无尽的曲折接近。①

---

① Jourde, P. Les petits mondes à l'envers d'Eric Chevillard. *La Nouvelle Revue française*, 1993 (486-487): 214.

有时,什维亚通过杂乱列举法制造了一个远离常规、新奇而怪异的世界,这个世界汇集了所有不可想象的组合,这是个只存在于语言和想象中的世界,与平庸的现实世界形成对比。比如以下这个例子:

> 　　他明智地决定抛弃传统乐器,制造新的乐器,为他所用,适合他的手和他特殊的才华。他会运用石头、海绵、龙虾和鸵鸟的爪子,犀鸟的嘴,抹香鲸的膀胱,鲶鱼的软骨,长颈鹿的整副骨架。他会从中制造出新的声音,新的音符,像一条年轻鳗鱼一样的音阶,一种新奇的音乐。(NC,26)

　　如果说什维亚试图寻找存在的综合体,那么艾什诺兹则从社会的层面通过列举来塑造"折中的人"(homme synchrétique),比如他在《切罗基》中的一段话:"门的旁边有一个架子,上面有电话本、地图、1976 年版的米其林手册、卷宗、手册、展览册、几本谍战小说、几本成人版的连环画、亨利·托罗亚写的陀思妥耶夫斯基的传记、介绍日本小排量汽车的汽车杂志。"(CHE,33)叙事者通过列举书架上门类不同的书籍,展示了一个面目模糊的人物形象,我们很难从中找出人物的核心,他的兴趣,他的观点,他的职业,他的生活无法通过一个微而全的书架推断出来。这个没有明确的性格和特点的人物对什么都有些兴趣,但似乎又不全然有兴趣,他游离在各种事物之间,又不真正进入,作者通过杂乱的书架从侧面向我们展示了当代社会中具有折中趣味的人。

　　列举不尽然都是反讽的,但当它穷尽事物的逻辑,而使惯常的逻辑走向其反面,成为自身的对立面时,它便是反讽的。什维亚的列举破坏了单向度的存在,用语言的暴力颠覆习以为常的知觉。他穷尽存在的可能性,不断逼近存在的核心,列举便是在语言的维度上粘连一切存在碎片的企图,反讽既是粘连的企图,又是对粘而不得的清醒认识。什维亚的列举法再现了浪漫主义反讽关于断片和整体的看法,每一个独立断片的重复累加并不能形成整体,整体存在于单个的断片中,断片和整体是共生的关系。艾什诺兹的列举手法通过引入异质元素,将读者的目光从被列举的物转向列举者本人,通过不断叠加杂乱的物体展现一种"几乎杂乱的失序的"(14,34)写作风格。

反讽通过列举的形式从对存在的"综合"转向对语言的"中和",从对存在的反思转向语言的自反。

6.2.2　无意义、悖论、矛盾和比喻

"无意义"指创造一个或一组毫无意义的句子,或者因为句子语法上是错误的,或者句子成分之间没有任何联系,或者句子和段落是正确的,但和现实相悖。雅克·布威尔斯对"无意义"做了简单分类:"1.显而易见的错误[……]2.与语境完全无关联[……]3.打破类别的界限[……]4.词汇(或语法①)的无意义[……]"②无意义并非真的没有意义,"它总是具有一个[意义],更加神秘的,不那么被察觉的,有时更加深刻的[意义]"③。无意义的意义正是对常规的挑战,语言"通过游戏的方式"完成了"哲学通过严肃的方式"思考的命题:即"语言的界限"问题④。语言的界限在弗洛伊德看来是理性的边界,试图穿越语言的界限来自于打破禁忌的冲动,因而总是含有"无意义的乐趣"⑤,但同时伴随着"痛苦、无力和受挫"⑥的情绪。从反讽的角度看,"无意义"的乐趣和痛苦均在于意义的不确定。读者越是寻找,他越是消失在意义的丛林中。一旦他认为找到了确定的意义,意义却总是和现实之间有一丝不吻合。意义在不断召唤读者,读者却迷失在寻找意义的过程中。无意义的意义并不在于我们能够从表面的无意义中发现什么深刻的含义,而是在意义和无意义之间摇摆不能做出决断的过程。这类"无意义"属于弗洛伊德所说的"怀疑主义的俏皮语":"这类俏皮语在他所给出的各种具有倾

---

① 笔者注。
② Bouveresse, J. *Dire et ne rien dire*, *l'illogisme*, *l'impossibilité et le non-sens*. Nîmes: Editions Jacqueline Chambon, 1997: 248.
③ Bouveresse, J. *Dire et ne rien dire*, *l'illogisme*, *l'impossibilité et le non-sens*. Nîmes: Editions Jacqueline Chambon, 1997: 255.
④ Bouveresse, J. *Dire et ne rien dire*, *l'illogisme*, *l'impossibilité et le non-sens*. Nîmes: Editions Jacqueline Chambon, 1997: 248.
⑤ Bouveresse, J. *Dire et ne rien dire*, *l'illogisme*, *l'impossibilité et le non-sens*. Nîmes: Editions Jacqueline Chambon, 1997: 255.
⑥ Bouveresse, J. *Dire et ne rien dire*, *l'illogisme*, *l'impossibilité et le non-sens*. Nîmes: Editions Jacqueline Chambon, 1997: 249.

向性的俏皮语中属于唯一一种可以被真正称为哲学俏皮语的例子。他说，它所要攻击的不是某个人或某个机构，而是知识的确信度，它属于我们思辨的财富的一种。"①

什维亚熟练运用"无意义"这一手法，他善于运用两种无意义，一是无必要性的意义，二是纯粹的无意义。无必要性的意义指句子表面上似乎想要陈述一个意义，而这个意义与现实也并不相悖，但这个在现实中成立的意义因为缺乏表现上的必要性在文本层面失去意义。比如《杀死尼扎尔》一书中有一个句子："他是他左边的邻居的右边的吵闹的邻居/下边的邻居的上边的吵闹的邻居/右边的邻居的左边的吵闹的邻居/上边的邻居的下边的吵闹的邻居。"②这个看似拗口的句子，如果我们仔细辨别它的意思，会发现它其实符合现实的逻辑：对于尼扎尔左边的邻居来说，他就是右边的邻居。但这个在现实层面站得住脚的逻辑在文本层面并无意义，因为它在毫无必要性的前提下重复了一个显而易见的现实，并重复强化这一效果。

纯粹的无意义指话语和现实毫无相关性，超出了现实中认知的界限，它往往出现在什维亚天马行空的想象中，具有超现实主义的风格。比如《迪诺·艾格》一书中主人公阿莫万德尔列了一个长长的单子，想象虚构人物迪诺·艾格在他不拘一格的人生中为人类文明所做的贡献。这个单子是一串无意义的组合，比如迪诺·艾格发现了"穷尽圆圈有限性法则及其在天文物理学和精神病学上的应用"（DE，17）；实现了"在整条舌头上做诗歌和惺惺作态的外科分离手术"（DE，19）；发明了"外套发动机"（DE，18）；"缝黄油的线""狂欢次日用的木头做的镜子""灌满铅的箱子，不再需要往里装东西使它变沉""不出声的哨子，使宪兵和乡村保安能够静悄悄地走近而不会被尖锐的哨声所出卖"（DE，108）。反讽在这串天马行空的单子中打破了物件的有效性，使之成为艺术和想象力的组合，它们脱离现实世界进入象征的领域。纯粹的无意义并不希望成为意义，它满足于词的物质性层面，追求词语之间碰撞的效果，与其说纯粹的无意义试图建立一个和现实世界相对的奇幻的世界，还不如说它只想建立一个自由无阻的词的王国。

---

① Bouveresse, J. *Dire et ne rien dire*, *l'illogisme*, *l'impossibilité et le non-sens*. Nîmes: Editions Jacqueline Chambon, 1997: 251.

② 原文中并无斜线。

艾什诺兹的无意义则更加隐蔽,他喜欢用一些小细节取消句子和句子之间的逻辑关系,在不经意间造成逻辑短路。典型的例子是逻辑连词滥用。在《切罗基》中,作者好几次在句子开头加入"于是"一词,试图造成似是而非的因果关系。但当我们仔细辨别前后两个句子时,会发现两者并无因果关系。比如第三章结尾,费尔南问乔治:"你有弗雷德的消息吗?"乔治回答:"我不想再见到弗雷德。"(CHE,21)第四章如此开篇:"于是,弗雷德在此。"(CHE,22)同样,第六章的第一段如此结尾:"在右边的咖啡店,维罗妮卡遇到了贝尔纳・卡尔文。"第二段开始:"于是,维罗妮卡住到了乔治家。"(CHE,41)在两个例子中,前后两个句子间并无明显的因果关系,叙事者故意加入"于是"一词,且在段落的开端予以强调,显然他并不想在两个无关的句子之间故意生造出某种关联,"于是"一词像是某种指示器,指引读者将目光转移到叙事者的意图上。无意义造成的逻辑中断更像是叙事者对读者的唤起,它更多承担了元叙事的功能。

　　跟"无意义"不同的是,"悖论"在表面上创造了意义的假象,但连贯的意义被制造出来只是为了被即刻推翻。正如布斯在《反讽修辞学》中所提到的"双重反讽"(double irony):"在双重反讽中,两个同样无效的观点互相取消。[……]作者突然超越了我们可以称为局域性场域的视野[……]邀请我们进入一个未曾明言的更高的视野[……]当这样的内部取消迅速繁衍时,我们丧失了所有的稳定感,沉入到不稳定的反讽中。"[1]比如以下这个句子:"团结。如果所有人同意在一天之内什么都不吃,就能够让整个民族吃饱。"(OPTP,35)这个句子的假设是所有人都不吃,结论是所有人都能吃饱,假设和结果之间互相矛盾,形成了逻辑上的悖论。《迪诺・艾格》中那串天马行空的发明清单中同样充满了悖论。比如第 63 条,"巧合的日历"(DE,53),巧合的预设是偶然性原则,既然并无发生的定期,又如何能形成日历?一个简单的词语组合立刻将我们掷入偶然性和必然性的对立中。然而,这个被人为制造出来的悖论却向我们展示了另一种可能性:偶然是否真的具有必然性? 而一切必然又是否被盲目力量催生? 如果说无意义在尝试语言

――――――――――――

　　① Booth, W. C. *A Rhetoric of Irony*. Chicago & London: The University of Chicago Press, 1975: 62.

的边界,那么悖论则在试探逻辑的界限:一件事情、一个物体、一个人怎么可能同时是这个又是那个? 它如反讽一般建立起两个相悖的话语,在被现实否定的同时仍在寻求并通的可能性。悖论中的矛盾因其过于悖于常理而被一笑了之,而对于逻辑反面的直觉和探索如一个危险但具有诱惑力的念头深入人们的内心,这便是悖论的价值。

最大的悖论或许是关于生和死的悖论。《螃蟹星云》中克拉博想写一部自传,他想把自己曾经待过的地方重游一遍。"然后,他追随自己的足迹出发。他循着自己的路线穿越世界,以便让自己重新体验这些风景。[……]是的,这样一场预备调查持续了五年。克拉博的传记,如此事实确凿,忠实于每一个细节,无懈可击,本可以成为我们今天如此缺乏的参考书。"(NC,35-36)至此,逻辑似乎还讲得通,但是小说最后却从现实转向非现实:"然而在第一天调查结束后他不得不放弃,发现克拉博出生的时候就已经夭折了。"(NC,35-36)以上这段提出了两个悖论:第一,如果克拉博出生的时候就已经夭折了,那么怎么可能在世界各地留下他的足迹呢? 第二,如果克拉博已经死了,那么这位自称是克拉博,想要为自己写自传的人又是谁呢? 这些自相矛盾的悖论对克拉博的身份提出了质疑,也迫使我们思考我们自己的身份,尤其是生和死的定义、真实世界和话语世界的关系。

除生死外,什维亚还质疑了另一对基本类型:时空。对时空悖论的探讨与生死的命题紧密相连。同样是克拉博:"这个可笑的误会单纯出自请柬制作的混乱。本要去参加克拉博洗礼仪式的人被邀请去了克拉博葬礼的教堂,而葬礼的队伍进了克拉博和妻子结婚时的教堂,第三个本应庆祝婚礼的教堂却惊讶地见到了在褓褓中的克拉博,他此时看上去并不想结束单身生活,在洗礼盆里踢着腿嗷嗷大哭。"(NC,40)我们走出了牛顿的绝对时空观,进入一组组平行世界中,这些世界不仅同时存在,且互相连通,人们可以自由地从一个维度进入另一个维度。文学从象征层面对科学界的大胆猜想做出回应,用语言编织出生死、时空的相对世界。正如什维亚自己所说:"当我在一个句子中漂亮地说出了一个具有诱惑力的悖论,我会感觉触碰到了真理,或者感受到一个破解了物质之谜的物理学家的战栗。"①反讽在于用语言打开一个寻常思维中不可能的世界,这是个想象的世界,但也是个潜在的世界。在荒诞离奇的外表之下,悖论探索着存在的可能性。

与悖论颇有相似之处的是"矛盾修辞法"(oxymore),它"将两个矛盾且互相对立的词放在一起"②;"对于这一修辞格的反讽式运用要求两个对立的词之间的张力得以维持"③。与悖论不同的是,矛盾修辞法并不造成逻辑上的对立,两个对立的特质可以同时存在于一个人或物中,因而矛盾修辞法并不带来逻辑断裂时的失真感,它制造了一个怪异、荒唐、各项并立的世界,但这个世界仍在现实世界之内,它让我们看到了一个失去中心的失衡的存在。

艾什诺兹喜欢同时用词义截然相反的两个形容词或副词。以下是几个例子:"你来了,那人恐怖又温柔地咆哮道"(CHE,52);"吉尔维克长长地看了克雷米一眼,充满敌意,但又满是爱怜、羡慕、尊敬,然后他又说了几句温柔的脏话"(CHE,91);"弗雷德温柔地建议他去死"(CHE,71);"一个深长、温热、食人的微笑"(CHE,166);"一个充满了恨意的耐心的声音"(CHE,187);"看他们做事情,既让人安心,又让人愤怒"(CHE,230);"格洛瓦很有条理地都阅读完了,既没有漏下一行,也没有记住一行"(GB,135)。在上面的例子中,恐怖和温柔、敌意和爱怜、安心和愤怒等表达相反情感的词并置在一起,形成反差,产生了怪诞的效果。还有一种反差可被称为渎神。善与恶、神圣和可笑、高贵与卑贱被奇特地组合在同一个人(往往是女性)身上。比如叙事者称吉博的妻子为"一个乱伦的好仙女"(CHE,28)。之后,在说到孤儿院的嬷嬷时,"这个上级看起来像艾德维奇·付叶,她穿着一件高贵的僧侣服,好像是临时穿上的,就像放荡小说中的修女"(CHE,144)。在两个例子中,贞洁和放荡被表现为一个硬币的两面。这让我们想到艾什诺兹自己对反讽的描述,反讽既代表了距离,又含有爱意,上述这些矛盾的表述正体现了艾什诺兹反讽中不同情感的组合。我们很难给艾什诺兹的叙事基

---

① Chevillard, E. Eric Chevillard, J'admire l'angélisme des pessimistes. Comme si la situation pouvait empirer encore. *article 11*, 2008-09-47. www. article *11*. info/? Eric-Chevillard-J-admire-l.

② Schoentjes, P. *Poétique de l'ironie*. Paris: Seuil, 2001: 176.

③ Schoentjes, P. *Poétique de l'ironie*. Paris: Seuil, 2001: 177.

调下单一的评判,词和词之间的反差所形成的冲击透露出一种糅杂的但充满了张力的情绪。如果说什维亚突然展示了非逻辑的一面,在笑声中破坏了逻辑,那么艾什诺兹并不破坏逻辑,他通过怪诞,将非逻辑变成了逻辑,或者说他将逻辑和非逻辑放在同一水平面上,取消了两者的差别。

同样能够制造惊愕效果的还有比喻或类比:

> 在所有的类比(比喻或隐喻)中,对读者来说,喻体和本体在文本中制造了"突出"的效果,一种"距离"或"差距"(dénivellement)的效果。本体从文本所塑造的"真实"世界中选择出来,而喻体则选自另一个与虚构中所涉及的世界不一样的世界。两个世界或两个虚构层面的距离,差距或差别越是在词义上互相远离,我们就越能感觉到一种具有反讽性质的距离。①

艾什诺兹和什维亚擅长将两个不同领域的内容放在同一个比喻中,在比喻中他们关心的并非物和物之间的相似之处,而是通过导入另一个截然相反的形象,突然剥除附着在本体之上习以为常的面目,将读者抛入未知、不安和新奇的空间中。比如以下这个比喻:

> 我们可以把睡眠想象成几种不同的形式。灰色的围巾,烟雾组成的屏障,奏鸣曲。一只苍白的大鸟在滑翔,一扇半开的绿色的大门。平原。还有活结、烟幕弹、低音单簧管。没收前的最后一个警告。围墙。这是个风格问题,根据我们睡着或醒着的方式,根据她做的梦是将她弄瞎或使她生还。(GB,49)

艾什诺兹将睡眠比喻成形象各异的物体,把我们带入一个梦幻般的世界。这已然超出了本体和喻体的关系,而在本体和喻体、喻体和喻体之间设置了理解的障碍。什维亚将比喻推得更远,在他那里,两个事物之间不存在

---

① Hamon, P. *L'Ironie littéraire, essai sur les formes de l'écriture oblique.* Paris: Hachette supérieur, 1996: 94.

不可类比的关系,比如以下这个例子:

> 另一方面,克拉博不属于那些会说这样的话的人:我们不能在这个或那个事物之间做比较。他不知道为什么不能把一只狗和一条鳗鱼做对比。相反,没有比找出他们的差别,各自的优点和特性、大小、重量、体积方面的特征等更容易的了。随后他只需将两者进行对照比较,克拉博将很权威地在狗和鳗鱼、太阳和烟灰缸、恨和橘子、乡村和雨伞、流放和阅读、某个哲学家和铅之间做比较。(NC,8)

什维亚进入某种可称为泛化的比喻中,比喻呈现出一个微型小宇宙的特征,所有的事物都可以在同一空间中连通呼应、自由流通,类与类之间的界限被完全打破。我们再次回到什维亚式的表象游戏中,每个事物都是在空间漂浮的表象,他们并无质的区别,他们的特征可以互换,两两等价,身份之间的界限消失了。以至于在什维亚的笔下,身份之间的流动可以轻易在一个句子中实现,类似"克拉博的壁虎被证实是一条鳄鱼"(NC,66);"克拉博像一只松鼠一样近视,或者那个小动物是一只鼹鼠?"(NC,162)这样的句子比比皆是。在这样的句子中,反讽没有特定的目标,它成了一个令人惊讶的组合游戏。如同菲利普·阿蒙所说的那样:"反讽攻击性的效果被最大限度地限制住了,以至于读者有时都没法清晰地辨别出目标,也不觉得一定要找到一个相反的或隐藏的含义,更多地是单纯地参与一个令人兴奋的游戏,在这个游戏中,我们所做的是把差别很大的语义场放在一起,或者是打破不同类型和价值应该分开来的规则。"①

6.2.3　具有反讽性质的戏仿

在后现代文本中,反讽总是和戏仿紧密联系在一起。巴特在《S/Z》中

---

① Hamon, P. *L'Ironie littéraire*, *essai sur les formes de l'écriture oblique*. Paris: Hachette supérieur, 1996: 93.

专门有一节提到反讽和戏仿的关系,他说:"反讽的语码原则上就是对他人的明确引用。"①广义的戏仿指的是对某一风格或作品的模仿,因而也是"引用"的一种。可见,反讽和戏仿均可被视为对他者话语的引用,都具有双重结构,这让两种手法具有亲缘关系。在后现代文本中,反讽和戏仿互为对方的优先手段。对琳达·哈琴来说,当代戏仿的功能在于表达不同,而不是批评。反讽让戏仿者和被戏仿物拉开距离却并不因此陷入刻薄的笑声中。价值判断并非当代戏仿的重心,戏仿者并不认为自己的话语风格优于他人,可以作为绝对标准评价他人。法国当代文学中有很多戏仿他者话语的例子,作者并不试图贬低他者话语,可以是借用他人来戏谑自身,或是通过引入他者话语,在文本中制造突兀感。当文本中大量引入他者话语,造成众声喧哗的复调效果,且作者有意识地取消他者话语和自身话语的界限,使整个文本呈现出不确定的话语归属时,戏仿便成为"巴洛克反讽"之一种。正如巴特所说:多元文本"拆解了一切对本源、权威、所属的遵从","毁灭了一切可以给予文本统一性的声音"②。

什维亚擅长游戏性质的戏仿。比如他在《杀死尼扎尔》一书中大量戏仿新闻报道(时事报道、体育报道、司法报道、社会新闻、财经新闻等),并将尼扎尔这一历史人物作为新闻报道的主角。什维亚有时直接截取现实中的新闻报道,将报道主角换成尼扎尔,有时他模仿新闻报道进行创作。比如以下这段:

> 巴黎 AFP 德兹雷·尼扎尔 8 月 3 日周二在 RTL 电视台宣称,法国的最低工资标准太高,并称提高最低工资标准的计划还未确定。他的机构将对政府施加压力,推迟期限。他同时再次宣称应当放宽 35 小时工作制。企业为低工资雇员所缴纳的税费减少额度一旦降低将"真正伤害企业",德兹雷·尼扎尔说。最后他认为,政府"在 2005 年的预算中将取消 260 万公务员岗位中的 8000 个"的做法是杯水车薪。(DN,106)

---

① Barthes, R. S/Z. Paris: Editions du Seuil, 1970: 46.
② Barthes, R. S/Z. Paris: Editions du Seuil, 1970: 46-47.

这个例子中有作者对政府政策暗含的讥讽。如果我们暂时不顾作者对现实世界的指涉,从戏仿文体的角度来说,这个例子和该书中其他所有戏仿新闻文体的例子一样,新闻文体被如其所是地放到文学文本中,并无夸大,也无变形,也并没有和情境产生强烈的冲突。因此我们可以推断作者的戏仿意图并非贬低或批评新闻文体。如果作者的反讽有一个目标,那是人物本身或现实中政府的政策。新闻文体虽然被戏仿,但它不是反讽的靶子,它更像是一个载体,一个被借用的工具。但这里确乎有游戏的成分,大量被炮制的新闻文体成为塑造尼扎尔的主要方式之一。尼扎尔不再是有血有肉有过去的历史人物,他是文本制造的效果,是各种文体实验的结果,甚至他作为人物出场的功能只服务于文本实验,他成为本文自我实践的由头,文本塑造尼扎尔的过程和尼扎尔制造文本的过程同时进行,游戏意味着抛弃和现实或表现相关的意图,成为文本内各元素之间互相作用的效果。

　　还有一种特殊的戏仿意图,我们可以将此称为"轧平"(nivellement),这一意图尤其出现在图森笔下。图森在小说中并列了各种不同的话语,比如科学话语,《先生》中夹杂着大量的科学话语,有时是"先生"的邻居地理研究员正在撰写中的书的片断,有时是"先生"给房东儿子和他自己的外甥女讲解物理知识,还有一些是闲谈中夹杂的科学话语。比如历史话语,如同样在《先生》中出现的历史见证的采访。还有《电视机》中出现的媒体话语。这些话语一开始还在个人话语的框架中,渐渐地,它脱离了个人,成为独立的中立的话语,以不可预料的方式突然出现在叙事话语里。大量非叙事话语不经意间夹杂在叙事中,加强了小说的断片特色,把单一的叙事领域变成了巴赫金概念中的"杂语"(plurilinguisme)。这些话语的出现常常给人无意图的感觉,援引它们并非为了批判固化的社会语言,也不是为了塑造人物的需要,甚至缺乏什维亚式的文本游戏的冲动。它们就像被人为设置的孤岛,矗立在叙事话语中央,和叙事话语之间形成分隔的屏障,如断裂的拼贴一般并不关联。但同时它们又没有被内含在叙事话语这个统一性的视角下,而是成为和叙事话语等价的、并列的话语圈。话语层级的取消或"轧平"真正实现了一种平面化、碎片化的话语风格,时间性被取消了,主体性也被取消了,这些话语像是不需要发话主体的"无来源"的存在,被抽绎出话语的社会属性,成了匿名的话语。

261

6.2.4　句与词中的反讽

正如艾什诺兹所言："当一个句子能够自我嘲讽的时候，它便达到了顶峰。"①当我们把目光集中于句子的微观层面时，会发现反讽可以不借助于语义而单独通过句式出现。一个自我嘲讽的句子是一个打破常规句法的句子，被拆解与重装的句子，承担最低程度的表现任务并最大限度地铺展自身的机理。句子中的反讽有"加法"和"减法"两种手法。加法指将一个简单的句子加长，不断延伸，使之具有纷繁复杂的句型结构；减法指打断一个完整的句子结构，呈现断裂的面貌，或者刻意去掉句子的主要成分，成为不完整的句子。纷繁和断裂的句子从两个极限实现了巴洛克式反讽。

纷繁的句法主要通过从句套从句的方式实现。比如什维亚在《托马·彼拉斯特的遗作》中的一个句子："太阳叫醒了公鸡，公鸡叫醒了农民，农民叫醒了狗，狗叫醒了奶牛，奶牛叫醒了火车，火车叫醒了工厂，工厂叫醒了股市，让我再睡一会儿。"(OPTP,158)或者是艾什诺兹在《子午线》里的例子："什么都没变，只是阿贝尔以为卡列尔知道阿贝尔以为他知道，剩下的以此类推，以至无穷。"(MG,177)在以上两个例子里，句子像滚雪球般不断延伸壮大，一个物体引出另一个物体，一个元素呼唤另一个元素，以至于如果叙事者不加拦阻，句子将无限延伸。从句套从句的结构从句法的层面实现了杂乱列举法对穷尽物相的尝试。同时，长长的句子创造了某种表面上的逻辑，而这个逻辑却不指向任何确切的事物。什维亚的句子将偶尔相遇的元素组合在一起，而艾什诺兹的句子逻辑繁复，如此繁复以至于失去了逻辑。显然，作者无意于通过这类句子表情达意，更不组织确切的逻辑关联，他们取消了句子的表意功能，使之成为串联物相的工具。

《高大的金发女郎》中有一段将各种从句和并列句组合成一段占据了14行的长句子，如下：

---

① Echenoz, J. Le roman, mode d'emploi. Entretien avec Echenoz, propos recueillis par Minh Tran Huy. In *Le Magazine littéraire*, 2007(462): 88-95.

一眨眼她已经高兴地从店内走出来,披着巨大的盔甲一般的行头,身后跟着一群店员,后面拖着几米长的摆尾,就像一个魔术师从他高顶大礼帽中变出一只鸽子,鸽子躲避猫,猫躲避狗,狗身后跟着马、骆驼、大象,它们平静地走向幕后,咩咩叫着,喵喵叫着,哞哞叫着,边走边拉屎,然后还跟着身着乡间服饰鱼贯而过的队伍,边欢呼边向观众致敬,晃动着帽子和旗帜,前面是军乐队,后面是合唱团,总之穿得不太像样,挂满了标牌,踩着白色的高跟鞋,七扭八歪。(GB,111)

　　翻译无法体现原文中错综复杂的句式结构,原文中共出现了两个关系从句、七个过去分词从句、八个现在分词从句、三个连词引导的并列句。这些句子组合在一起制造了一个复杂、冗赘的句子,挑战了读者的耐性和理解力。和普鲁斯特的长句子不同,艾什诺兹及其他当代作家并不试图通过在同一个句子中展现过去和现在之间循环往复的关系,造成一种纵深的时间性,他们的句子遵循空间填充的原则,在同一个二维平面内尽可能多地塞满物相,造成多、杂、拥挤的效果。

　　和繁复的句子相对的是断裂的句子,这在图森和加宜的作品中尤其多见。图森的小说没有整一的情节,是人物日常生活片段的叠加,片段和片段之间没有内在联系,在排版上被作者有意为之的段与段之间的空白所加强。"最终成形的图像确实允许断片完全自由地运动、自由放置和移动。也就是说在载体不变和坚实的背景下,断片之间互相交换位置是被允许的,因此有很大的游戏空间。"①在结构层面上的断裂使得图森的小说成为实实在在的断片小说。加宜的小说在结构上并没有呈现碎片化的形态,但他喜欢设置多条故事线,在同一文本空间内实现多个时空的往复循环,从某种程度上也造成了文本的分裂。加宜的小说是这样一个场域,繁衍的游戏结合了复调和断片的艺术。断片在时间层面上出现,而复调施力于话语层面。两者形成一股分裂的力量,让文本失去了统一性。两位作家试图在句子的微观层面应和在小说结构宏观层面的断裂。或者他们故意混合叙事者和人物的话

---

① Dällenbach, L. *Mosaïque*: *Un objet esthétique à rebondissement*. Paris: Editions du Seuil, 2001: 56.

语,造成话语上的复调现象,并大量使用人物口语化的风格,通过复调侵蚀叙事者的话语。或者他们直接粉碎叙事话语,使之断裂到不可读的边缘。断裂的语言之所以是反讽的,是因为它因袭了现代性视域下出现的反讽的反体系精神,反对统一的意识形态和话语标准,质疑语言链条似是而非的逻辑,通过迂回的方式,不停言说又不停被打断,从各个方面无限接近现实,拼接现实。

比如以下两个口语化的例子。《先生》中叙事者用间接引语描述了"先生"和巴然夫妇的对话:

> 于是,先生重新坐下,他问巴然夫妇是否,碰巧,楼里正好有医生,比如拍片的医生。他们回答说没有,楼里没有,除了杜佛尔医生,三楼的。先生问他们为什么反对杜佛尔医生,巴然夫人反对说,没有,他只是个邻居,纯粹只是个邻居,我向你保证我们之间没有什么。(M,19-20)

这段在间接引语引入了直接引语的口语特色,破坏了间接引语应有的连贯和条理,最后,间接引语直接过渡到直接引语,造成叙事者缺位的印象,似乎人物话语直接在叙事链条中出现,没有任何组织的中介,生活最直接的面貌被甩在文本中。在叙事话语口语化上加宜走得更远,他的叙事者直接采用断裂、重复、修改等口语表达,比如《咆勃爵士乐》中这段:"他在台阶上跳起来,像小时候一只从你手中逃脱的球,因为他的气垫跑鞋,气泡水准器,气垫,充气,压缩,他买了它们,不,我们之后再说。"(BB,13)这段叙事话语不仅断裂,而且造成了叙事的串位。口语化的叙事语言暗含了一个随意切换、任意跳跃、乐于自我呈现的叙事者形象,断裂的句子像是在叙事语言中打开了一个个缺口,那些需要被隐藏和控制的人工痕迹不加限制随时出现。

断裂的句子在《马丁·费赛尔-布朗特的激情》中达到高潮。小说自始至终使用同一种断裂的语言,应和了叙事上模糊跳跃的时空。有时句子断裂到只剩一个语法单位,比如以下这段:"前进。掷骰子。从一格到另一格。某个人物。象牙做的。或动物。乌木做的。有缺口。取了塞子。或缺塞子。迷失。换成任何别的什么。一个塞子。一个纽扣。任何一个稳定的东

西。大家都知道可以替换。这拥有何种价值或何种力量。"(PMFB,63-64)
在这段中,断裂的叙事话语具备了充足的反讽意图,它将散文变成了诗歌的
语言,不仅打破了句法,而且在语义上使物相具备了一定的象征意义,使原
本清晰的意义变得隐晦,阅读小说不再是还原一个再现的现实,而是穿透词
和物之间的厚墙。

　　繁复和断裂的句法使小说成为语言实验的田地,作家们试图给予小说
语言以音乐性和节奏感。比如以下这段:"我不管他会怎么想。/她还是会
这么想。/有可能。/也许。/不管怎样。/就是如此。/鸟,信,安娜。/告诉
我,她说。"(PMFB,34)这段仍然沿用了断裂的语言风格,但叙事者用分行
的方法完全将它变成了诗歌的形式,每行用差不多长度的口语词汇形成节
奏感。有时,加宜也会用反复的方法加强断裂中的节奏感,比如:"他不睡
觉。少。差。早上一两个小时。大海的声音让他睡不着。这声音还有。这
声音像一个沉睡的人重重的鼻息还有。这个想法。总是同一个。唤起其他
想法。总是同一些。早上的灯光让他安心。"(PMFB,12)这段通过重复"还
有"和"同一个",在断裂的词语之间形成联系,像副歌一般重组了段落节奏。
作家试图用音、词和节奏代替逻辑,用语言的物质性本身来结构和关联散落
的字词。还有一种使小说语言具有音乐性的做法是在句子中直接引入歌
词。比如艾什诺兹在《切罗基》中的一段:

　　　　她小心走过院子,注意踩在石块上的高跟鞋,没有看到乔治在窗
　　边,乔治立刻关上窗,然后打开,然后调低收音机的声音,收音机里正在
　　唱如果我爱你(克拉),有什么问题(克拉克拉),因为你撒谎(克拉)一直
　　说谎(克拉克拉),我的眼泪只为空中的你流(砰砰),乔治重新立起一个
　　靠垫,发现镜子中的自己,关上浴室的门,调了调收音机的音量,现在在
　　唱分叉的无花果树下痛苦重重,颓唐的杜果树下等待难挨,椰枣树下倦
　　意袭来,然后她敲门,他打开,她进来,他张开手臂,他长长地吻她,在她
　　头发间温柔地说话,收音机里还在唱红色的是嘴唇和指甲,蓝白色的是
　　大海的泡沫,一切都清楚了,一切都清楚了。(CHE,17)

这段是从句套从句的繁复句子的典型例子,艾什诺兹在长句子中三次

加入音乐元素,直接引用歌曲歌词,既应和了爱情主题,又在句子层面上实现了音乐性,巧用连词、短句和重复,在叙事中加入节奏感,是长句和断句融会贯通的完美典范。在加宜和艾什诺兹的句法中,我们可以看到爵士乐的影响,断句和长短句并用分别对应了爵士乐中的"切分"(syncope)和"摇摆"(swing),使文本不仅成为语言实验的场地,也成为不同艺术类型互通的契机。

在词的层面实现的反讽主要有两种形式:一种是引入一些不符合常规或与语境冲突的词造成突兀的效果;另一种是围绕着词音和词义进行语言游戏。前者包括技术词汇、古语、典雅语、粗俗语、自创语等,凡是在通用语的基础上引入与主导话语风格不一致的词语时,就会产生突兀感,当叙事者为了强调突兀感在词汇上做变化,使文体出现不同程度的分层,产生差距时,我们便认为其中有反讽的意图。通过词义和词音的变化进行的语言游戏仍然维持了最低程度的可读性,但因为词和词之间物质性的并列是如此明显,以至于我们不能不越过被表现之物关注词和词的关系,就好像语言随时都在召唤我们进入它的内部,被表现之物像是被搭建起来的一个幌子,语言的自我嬉戏才是表现的中心。

文本中的特殊词汇很多,我们仅以自创语为例,它们大量出现在什维亚的作品中。什维亚生造新词遵循两个方法:将已有的词根和前后缀相加,形成的新词虽然不存在,但在意义上仍然可被理解;纯粹出于词音的考虑将不同音素组合在一起,形成毫无意义的词语。比如《迪诺·艾格》中的一连串发明:"纳米本体论、鳞片治疗法、神学运用法、死亡发生学、天文种植、谨慎雕刻术、冶金学主义、电癫痫、生态荧光屏、晴天器。"(DE,98)或者"迪诺·艾格可以出生在任何地方(我控制自己不列一张能够进入这个种类的地方,阿尔特、阿若、阿什、阿尔特什拉、阿巴、阿巴丹、阿巴康、阿贝维尔)"(DE,102)。第一个例子是在现有词根的基础上创造的新词,它再现了什维亚天马行空的发明术。作者依靠语言的拼接塑造了一个想象的世界,在这个世界中不同物体自由组合,没有界限,惯常并无交集的词和词之间通过拼贴形成一个新奇的整体。第二个例子则完全摆脱了意义问题,纯粹是词音的组合,叙事者完全脱离了表现领域,进入游戏的疆界。

至于语言游戏,什维亚有个常用的手法,他将一个词的词义缩减到最为现实、最为物质的层面上。比如:"应该用自己的肺腑写作,说这话的人他内在的热情是一条蠕虫,是一种被叫作绦虫的肠道寄生虫。"(OPTP,31)再如:"这些批评家每周书评最开头的话总是:'这本书在当代文学令人忧伤的荒漠中带来如此清新的气息',但是对大多数书来说确实如此,人们只消在面前快速翻动。"(OPTP,36)在两个例子中,具备具象和抽象意义的词被剥落到只剩下最为具象的含义。比如"肺腑"是作为引申含义来用,在作者的戏谑中就完全成了身体的一部分,"清新的气息"也被完全解释成了最物理的意义。词的引申含义被拉回到它的本义,作者拒绝对一个词做深度解释,或者说对现实进行隐喻。

正如我们在前文中所指出的那样,反讽并不预设一种特殊的语言风格,从拉伯雷到蒙田,从伏尔泰到狄德罗,反讽的形态各异,语言风格也不一而足。长期被作为修辞方法和哲学概念探讨的反讽,语言的物质性层面甚至很少被作为关注的中心来探讨,对反讽的研究大多围绕语义层面展开,建立在表面意义和实际意义之间的对立之上。只有当语言的物质性被推到文本表现的前台,并进入哲学思考的视野中心时,探讨反讽的语言才成为可能。这往往出现在旧有的语言不再适用新的意识形态,亟待做出语言变革的时候,反讽是语言自我反思的态度,是语言对语言自身的拷问。因此,反讽的语言总是作为对旧有规则的偏离出现,它只有在破坏的基础上才能建立自身。

当代反讽小说所经历的时代正是这样一个新旧意识形态转换的时代,正如罗蒂所说,反讽者的语言所破坏的是形而上学的语言。形而上学预设了灵与肉、表象和本质之间的对立,形而上学的语言是求真的语言,因而是一门以意义为中心的语言,语言本身第二性的,它所要达到的终极真理是它唯一的目的。它是表现的语言,需要用语言建构起一个完美对应实有的虚构世界,它对一一对应的、透明的表现充满信心;它同时是理性的、依靠逻辑存在的语言,相信能够通过意识的演进通达真理。

与之相反的是反形而上学的语言。首先,这是一门背离意义问题、去除中心的语言,它不再关心语言是否能够传达稳定的意义,甚至以消解任何意义为乐趣。当代反讽作家笔下大量出现断裂或繁复的句法、杂乱而异质的物相、对各种话语规则的拆解和戏仿,表明恒定统一的总体性视域不复存在,语言不能也不屑于统合离散的世界,某种建立在多元性之上的无序成为新的话语形态,反讽的语言将混乱推向极致。其次,反形而上学的语言是反理性的语言,它试图打破线性的螺旋上升的逻辑,引入想象、梦幻、呓语、荒唐、怪异,把我们带入到一个各相并立、融汇交通的文本世界中。在当代反讽作家笔下充满了无意义、悖论、矛盾,事实和事实互相冲撞,真理和真理互相取消,世界不再是非此即彼、连贯明晰的世界,作家们用语言扯开披在幻觉之上的面纱,带我们进入一个模糊、混沌、正在生成中的胶着的世界。再次,反讽的语言是不及物的语言,它不再试图表现外部世界或虚构一个理想的世界,因为它认为自己无法触及除自身之外的东西,它甚至无法确信除自身之外是否真的有实在。所以它只关注自身,将语言的物质性作为此在唯一的实在。反讽作家笔下充满了大量的语言游戏,这些乍一看毫无意义的自我重复不旨在表现什么,甚至也不想把无意义作为新的意识形态加以标榜,它传达了一个信息,是一种姿势,一个迹象,吸引我们的注意力,说:"看,语言在舞蹈。"最后,反讽的语言是自我反思的语言,它不认为自己是最佳语言,也不认为自己手中掌握了对世界的正确认知,它需要不断质疑自己,不断否定自己,不断进行自我拆解,这是它检验自己的有效性,并能持续存在下去的动力。

必须指出的是,当代反讽的语言同时是反主体的语言,伴随形而上学一同老去的是以人的意识为核心的主体观,这也与当代社会对人的挤压、抹平有关。当代反讽语言试图做到中性、客观、扁平,只负责描写表象,不进入事物的中心。它不动声色、淡漠、超然,仿佛一台剥除了情绪和思想的摄像机。叙事者和被表现之物像是隔了一块玻璃,透明但有距离感,反讽的语言是阻挡在创作者和被表现物之间的保护屏障,遏制了主体性对文本独立性的侵蚀。当代反讽小说通过极简主义的话语风格、如摄像机镜头般的精确、行为主义的描写方式、大量非人格化空间的描写,以及情绪和反讽之间的互相控制制造了有距离感的叙事。但超然中仍有情感,反讽作家所说的"爱""温情""同情"等情感从主体下放到叙事中,反讽语言具备的张力和爆发力使之成为承载情感的最佳载体。文本和语言代替创作主体成为生发情感和意义的中心。

结　语

本书从文化的角度对法国当代小说中的反讽现象进行了研究,试图探寻反讽话语背后的意识形态和在文化上的表征。我将试着回答几个关于当代反讽的问题,以此作为对本书的总结。

1. 当代反讽生发于虚无主义吗?

在本书第一章中,我分析了反讽产生的土壤:当代西方社会的现状。当代西方社会深化了现代性的重要特征之一,即总体性的消失。就法国而言,连续两个世纪的世俗化进程、科技的发展和"祛魅"的过程、两次世界大战带来的对进步观念的怀疑、"68 运动"后对国家权威的质疑和去中心化的政治策略,所有这些合力制造了一个失去中心的社会,没有哪种主导价值观还能起到凝聚思想的作用。一个分崩离析、不可弥合的社会是虚无主义产生的温床,在 20 世纪六七十年代贝克特的作品中达到顶峰。贝克特的笑和喜剧浸润着虚无主义的泪水,表达了不可承受之空。子夜出版社的年轻作家们继承了前辈贝克特的笑的遗产,但抽绎了焦虑和痛苦的基调。不能说他们全然接受了意义的虚无,以游戏的态度回避意义问题。年轻一代作家们生长的社会发生了变化,80 年代开始又有新的意义填充进来,寻求意义的过程并未断裂。丧失了主导价值观的人们建立了局部的、地方的、小团体的或个人的意义。追求意义不再是社会层面的集体行为,而呈现出多元、分散的趋势。

通过对文学作品的分析,我发现小说中的个体试图为自己建立意义,比如加宜的人物通过投入到偶然的、随性的激情中,通过爱情抵抗过于理性的社会,找到自己的定义;图森的反讽者们在游戏、沉思和内在性中寻找与现行社会相对的意义，并统合自身的存在。我们看到意义又回来了，但以一种局部的、个人的方式出现。同时，它在反讽作家的笔下以不确定的、浮于表面、稍纵即逝，甚至可供消费的面目出现：意义可以尝试，应当追求快乐，不适合就换一个。当代作家笔下的反讽者们均体现出享乐主义的趋向，他们在抵抗社会主流价值的同时也面临着某种廉价的享乐观的诱惑。因此，这些反讽者们总会呈现出似是而非的面目，作家们对他们的态度也模棱两可：这些人物既是反讽者，又是被嘲笑的对象。这显示了反讽作家们对意义问题的两难态度：一方面他们的人物在寻求意义，另一方面意义又被呈现为消费品、观赏品，丧失了厚重感和深度。所以认为当代反讽产生于虚无主义不太妥当，它是"后贝克特"时代的产物，是众多意义挤压下的产物，是迷失在意义丛林里的茫然的笑声。后现代反讽并无虚无的焦虑，因为还有很多相对意义产生，但它确实是不确定性的产物，因为不知道哪种意义才是恒定的，适合自己的。

2. 当代反讽是道德上的懦弱吗？

有一种成见认为，反讽是道德上的懦弱，反讽者因为不愿与自己反对的观点产生正面冲突，所以采取一种迂回的方式表达自己的观点。从反讽者的行为方式上看，反讽者虽然不认同自己的环境，但又缺乏与环境决裂的勇气，因而采取符合外部标准的行为，但在内心里和环境拉开距离。指责反讽者的懦弱，认为他们是道德上的保守主义者，这一观点由来已久，在面对当代反讽时愈演愈烈。这和之前说到的当代反讽的相对主义倾向有关，反讽者似乎缺乏一个核心的观念来支撑他们对其他现象做出评判，他们只说"不"，却不告诉你"是"在哪里。因而当代反讽很少出现咄咄逼人的气势，而表现出某种游离事外的超脱以及无所谓的态度。正如阿兰·怀德所说，后现代反讽是一种"悬搁的反讽"（suspensive irony），它是一种"有意识的反英雄主义"："面对世界的偶然、多元，它启动了悬搁的态度，隐含了宽容的态度,对于意义和世间或宇宙中事物间关系的本质性的不确定。"[①]

但通过对文学文本的解读,我们发现反讽作家们并非是悬搁价值判断的"懦夫",相反,他们揭示了当代西方社会的诸多弊病。比如艾什诺兹和图森通过塑造迷失在世界中失去行动可能性的人物形象,表现了当代个体和外部环境间的隔离,嘲笑了具有虚幻内在性的扁平个体。艾什诺兹的命运反讽更是对现代行政体系的隐喻,表现了一个日益庞大,如迷宫般的体制形象,通过塑造具有破坏冲动的反讽者形象表达了对制度的立场。什维亚旗帜鲜明地批判了老化的文明和语言,他虽然并没有明确说明反对文明中的哪些弊端,或是哪种文明,但他对文明的整体概念进行了质疑,尤其是文明赖以建立的根基——语言和逻辑。可见当代反讽作家并非没有道德判断,但他们没有通过哲思的方式直接表达意见,他们的反讽包裹在叙事中。

当代反讽作家确实也存在"悬搁"现象,但并不是对针对他们认为有问题的世界和人,而是针对自己。他们并不确信主体真的能够辨别真相,甚至怀疑一个恒定的主体是否真的存在,因而他们的反讽在投向他人的同时还对准自己,既是作为经验主体的自己,也是书写主体,还是以超脱的姿态静观的主体。他们的文本呈现出分裂的意识,不管是人物、叙事者还是作者,都是嘲笑和被嘲笑的对象,反讽成为某种令人眩晕的镜像,各种意识互为折射,形成了极端的自反现象。文本自反性是现代主体自我怀疑的产物,体现在文本中是自我破坏和自我揭露的作者形象,一个不断出现在文本中揭露幻觉的叙事者,以及文本对叙事机制的隐喻。反讽不是道德上的懦弱,它是极端的怀疑主义,是虚幻自我的无情揭露者。对外部世界的相对价值的批判和对自我的绝对怀疑构成了反讽的道德立场。

3. 当代反讽是纯粹的语言游戏吗?

另有一种观点指责当代反讽是纯粹的语言游戏,语言失去了言说意义

---

① Wilde, A. *Horizon of assent*, *modernism*, *postmodernism*, *and the ironic imagination*. Philadelphia: University of Pennsylvania Press, 1981: 132.

的功能,只指向自身,是符号与符号之间纠缠的结果。这样的语言因为缺乏对外部世界的指示功能,失去了作用于外物的能效,是没有意图、没有作用的语言。反讽被指责缺乏建设世界的积极功能,它的效用有限,这一观点在面对纯粹的形式游戏时似乎显得更加合乎道理。从文学文本的角度,我们试着对此做出解答。首先,当代反讽文学中确实存在大量的形式游戏,但这些激进的形式革新实际上是对现实的回应。从文学社会学角度看,任何一种文学形式的出现和消失都与所处时期的社会形态相关。卢卡奇在《小说理论》中从总体性出发对现代小说的人物和形式的阐释,古德曼从商品经济的角度对"新小说"派中的物相的阐释均属于小说研究的社会学方法,我们也可以用同样的方法阐释当代反讽小说中的形式热忱。图森小说中的断片书写和艾什诺兹的拼图游戏对应了一个缺乏总体性的断裂的社会,个体和个体之间不可弥合的隔离,事件和事件之间缺乏内在联系难以拼凑出一个全局的意义;加宜作品中大量具有复调性质的话语展现了破碎的主体形象,各种话语交错其间,拼凑出一个解体了的主体形象。这些看似无来由的形式实则以社会现实为动机,小说家用极端的文学形式再现了社会生活中的伤痛。

其次,指责反讽语言毫无动机,暗含了"语言必须要有意义"这一观念,而这恰恰是反讽语言想要颠覆的观念。正如罗蒂所言,反讽者反对形而上学的语言,试图建立一种只描写不判定的语言,这种语言并不认为自己比其他语言更接近真理,但它希望对旧有的语言进行清算。形而上学的语言是以意义为导向的语言,反讽语义中的经典二元结构属于同一语言,表象的符号必然指向深层的意义。当代反讽打破了经典反讽的结构,将反讽的语义限定在表象符号中,掏空了所谓的深层意义。反讽的游戏越是极端,意义的空无越不可忍受,像幽灵般敲打着人们的神经,反讽者就越接近自己的目的。在当代反讽文学作品中充满了各种断裂与繁复的句法、杂乱和异质的列举、无意义、悖论和矛盾的词义,共同构成了一个表象的王国,成为德勒兹笔下那个"纯粹的表面",这里取消了意义和无意义的对立,是事件生成的界面。诚然,语言游戏就其本身而言并无意义,但反讽希望通过制造一个无意义的空间,吸纳备受质疑的意义,成为一个共容的、没有区分的综合体。

最后,从主体和叙事的回归来看,反讽是一架护栏,是清醒的意识,防止小说跌入现实主义和心理主义的窠臼中。形式上的变形是抵抗布朗克曼所说的"四种诱惑"的有效方式。反讽使用了缩小和夸大两种手法,缩小指尽可能地减少情节(如图森)或情节范式(如艾什诺兹),将故事框定在几个精简的格式中,不断重复,形成极简主义的叙事效果。缩小还指用行为主义的描写方式将人物缩减成一个在空间中移动的点(如艾什诺兹),或者抽除心理幽冥,使之成为一个话语叠加的效果(如什维亚)。缩小还代表了情感的节制,反讽叙事者使用超脱、轻盈、漫不经心、无所谓的语调表现叙事者和叙事、人和世界的距离。夸大正好相反,它体现了结构的衍生和话语的膨胀。加宜小说中多线的故事结构,循环往复的时空交错,什维亚小说中一环套一环的离题破坏了稳定的叙事结构,造成一种不断生成、不断重复、不断纠葛的叙事。另外,四位作家笔下冗长的句子、累积的字词、叠加的物相形成了话语膨胀的效果。缩小和夸大从两个相反的方向拉扯叙事,试图在各种回归的浪潮中保持文学的自主性。从这个角度说,子夜出版社的反讽作家们是"新小说"派文学实验的继承者,既从文学传统中寻找灵感,又维持了革新意识。

参考文献

一、所研究的作家作品

ECHENOZ Jean

14. Paris: Les Editions de Minuit, 2012.

Au Piano. Paris: Les Editions de Minuit, 2003.

Caprice de la reine. recueil de nouvelles, Paris: Les Editions de Minuit, 2014.

Cherokee. Paris: Les Editions de Minuit, «double», 1983.

Courir. Paris: Les Editions de Minuit, 2008.

Des éclairs. Paris: Les Editions de Minuit, 2010.

Envoyée spéciale. Paris: Les Editions de Minuit, 2016.

Je m'en vais. Paris: Les Editions de Minuit, «double», 1999.

Jérôme Lindon. Paris: Les Editions de Minuit, 2001.

Lac. Paris: Les Editions de Minuit, 1989.

Le Méridien de Greenwich. Paris: Les Editions de Minuit, 1979.

L'Equipée malaise. Paris: Les Editions de Minuit, 1986.

Les Grandes Blondes. Paris: Les Editions de Minuit, «double», 1995.

L'Occupation des sols. Paris: Les Editions de Minuit, 1988.

Nous trois. Paris: Les Editions de Minuit, 1992.

Ravel. Paris: Les Editions de Minuit, 2006.

Un an. Paris: Les Editions de Minuit, 1997.

CHEVILLARD Eric

Au Plafond. Paris: Les Editions de Minuit, 1997.

Autoportrait. Paris: Les Editions de Minuit, 2000.

Choir. Paris: Les Editions de Minuit, 2010.

Dino Egger. Paris: Les Editions de Minuit, 2011.

Démolir Nisard. Paris: Les Editions de Minuit, 2006.

Du Hérisson. Paris: Les Editions de Minuit, 2002.

Juste ciel. Paris: Les Editions de Minuit, 2015.

La Ménagerie d'Agathe. Arles: Actes Sud, 2013.

La Nébuleuse du crabe. Paris: Les Editions de Minuit, «double», 1993.

L'Auteur et moi. Paris: Les Editions de Minuit, 2012.

L'Autofictif, journal 2007—2008. Talence: L'Arbre Vengeur, 2009.

L'Autofictif Père et fils, journal 2009—2010. Talence: L'Arbre vengeur, 2011.

L'Autofictif prend un coach, journal 2010—2011. Talence: L'Arbre vengeur, 2012.

L'Autofictif voit une loutre, journal 2008—2009. Talence: L'Arbre vengeur, 2010.

Le Caoutchouc décidément. Paris: Les Editions de Minuit, 1992.

Le Démarcheur. Paris: Les Editions de Minuit, 1989.

Le Désordre azerty. Paris: Les Editions de Minuit, 2014.

Les Absences du capitaine Cook. Paris: Les Editions de Minuit, 2001.

Les Théories de Suzie, avec Jean-François Martin, Paris: Hélium, 2015.

Le Vaillant Petit Tailleur. Paris: Les Editions de Minuit, 2004.

L'Œuvre posthume de Thomas Pilaster. Paris: Les Editions de Minuit, 1999.

Mourir m'enrhume. Paris: Les Editions de Minuit, 1987.

Oreille rouge. Paris: Les Editions de Minuit, 2005.

Palafox. Paris: Les Editions de Minuit, «double», 1990.

Péloponnèse, Saint-Clément-de-rivière dans l'Hérault, Fata Morgana, 2013.

Préhistoire. Paris: Les Editions de Minuit, 1994.

Ronce-Rose. Paris: Les Editions de Minuit, 2017.

Sans l'orang-outan. Paris: Les Editions de Minuit, 2007.

Un fantôme. Paris: Les Editions de Minuit, 1995.

TOUSSAINT Jean-Philippe

Autoportrait (à l'étranger). Paris: Les Editions de Minuit, 2000.

La Salle de bain. Paris: Les Editions de Minuit, «double», 1985.

Monsieur. Paris: Les Editions de Minuit, 1986.

L'Appareil-Photo. Paris: Les Editions de Minuit, «double», 1988.

La Réticence. Paris: Les Editions de Minuit, 1991.

La Télévision. Paris: Les Editions de Minuit, «double», 1997.

Faire l'amour. Paris: Les Editions de Minuit, «double», 2002.

Fuir. Paris: Les Editions de Minuit, «double», 2005.

La Mélancolie de Zidane. Paris: Les Editions de Minuit, 2006.

La Vérité sur Marie. Paris: Les Editions de Minuit, 2009.

Nue. Paris: Les Editions de Minuit, 2013.

L'Urgence et la Patience. Paris: Les Editions de Minuit, 2012.

Football. Paris: Les Editions de Minuit, 2015.

GAILLY Christian

Be-bop. Paris: Les Editions de Minuit, «double», 1995.

Dernier amour. Paris: Les Editions de Minuit, 2004.

Dit-il. Paris: Les Editions de Minuit, 1987.

Dring. Paris: Les Editions de Minuit, 1992.

K. 622. Paris: Les Editions de Minuit, 1989.

L'Air. Paris: Les Editions de Minuit, 1991.

La Passion de Martin Fissel-Brandt. Paris: Les Editions de Minuit, 1998.

La Roue et autres nouvelles. Paris: Les Editions de Minuit, 2012.

Les Evadés. Paris: Les Editions de Minuit, «double», 1997.

Les Fleurs. Paris: Les Editions de Minuit, 1993.

Les Oubliés. Paris: Les Editions de Minuit, 2007.

Lily et Braine. Paris: Les Editions de Minuit, 2010.

L'Incident. Paris: Les Editions de Minuit, 1996.

Nuage Rouge. Paris: Les Editions de Minuit, «double», 2000.

Un soir au club. Paris: Les Editions de Minuit, «double», 2001.

二、其他文献

Adorno, T. W. *Introduction à la sociologie de la musique*. Barras, V., Russi, C. (trans.). Genève: Editions Contrechamps, 2009.

Adorno, T. W., Horkheimer, M. *La Dialectique de la Raison*. Paris: Gaillimard, 1974.

Ammouche-Kremers, M., Hillenaar, H. (eds.). *Jeunes auteurs de Minuit*. Amsterdam: Rodopi, 1994.

Arendt, H. *Condition de l'homme moderne*. Fradier, G. (trans.). Paris: Calmann-Lévy, 1983.

Aristote. *Ethique à Nicomaque*. Tricot, J. (trans.). Paris: Librairie philosophique J. Vrin, 2007.

Aristote. *Poétique*. Magnien, M. (trans.). Paris: Livre de poche, classique, 1990.

Audet, R. Et si la littérature...? Des auteurs en quête d'événements racontent des histoires littéraires. *Roman 20-50*, 2008(46): 23-32.

Auge, M. *Non-lieux, introduction à une antropologie de la surmodernité*. Paris: Seuil, 1992.

Authier-Revuz, J. Hétérogénéité(s) énonciative(s). In *Langages*, 1984 (73): 98-111.

Bakhtine, M. *La Poétique de Dostoïevski*. Kolitcheff, I. (trans.). Paris: Point Seuil, 1970.

Bakhtine, M. Le plurilinguisme dans le roman. In Bakhtine, M. *Esthétique et théorie du roman*. Daria Olivier, D. (trans.). Paris: Gallimard, 1978.

Bakhtine, M. *Le Maxisme et la philosophie du langage, essai d'application de la méthode sociologique en linguistique*. Yaguello, M. (trans.). Paris: Les Editions de Minuit, 1977.

Barth, J. La littérature du renouvellement. *Poétique*, 1981(48): 397-405.

Barthes, R. *Le Plaisir du texte* (coll. « Tel quel »). Paris: Editions du Seuil, 1973.

Barthes, R. *Critique et Vérité*. Paris: Editions du Seuil, 1966.

Baudelaire, C. De l'essence du rire. *Curiosités esthétiques, l'art romantique, et autres oeuvres critiques*. Paris: Classiques Garnier, 1962.

Baudrillard, J. *Le Système des objets*. Paris: Gallimard, 1968.

Baudrillard, J. *De la séduction*. Paris: Denoël, 1979.

Behler, E. *Ironie et Modernité*. Mannoni, O. (trans.). Paris: PUF, 1996.

Bell, D. *Les Contraductions culturelles du capitalisme*. Matignon, M. (trans.). Paris: Presses universitaires de France, 1979.

Bergson, H. *Le Rire*. Paris: PUF, 2004.

Bertho, S. L'attente postmoderne, à propos de la littérature contemporaine en France. *Revue d'histoire littéraire de la France*, 1991 (4-5): 735-743.

Bertho, S. Jean-Philippe Toussaint et la métaphysique. In Ammouche-Kremers, M., Hillenaar, H. (eds.). *Jeunes auteurs de Minuit*. Amsterdam: Rodopi, 1994: 15-25.

Berthy, V. *Littérature et voyage, un essai de typologie narrative des récits de voyage francais au 19e siècle*. Paris: L'Harmattan, 2001.

Benayoun, R. *Les Digues du nonsense, De Lewis Carrol à Woddy Allen* (coll. «points virgule»). Paris: Seuil, 1986.

Bessard-Banquy, O. Monsieur Toussaint. *La Nouvelle Revue française*, 1998(543): 106-113.

Bessard-Banquy, O. *Le Roman ludique, Jean Echenoz, Jean-Phillippe Toussaint, Eric Chevillard*. Villeneuve d'ascq: Presses universitaires de Septentrion, 2003.

Bessard-Banquy, O. Moi, je, pas tellement. *Roman 20-50*, 2008(46): 33-42.

Biron, M. Evitons les conflits. *L'Atelier du roman*, 2003(36): 23-31.

Blanckeman, B. *Les fictions singulières, étude sur le roman français contemporain*. Paris: Prétexte éditeur, 2002.

Blanckeman, B. *Les Récits indécidable: Jean Echenoz, Hervé Guibert, Pascal Guignard*. Villeneuve d'ascq: Presses universitaires de Septentrion, 2000.

Bloch, O., Von Wartburg, W. *Dictionnaire étymologique de la langue française* (article « ironie »). Paris: Presses universitaires de France, 1960.

Booth, W. C. *A Rhetoric of Irony*. Chicago & London: The University of Chicago Press, 1975.

Bouveresse, J. *Dire et ne rien dire, l'illogisme, l'impossibilité et le non-sens*. Nîmes: Editions Jacqueline Chambon, 1997.

Camus, A. Le Mythe de Sisyphe. In. Quilliot, R., Faucon, L. (eds.). *Essais*. Paris: Gallimard, 1965.

Campbell, L. *Tragic Drama in Aeschykus, Sophocles and Shakespeare*. New York: Russell & Russell, Inc., 1965.

Carles, P., Clergeat, A., Comolli J.-L. *Dictionnaire du jazz*. Paris: Robert Laffont, 1994.

Catrysse, J. *Diderot et la mystification*. Paris: A.-G. Nizet, 1970.

Cicéron. *De l'orateur*: II. Courbaud, E. (trans.). Paris: Les Belles

Lettres, 1959.

Chaudier, S. (éd.). *Les Vérités de Jean-Philippe Toussaint*. Saint-Etienne: PU Saint-Etienne, 2016.

Chevillard, E. Ecrire pour contre attaquer. Entretien avec Chevillard, propos recueillis par Olivier Bessard-Banquy. *Europe*, 2001 (868-869): 325-332.

Chevillard, E. Vous devriez raconter une histoire que tout le monde connaît déjà. Entretien avec Eric Chevillard, propos recueillis par Judith Roze. In *Pages des libraires*, 2003(85). http://www.eric-chevillard. net/e_pagedeslibraires. php.

Chevillard, E. Cheviller au corps. Propos recueillis par Emmanuel Favre. In *Le Matricule des anges*, 2005 (21): 18-23. http://www. eric-chevillard. net/e_chevilleraucorps. php.

Chevillard, E. Douze questions à Eric Chevillard. Entretien avec Chevillard, propos recueillis par Florine Lepâtre. *Inventaire-Invention*, 2006-11-21.

Chevillard, E. Eric Chevillard, J'admire l'angélisme des pessimistes. Comme si la situation pouvait empirer encore. *article 11*, 2008-09-47. www. article 11. info/ ?Eric-Chevillard-J-admire-1.

Chevillard, E. Des leurres ou des hommes de paille. Entretien avec Chevillard, propos recuellis par Pascal Riendeau. *Roman 20-50*, 2008 (46): 11-22. http://www. eric-chevillard. net/e_inventaireinvention. php.

Chiron, P. (Pseudo-Aristote). *Rhétorique à Alexandre*. Chiron, P. (trans.). Paris: Les Belles Lettres, 2002.

Cholvy, G., Hilaire, Y. M. *Histoire religieuse de la France contemporaine, 1930—1988*. Toulouse: Bibliothèque historique Privat, 1988.

Colonna, V. *Autofiction & autres, mythomanies littéraires*. Auch: Editions Tristram, 2004.

Combe, D. *Les Genres littéraires* (coll. «contours littéraires»). Paris:

Hachette Suprérieur, 1992.

Comte-Sponville, A. *Valeur et vérité, études cyniques* (coll. «perspectives critiques»). Paris: Presses universitaires de France, 1998(1994).

Coste, C. L'Œuvre posthume de Thomas Pilaster, ou la mélancolie des fausses éditions critiques. *La Licorne*, 2009(86): 127-144.

Dällenbach, L. *Mosaïque: Un objet esthétique à rebondissement*. Paris: Editions du Seuil, 2001.

Debord, G. *La Société du spectacle*. Paris: Gallimard, NRF, 1992.

Deleuze G. *Présentation de Sacher-Masoch, le froid et le cruel*. Willm, A. (trans.). Paris: Les Editions de Minuit, 1967.

Deleuze, G. *Logique du sens*. Paris: Les Editions de Minuit, 1969.

De Rougemont, D. *L'Amour et l'Occident*. Paris: Plon, 1972.

Derrida, J. *Marges de la philosophie* (coll. «critique»). Paris: Les Editions de Minuit, 1972: 1-29.

De Tocqueville, A. *De la démocratie en Amérique* (coll. «Le jardin du luxembourg»). Paris: Librairie de Médicis, 1947.

Dubois, J. et al. (eds.). *Dictionnaire de linguistique et des sciences de langage*. Paris: Larousse, 1994.

Ducrot, O. *Le Dire et le Dit*. Paris: Les Editions de Minuit, 1984.

Dumarsais, F. P. *Les Tropes*: tome I. Genève: Slatkine Reprints, 1967.

Dumoulin, L. Pour un roman sans manifeste. *Écritures*, 1991(1): 8-20.

Echenoz, J. La réalité en fait trop, il faut la calmer. Entretien avec Echenoz, propos recueillis par Jean-Baptiste Harang. *Libération*, 1999-09-16.

Echenoz, J. L'image du roman comme moteur de la fiction. Entretien avec Echenoz, propos recueillis par Jean-Claude Lebrun. *L'Humanité*, 1996. www.remue.net/cont/echenoz.html.

Echenoz, J. La phrase comme dessin, rencontre avec Jean Echenoz, propos recueillis par Christine Jérusalem. *Europe*, 2003(888): 297-311.

Echenoz, J. Entretien avec Jean Echenoz, propos recueillis par Sidone

Loubry-Carette. *Roman 20-50*, 2004(38): 5-12.

Echenoz, J. Le roman, mode d'emploi. Entretien avec Echenoz, propos recueillis par Minh Tran Huy. In *Le Magazine littéraire*, 2007(462): 88-95.

Ehrenberg, A. *La Fatigue d'être soi, dépression et société*. Paris: Odile Jacod, 1998.

Eisenzweig, U. *Le Récit impossible*. Paris: Christian Bourgois Editeur, 1986.

Esslin, M. *Théâtre de l'absurde*. Buchet, M., Del Pierre, F., Frank F. (trans.). Paris: Editions Buchet/Chastel, 1994.

Fontanier, P. *Les Figures du discours*. Paris:Flammarion, 1977.

Gailly, C. Qu'est-ce écrire ? Comment écrire ?. Entretien avec Christian Gailly, propos recueillis par Christiane Jérusalem et Elisa Bricco. In Bricco, E., Jérusalem, C. *Christian Gailly, «l'écriture qui sauve»*. Sainte-Etienne: PU Sainte-Etienne, 2007: 70-177.

Gailly, C. Rencontre entre Christian Gailly et Christophe Grossi, Librairie Les Sandales d'Empédocle, Besançon, 2004-09. http://www.leseditionsdeminuit.fr/.

Genette, G. *Palimpsestes* (coll. «Poétique»). Paris: Editions du Seuil, 1982.

Genette, G. *Figures III* (coll. « Poétique »). Paris: Editions du Seuil, 1972.

Genin, F. Vulgarités de Toussaint. In Chaudier, S. *Les Vérités de Jean-Philippe Toussaint*. Saint-Etienne: PU Saint-Etienne, 2016: 160-172.

Gerwers, M. Christian Gailly ou la lutte avec la beauté. In Ammouche-Kremers, M., Hillenaar, H. (eds.). *Jeunes auteurs de Minuit*. Amsterdam: Rodopi, 1994: 117-125.

Gris, F. Vulgarités de Toussaint. In Chaudier, S. *Les Vérités de Jean-Philippe Toussaint*. Saint-Etienne: PU Saint-Etienne, 2016: 160-172.

Gomez-Géraud, M.-C. Le voyage aujourd'hui. La fiction encore possible?.

In Antoine, P., Gomez-Géraud, M.-C. (eds.). *Roman et récit de voyage*. Paris: Presses de l'Université de Paris-Sorbonne, 2001: 249-250.

Goulet-Cazé, M-O. *L'Ascèse cynique, un commentaire de Diogène Laërce VI 70-71*. Paris: Librairie Philosophique J. Vrin, 1986.

Gugliermina, I. *Diogène Laërce et le cynisme*. Villeneuve d'Ascq: Presses universitaires de Septentrion, 2006.

Hamon, P. *L'Ironie littéraire, essai sur les formes de l'écriture oblique*. Paris: Hachette supérieur, 1996.

Hegel, G. W. F. *Esthétique*: quatrième volume. Jankélévitch, S. (trans.). Paris: Champions Flammarion, 1979.

Herschberg-Pierrot, A. *Stylistique de la prose*. Paris: Belin, 1993.

Hugo, V. Préface à Cromwell. In Reynaud, J-P. *Œuvres complètes, critique*. Paris: Robert Laffont, 1981.

Hutcheon, L. Ironie et parodie: Stratégie et structure. *Poétique*, 1978 (36): 67-477.

Ionesco, E. *Notes et conte-notes* (coll. «Folio essai»). Paris: Gaillimard, 1966.

Jameson, F. *Le Postmodernisme ou la logique culturelle du capitalisme tardif* (coll. «D'art en question»). Paris: Editions Beaux-arts de Paris, 2007.

Jankélévitch, V. *L'Ironie*. Paris: Flammarion, 1964.

Jérusalem, C. *Jean Echenoz, géographies du vide*. Saint-Etienne: PU Saint-Etienne, 2000.

Jérusalem, C. D'une Suzanne à l'autre: le nœud du ressassement dans l'œuvre de Christian Gailly. In Bricco, E., Jérusalem, C. *Christian Gailly, «l'écriture qui sauve »*. Sainte-Etienne: PU Sainte-Etienne, 2007: 99-108.

Jourde, P. *Empailler le toréador*. Paris: José Corti, 1999.

Jourde, P. Les petits mondes à l'envers d'Eric Chevillard. *La Nouvelle*

Revue française, 1993(486-487): 204-217.

Kant, E. *Critique de la faculté de juger*. Philonenko, A. (trans.). Paris: Librairie philosophique J. Vrin, 1965.

Kerbrat-Orecchioni, C. Problèmes de l'ironie. *Linguistique et Sémiologie*, numéro spécial de l'ironie, 1976(2): 9-47.

Kermode, F. *The Sense of an Ending, Studies in the Theory of Fiction*. Oxford: Oxford University Press, 1967.

Kierkegaard, S. *Le Concept d'ironie constamment rapporté à Sacrate*. Tisseau, P.-H., Jacquet-Tisseau, E.-M. (trans.). Paris: L'Orante, 1975.

Kundera, M. *L'Art du roman*. Paris: Gallimard, 1995.

Lacoue-Labarthe, P., Nancy J.-L. *L'Absolu littéraire, théorie de la littérature du romantisme allemand* (coll. « Poétique »). Paris: Seuil, 1978.

Lang, C. D. *Irony/Humor: Critical paradigms*. Baltimore-Londres: Johns Hopkins University Press, 1988.

Lebel, R. *Histoire et la Littérature coloniale*. Paris: Larose, 1931.

Lebrun, J.-C., Prévost, C. *Nouveaux territoires romanesques*. Paris: Messidor/Editions sociales, 1990.

Lebrun, J.-C. *Jean Echenoz*. Paris: Edition du Rocher, 1992.

Leech, G. N. *Principles of Pragmatics*. London & New York: Longman, 1983.

Lejeune, P. *Le Pacte autobiographique*. Paris: Editions du Seuil, 1975.

Lepape, P. L'École de Minuit. *Le Monde*, 1997-01-17.

Lipovetsky, G. *L'Ère du vide, essai sur l'individualisme contemporain* (coll. «folio essai»). Paris: Gallimard, 1983.

Lortholary, B. Préface. In Kafka. *Château*. Lortholary, B. (trans.). Paris: Flammarion, 1995.

Lukacs, G. *La Théorie du roman*. Paris: Editions Gontier, 1963.

Lyotard, J.-F. *La Condition postmoderne, rapport sur le savoir*. Paris:

Les Editions de Minuit, 1979.

Maillard, N. Le jazz dans la littérature française (1920—1940). *Europe*, 1997(820-821): 46-57.

Malson, L. *Histoire du jazz et de la musique afro-américaine*. Paris: Seuil, 1994.

Marcuse, H. *L'Homme unidimensionnel, essai sur l'idéologie de la société industrielle avancée*. Wittig, M., Marcuse, H. (trans.). Paris: Les Editions de Minuit, 1968.

Marhic, R., Besnier, E. *Le New Age, son histoire, ses pratiques, ses arnaques*. Bordeau: Le Castor Astral, 1999.

Muecke, D. C. Analyse de l'ironie. *Poétique*, 1978(36): 479-494.

Muecke, D. C. The communication of verbal irony. *Journal of literary semantics*, 1973(2): 33-42.

Nietzsche, F. *La volonté de puissance*. Bianquis, G. (trans.). Paris: Gallimard, 1935.

Nietzsche, F. *Le nihilisme européen* (coll. «10/18»). Kremer-Marietti, A. (trans.). Paris: Union générale d'éditions, 1976.

Onfray, M. *Cynismes*. Paris: Editions Grasset et Fasquelle. 1990.

Palante, G. L'ironie: Étude psychologique. *Revue philosophique de la France et de l'étranger*, 1906(61):147-163.

Paulhan, F. *La Morale de l'ironie*. Paris: Librairie Félix Alcan, 1925.

Platon. *Œuvres complètes*. Paris: Flammarion, 2008.

Quintilien. *Institution oratoire*:tome V. Cousin, J. (trans.). Paris: Les Belles Lettres, 1978.

Ryan-Sautour, M. La métafiction postmoderne. In CRILA. *Métatextualité et Métafiction*. Rennes: Presses universitaires de Rennes, 2002.

Schaerer, R. Le mécanisme de l'ironie dans ses rapports avec la dialectique. *Revue de métaphysique et de morale*. 1941(48): 181-209.

Schlegel, F. *Fragments*. Le Blanc, C. (trans.). Paris: José Corti, 1996.

Schoentjes, P. *Poétique de l'ironie*. Paris: Seuil, 2001.

285

Schoots, F. *"Passez en douce à la douane", l'écriture minimaliste de Minuit, Deville, Echenoz, Redonnet et Toussaint*. Amsterdam: Rodopi, 1997.

Sedgewick, G. G. *Of Irony, Especially in Drama*. Toronto: University of Toronto Press, 1967.

Segalen, V. *Essai sur l'exotisme*. Paris: Le Livre de Poche, 1978.

Sennett, R. *Les Tyrannies de l'intimité*. Bernan, A., Folkman, R. (trans.). Paris: Editions du Seuil, 1995.

Sloterdijk, P. *Critique de la raison cynique*. Hildenbrand, H. (trans.). Paris: Christian Bourgois éditeur, 1987.

Sophocle. *Tragédies complètes* (coll. «folio classique»). Paris: Gallimard, 1973.

Sperber, D., Wilson, D. Les ironies comme mentions. *L'Ironie*, 1978 (36): 399-413.

States, B. O. *Irony and Drama: A Poetics*. Ithaca & London: Cornell University Press, 1971.

Sternbert-Greiner, V. *Le Comique*. Paris: Flammarion, 2003.

Tobiassen, E. B. *La Relation écriture-lecture, cheminements contemporains, Eric Chevillard, Pierre Michon, Christian Gailly, Hélène Lenoir*. Paris: L'Harmattan, 2009.

Todorov, Tzvetan. *Mikhail Bakhtine, le principe dialogique*. Paris: Seuil, 1981.

Toussaint, J.-P. Ecrire, c'est fuir. Conversation à Canton entre Cheng Dong et Jean-Philippe Toussaint, 2009-03-30, 31. In *Fuir* (coll. «double»). Paris: Les Editions de Minuit, 2009.

Toussaint, J.-P. Monsieur s'amuse. Entretien avec Jean-Philippe Toussaint, propos recueillis par Pierre Jourde. In *Inrockruptible*, printemps 1992.

Toussaint, J.-P. *Interview de Jean-Philippe Toussaint*. propos recueillis par Laurent Hanson, Institut franco-japonais de Tokyo, 1998-01-19.

http://www.twics.com/~berlol/foire/fle98to.htm

Viart, D. Mémoires du récit, question à la modernité. In Viart, D. (ed.). *Ecritures contemporaines I*. Paris & Caen: Lettres modernes minard, 1998: 3-27.

Viart, D., Vercier, B. *La Littérature française au présent*. Paris: Bordas, 2008.

Viart, D. Les inflexions de la fiction contemporaine. *Lendemains*, 2002 (107-108): 9-24.

Viart, D. Ecrire avec soupçon. In Braudeau, M., Proguidis, L., Salgas, J.-P. *Le Roman français contemporain*. Paris: ADPF, 2002: 129-162.

Weber, M. *L'Éthique protestante et l'esprit du capitalisme*. Grossein, J.-P. (trans.). Paris: Gallimard, 2003.

Wilde, A. *Horizon of assent, modernism, postmodernism, and the ironic imagination*. Philadelphia: University of Pennsylvania Press, 1981.

布鲁克斯. 悖论语言//赵毅衡. "新批评"文集. 北京:中国社会科学出版社,1988:313-332.

布鲁克斯. 反讽——一种结构原则//赵毅衡. "新批评"文集. 北京:中国社会科学出版社,1988:333-350.

陈中梅. 荷马的启示——从命运论到认识论. 北京:北京大学出版社,2009.

邓联合. 老庄与现代技术批判. 北京:中央编译出版社,2009.

董强. 插图本法国文学史. 北京:北京大学出版社,2009.

弗莱. 批评的剖析. 陈慧,袁宪军,吴伟仁,译. 天津:百花文艺出版社,2006.

付飞亮. 克林思·布鲁克斯的反讽诗学. 西南民族大学学报(人文社会科学版),2016(7):179-185.

付飞亮. 克林思·布鲁克斯诗学理论及其当代意义. 国外文学,2013(2):17-23.

高利民. 有无"之间"——庄子论道释读. 上海:上海古籍出版社,2013.

高师宁. 新兴宗教初探. 北京:中国社会科学出版社,2006.

胡志明. 卡夫卡现象学. 北京:文化艺术出版社,2007.

蒋道超,李平. 论克林斯·布鲁克斯的反讽诗学. 外国文学批评,1993(2): 17-24.

卡夫卡. 卡夫卡文集:第1卷 城堡. 马庆发,计美娟,李小宛,译. 合肥:安徽 文艺出版社,1998.

卡夫卡. 审判. 冯亚琳,译. 南京:译林出版社,1990.

昆德拉. 被背叛的遗嘱. 余中先,译. 上海:上海译文出版社,2003.

罗蒂. 偶然、反讽与团结. 徐文瑞,译. 北京:商务印书馆,2003.

帕尔默,科尔顿,克莱默. 工业革命:变革世界的引擎. 苏中友,周鸿临,范丽 萍,译. 北京:世界图书出版公司,2010.

沈大力,车琳. 当代外国文学纪事(1980—2000)·法国卷. 北京:商务印书 馆,2015.

特斯拉. 科学巨匠特斯拉自传:超越爱因斯坦. 王磊,译. 南昌:江西教育出 版社,2012.

推特. 论诗的张力//赵毅衡. "新批评"文集. 北京:中国社会科学出版社, 1988:108-124.

王小伦. 文化批评与西方游记研究. 国外文学,2007(2):56-63.

威尔南.《奥狄普斯王》谜语结构的双重含义和"逆转模式"//陈洪文,水建 馥. 古希腊三大悲剧作家研究. 北京:中国社会科学出版社,1986.

维加埃罗. 锻炼//库尔第纳. 身体的历史——目光的转变:20世纪. 孙圣 英,赵济鸿,吴娟,译. 上海:华东师范大学出版社,2013.

吴岳添. 法国小说发展史. 杭州:浙江大学出版社,2004.

希林. 文化、技术与社会中的身体. 李康,译. 北京:北京大学出版社,2011.

肖厚国. 自然与人为:人类自由的古典意义——古希腊神话、悲剧及哲学. 上海:华东师范大学出版社,2006.

谢金良. 审美与时间——先秦道家典籍研究. 上海:复旦大学出版社,2012.

许钟荣. 现代乐派的大师. 石家庄:河北教育出版社,2004.

扬科列维奇. 拉威尔画传. 巨春艳,冯寿农,译. 北京:中国人民大学出版 社,2005.

叶廷芳. 卡夫卡及其他——叶廷芳德语文学散论. 上海:同济大学出版

社,2009.

余志森,王春来,王锦瑭,等. 美国通史:第四卷　崛起和扩张的时代
　　1898—1929. 北京:人民出版社,2002.

张泽乾,周家树,车槿山. 20 世纪法国文学史. 青岛:青岛出版社,1998.

张芝联. 法国通史. 北京:北京大学出版社,2009.

赵毅衡. "新批评"文集. 北京:中国社会科学出版社,1988.

郑开. 道家形而上学研究. 北京:宗教文化出版社,2003.

祖嘉合,梁雪影. 工业文明. 北京:华夏出版社,2000.

索　引

290

图书在版编目(CIP)数据

文化批评视野下法国当代小说中的反讽叙事研究 /
赵佳著. —杭州：浙江大学出版社，2019.9
ISBN 978-7-308-19567-6

Ⅰ.①文… Ⅱ.①赵… Ⅲ.①小说研究－法国－现代
Ⅳ.①I565.074

中国版本图书馆 CIP 数据核字(2019)第 203609 号

文化批评视野下法国当代小说中的反讽叙事研究

赵 佳著

策　　划	张　琛　董　唯	
责任编辑	吴水燕	
责任校对	杨利军　张　睿	
封面设计	项梦怡	
出版发行	浙江大学出版社	

（杭州市天目山路 148 号　邮政编码 310007）
（网址：http://www.zjupress.com）

排　　版	浙江时代出版服务有限公司
印　　刷	虎彩印艺股份有限公司
开　　本	700mm×960mm　1/16
印　　张	19
字　　数	300 千
版 印 次	2019 年 9 月第 1 版　2019 年 9 月第 1 次印刷
书　　号	ISBN 978-7-308-19567-6
定　　价	59.00 元